U0452322

女教授

by María López Villarquide

La catedrática

[西]玛利亚·洛佩斯·比利亚尔基德——著　包尉歆——译

海峡出版发行集团
海峡文艺出版社

献给
我的父亲、我的母亲和我的兄弟

正是,正是。我在午夜醒来,安静地聆听。
正是,正是。寂静在寂静中,撞击的声音。

——维斯拉瓦·辛波斯卡

目　录

索里亚，阿尔马萨 / 1
（卡斯蒂利亚王国）
1527 年

索里亚，阿尔马萨 / 5
（卡斯蒂利亚王国）
1487 年

索里亚，阿尔马萨 / 71
（卡斯蒂利亚王国）
1527 年

巴塞罗那 / 73
（阿拉贡王国）
1492 年

索里亚，阿尔马萨 / 131
（卡斯蒂利亚王国）
1527 年

布尔戈斯 / 133
（卡斯蒂利亚王国）
1500 年

索里亚，阿尔马萨 / 183

（卡斯蒂利亚王国）

1527年

萨拉曼卡 / 185

（卡斯蒂利亚王国）

1502年

索里亚，阿尔马萨 / 249

（卡斯蒂利亚王国）

1527年

萨拉曼卡 / 251

（卡斯蒂利亚王国）

1506年

索里亚，阿尔马萨 / 305

（卡斯蒂利亚王国）

1527年

萨拉曼卡 / 307

（卡斯蒂利亚王国）

1508年

索里亚，阿尔马萨 / 369

（卡斯蒂利亚王国）

1527年

萨拉曼卡 / 371

（卡斯蒂利亚王国）

1511年

索里亚,阿尔马萨 / 425
(卡斯蒂利亚王国)
1527 年

跋 / 469
作者按 / 471
致　谢 / 475
译后记 / 477

索里亚,阿尔马萨[1]

(卡斯蒂利亚王国)

1527 年

这日傍晚,阒寂无声。

索里亚黑湖[2]不远处,圣格雷戈里奥城堡的高墙也因痛苦而蜷耸出褶皱。此刻,路易莎·梅德拉诺正躺卧在病榻之上,气息奄奄。

那是一个女巫能与上帝君王发出同样嘹亮声响的时代。那个世纪,不仅永远地带走了伊莎贝尔女王[3],也同样带走了

---

[1] 西班牙西北部卡斯蒂利亚-莱昂自治大区索里亚省的一座城市。——本书注释如无特别说明,均为译者注
[2] 位于卡斯蒂利亚-莱昂自治大区索里亚省的一个冰川湖。
[3] 即伊莎贝尔一世(Isabel I de Castilla,1451—1504)。她是西班牙当时国土面积最广、国力最为强大的卡斯蒂利亚王国的君主,后与丈夫阿拉贡王国的国王费尔南多二世一同被教宗亚历山大六世授予"天主教双王"的称号。这位"天主教女王"在位期间,结束了西班牙长达近八百年之久的光复战争,对内实现了领土与宗教的统一;对外则大举扩张,尤其通过资助哥伦布远航促成了大航海时代最具影响力的地理发现,西班牙也借此一度成为世界霸主。

西班牙历史上那第一个登上教授[1]之位的女人。

此刻，母亲正陪伴在她身边，将女儿的手牢牢地握住。路易莎双目微闭，但分明又在注视着什么。她陷入了回忆。

她清楚，自己是如何落得今日这般性命攸关的艰难田地的——四十三岁，孑然一身，不久于人世。在这样的孤独中，陪伴着她的，唯有她的母亲。

路易莎偏过头来，脸上汗水淋漓，涔涔如雨。

"我渴，母亲。我好渴。"

老妇立即起身，拿起地上的水壶，将清水倒入床头柜上的陶杯。她实在无法承受这样的痛苦——竟要她眼睁睁地看着自己的小姑娘，一步一步地，走向生命的尽头。

"来，慢点喝，可别呛着了。"

母亲此时对路易莎说话的口吻，仿佛她仍是那个需要自己悉心照料的幼童。她用一块亚麻手帕拭去女儿额上沁出的汗珠。这满头的汗水，让路易莎的脸庞看起来有了某种光彩，某种苍老的光彩。热浪不断涌入这间屋子。尽管如此，母亲还是把路易莎裹得更严实了些。

---

[1] 本书所指的"教授"（catedrático, a），来自"cátedra"（意为"教席、讲席"）一词，词源自希腊文 καθέδρα（原意为"座位"），后来用以指代教师站在高处给学生授课时所在的席位，进而引申出"教席"之意。故在古时的西班牙，"教授"是对在大学中"担任教席者"的称谓，被称为"教授"者有资格独立教授所属教席的相关课程。例如，在16世纪的萨拉曼卡大学，便设有《圣经》教席、圣托马斯·阿奎那教席等数十种；且不同教席之间也有高低等级之分。但并非所有在大学中担任教职的老师都能拥有专属教席的殊荣。当时的教席竞选极为严酷激烈，而且在文艺复兴初期更是从未有过女性登上大学讲台的先例。故在此特别说明：本书中的"教授"身份，均须在此历史语境中加以理解。

路易莎的呼吸越来越弱，几已时断时续。这时若还要她对如此纷杂的回忆片段做出甄选，委实太强人所难。她已经没有力气再去掌控这股记忆的浪潮——它们一股脑儿汹涌而至，扰得她片刻不得安宁。她不愿被囚困在这回忆的牢笼里。可痛苦的回忆，又实在太多太多。那些刻骨铭心的痛，就这样将她团团围住，犹如一条极重的黑毯，裹得她挣脱不得。沉重的负罪感让她快要窒息。再次睁开双眼时，她又一次看见自己那年迈的母亲。她孤身一人，始终如是。

就这样死去吧。就这样让她离开这里。

"已经入夜了吗？躺在这床上，我都分不清白昼黑夜了。恐怕您也该休息去了吧，母亲。请不必为我担心。"

然而玛格达莱娜却仍在不眠不休地操劳着。她怎么停得下来？她亲眼看着自己的女儿走到这般油尽灯枯的地步，犹如一支即将燃尽的蜡烛，眼看着就要熄灭。烛泪已干，再没有多余的蜡可供这微弱的烛火继续燃烧下去了。可是，她还这么年轻啊！

"不碍事的，路易莎。我在这把椅子上歇息片刻就好。我不会离开你的。不会的。"

说着，老妇人便倚靠在了椅子上。实际上，这一整晚她都是这样度过的——一直到次日凌晨，才堪堪浅睡一觉。

"您一直会在这儿吗，母亲？"

"是的，孩子。我就待在这里，哪儿也不去。你要知道，我永远都不会离开你的。"

是的，她知道。但当她亲耳听到这句话时，内心深处还是有什么东西倏然破碎。可她却又哭不出来。因为此刻，她已经连哪怕流出一滴眼泪的力气都没有了。她只能把自己蜷缩得更紧一些。她想开口说些什么——或许,这将会是她今生最后的话语。

"母亲,我有些话,想对您说。"

索里亚，阿尔马萨

(卡斯蒂利亚王国)
1487 年

1

通往城堡大门的那条羊肠小道,每走一步都会嘎吱作响。我当下的感受,就与谷物在打谷场中被碾碎的感觉如出一辙。脚底每每与那小小的圆石和潮湿的泥土一接触上,便是与大地产生一次愉悦的碰撞。我能切身感受到自己与这凝结成块的土地之间的那种联结感。它就这样黏附在我这双又破又旧的鞋子底部。碾磨这土地,踏破这小径。

我正走在去乌尔塔多先生家的路上。这户人家住在河对岸。为了到他府上拜访,我必须走过一条满是灌木的小路,还得绕过梅德拉诺家的庄园。这座宅邸的规模之宏伟总是让我感到不可思议。它的围墙沿山而建,保卫着这座家园免受侵害——若非事先得到准允,非此家族者,无论是人是物,一概不得入内。

这日清晨,我正在灌木丛和山石间赶路。我一面走,一面想着:等我给那个小姑娘再上两节课,也许就买得起一双新鞋来抵御这个寒冬了。给那些娇生惯养的闺阁小姐上课,是一份单调又无聊的差事,它总会让我感觉到一种深深的疲倦与懈怠。所以,我往往只能靠着这份信念,让自己重新昂扬起斗志，鼓舞自己继续去工作。只要再熬两节课就能熬出头了。这种在刺骨的寒冷里让自己双脚走到发烫的日子，终于要结束了。

通常情况下，我赶路时绝不逗留。因为我总是把时间点踩得很紧——没办法，总是有这样那样鸡毛蒜皮的事在拖延着我，一直要拖到最后一刻我才不得不走出家门。没错，我的确是靠给别人上课来讨生活，但这并不能让我振奋。因为实际上，我毫不乐在其中，我情愿去做其他任何事。但这天清晨，我终究还是不急不忙地走出家门去上课了。事实上，我住得离乌尔塔多先生家的大宅子也并不很远。但在这样的村子里，你知道的，每当你孤身行路时，路程总好像被拉长了许多。

赶路的时候我依旧心不在焉。远远地，我便看见安塞尔莫的羊群。它们宛如一块越来越大的白色斑点，正一点一点地向我靠近。而且，这块斑点还会随着羊群的移动而变化形状。安塞尔莫就跟在羊群后面，一面走着一面大声吆喝。他抡起鞭子狠狠地抽打地面，催赶着羊群往前行进。我估摸着自己反正也要迟到了，索性就停下来休息一会儿。牧羊犬狂吠不止。它的吠声听来甚至比牧羊人的吆喝声还要响亮——它这是要让羊群在行进的途中保持队形。我看着它们就这样朝我过来，便也坐了下来，好让自己那疲惫不堪的双脚也歇上一歇。

我发觉自己的右脚踝上正挂着一块从袜子上掉下来的破布。这双破烂不堪的皮鞋总是会把我的袜子磨破。不能再这样下去了，我想着。它要是再这样破下去，那我就不得不让母亲帮我把袜子给补一补了。身为一名教书匠，我这样确实也不太体面。

但严格来说，我也算不上一名教书匠，尽管事实上我的确能凭借自己的连珠妙语让那些贵族大户信服我的能力与才华，然后雇我给他们的孩子上课。虽说我资历尚浅，但他们其实也并不十分在意这一点。我现在应该大概才十七岁，假如母亲告诉我的那个出生日期准确的话。可她这人又不很可靠，我根本没法相信她那忽好忽坏的记忆力。有时候是因为她健忘，而另一些时候，则是她刻意选择了沉默。所以，关于我的父亲，我一直知之甚少。而且，我所仅知晓的那些，也都不是什么让人愉快的事情。但无论如何，我都还是个小伙子，我比阿蒂恩萨[1]其他教师都要年轻得多。何况，我的课还有口皆碑，总是会得到很高的评价。

此时我正坐在橡树的树荫里，跟自己的破袜子做着激烈的斗争。我在想办法把破布的边角也给塞进去，或者把多出来的那一截在脚踝边上打个结。安塞尔莫离我越来越近。他在冲羊群大声吆喝的间隙亲切地向我问候。而我则在心里暗自祈祷：可千万别因为跟他聊天而耽搁太久。

"早上好啊，佩德罗！你这么早就去上课了吗？"

我永远都无法理解，这些老牧羊人说话的时候为何总扯着嗓子喊得这么大声。安塞尔莫肯定知道，就凭从他那里到我这里的距离，加上我耳中还充斥着湍急的水流声，我根本不可能听清他说的话。这跟他用什么语调说话没有丝毫关系。

---

[1] 西班牙卡斯蒂利亚-拉曼查的瓜达拉哈拉省的一个小城镇。

因为关键在于：我压根就没听懂他在说些什么。

可尽管如此，他还是那么大声地冲我呼喊，语声大到让我觉得他简直就是贴着我的耳朵说话。面对如此"震耳欲聋"的招呼，我也只好做出一声回应："安塞尔莫，早上好啊！今天天气真不错啊！是的，我今天要去给乌尔塔多先生最小的女儿上课呢！"

"乌尔塔多家族，那可是世世代代的贵族啊。他们家的孩子可真是不少呢！佩德罗，那在他们家，你肯定不愁没活儿干了。"安塞尔莫走到我身边，下巴抵着那根几乎可以算作他右胳膊延伸的牧羊棍，揶揄道，"可你这么走走停停的，难道是在鞋子里发现了什么好东西吗？"

那牧羊人指着我的鞋子嘲笑起来。他这咧嘴一笑，那口稀疏不齐且暗沉发黑的牙齿便叫我一览无余。我仔细将自己的鞋底检查了一番。确实，这双鞋也真算得上破烂不堪了。但若是跟他那阴森瘆人的笑容比起来，它们倒也还不至于难看到那个份上。那居心叵测的一笑，绝不逊于淤泥沼泽般的可怕。

"多亏了乌尔塔多先生一家，我应该很快就有钱买双新鞋穿了。这破鞋烂袜的，要是再这么长途跋涉下去，可撑不了多久了。"

我们一面聊着天，一面向远处极目眺望。遥遥望去，只见圣格雷戈里奥城堡的轮廓划破天际。此时虽阴云密布，但借着这丝缝隙，清晨的第一缕阳光还是穿破了云层，照耀四方。

"那地方可真宽敞，九个孩子和家里其他人都住在里面也还绰绰有余。"我暗自思忖着。我正试图给自己那些尊贵的"小羊"规划一天的课程安排。迭戈和玛格达莱娜同女方父母堂[1]加尔西和堂娜玛利亚住在一起,此外,还有他们那群孩子,以及几位给孩子们上课的家庭教师,大家都住在同一个屋檐下。

我与梅德拉诺家的任何一位都素不相识。因为梅德拉诺家的人,是绝不会跟这座城市的平民阶层产生任何交集的。关于他们的发家史,也有一些风言可闻。梅德拉诺家族,是"十二大家族"中的一员,也即索里亚省最负盛名的十二大名门望族之一。这种家庭,于我而言宛若传说,我从未想过去深入了解。简而言之,他们与我根本就不是一路人。这一点我心知肚明。就在这时,安塞尔莫的一句话,一下将我从纷飞的思绪中拉了回来。

"你听说了吗?这家人这回可摊上倒霉事了。大家都说,玛格达莱娜·布拉沃现在是大门不出二门不迈,每天都把自己锁在房间里哭个不停,任谁劝都没用。她不吃不喝,甚至晚上连觉也不睡。"

这个消息让我大吃一惊。在那座城堡里,究竟发生了怎样的倒霉事?

"你指的是什么事,安塞尔莫?对于这座高墙后面的事情,我知道得还真不多。我平时最多是在去上课的时候路过那里而已。所以究竟发生什么事了?"

---

[1] "堂"(Don)为西班牙语中对男士的尊称,意如"先生",如著名的"堂吉诃德";"堂娜"(Doña)则是对女士的尊称,意为"夫人""太太"。

牧羊人眉头一皱，在我身旁的一块大石头上坐了下来。他并未看我一眼，而是将目光投向比他的羊群和牧羊犬所在之处更远的地方。这时，它们已经向山谷深处四散而去。接着，老牧羊人便向我娓娓道来。而我，便也允许自己奢侈一把，坐在这里听听闲话。这似乎会是一个非常有趣的故事。虽然我担心自己并没有足够的时间能听到故事结尾，但还是催促着安塞尔莫继续说下去。

"是堂迭戈·洛佩斯·德·梅德拉诺和堂加尔西·布拉沃·德·拉古纳斯的事，佩德罗。你想想看，他们两位，一位是一家之主，另一位又是他的岳父。这两个人本都征战南部去了，后来在一场战斗中双双牺牲。不出十天，这个噩耗就把城堡中的热闹欢腾一扫而空。这才连一个月的工夫都还不到呢！你注意到了吗？"

说实话，我乍一听并未觉得有多么出人意料，就跟有人告诉我一个街坊跟人决斗时被人打死了一样。因为我跟梅德拉诺家毫无瓜葛，甚至都没跟他们家的任何人讲过半句话。因为我们不是一个阶层的人。不过，安塞尔莫的这个消息还是让我感觉到了几分忧虑，让我迫切地想知道这户人家到底遭遇了怎样的不幸。

"你是说在南方的一场战役吗？是在格拉纳达[1]？"

"是在吉布拉法罗[2]。他们被围困了几天几夜。最后，两位战士就都死在了那里。多么悲惨的命运啊。"

---

1 西班牙南部安达卢西亚自治大区的一座城市。
2 位于西班牙南部海岸的马拉加内。

牧羊人的这番话让我困惑不已。圣格雷戈里奥城堡始终矗立在那里。我日复一日地在去上课的途中从它旁边经过,却从来不曾想过:有一天,我会停下脚步,去想象这堵高墙的另一边竟然正上演着这样的不幸。

"人人都说,那些贵族永远沾染不到我们这个世界哪怕一星半点的痛苦,不是吗,安塞尔莫?可怎么就发生了这样的惨事呢……这户人家也太可怜了。"

我的这位"线人"转过头来,肯定我说得没错。接着,他便打起精神继续跟我讲述,好像他对此再清楚不过似的。我本可以花更多的时间倾听这个故事,但眼看着就要迟到了,便不得不起身继续赶路。于是我背上包,跟牧羊人告了别。这时,他终于发现自己的羊群和他那只爱捣乱的忠犬都已渐行渐远,离他而去,他也不由得慌了起来。

"安塞尔莫,不好意思,我得走了。你要是愿意,改天再接着把这个故事跟我讲完吧。"

"没事,你就放心吧,小伙子,也许等改天我们再碰面,我就能给你讲讲是不是已经有人在堂迭戈的位置上鸠占鹊巢了呢。关于那堂娜玛格达莱娜的花容月貌,我可听说过各种各样的赞美之词。所以我猜,她用不着守多久寡的……"

我绝非女人的死敌。但她们的柔弱总会让我心生疑虑。因为女人的心情总是那样阴晴不定,淡淡的忧伤倏忽间便能转为梨花带雨,真是毫无来由可言。我可能永远也无法理解这种生物。我也不会自讨苦吃,试图去深入了解她们。我所能做的,就是去追求她们、爱她们,然后,假若她们并未请求我给她们上课,那我便会毅然将她们抛诸脑后。我丝毫不想掺和进任何与女人有关的是是非非中。不过，这番关于玛格达莱娜·布拉沃不会坚定守寡的言论，在我听来却格外回味悠长。这倒是一反我的常态。我一面浮想联翩，一面继续朝乌尔塔多家赶去。那家人还在等着我呢。

我沿着河边小路越走越远。没过多久，安塞尔莫的吆喝声便渐渐不再回响在耳畔。

一迈进乌尔塔多家这座豪华宫殿的大门，我便看见一位超凡脱俗的小姑娘正在不远处等候着我。她正在等着我给她上课。

2

"佩德罗,你讲的这些诗,我才不信有哪一首你自己背得出来呢!这一次,我可不会再上当了。"

"可你怎么就上当了呢,小姑娘?我这个老师其实还算不赖。我不仅教给你们知识,还以古典诗人的作品来教你们如何更好地运用我们的语言。所以,你应当尊重我才是。"

孩子们总是对我的记忆力佩服得五体投地。我早已习惯了他们这样对我的能力深信不疑。然而现在,乌尔塔多家的这位小女儿,竟然开始对这一点产生怀疑。她正处在一个令人头疼的年纪。这个年纪的女孩,已经开始意识到自己的女性魅力,但尚不懂该如何将其展现在男人面前;而我们,也总是忍不住想多看她们几眼,然后再因无法拥之入怀而成疯成魔。所以,对一个老师来说,或者,可能纯粹只是对一个像我这样的人来说,这个年纪,实在是太折磨人了。

"你之所以会来给我上课,只是因为他们会为此而付酬劳给你。我才不相信你真的有多为我的学习上心呢。而且,你也别想感动我。一开始,你的才华的确有些吸引我。但现在,你要知道,我是已经订过婚的人了。"这位乌尔塔多家最小的女儿，一面把头发撩拨到一边——发梢正落在她那低胸上衣的领口边缘，一面扑闪着双眼，为自己刚刚那番话露出一副颇为骄傲的神情。"所以，我劝你老老实实给我上课就行了。上完课后，立即原路返回。你可别太把自己当回事了，佩德罗。"

这个小姑娘对我的态度就这样突然间发生了巨变，我甚至都还没缓过神来。但这个转变，来得似乎也并非全然猝不及防。因为早在几周前，她便已告知于我：她已与索里亚的一位贵族订下婚约。但当时我并未把此事放在心上，没觉着它有多么严重，只是自顾自沉浸在自己的忧虑中：那我岂不是就要没课上了？那我哪里来的收入呢？好吧，看来我要和我的新鞋说再见了。

"我真为你感到高兴，真的。结婚永远不是一件坏事。"我信誓旦旦道。但实际上，我很同情这位乌尔塔多小姐。眼看着小姑娘们一个个即将嫁作人妇，却仍是那般不谙世事。如果，退一万步讲，他们雇我来是为了给她们教授爱的艺术而非西班牙语艺术的话，那么当我看到她们即将嫁给那些只知无度挥金的纨绔子弟时，或许也就不会痛心至此了。

其实，我也曾流连烟花之地，一响贪欢。征服女人，并非难事。她们说，我拥有一种与生俱来的魅力，它自然而然地从我身上散发出来。除此之外，我猜想，我这重教书先生的身份，想必也更容易引起她们的注意——一如星火之于飞蛾的致命吸引力。不过，我倒从没觉得自己有多人模人样。我母亲凭借她那不靠谱的记忆力，断言我活脱脱就是我父亲的一个影子。只可惜，我永远也没有机会认识他了，否则还能向他求证此事。但无论如何，有一点倒是毋庸置疑的：没错，我的确遗传了他那绝好的女人缘。

课程一结束，我便立即向索里亚这位未来的尊贵夫人辞别。我小心翼翼地吻了吻她的手背。

而她却连连后退几步，神情冷若冰霜，只是向我指了指门的方向，便决然转身离去。看来，乌尔塔多家这位最小的女儿，也已自视为会发号施令之人了。她现在已然进入一位夫人的角色。

"我父亲想见你。他正在前厅等着你呢，就在主楼梯的另一侧。你知道怎么走吗？需要找个下人陪你一起过去吗？"

她这样问倒让我很意外。因为我来他们家上课已数月有余，我怎么还会不认识路呢……这姑娘的小脑袋瓜是怎么回事？不就是要嫁给一位地位比她更为尊贵的贵族而已嘛。

"非常感谢您的好心提醒。不过我认得路的。那便祝您诸事顺遂，也请您别将曾经所学全然忘却。开卷有益。祝您幸福。"

少女听后呆立在原地，不禁思绪纷飞，因这备受祝福的婚约而陷入久久的沉思。我则离开大厅，准备去找她的父亲。我所预想的情况是：今天上完这堂课，便应该是整个课程的收尾，所以她父亲等着见我，是为了把工钱结算给我。从此以后，我便一节课也不用再去上了。

我轻轻叩门。在这种高贵显赫的世家大宅里，凡事还是小心谨慎为妙。虽然其实我也知道，那位先生此刻等候之人正是我，可我还是觉得，得到他的邀请后我再进去会更妥当。

"先生，听您的女儿说，您想见我。"

只见乌尔塔多先生伫立在门内,手里正轻轻打磨着一个两头稍瘪进去的锡罐,以将之磨得更具光泽。他觉察到我到来后,便立即将手中的罐子放回架子上。它正与此间的其他饰品互相较劲,争奇斗艳。而在这四壁之间,至少有十来个看起来十分相似的盘子。我很难想象,它们竟都是由这位先生——亲自打理的。这得花费多少功夫才能保持这些物件原有的光泽啊。

"佩德罗,下午好啊。来,请坐。"他招呼我过去,示意他椅子前面有一张占朴的脚凳。

"您竟有这等喜爱收藏观赏之物的雅趣吗,先生?"我忍不住议论两句。整个大厅都被这些精美物什的光彩映照得金碧辉煌。这位先生似乎也正陶醉于这些宝贝中难以自拔。谁知道他是不是在这间美轮美奂的屋子里寻得了世间至大的乐趣呢?而这是这座宏伟宫殿以外的那个世界所无法给予他的。

"噢!你说的是我这些盘碟吗?多美啊!你说是不是?这每一个盘子用来照同一副面孔时都会映出不同的形象。而且,你越是磨拭,它们映出的光彩就越是清亮夺目。这都是好多年前我从旅途中带回来的。有几个上面还有些磨损,但我依然觉得它们毫不逊色。你知道吗,在绝大多数情况下,我都是在私密的闲暇时光才把它们拿出来独自把玩的。不得不说,每当我心情糟糕透顶的时候,这便是最能抚慰我心的一件事了。"说到这里,乌尔塔多先生霍然换了一副神情。只见他将双手叉在胸前,不时抚摩一下自己的下巴,从上到下仔细观赏着自己的橱柜。而我这时不知该做些什么才好,便只好继续保持缄默,好让乌尔塔多先生把他想说的话都说出来。所幸，这位先生接下来所说，不再与他这项特殊的个人癖好有关，他终于开始谈论我的报酬了。"佩德罗，那我可就开门见山了。我想跟你说的是，我们对你的教学工作深表感谢。但你也应该知道，今天就是你的最后一节课了。"

这时我鼓起勇气，贸然打断了他的话。因为此刻，我最不需要得到的，就是一个理由。那位小姐就要结婚去了——这便意味着，她的求学生涯行将结束。

"我知道的，先生。我知道您的女儿不久之后就要出嫁了。所以，她也就没必要再上我的课了。"

"的确如此。我的女儿就要离开这个家了。但我很高兴，因为我知道，她不像其他那些大家闺秀，是在无知和愚蠢中被交到自己丈夫手里的，而是经受过良好的教育和文化的熏陶。而这些，全都是你教给她的。无论如何，你如果需要我们推荐你去别的大户人家做家庭教师，就尽管开口，我们自是义不容辞。"

可惜这个傻老头竟丝毫不知自己的女儿已蠢笨到了何等地步。不过，他的确安排了一门好亲事。毫无疑问，他一定对自己的成果得意极了。

"那就多谢您了，先生。"

我一心只想着尽快告辞。我一拿上他们拖欠我的报酬，便立即走出房门，不再逗留片刻。对于这些含着金汤匙出生的贵族子弟，我向来尽量公事公办，绝不付之以过多发自真心的信赖。因为我怕自己一旦不小心惹恼了他们，他们便能轻而易举地让我辛苦上课挣来的血汗钱立即打水漂。领取工资一事终于尘埃落定。这个时候去为自己添置一双新鞋简直再好不过了。

不过，由于课程的猝然中断，这笔钱的数目比一开始我自己心里面盘算的要少一些。所以这一次，我只好先委曲求全，给自己买一双先凑合一下。它可能要比我心中梦寐以求的那双差那么一点点。与此同时，我还得想法子再收一些新学生，而且越快越好。

在回去的路上，钱币在我的口袋里哐啷作响。我心想：靠自己的辛勤劳动收获报酬的感觉真好啊！但我又转念一想：可要是不精打细算好好支配这笔钱的话，那之前的辛劳汗水岂不是要付诸东流？此时此刻，我脑中两个同样强烈的念头正打得不可开交：一个是去买双新鞋，而另一个，则是去窑子逛逛。

我至少已有十五天没去会会我的老相好们了。她们总能把我伺候得舒舒服服，让我尽享片刻温存。可这段时间以来，我满脑子都是鞋底的那些破洞，实在没有工夫再去回味女人肉体的温热滋味——你既可以轻拥入怀，也可以尽情占有，彻底放下平日里所有谦谦君子的温润做派。

这时，小径旁边草地上所映射的日光告诉我：在我工作的时候，今天下午的大好时光已悄然过去大半。此刻，天际又一次出现了圣格雷戈里奥城堡的剪影。落日的余晖为它染上了一层淡淡的金黄。

我霍然想到，此时距离冬天的到来还有好几周呢。于是，我立即掉转步伐，改朝与老相好们幽会的"老地方"走去。

至于我的双脚嘛，它们且耐得住再等上一阵。

3

门的铰链已有许久都未上油。一到关门的时候,它便嘎吱作响,犹如一头吃人的野兽。此时天色尚早,应该才到晚饭时间,我猜想。而我之所以这样猜,是因为我的肚子已鼓起勇气咕咕叫了起来,请求我用一些吃食来喂饱它。然而,我却无视了它的请求——今晚,我的确打算花上几个小钱,但绝非为了美味佳肴。

一踏进妓院大门,便见那火红的灯笼正在风中兀自飘摇。在门内的这个世界,人与物的影子,也都随着灯笼摆动的节奏而摇曳生姿。项刻间我便认出了那位老鸨。只见她裹着一条流苏大披肩,笑得花枝乱颤,正朝我迎过来。

"真是托了耶稣基督的福啊!我们的浪子总算回家了!我们可都想死你了……"这个女人将双手交叉在胸前,为的是支撑自己胸脯前面仅有的那点布料不坠下来。可她那一对乳房还是欢欣雀跃,若隐若现,简直恨不得顶到她的下巴。她半眯双眼盯着我瞧,眼里尽是掩不住的讥讽。随着她的脚步越来越近,我也开始闻到她身上那股廉价香水的刺鼻气味,还混杂着此地的浓重汗臭。"来吧,佩德罗,我们来拥抱一下。别那么生分嘛!"

"您可得好好用肥皂洗洗嘴了,女士。您怎么能在这样一个污秽之地提起圣父的尊名呢?这可是要下地狱受火刑的!"说着我便向她张开了怀抱。她那满是油垢的祖领衫在我的衬衣上留下了一圈油印子。

"没事,亲爱的,反正你会跟着我一起下地狱的。假如我真要受火刑,那你这家伙肯定也会在边上为我添柴加火的,你说是不是?但你下地狱呢,却也不是因为你来我这儿次数太多,而纯粹是天上无所不知的那一位的旨意。"说着,她的食指直指上方。就算面对如此刻薄的回应,我也还是忍不住笑了出来。

她是这一切的主人。为了能让这里有声有色,没有几个人知道,她究竟付出了多少艰辛。但毋庸置疑的是,现在这家妓院经营得红红火火,嫖客络绎不绝,生意正当兴隆。而这一切,都要归功于这位女主人的坚毅与野心。

不得不说,就我个人而言,我从来不曾看轻过这些女人所从事的工作。这不单单是因为我自己时常光顾,还因为家庭的缘故,我对这份工作有近距离的认识。所以,即便我总是囊中羞涩,但只要还支付得起,便会一直支持她们的工作。

在我长大成人之前,在我尚未长成今日这般风度翩翩的青年才俊并且成为大户人家的家庭教师之前,我的母亲过得十分凄惨。她被我的父亲无情抛弃。自那以后,因生活所迫,她便不得不站在索里亚的街头,无可奈何地去招揽一些身为女人所能做的最下贱的生意。

在我四岁生日的那天清晨,她结识了堂洛佩。一直以来,她都是这样跟我说的。我实在不知道，这在多大程度上是她说的又一句"似是而非的真话"。但这就是我所知道的"事实"。那天，她一大早便去了市场，想在这个特殊的日子里送给我一个不一样的小玩意儿。平日里她就会不时满足我一些任性的小要求，而这一天又恰逢她儿子年满四周岁，所以没有比这更好的理由了。

在卖面包的摊位前，她看见堂洛佩正朝这边走过来。而她之所以会在人群中多看他一眼，是因为她发现这样一位仪表堂堂的绅士竟会亲自来市场采购，而且还是独身一人，身边没有任何侍从。

"请问，我可以邀请贵公子吃一片油炸面包[1]吗？据说，这家卖的面包片美味极了。"

说着，他便向我递来了一块。据我母亲回忆，那时，我一把便抓住他的手，接着又一口咬下半片面包。

"佩德罗！这位先生，实在不好意思。他这孩子，真是一点也不懂分寸。今天是他的四岁生日，我便想着买点什么好吃的让他高兴高兴。小孩子嘛，总喜欢吃这些油炸糕点，但也得留到像今天这样特别的日子才能让他们过过嘴瘾。"

"哪里哪里，荣幸之至。我很喜欢小孩子。当然，我也很喜欢这家铺子卖的小糕点。请允许我向您自报家门：在下洛佩·德·贝拉斯科。愿意为您效劳。"

说完，堂洛佩极其温柔地吻了吻我母亲的手背。而她的

---

[1] 西班牙的一种传统甜点。具体做法是将面包片浸入牛奶、葡萄酒或蘸些糖浆，再裹上蛋液，然后放入油锅里炸，出锅以后蘸点蜂蜜或撒上糖，并辅以肉桂粉提香。

手却在不住地颤抖——她意识到,自己的一颗芳心,在这位陌生男子面前,恐将无处藏匿。

据我母亲说,后来,他们就成了一对恋人。这段恋情一度成为街头巷尾茶余饭后的谈资,为人所津津乐道。这样的一种结合,怎能不掀起舆论的浪潮——一位出身显赫的富家公子,竟爱上了一个声名败坏的单身母亲;除此之外,他竟还帮她支付孩子的学费。任谁都会忍不住怀疑,这背后究竟有着怎样肮脏得见不得人的利益交换。

不过,有一件事确凿无疑,那就是洛佩的确很喜欢孩子。与此同时,他还发现:与自己缱绻缠绵的这位爱侣的儿子竟是如此天赋异禀又博闻强识。无论多长的诗歌,他都能轻轻松松倒背如流;而且,他对于一切事物都充满好奇心与求知欲。不错,幼时的我,的确如此。直到今日,也依然如是。

于是,他联系了城里最好的老师,决定带我前去求学。很快,那些关于我母亲恋情的流言蜚语便逐渐平息下去。取而代之的,是人们对她儿子超群智力的高度关注。

堂洛佩去世时,我已成为整个索里亚学识最渊博、最能言善辩的青年才俊。那个时候,我便开始考虑去做家庭教师以谋求生计了。

后来,我就开始在那些有钱有势的家庭里做富家小姐们的教书先生。这差事对我而言不费吹灰之力,甚至可以说是所向披靡。她们中的一些人,会为我的个人魅力而纷纷倾倒。比起我为她们准备的那些没完没了的课程,这似乎更让她们着迷。于是我便借用诗歌来引诱她们,轻而易举就让她们拜倒在我的脚下。而每当学期结束,我又将之无情抛弃。我所使用的借口也总是同一个:"你还很年轻。我现在选择离开,就是为了能让你继续享受大好的青春年华。'花开堪折直须折,莫待无花空折枝'啊,亲爱的。"

然后,我便事成身退。

一般来说,这些姑娘大多都会拥有一个与乌尔塔多家的小女儿如出一辙的结局:嫁给一位姓氏尊贵的绅士,接着她们自己便会完全消失,更是永远不会再碰书本一下。

不过这些于我而言都无关紧要。反正我已经出色地完成了自己的工作,也向我的雇主们完美地交了差。至于其他,便与我不再相干。

相比之下,我还是更喜欢青楼里的那些姑娘。我也用不着费劲给她们讲什么古典文学。我只需要付上几个小钱,就能够换来铁定牢靠的回报。那春宵几度,夜复一夜,直叫人欲罢不能。

而且,我也很喜欢她们同我一样直来直去的性子。不需要任何承诺,也用不着背负任何期许。这是一种默契的约定,也是一场公平的交易。

"闭上你的嘴吧,佩德罗!你用不着教我什么词尾变格。只要你给钱,我就是你的人。"

然后,她们便当真会把自己交付于我。她们每一个人,向来如此,无一例外。

拥抱过后,在等候姑娘们过来的间隙,老鸨邀我共饮一杯。这时,她们正在走廊尽头的房间里忙着招呼别的客人。我猜,在我没有光顾的这两周里,她们或许已经迷上了一个比我更魁梧、更迷人,或者仅仅是比我更有钱的男人。他一定不会像我这样，每个月只能勉勉强强凑出几个小钱，而这点钱只够我来看她们一回。不过，老鸨的那几句恭维话又让我稍稍放宽了心。于是，我耳根子一软，便答应跟她喝上一杯。

"姑娘们可都想死你了，佩德罗！你是不知道，有两个小姑娘就是不愿意接待别的男客，说是不喜欢。唉，为了劝她们，我可真是操碎了心。我好不容易才把她们调教成现在这副模样，这大伙可都是知道的！可你……等她们一见到你啊，脑子又要变得不清醒了！那时候我也不知道该怎么再把她们调教回来了。所以，你可要常来呀！"我又一次见识到了有智慧的女人在说假话的时候会怎样眨巴眼睛。这家妓院的老鸨，尽管已经上了年纪，但仍算风韵犹存，旧日的美貌和风采依稀可见。时至今日，岁月的脚步与生活的磨砺已使她容颜憔悴，风华不再，但谁又知道她的内心已成长至多么强大呢。至少，毋庸置疑，生活和工作都给了她太多的经验和教训，使她对于男人的弱点已有极为深刻的认识。经营一家妓院，就是打开男性思维大门最好的一把钥匙。"说真的，佩德罗，你会愿意多来赏几次光吗？"

她总是知道该如何让我乖乖掏腰包。当她正跟我说着这话时，一只手掌也摊开来伸到了我面前，向我讨要我那两位老相好接下来的服务费用。她的几根手指头，正因等着拿钱而不耐烦地来回勾动着，上面那枚廉价戒指已经让她的手指扭曲变形。我掏钱给她后，便接着喝酒。她掐了掐我的脸颊，仿佛我还是个小淘气包。然后她便离开了房间，步履蹒跚。每走一步，她那肥硕的臀部便也跟着来回扭动。

她走后，我便独自小酌着。没过多久，我那两位美人便盈盈入内。只见她们衣衫几已褪尽，身上只留有一件几近透明的薄纱长裙。纤纤足上，寸履也无，唯有一双朱砂色的及膝长袜，被错综复杂的钩子、纽扣和绳结共同固定在腰间。

余下的，便是胴体玉呈，全然赤裸。

刹那间，一股热浪立时涌上胸膛。心脏也开始随之有力地跳动。两位佳人正含笑望我，面若桃花，却不敢近我身旁。有时，我甚至都觉得，她们其实很享受就这样看看我，看着我如此渴望她们肉体的温度、潮湿的味道，以及每一寸肌肤的温柔。她们是这般美艳不可方物。她们也总是这样出双入对地工作——不过这也只是我的臆想，因为我并不知道她们究竟如何招待别的客人，何况对此我也全无兴趣。

"佩德罗，你竟然让我们等了这么久。你又不是不知道，我们怎么受得了这个。你又去跟你的那些女学生暧昧不清了吗？"

而我又哪里受得了这样的甜言蜜语？哪怕它再虚情假意，我也乐于笑纳。她虽然年纪轻轻，却已如此能言善道，这足以让任何一个男人缴械投降。她总是把我吃得死死的。她名叫莱昂诺尔，而我唤她莱昂。我与她之间的关系，已经进展到"常来的老客兼偶尔的朋友"这样的地步。她一袭长发及腰，乌黑又浓密。她还不时会拨弄一下自己胸前的碎发，一对丰乳半遮半掩，若隐若现。这简直是在叫人发疯！

莱昂身材娇小，宛若幼童。她的皮肤是那种烧制过的陶土颜色。我总爱轻轻咬她，也喜欢挠挠她的胳肢窝，常逗得她咯咯直笑。我们就这样打闹、调笑，直至夜深。既拥有少女般的甜美样貌,也已然拥有与实际年龄相称的那份成熟女性的性感——莱昂,我最中意的情人。

"莱昂,就凭我给的那点钱,你这么卖力地装出一副吃醋的样子可不值当。那就当你这两周真是在等着我、盼着我、想再跟我好好快活快活好了。但那是我的工作,我每天都必须跟那些小姐见面呀。她们的年纪,看起来就跟你一般小。所以每当我跟她们独处的时候,总是会不由自主地想起你。可她们每一个偏偏又都不是你。没有办法把你抱在怀里,别提我有多失落了。不过,也正是多亏了她们,我才付得起你们妈妈向我讨要的那些钱呀。所以,你就别再埋怨我啦。我以后不会再那样对你了。"

莱昂听后笑靥如花,不羞也不臊。而她的同伴也同样深谙此道,便接过她的话茬儿继续开我玩笑:"我的好姐妹说得一点也没错,你可整整两周都没来过呢!你应该常来才是。你为什么不辞了这份工作,再找一份赚得更多的呢?这样你就能常常来找我们玩了,当然,这样你也会玩得更开心些。"

虽说她嘴上称另一位为姐妹,但我知道,这不过是她们逢场作戏的角色称呼罢了。如果非要给她们两人搭上什么血缘关系,倒还不如说我跟那位牧羊人安塞尔莫是亲戚。可我总是心甘情愿地钻进她们的小圈套里,谁让这如此叫人兴奋呢。

"你们是说想常常见到我吗?真的?我没来的那些日子,你们俩当真都很想念我?得了吧……来吧!看看接下来的这个钟头,你们会不会轻易放过我。"

"我可不觉得一个小时就足以补偿我们了呢,佩德罗……我们对你可太不满意了……"莱昂的那位姐妹一面嗔怪,一面轻解罗裳,然后便过来牵起我的手,引我往走廊尽头的房间走去。

于是我跟随着她们的指引,跟随着这两位我寻欢作乐时最忠实的伙伴,听从自己内心深处最本能的召唤。

转眼,不知不觉间夜已过半。而此刻,我早已将此前所有的饥饿全然忘却。

4

"佩德罗——！来了一位信差，他正在找你呢！快来，儿子，快下来看看你收到的是什么。这小伙子可赶时间呢！佩德罗，你听见我说话了没有？赶紧给我下来！"

可我丝毫没有回应的意愿，更是一点也不想下去。起码，当下这一刻，我丝毫都不想。我忽地心念一闪：要是我不在这晨光里露面，也不吭一声，她也许就会作罢吧，然后我便能再睡上一小会儿。

"佩德罗！你别再让这个可怜人继续等着了。他可是从很远的地方赶来的……你要是再不下来，我可就要上去了。你听到我说话了没有？"

"好的，母亲！我听到了……"大清早的就吵吵嚷嚷发号施令，对此我向来深恶痛绝，尤其是当我这一天没有任何安排、准备舒舒服服地窝在被窝里偷得半日闲的时候。今日则更是如此。毕竟昨天折腾到那么晚才从妓院回来，我早已精疲力竭——她们简直为我提供了"超值服务"，让我比应得的还要尽兴得多。所以，现在我只想好好补上一觉。不过，我也知道，这是绝不可能的。

那样的女人，永远任你召之即来挥之即去。所以，当我得知她们竟如此盼着我去，而且跟其他客人相比，她们更愿意同我共度良宵（也许，我是唯一一个还能这样让她们翘首以盼的人吧）时，我实在是欣慰不已。凌晨时分，我醒过来，发现自己还躺在妓院那张简陋的床上，跟我那两位情人睡在一起。当我在她们向我苦苦哀求的"塞壬之声"中顽抗、最后终于脱身时，天刚破晓。我依稀记得，自己几乎是踩着雄鸡的打鸣声回到家中的。我一路小跑到家，然后迅速钻进被窝，免得叫母亲察觉我的行踪。

所以，从我回来到现在，都还没过三个小时，而母亲的叫喊声已经钻进了我的房间。

我一下楼来到餐厅，就看见一个金发男孩。他满脸雀斑，还长着麻子，看起来几乎还是个孩子，而且还像只追捕猎物的小猎犬，正呼呼地喘着粗气。他倚靠在门框上，而母亲则请他进来，邀他一同吃一些冷餐小食。

"实在抱歉，我确实有紧急任务在身。所以我昨天连夜赶路，一路快马加鞭。而且，委托给我的这封信，我必须亲手交给佩德罗先生。这是一封皇家密令。"

"小伙子，你要找的那位佩德罗，正是在下。有什么事，你就直接跟我说吧。请坐。"

此时天色尚早。我的胃里还在因为昨晚的烈酒而翻江倒海。现在其实并不是在陌生人面前故作姿态展现绅士风度的好时候。但在跟宿醉激烈搏斗了一番之后，我还是伸出手指向内厅的方向，邀请这位年轻人入席用餐。接着，我转向我那位目瞪口呆的母亲，愤然道："母亲，下次您就直接来我房间,敲敲房门,告知我有宾客来访就行了。实在用不着大喊大叫。我真受不了您那样喊,尤其是在天才蒙蒙亮的时候。"

这个可怜的女人看着我,满脸的不以为然。她似乎想把这个话题拖到改日再谈,至少在一个没有外人在场的情况下。她总是这样。哪怕我都已经长这么大了,哪怕现在已经由我靠上课挣来的那点微薄收入来维持她的生活了,她也依然只是把我当成一个孩子。她依然会训斥我,整天在我耳边唠唠叨叨。而事实上,我也由着她这么做。因为我能感觉到,孤独让她感到空虚。而我在的时候,起码能够消解一些这种清冷的感觉。

我坐了下来,并邀请那位信差共进早餐。

"那你跟我说说,这趟来究竟是为了什么呢?你一定累坏了吧。是有什么紧急的消息吗?"我给他斟了一些葡萄酒,再把餐桌上零零散散的核桃都拢到一个盘子里,并将它们逐个敲开。"没事的,你就跟在自己家里一样,别客气。你可以一边吃一边跟我说说是什么事情如此重要。"

这位送信的小伙子很不好意思,端起酒杯一饮而尽。我明白了,他还得跟来的时候一样快马加鞭地赶回皇宫去。可他要是就这样饥肠辘辘地长途疾驰而去,万一在半路上因为体力不支倒下了可怎么办?我可不想承担这个责任。

"伊莎贝尔女王陛下钦点,将由您——佩德罗·德·拉·鲁亚,来负责该地区八兄妹的教育事宜。此份殊荣,源于全索里亚最德高望重的诸位老师对您的大力推荐。他们一致力赞您为一位卓尔不群的家庭教师。正因如此,女王陛下才决定对您委以重任。"

"可这八兄妹都是些什么人哪?要是他们都是两位国王[1]的保护对象,那就一定不是普通人家的孩子。你听到了吗,佩德罗?说是女王陛下……来找你的可是女王陛下呢!"

母亲几乎想都没想就立时被兴奋冲昏了头脑。而我却恰恰相反,我更愿意谨慎行事。的确,这个消息听起来再好不过。但当我面对如此"重任"时,还是会持保留态度。因为这样的委任状,其实往往就是一些让你难以抗拒的命令。它们会伪装成一副诱人到令你无法拒绝的样子。但在这背后,却是你要为此付出一生的代价,而你所向往的自由,也将就此断送。

"是的,母亲。您听到的,我也都听到了。可我还有几个问题要问……我并不否认,能够得到女王的青睐,是我莫大的荣幸。请你向陛下转达我由衷的谢意。但我要负责教授这些孩子多久呢?他们又是一些多大的孩子?"

"他们一共是兄妹八个,先生。除此之外,我也不知道更多的信息了。但考虑到您跟他们是同住一个教区的邻居,所以您被认为是担任这个教职的最佳人选。您可得立即回复我一个准信呢,先生。这也是我需要完成的任务之一。非常抱歉,因为我们所剩的时间真的已经不多了。"

他笃定的回答反倒更加激起了我的警觉。这不仅仅是在命令我去教导那八个不知父甚母谁的孩子,而且还事不宜迟,要求我必须一口接下这份差事。这太奇怪了。我必须得到一个解释。

---

[1] 即当时联合执政的西班牙天主教双王夫妇。

"要是方便透露的话,你能不能告诉我,我们所说的这些孩子,到底是哪户人家的?"我直视着他的眼睛,正色问道。我正被迫卷入的这场麻烦,怎么也牵连不到他的身上。所以我知道,在我这样的凝注下,他的反应绝对骗不了我。

"是那位寡居的玛格达莱娜·布拉沃夫人的孩子,先生。"

在给出答复以前,我长长地深吸了一口气。显而易见,这个决定将会改变我未来人生的走向。这是一个绝佳的机会,而且来得也恰逢其时。我的母亲想必也深有同感——此时,她已狂喜得几乎要流下泪来。我见她在厨房一隅激动地为我拊掌不止,又用双手揉搓自己的脸颊,尽力不让自己因这份喜悦而欢呼出声。

"那好。请你转告女王陛下,我接受这份工作,也接受她为此开出的条件。我即刻动身准备上任,并随时候命,谨听陛下差遣。"

我与这送信的小伙子握手作别,并把他送到了门口。我看着他翻身上马,疾驰而去。他得快马加鞭赶回宫廷复命。而我的母亲,此刻依旧沉浸在这个好消息中难以自拔。她正为自己儿子的好运喜极而泣。我向她走过去,给了她一个拥抱。

那时,我便意识到,我的生活即将迎来天翻地覆的变化。区区一双鞋子,已然不足挂齿。

5

我有些激动难安。整个上午,我都在忙着和母亲一起收拾细软,打包家当,准备着我的行囊。看着她那副对未来充满希冀的样子,我也受到了这份热情的感染。为什么不呢?我即将进入贵族世界生活一段时间了——这不就几乎等同于为宫廷效力了吗?我将同他们生活在一起,而且日后的收入也一定会让我们如今的窘境大为改善。这该是一件多么值得我高兴的事情啊。

"佩德罗,你必须去另外定做一双鞋子了。我实在不建议你再穿现在这双。要是那些身世显赫的贵夫人——尤其是那位布拉沃太太——看见你穿成这副模样,那该给她们留下多坏的印象啊!"母亲用她那双饱经沧桑的手托着我那双破旧不堪的鞋子的残骸——我都不知道自己究竟把它们丢在房间的哪个角落里了。

"您就别为这事操心了,母亲。他们会给我吃穿的。既然这么着急要我过去,又要求我必须住在那里,那总不能指望我把一切都准备得妥妥当当吧。我暂时先穿另一双凑合一下。起码,那双鞋的脚后跟还在呢。"

"我可不愿那户人家一看见你就被吓着了,儿子。你应该给他们留下一个好印象才是。佩德罗,无论如何,他们都是出身高贵的人,跟你平日里常打交道的那些人的派头可大不一样。听说,玛格达莱娜·布拉沃这位美人弱不禁风得很,她甚至都不允许太阳光照到她身上。所以,答应我,你也别太掉价,千万别做出什么蠢事来。"

"好的,我答应您,母亲。您就放心吧,我不会做任何有可能破坏女王陛下对我们的好印象的事情的。"我走到她的身边,轻抚她的后颈。我想让她平静下来,也想让她明白:我已经长大了。我很清楚,我现在的一言一行都会影响到她——这位我唯一的亲人。"对我来说,您是最重要的,也是我所唯一拥有的,母亲。所以,我一定会谨言慎行。"

我知道,她没有明说出来的,是我与女学生之间的那点暧昧。但这一次,我是去跟一群垂髫小儿打交道,所以她大可放心。不过,一想到这些孩子的母亲——她是那么地柔弱,更要命的是,她还是一位寡妇,我心里就又打起了小算盘。我想起了安塞尔莫跟我说的那些话,那些关于玛格达莱娜·布拉沃有多么"轻佻"的"控诉"。我母亲对于那些名门望族的真实本性还知之甚少——她一定想象不到,他们的心性,其实跟最粗鄙的乡野村夫一样世俗软弱。

"大家都在传的风言风语,您觉得是真的吗?前不久我碰见安塞尔莫了,就是那个牧羊人。他跟我说,自玛格达莱娜·布拉沃成了寡妇以后,想当她丈夫的人可多着呢!"

"你怎么能有这么龌龊的想法,佩德罗!你简直都不像是我的亲生儿子……玛格达莱娜·布拉沃可是一位贵夫人,一位真正的贵妇。现在她遭遇了这样的不幸，你我都没有资格随意揣测、搬弄是非。你只需要尽己所能，规规矩矩地当好你的教书先生就行了。你可千万别掺和这些人的私事，听到了没有？天赐的好运来得快，但它也能去得快。"

我母亲知道我所说的那些事，但那时我并不明白她为什么对于形势的转变有着如此的恐惧。也许是因为想到以后要有很长一段时间都不能见到我了吧，所以她不禁有所触动，便突然改了主意——就是在那一刻，她终于决定跟我聊聊她此前从未与我谈及的、在我生命中缺席的那个男人。

"我的孩子，我知道，有时候我在对待你的方式上是有一点固执，好像你还是个小孩似的。时间真是过得飞快，我都没发现，你已经长大了，已经长成一个潇洒英俊的小伙子了……或者，更准确地说，是我自己不愿注意到这一点。因为你这副模样，会让我想起许多往事。"她在我的床边坐下，开始娓娓道来。我自然也不敢打断她。我这时应该乖乖闭嘴，由着她全都讲出来，好让我也了解了解自己的过去。"而现在，你就要出远门了。这个时候，你最容易让我想起你的父亲。因为，在他走后——在他被病魔夺去生命以后，我那时的感受就跟现在一模一样：我感到悲伤，也感到孤独。"

说着她便啜泣起来。我坐到她的身边，试图安慰她一番。我这是要去追求远大前程了，而这将给我们两个人的生活都带来巨大的改善。她不该为此愁眉苦脸的。

"您是说，我的父亲？他是因病去世的吗？"我终究难以释怀。我父亲永远也不会知道他有一个像我这样的儿子。但说这些，到底又是什么意思？

"佩德罗，真正扮演你父亲角色的人，一直是洛佩。他所承受的非议，远比任何人都多。不公正的言论来自那些看不惯像他这样被激情冲昏头脑的人。因为他们认定我们之间阶级有别。但你答应我，你永远都不要做这样的事。你永远要牢记自己的位置，永远。"

母亲一面讲，一面泪眼婆娑。她就在我身边啜泣着，近在咫尺，惹得我也想流泪了。但我不该哭泣，我不能这样做。

我的母亲泪眼汪汪，难掩蒙眬。我能想象，她这一生都为这些世俗舆论的桎梏所束缚，那该是何等地心灰意冷。那些年，甚至连我都觉得自己卑微轻贱、低人一等。

她所说的不无道理。在平民百姓中，流言蜚语散布的速度总是快得惊人。很有可能我新谋得一份差事的消息已经传到市场那些摊摊贩贩的耳朵里，然后一传十、十传百，最后他们甚至都可能会跑到我们家门口来探看个究竟。

几个钟头过后，我告别了母亲，并向她允诺我一定会表现得再规矩不过。然后我便背上那巨大的行囊，带着心中数十个未解的疑团，朝着圣格雷戈里奥城堡的方向出发了。

我一如往常地穿过那条沿河小路。清晨，空气中弥漫着新鲜青草的芳香。尽管土地仍覆满晨露，湿气从地面漫上来，直到攀上我的脚踝，可我依然是那么兴致昂扬，以至于在快到那座城堡的大门跟前时，都没想起来自己的鞋底还有几个破洞。

我连敲了两次门，都无人应答。敲第三次时，终于有一位红头发的小姑娘来给我开了门。她正轻轻晃悠着怀中的一个婴儿。

"早上好,我是奉命前来……"

我还没做完自我介绍,那个小宝贝便忽地哇哇大哭起来。

"老师您好!是的,我们都知道了。您请进来吧。下人们都已恭候您多时了。我们就等着迎接您,然后给您介绍一下这里的情况。我叫玛蒂尔塔,平时负责照料这个小婴儿。她是梅德拉诺·布拉沃·德·拉古纳斯-西恩富戈斯夫妇最小的女儿……对吗,我的小祖宗?"

然而,她怀里的这位并没有要停止哭号的意思。那个姑娘便将婴儿放在膝头,将她的小脑袋轻靠在自己的胸脯上。这么一个简单的动作,似乎就已安抚了孩子的焦虑。

"非常欢迎您的到来。请跟我来。不过请您当心脚下,因为早晨地面总是非常湿滑。"庭院的铺地石砖上青苔密布。它们很快就沾到了我那脆弱不堪的鞋底上。"夫人想尽快问候您。她久闻您的大名。她还打算让您在圣格雷戈里奥安顿下来。我们已经为您准备好了床铺和您头几天可能会用到的一些必需品。不过当然了,无论您有任何需要,都只管跟小厮们知会一声就行了。"

我十分诧异,没想到这里的形势竟已急迫到了如此地步。这位女仆不仅语速飞快,走路的速度也丝毫不慢。我一路跟着她往前走,都没怎么顾得上打量城堡里面的高墙——我终于有机会看到它里面的样子了。但玛蒂尔塔和她轻快的脚步还未给我留出太多细看四周的工夫,我就已经被她领入了城堡内部。没事,以后应该也有的是时间来瞧个仔细。

门开了。一位侍从拨开帘幔,好让我们进去。屋里的温暖抚慰人心。地板上的图案由几块烧制过的巨大陶片拼接而成，上面零星地铺着几块地毯作为点缀。四角都是粗壮的柱子，上面包裹着壁毯。我当即停下脚步。只见那姑娘走上前去跟侍从说了几句话，接着便又向我这边走了过来。

"请您在这儿稍等片刻，夫人一会儿就来。您要是觉得冷，可以去火炉边上坐坐。从现在起，请您把这里当成自己的家一样，德·拉·鲁亚先生。"

"多谢你了，玛蒂尔塔。"

我发觉，当听到我这样向她作别时，这位年轻的姑娘顿时羞红了脸。在我身上总是会发生这样的事：形形色色的姑娘，出于各式各样的原因，每当她们听到我直呼其芳名，或是发现我说话时直视她们的眼睛，便会变得慌张局促起来。这样的事，我早已见怪不怪了，因此我也就没太把玛蒂尔塔的羞怯放在心上。

我现在迫切需要坐到那噼啪作响的炉火边上去。热量终于重新让我感觉到舒适。我感知到自己冻僵的脚踝正在逐渐恢复知觉——血液开始流淌，像有蚂蚁在爬那般发痒。而我闭上双眼，选择任由它去。

"佩德罗·德·拉·鲁亚。"忽然，一个女人的语声打破了我在炉火旁的美梦，"欢迎来到圣格雷戈里奥。"我一面向这位贵妇躬身行礼，一面借此机会将她好好打量一番。她接着说："他们跟我说，您是从城里步行来到这里的。这多辛苦呀……一定累坏了吧。需要我们给您准备些茶水吗？您用过午膳了吗？"

出现在我面前的这一位，盈盈然宛若一位来自奥林匹斯山的女神——她，便是玛格达莱娜·布拉沃。如果说，天底下还有哪个女人真正配得上"夫人"这一尊称,那么无可置疑的是,无人能出其右。我向这位女主人走过去。我要带着自己全部的敬意,去吻一吻她的玉手。

"夫人,终得一见,荣幸之至。"

低头的一瞬,我瞥见了玛格达莱娜裙摆下面露出的鞋尖。鞋面上包裹着与裙子相同质地的布料,皆为精美至极的水绿色绸缎。在我的记忆中,我从未见过质地如此精良的布料。但亲眼见到一位新寡的妇人竟依旧将自己打扮得这般花枝招展,守丧守得如此敷衍了事,我还是觉得有些不可思议。而就在这时,我想起了母亲说过的话,便努力将自己纷飞的思绪强拉了回来。

"但愿还没让您等得不耐烦。这里的节奏快慢完全取决于我的孩子。我有时候都觉得时间好像停滞了似的,因为他们真的太会耽误工夫了,最后会让所有人的工作进度都受到影响。我想,您应该已经知道我指的是什么了吧。我们把您请来,一方面是想给这种情况找个解决办法,另一方面也是想请您教授他们一些知识。您意下如何?"

她实在太过美丽。当这位梅德拉诺夫人说话时,我的注意力全都集中在她那长长的鬓发上。它们犹如瀑布一般,从后脑勺倾泻而下,那里还有一个用小珍珠别住的发兜,网着她那盘起的发辫。只见她一双美目流转,顾盼生辉;一对睫毛浓密,无与伦比。我几乎没听见她都跟我说了些什么。但我知道该如何妥帖有礼地做出回应。

"在下自是义不容辞,夫人。我定会竭尽全力,管教好几位千金、公子,将正道的学问授予他们。"

她听后嫣然一笑，对我这般负责的态度深表满意。我想起了我的母亲，想起她是多么为自己的儿子感到骄傲。双王陛下任命于我，这是一个正确的决定。

然而，在得知当下情形为何如此紧急之后，我感到颇为意外。"那么我希望，你能够即刻适应你的新住所，佩德罗。我真的很高兴，你这么顺利就搬过来了，毕竟时间如此仓促。但你很快就会看到，我的孩子们个个惹人怜爱。尽管眼下因陛下传令，我有要事在身，不得不离开他们，可我实在是放心不下……这些年来，我尽心尽力为他们提供最好的教育资源，但他们一定会让我的良苦用心全都功亏一篑的——尤其是那几个年长些的，现在已经露出叛逆的苗头，都不愿意好好学习了。"

是的，此刻站在我面前的，是一位美艳绝伦的贵妇。每当她朱唇轻启，仿佛就会从那绣口中纷飞出玫瑰与钻石。但就在这些花瓣与宝石中间，刚刚却跑出一句"我有要事在身，不得不离开他们，可我实在是放心不下"。这猝然给我的恍然出神来了当头一棒。

"不好意思，冒昧打断您一下，夫人。您刚刚是说，您要离开这里吗？难道您即将出趟远门，所以不得不和您的孩子们分开吗？"

刚才一直叉着双手站在那里的玛格达莱娜，这时轻柔地提起披风一角，走到了壁炉前的椅子边上，并邀请我也坐在她的身旁。

"非常抱歉，因为实在是太仓促了，佩德罗。我现在才想到，他们应该还没把这趟行程如此紧急的主要原因告诉你。

是这样的：因为我们家遭受了重大变故，痛失至亲，所以双王陛下决定赐予我和我的大女儿卡塔利娜一个进宫为伊莎贝尔女王陛下效力的机会——让我们做她的掌事侍女。我们明日便要启程。"

这个消息顿时让我茫然无措，一时间竟说不出一句话来。如果我没理解错，这位夫人是要离开她的孩子们了，她这是要把他们交给外祖母来照顾；而在她走后，孩子们的教养事宜则全权交由我来负责。

还没等我答应，她便已起身准备离开。"要是你不介意的话，那我这就吩咐下去，让他们服侍你在房间里住下。我非常希望你现在就能跟孩子们认识认识，不过……谁知道他们现在又跑到哪里去了呢！但愿用餐的时候，你能见到他们每一个人。你刚才说，觉得有点饿了，对吧？"

"没事的，夫人，您就别操心了。我是觉得，我到得这么晚，您一定不会等着我吃午饭，所以还是别麻烦了……"

"一点都不麻烦。你现在已经是这个家里的一位新成员了，佩德罗。"

玛格达莱娜因为还要接着去忙自己的事情，便先行离开了。我想她应该是准备带往宫廷的行李去了。

于是这个空旷的大厅里，又只剩我一人了。我的头顶上方，是交叉拱棱支撑着的穹顶。从窗户透进来的光线，在地板上勾勒出格栅的轮廓。一时间，我还缓不过神来——这就是我即将开始新工作的地方；而它除了是我开展教学工作的空间，还会成为我的新家。

这时，来了几个看起来年纪与我相仿的年轻下人，他们每人手里都拿着一张板凳。为了让这个房间更亮堂一些,他们纷纷站直了身子,努力去够桌上那两盏吊灯,然后再将蜡烛一支一支地全都点亮。我在一旁看得津津有味[1]。

不一会儿,一个胖乎乎的、身上几乎没穿什么衣服的小家伙便从一根柱子后面探出脑袋来,露出他那头栗色的鬈发。我盯着他瞧,想引起他的注意。尽管我并不知道他究竟是谁。

"他叫路易斯,是我的弟弟……那么您呢,请问阁下是?"

我不由得把头转向房间的另一边,看看是谁在跟我说话——是谁的声音竟如此清脆悦耳。但让我大感意外的是,刚才说话的并不是一位小伙子,而是个一头金发的小姑娘。她正瞪着一双绿莹莹的大眼睛,一脸期待地望着我。她顶多四岁的样子。小小年纪,说起话来竟已如此老成。

"在下佩德罗,佩德罗·德·拉·鲁亚。"说着我还逗趣地向这位小姑娘行了一个鞠躬礼,"这位是你的小弟弟吗?他才这么小,你就任由他自己一个人在这里玩耍,这似乎不太妥吧?那你呢,你叫什么名字呀?"

小姑娘沉默不语,只是注视着我如何一步步向她的弟弟走去。我凑到他身边,亲昵地爱抚了他一番,便将他从地上抱起。我这个无声的举动赢得了她的信任。于是她终于鼓起勇气开口说道:"我叫路易莎。路易莎·梅德拉诺。这里是我的家。我的父亲死了。我的母亲以后也不住在这里了。"

---

[1] 当我正暗自思忖今后该如何尽好自己的职责时,耳边传来了一些窸窸窣窣的脚步声。听起来,像是从大厅的某个隐秘之处传来的几双小脚一路小跑的声音。——原书注

6

时光荏苒。我今时之境况,已与往日大不相同。本书似乎很愿意证实这一点,而我也乐于坐享其成。我无法否认:我在这本书里所讲述的每一个故事,都绝非巧合,更不是胡编乱造。我这一生都已如实呈现其中,面面俱到,包括我居住在圣格雷戈里奥城堡里的那些日子。我从那段时光中学到了很多,从那几个孩子身上也受益良多——毕竟他们与人相处时,尤其是跟大人们打交道时,是那般调皮捣蛋又机灵狡黠。但事实上,他们与我阶级有别。因此,绝不会有人乍读此书便将其中的情节与我给贵族子弟当家庭教师的那段日子联系在一起。事实上,也的确如此。

孩子终归只是孩子,无论他出身何处。

过去这五年,我一直都在给玛格达莱娜·布拉沃的孩子们当家庭教师。我觉得这五年的光阴已然足够——不仅足够滋养我的文学创作,也足够证明路易莎那卓尔不群的学习能力。除了发现她的言行与她那些资质平平又娇生惯养的兄弟姐妹截然不同,事实上,我还不得不承认:我平生从未见过如她这般出类拔萃之人。早在我于圣格雷戈里奥城堡度过的第一个清晨,我便一眼看出这个小姑娘绝不同于常人。

那时的路易莎·梅德拉诺,才不过三岁。我至今犹记,当时我最大的焦虑,来自不知道自己究竟该教给他们些什么。按照规定(或者说,根据我所接到的命令),这些受到国王庇护的名门望族的继承者,应当比其他卡斯蒂利亚贵族更为精通言辞与音乐之道。而这些从小便养尊处优的未来贵妇人,也必须深谙修辞的学问与技巧,还要掌握一些毗邻王国的语言,同时还得勤于练习歌唱与舞蹈。

可是,怎么能由我来指导这些小姑娘优雅地一展舞姿呢?但我还是会尽己所能——至少,我可以训练训练她们的耳朵,教她们如何分辨与欣赏我所弹奏的旋律。虽然这听起来有些不可思议,但事实的确如此——我确实能够用弦乐演奏出优美和谐的乐曲来。

而这,又是我遗传自父亲的一项天赋。

有好几回,在相伴共度良辰美景之时,妓院里的姑娘们都提议让我弹弹我从父亲那里继承来的那把小鲁特琴,给大家助助兴。我的琴艺还算不错,她们都封我为实至名归的"音乐征服者"[1]。所以现在,我不妨也利用自己的优势,将这项技能运用到教学实践中去。

至于那些未来的绅士,则更要精心培养。他们必须饱读诗书、博学多识,同时还要熟练掌握骑射与狩猎之术。因为日后他们免不了要浴血奋战,而这是准备工作的第一步。没

---

[1] 此处一语双关:一方面称赞"我"征服了音乐;另一方面也是在恭维"我"凭借这演奏妙音的本领与魅力,在猎艳中所向披靡,征服美人心。

办法，这就是他们的命运。

然而，像我这样一个从小到大连刀刃都没摸过的人，又能为此做些什么？不过，我的这个难题和其他一些困扰很快便都迎刃而解。我知道自己需要做些什么了。没过多久，城堡里举行了一次家庭例会，五个孩子无论长幼全都出席参加，不论他们是否出于自愿。尽管当时有老外祖母大力支持，但让他们集中注意力并保持安静这件事，依然是一场真正的噩梦。

家里的两位兄长，迭戈和加尔西，几乎没注意我在说些什么。我来到圣格雷戈里奥的时候，大的已有十岁，小的也已九岁。他们兄弟俩实在太像了，以至于无论迭戈说什么，哪怕他总是只会胡言乱语地瞎扯一气，他的弟弟加尔西都会随声附和；反之亦然。这兄弟二人让我很是绝望。

弗朗西斯科、玛利亚和莱昂诺尔则与他们迥然不同，但他们三个彼此之间也十分相像。关于妈妈不见了这件事，他们都抱有一种近乎宗教般的执念，所以在课堂上也很难集中注意力来专心听讲。他们无比频繁地探问起她，可即使这样，也仍是徒劳，因为从我这里也得不到任何答案。玛格达莱娜的突然离去，将他们的生活完全打乱。而且，如果我没猜错的话，他们其实从来也没有真正习惯过我这样从天而降，闯入他们的生活中。

不过，也许路易斯对我还抱有几分同情。毕竟当初我来到城堡的时候，他还很小，小到还不清楚身边发生了什么。总的来说，他们并不是一群聪明的孩子，在知识的追求上也毫无抱负可言，无论是哪方面的知识。

唯独路易莎除外。

这个小姑娘在知识面前如饥似渴,在求知的道路上百折不挠。我的讲解从来都无法满足她的需求。她仿佛对周遭的一切都抱有强烈的好奇心。我至今犹记,有一回,她的外祖母玛利亚·德·西恩富戈斯没打一声招呼便直接来到我的课堂。那天,她就那样径直走入教室,坐在了路易莎身旁。

"外祖母,上课的时候您不能跟我坐在一起。这样会让我分心的。"

路易莎的回应让老夫人脸上流露出了一丝笑容,但这只是为了掩饰她感觉到的几分冒犯之意。于是,她二话没说,立即起身换到了大厅最后面的座位上。她全程只是聆听着,静静地观察着外孙们的表现。

玛利亚·德·西恩富戈斯面容清癯,却有着与她的年纪毫不相称的(我猜她约莫六十岁)惊人的灵活。她走进来时并未敲门,当时我们正在讲授拉丁文的词尾变格。那时,我已与他们共同生活了至少一年。我的授课方式总是一成不变:他们都坐在一张大桌子前,而我则站在他们跟前,为他们逐一念读每一个单词的词尾变化表;然后,他们便抑扬顿挫地跟读起来。尽管他们看似是在齐声诵读,但实际上,这不过是路易莎的个人朗诵会罢了。她的兄弟姐妹,都只是在照着她的姿态和语调鹦鹉学舌。

那日课后,四五学童蜂拥而出。而外祖母却在教室留步,向我提出了一个请求:"不知您以为,一个像路易莎这样的姑娘,应当怎样培养才好。但毫无疑问的是,对您现在的教学模式,我实在不敢苟同。您难道觉得她比我其他外孙更能成器吗?"

老夫人的这番话着实出乎我的意料，一下把我惊得哑口无言。但我也无可奈何。我既不能禁止她来到我们的课堂，也不能阻止她做任何她想做的事情。因为我以此谋生。我若是还想保住这个饭碗，就必须先好好舒一口气，努力压住自己心中的怒火。我选择了这样一种应答方式："夫人，我并没有给您的外孙女提供任何特殊优待，我对她和她的兄弟姐妹们一视同仁。但我无法阻止她对学习如此上心。她这种情况，我跟您一样感到迷惑不解。毕竟她还只是个这么小的姑娘啊。小小年纪，竟然就已经能做到过目不忘、倒背如流了，而且中途还不喜欢被人打断。这简直是个奇迹！这是您跟我都制止不了的。"

"可是，她竟然叫我走开！叫我！我可是她的外祖母啊！反正我绝不会容忍此事，现在还轮不到她这个四岁的黄毛丫头在我跟前发号施令呢。无论她的记忆力多么神乎其神都不行。她这样做，就是有失礼数。"

老夫人这脾气，真是一点就着。我很清楚，当她看到我跟他们在一起时，她心里其实很不舒服。她宁愿由其他任何一位家庭教师来指导她的外孙，起码，得是一位经验更加丰富、仪容更加端庄的老师。我们初次见面时，她便表现出了这副没将我放在眼里的态度。虽然我对于她的顾虑与不屑深表理解，但我绝不允许它对我的工作产生任何影响。面对这样的重任，我竟是女王陛下钦点的人选——而这，就是我理应为此鞠躬尽瘁的全部理由。

但除此之外，还有一点。那就是路易莎对尽情徜徉于我的每一堂课的热切渴望。

7

我时常会在心里猜想：此刻，不知这些孩子的母亲在宫廷里过着怎样一种纸醉金迷的生活。她绝美的风姿已然将我完全俘虏，以至于我至今仍会不时想起她来，不由自主。我甚至都讶异于自己竟然还记得她那一头金色的鬈发，还有裙摆下微露出来的那一双秀足。假若我从安塞尔莫处听来的传闻凿然不虚——那位年轻的寡妇当真夜复一夜地沉浸在痛失丈夫与父亲的绝望中难以自拔，那她又如何能做到在一位陌生男子面前精心修饰至那般矫揉造作的地步呢？这可着实骇人听闻。

不过，不得不说，虽然我时常这样无法自制地开个小差，但这其实并未影响我在自己的工作岗位上恪尽职守。实际上，我几乎从早忙到晚。因为要想从那帮调皮捣蛋的孩子当中全身而退，简直比登天还难。

可即便如此，我依然常常会趁大家用餐的时候悄悄溜走，巧妙地避开外祖母玛利亚那盘问的目光，去找个下人随便拉拉家常。

"今天没有弦乐独奏会吗，佩德罗？看来你又不好好干活了,我可要报告夫人去!"玛蒂尔塔跟我嬉皮笑脸,带着女仆所特有的那种口无遮拦和年轻姑娘所独有的那份无拘无束的欢喜。不过她并未把我惹恼。恰恰相反,我因自己能将她逗乐而心满意足。而且,我很高兴自己正在逐渐获得她的信任,毕竟她在这座城堡里待的时间比我久。谁都知道,当你置身于一个全新的环境时,与先来者处好关系将对你益处良多。"自从她察觉到你对教室里的其他人都视若无睹,却单单只关注路易莎以后,她就想要管管你了!"

的确,那个小姑娘的"僭越"行径已经引起了老外祖母的高度警惕。可我一直想不明白,在我带着自己教书育人的理想与抱负来到这座城堡之前的日子里,那位老夫人怎么什么课都敢给自己的外孙们上,而且居然也没出什么岔子。

"那个老巫婆只知道关心她那几个外孙的大好前途。可我这辈子都没碰上过那样的蠢蛋。玛蒂尔塔,你是不知道,要吸引他们的注意力有多困难。你不是已经跟他们在这儿一起生活了这么长时间吗?那你告诉我,那位老太太究竟是怎么顺利给他们上成课的?"

尽管这并不像是个会让这位奶妈高兴的问题,但我还是按捺不住自己的好奇心。这时原本忍俊不禁的她立即刹住笑意,转而神色严肃地看着我。我顿时明白:德·西恩富戈斯夫人,应该不是一位称职的老师。

"那时候的情况可大不一样。我从来都没有去过她的课堂,也就无从打探她到底教了他们些什么。毕竟,你知道的,那不是我的职责范围。但我可以确定的是,她只叫了迭戈和加尔西去上她的课。"

我不禁愕然。

"当然了,这也是因为当时弗朗西斯科、路易斯、玛利亚、路易莎和莱昂诺尔都还很小吧……估计那时候伊莎贝尔都还没出生呢。那你说卡塔利娜又是怎么回事?如果她都已经能跟她母亲一起在宫廷里当管事了,那么想来她此前一定已经接受了良好的教育吧。"我的问题再度让她感到不适。我立即觉察到了这一点。因为我在这方面总是十分敏锐。玛蒂尔塔已经对回答我的问题表现出了抗拒。

"对于这些事,我可毫不知情,先生。刚刚您也说了,那时候小伊莎贝尔都还没出生呢……我刚被雇来这户人家干活的时候,卡塔利娜有一位不太寻常的老师。是一位老先生。我也只是在他临走之前见过他几面而已。"

"在他临走之前?"我模仿她那故作轻松的语气问道。

她意识到自己一不小心逗漏了太多,脸上瞬时飞起一抹红晕。玛蒂尔塔局促不安地在围裙上搓拭着双手。显而易见,她在对我说谎。

"好吧,他其实是被逼走的。你以后就会见识到了,佩德罗。你还不了解迭戈·梅德拉诺。"

"没错,我对那几个孩子的父亲的确一无所知。但假若真如你所说,是他把那位老师给'逼'走的,那么我猜,这位先生恐怕确实跟那位老师合不太来。不过,你知道这其中的缘由吗?"

"我不知道!"玛蒂尔塔倏地一下站了起来,随即便开始在厅堂里来回踱步,一时间竟不知该说些什么才好。就在这时,小宝宝忽然醒了,并一下子哇哇大哭起来——估计是因乳母的这声大喊而受到了惊吓。"好了好了，没事了噢，我的小宝贝……嘘……"她将小婴儿抱在怀里，轻轻柔柔地来回摇晃。

"好吧，玛蒂尔塔。看来我还是让你留在这儿哄这个小女娃入睡比较好。但我还是希望，等改天有机会，你能跟我说说那位先生后来为什么不继续在这里教课了。当然了，我是说如果你了解情况的话。"

只见她一面仍在晃悠着孩子，一面试图组织自己的语言。她这种状态持续了几秒钟，直到怀中的婴儿似乎已被哄得安然入睡。她终于停了下来，正视着我的眼睛。

"发生了一些事，让他对他们两人起了疑心。卡塔利娜行为举止上的一些小细节让他觉察到了这一点。而他绝不允许这个家族的名誉受到丝毫玷污。"

此刻我确信不疑，玛蒂尔塔终究还是对我说了真话。一直以来，在说服女人这方面，我的确总是很有一套。无论一开始她们表现得多么冷若冰霜，到最后都会对我掏心掏肺。

"所以，你的意思是，卡塔利娜并不是以处女之身去的宫廷？"

"我可从来没有说过这样的话，先生！"

"说是没说。你不过是在含糊其词罢了。"

"您可千万别把我从没说过的话硬塞到我嘴里来。我只是把自己听来的事都告诉您而已。我家老爷决定赶走那位先生的时候，我甚至都没在场。我所知道的是：从那以后，家里就只有那两位年长的少爷能去上课了。他们再也不让卡塔利娜与外界有任何接触了。那位可怜的小姐，从此再也没能走出过城堡一步——就连每日举行的弥撒,他们也都不准她去。"

这个故事让我困惑不已。我试图想象一位在大小姐面前散发迷人魅力的男老师,还有那位对于维护家族尊严有着钢铁般意志的父亲。对于这样的桥段,我似乎觉得非常熟悉。甚至,我好像都可以自鸣得意地宣称:本人就曾多次扮演这类故事中的男主人公。而这,也正和德·西恩富戈斯夫人对我的猜忌完美地对上了号。她压根就不信任我。我甚至一度产生过这样一种预感:看来,我在这里的好日子就要到头了。但幸好,我随即又定下心来。因为我忽又想到:我是奉了国王谕旨前来任教的——那可是金口玉言的女王陛下。

8

我背靠着阅览室的大门，盘桓于此。我从未想过这里会出现不速之客。因为在这座圣格雷戈里奥城堡之中，几乎没有人会来到这间藏书室。此间简朴古拙，唯有寥寥几本塞涅卡和维吉尔的大作。很有可能是那位老爷的藏书。有一点我已然确认：梅德拉诺家族的人，并不十分热衷于阅读。所以，每当孩子们渐入梦乡，我便喜欢独自躲在这里。当我确信所有人都已在卧室中安然睡下时，便开始在这馆藏之中徜徉自得，看看是否会收获一些吸引我的意外发现。

那是一段一波未平一波又起的岁月。我与家中的那两个大孩子——迭戈和加尔西——之间闹了太多的不愉快。他们总是喜欢欺负自己的弟弟妹妹。可总的来说，我在他们面前又几乎毫无威信可言。我总是试图激发他们的学习热情，但毫无疑问，他们肯定觉得自己已经受够了，便下定决心起来"造反"。所以到了后来，每当天光大亮，他们俩便一致选择留在房间里继续呼呼大睡，而不是前来上课。这样的情况，已经开始成为常态。我对此也无可奈何。而每当他们抱怨自己上的课无聊至极时，他们的外祖母便会第一个站出来捍卫这样的说法。他们并不想学习，而是更愿意去骑马，甚至乐意去清扫马厩、给壁炉添火或是拔除花园里的杂草——只要不是翻开书本，让他们做其他任何事情都没问题。

我只好向他们做出让步。只要他们不想来上课，那我便默许这样的缺席。但那一天，面对他们的公然挑衅，我再也掩藏不住心中的怒火了。

"佩德罗发不出'r'这个音！我们怎么能拜一个连自己名字都念不好的人为师呢？！[1]"

他们说得没错。因为口腔的一些先天缺陷，我很难念好"r"这个音。此事本无关紧要，但我也容不得这些无法无天的黄毛小子视之为笑料。我必须好好给他们上一课。于是，我走到迭戈身旁，请他重复一下刚才说的话。

"可我除了发音不行，连耳朵也不太好使呢。既然你是个好孩子，那能不能请你为我再重复一遍刚才说的话呢？"

他看着我，不知所措。这时他发现，自己的兄弟姐妹里竟没有一人站出来为他撑腰。于是，他只好又小声地说了一遍。

"您的发音很糟糕。"

我揉了揉自己微微眯上的双眼，佯装出一副视力不好的样子。我朝他走了过去，请他再铿锵有力地说一遍。

"请你再大声一点，迭戈。而且，我也看不太清你。所以，如果你不介意，那我就坐在你边上好了。你可以畅所欲

---

[1] "佩德罗"的西文为"Pedro"，其中带有颤音"r"，它在西班牙语的发音中常常是一个难点。

言，千万不要有任何顾忌。我发现，从你这个位置，轻轻松松就可以把周围的所有人都看个清楚。你都已经占据了这么有利的位置，那你觉不觉得你的批评太过尖锐了些呢？"

"请您不要坐到他的身边去。他只是在陈述一个事实罢了。您说的话他都听不懂，您就放过他吧。"这时加尔西站了起来，看我的眼神里满是轻蔑，叫人心寒。

其余的孩子则都呆坐在座位上。尽管他们并不清楚到底发生了什么，但谁也没有胆量站出来为迭戈说句话，因为这就意味着要顶撞我。此时此刻，除了将这两个年长的兄弟赶出课堂，我别无他法。

"你要是并不打算尊重我，也没准备给弟弟妹妹做个表率，我看你还是不要再来上课比较好。一会儿我会跟你们的外祖母好好谈谈的。"

加尔西和迭戈面面相觑。只见他们二人立时从椅子上跳了起来，仿佛底下装着一个看不见的弹簧似的，接着就这样离开了教室。我也没兴趣调查他们后来做什么去了。我只知道，是时候跟那位老祖母表个态了。我得明确地告诉她：她这两个外孙，似乎没一个是学习的好苗子——缪斯女神没有青睐他们当中的任何一个。

但现在，我试图把课先继续自然地上下去。可一时间，紧张的氛围仍挥之不去。我在心里反复琢磨着与老夫人那场必不可免的会面。下课以后，当我还埋头于书本恍惚出神时，一个清脆的语声打断了我的沉思："您与之前的那位老师不同。"

我回过神来，听出这是路易莎那纤细的声线。她望着我，一双眼睛仿佛两颗被阳光穿过的深色水晶，正直勾勾地锁住我手中的书本。

"路易莎！你在这儿做什么呢，小家伙？都这么晚了，你怎么还没睡呀？你外祖母要是看到你这时候还在城堡中到处转悠，肯定会生气的。"

"我才不管呢。我就是想跟您说，如果加尔西和迭戈生您的气，那绝不是您的错。那是因为他们自己不爱学习，更不喜欢老师。但您不一样。"她步伐坚定，径直朝倚靠在墙边的那把扶手椅走去，然后站在那里接着说道，"他们觉得您会跟我们之前的那位老师一样。他们还以为，都是因为您，妈妈才会走的……我都跟他们解释过了，您不是那样的人。我觉得您人很好，而且您上课也很有水平。"

我不禁怔住，不敢相信这一番话竟是从一个五岁女童的嘴里说出来的。

"路易莎，你快坐下。那你跟我说说，之前给你们上课的那位老师，到底都对你们做了些什么？"我的直觉告诉我，这个孩子渴望一吐为快。于是我便下定决心助她一臂之力。"他是不是对卡塔利娜做了什么坏事？你是不是担心我也不是什么正人君子？"我从未想过，自己有一天竟会跟一个这么小的孩子进行一场这样的对话。但是，路易莎绝不是一个普通的女孩。

"他没对卡塔利娜做任何事。因为我姐姐是个好学生，她从不逃课。"

"那么，那位老师究竟做了什么事才让他把自己的工作都丢了？他胆敢去欺负谁？"因为急于获知真相，我开始有些失去耐心了。

"他欺负了我母亲。我曾看到她哭得很伤心。他也欺负了我父亲,因为父亲为此很生母亲的气,而且一气之下就把那个老师给赶出了家门。我知道,他走后您就来了,而且我父亲和外祖父又刚刚过世,但这两件事之间并没有任何因果关联。母亲和卡塔利娜是因为女王陛下才走的。而您之所以留在这里,是为了教我们知识。您是一个好人。"

9

路易莎的这番话让我陷入了深深的困惑。关于她的母亲，我有太多难解的疑团。初抵圣格雷戈里奥那日，玛格达莱娜·布拉沃在接待我时身穿一袭华美动人的水绿色长裙。她那精心打扮后的迷人模样，在我脑海中挥之不去。如果说，她当真曾受那位教书先生的勾引，那么传闻中她在新寡之时的轻浮做派也就不无可能。

但无论如何，对我来说最不可思议的是：我竟是从一个大半夜不睡觉的黄毛丫头嘴里得知这一切的。

为了劝哥哥们重回课堂，路易莎·梅德拉诺去为我说了情。看来，跟我说过的这些话，她同样也跟他们说了一遍。而且，后来我获知，她当时所说全然不虚。她对他们说：我比之前的那位老师要好得多，以及他们母亲的离开跟雇我来当家庭教师这件事毫无关联，因为我是由女王陛下钦选而来。尽管他们信服了这个理由，但在几周之后，还是发生了一件与我的预期截然相反的事：虽然他们几乎没再为难过我，但那位老外祖母竟然格外"开恩"，准许加尔西和迭戈从此不必再来上我的课。在那个家里尽人皆知，那兄弟二人没有一个热爱文学。实际上，当外祖母玛利亚探问他们志在何处时，长外孙迭戈已经迷上了手艺人的生活。紧接着，排行仅次于他的加尔西——他一直与他哥哥性格相仿，很快也追随了哥哥的步伐。

另外，不久之后，神圣之声又从我的课堂上召唤走了另外三位姐弟：玛利亚、莱昂诺尔和弗朗西斯科。他们决心从此投身于潜心祷告的生活。于是，在经我监护两年之后，他们三位带着各自的入院费[1]分别搬进了慈悲圣母修道院和圣胡安·德·杜罗修道院。

自那以后，便只剩路易斯和路易莎还在我的管顾之下，还有那刚刚离开玛蒂尔塔怀抱的小伊莎贝尔——一转眼，她也快三岁了。这个崭新的局面让我在工作中变得游刃有余许多。因为如今我只需要给这两姐弟上课，而且这样他们也能把课堂资源更好地利用起来。他们是这个家里硕果仅存的两个对学习与知识有真正兴趣的孩子。从前那种需要我绞尽脑汁琢磨出各种策略来说服那群毫不享受学习的小家伙苦读诗书的日子，终于熬到头了。不过，这也并未使我从棘手的难题中从容脱身。因为，在他们姐弟之间，有时仿佛会拉起一道互相较劲的帘幔，而我则逃不脱要为他们充当裁判的宿命。一开始，我对此茫然不解，但后来也慢慢摸清了门道。因为这对姐弟的个性无疑都十分要强，都在暗自较劲，力求在我

---

[1] 在正式加入修道院或修会时所需缴纳的一笔费用。尤其是在加入获取日常收入更为艰难的女修道院时，这笔钱数目不小。因此，在16世纪的西班牙，成为修女并不是贫穷人家的女儿能够自由做出的选择，加入女修道院的大多为富家千金。

面前更胜一筹。

一天清晨,路易斯突然毫无来由地在课堂上跟我说了这样一句话:"我姐姐说,等她长到玛蒂尔塔那个年纪的时候,她绝不会允许其他任何女人越俎代庖,替她抚养自己的孩子。"

他试图模仿出他姐姐那种大方自若的神态,学着她的样子说话,甚至有时还敢添油加醋。因为他清楚地知道,路易莎那些无休无止的提问,会让我多么欢喜。而他也极力想成为我关注的焦点。所以,有时他也会问出一些莫名其妙的问题——不为别的,只为引起我的注意。

"路易斯,我倒觉得玛蒂尔塔的工作很有必要呢。因为你们的母亲不在这里了,所以她也就无法亲自照顾小伊莎贝尔。她没有办法亲自抚育她。我相信,等路易莎长到需要决定是否愿意亲自照顾孩子的时候,她应该也会考虑到自己能否跟他们生活在一起这一点的。"

"路易斯,你这是在胡说八道。我以后是不会有孩子的。因为我讨厌婴儿。"

说着,小姑娘便从桌前站了起来,一脚踹在坐在对面的弟弟的小腿上。她那双原本炯炯有神的眸子,此时一下黯淡下来,似乎马上就要流出泪水。

"可你现在怎么会知道呢,小姑娘?一个人只有在长大之后,她的孩子才会到来呀。你现在都不到六岁,怎么能如此笃定地为自己二十来岁才要做的决定下定论呢?"

那天早晨给姐弟俩上的那堂课不同寻常。我其实已经习惯了路易莎一如既往地语出惊人。她总是喜欢不管不顾地自说自话，也不会放过任何发言的机会。弟弟的模仿似乎并没有给她带去太大的困扰——或者，倒不如说，这反而令她更清楚地感觉到自己的卓尔不群。

尽管如此，那个小姑娘当下做出的反应，还是说明她似乎感觉受到了冒犯。路易斯竟敢在外人面前提及这样的闺中私语。实际上，一个像她这样出身优渥的孩子所能想象的未来图景，是多少人汲汲苦求的美梦，又是多少人求而不得的幻梦。可唯有她自己不在其列。

"不，我以后绝不会成为任何人的母亲。一旦做了妈妈，就既不会学习，也不会看书。母亲们只知道结婚，只会照顾孩子。"

她强忍住眼泪，但说话的语气中分明充满了愤懑与悲哀。

"不是这样的。我们的母亲就没有照顾我们，而且，你还总说，你以后想成为她那样的人。"

"我说的不想'成为母亲'，意思是我不想有孩子。但我也想在宫廷里生活，我也想去上国王的那些御用先生所教授的课程。你都不知道自己在说些什么。路易斯，你这个蠢货！"

我总不能眼睁睁地看着她这样羞辱自己的弟弟。我站起身来，扼住了路易莎的手腕。我承受着她那如火一般的愤怒目光，小心翼翼地请她回到自己的座位上。而她则一言不发，但见她的下巴因情绪太激动而不停地抖动。路易莎终于哭了出来。这个时候，不再有任何关于自尊心的顾忌能使她停止哭泣。她朝我靠过来——这时我已经松开了她的手，扑入我的怀中，全然忘却我们还要继续这堂才上到一半便被打断的语法课。

　　她才不到六岁，但在智力上已经远远超过了她所有的兄弟姐妹，也胜过我之前教过的所有学生。我几乎在一瞬之间便意识到了这一点。我既欣赏她，也很支持她。但让我忧虑的是：我不知道，这个世界上的其他人，会不会也如我这般待她。

10

故事讲到这里,我认为有必要澄清一个事实:实际上,我切实履行了给那群孩子上课的五年协约,而路易莎后来也得偿所愿搬去了宫廷。那段日子,我就那样愉快地居住在圣格雷戈里奥,同时小心谨慎地应付着德·西恩富戈斯夫人各种随心所欲、突发奇想与含沙射影的行径。我几乎每天都在努力让她认识到自己的外孙女有多么与众不同,还要让她明了前往皇宫与母亲、姐姐团聚对路易莎而言有多么重要的意义。不过,这并不意味着我便就此放弃了让路易斯也跟上他姐姐学习步伐的努力。

然而,随着辞行的日子越来越近,我也越来越清晰地看到这对姐弟之间的不同之处,以及路易莎的同龄人与她之间的悬殊差距。

我已收拾好自己这些年积攒下来的两包家当,这便是我所有的行囊。在离大门不远处的城堡出口,此刻那几个包袱已在等候着我。我打量着它们,一阵悲伤不由得涌上心头。因为我已经习惯了圣格雷戈里奥的生活。更为重要的是,我还在这里发掘了将来无疑会成为我所有学生中最出色的那一位。

所以,我沉浸在忧思中难以自制。我请求同玛利亚·德·西恩富戈斯说两句话,并在藏书室等候她的到来——这里,也正是几年前我同她的外孙女交谈过的地方。

"我此番请您前来,绝不是因为她为了实现心愿而恳求我来替她求情。因为我是一块很难啃的硬骨头,想要说服我绝非易事。我的教学生涯已有数年之久,但我从未碰上过像路易莎这样求知若渴的学生。她应当搬到宫廷里去。因为只有这样,她才能找到一位比我更加博学、更有天赋的老师来继续教导她。"

那天早晨,在玛利亚·德·西恩富戈斯面前,我说话的态度十分笃定。因为我必须说服她,让她明白:切勿将那个小姑娘送到修道院去,而应当让她去宫廷继续完成学业。

"亲爱的佩德罗,我非常清楚,你很喜欢我们的小路易莎。但你不应理会她溜须拍马时说的话。我并不否认,她确实是个聪慧过人的孩子,比她的哥哥姐姐都要聪明。但是,难道你敢想象,我凭借一己之力就能跑到国王陛下面前陈情,请求他们将她收入宫中吗?而且,更让人难为情的是,我还要请求他们准允路易莎进宫去学习?"

我完全相信梅德拉诺家族在索里亚一带的影响力。毕竟,他们是"十二大家族"中的一支。这些名门望族的高贵血统可以追溯至两个世纪以前。据传,这个姓氏源于皈依基督教的一位摩尔王子刨根究底的追问。他总想套问出自己的家族是否能够发迹,因为他觉得现状似乎不太景气。而他每次这样问,都会得到相同的回答("发迹不了,发迹不了"[1]）。久而久之，这便成了他的诨名，后来也成为这个家族所有后嗣的姓氏。

但这也只是坊间传闻罢了。

然而，谁也无法否认：眼前正与我交谈的这一位——这个在下人们面前呼风唤雨的主人，这位有一个那般渴望与自己母亲团聚并接受更好教育的外孙女的老夫人，若由她来陈请，那么很有可能，王室最终会准允这份请求。

毋庸置疑，这值得一试。

"德·西恩富戈斯夫人，您有权去做这件事，而且甚至不止于此。我并不是一个固执己见的人。说到底，其实我的任务到这里就结束了。但还是请您听听您外孙女的心声。她绝非平庸之辈。如果把她关在一个修道院里，那就是白白浪费她那超群的智力。"

"请您收回您刚才提出的无礼请求，德·拉·鲁亚先生。我有三个外孙都已经献身于慈悲圣母修道院和圣胡安·德·杜罗修道院了。也许，是路易莎对于才智的狂热追求影响了您，让您不能做出理智的判断。"

"无论是玛利亚、莱昂诺尔，还是弗朗西斯科，他们都从未在我面前展露过路易莎所拥有的那份才华。请您相信我，德·西恩富戈斯夫人。显而易见，她绝对是一个无与伦比的学生。"

这样的坚持并没有让我感到烦扰，也没有给我带来丝毫

---

[1] "梅德拉诺"这一姓氏在西文中写作"Medrano"。若将动词"发迹"（medrar）的否定形式（"no medra, no"——原书注）连写，二者便同音同形。故在民间谣传中，人们便将"发迹不了"这一含义与该姓氏联系在一起。

疲倦。但事实上，我后来的确不再干涉此事。有些时候，一个人必须明白自己何时应全身而退，在任何情况下都是如此。让事情顺其自然地发展下去，这于我终究没有坏处。

于是，我热情友好地同这位老妇人辞了行。接着，我便往花园走去，去寻我那位得意门生。我已然开始怀念她的好奇心和她那些没完没了的追问。虽然，它们很多时候都陷我于一种困窘的境地，打击我的自尊，让我屡屡感到面上无光。但很少有什么东西能比这位年轻的梅德拉诺小姐的提问更能刺激我的头脑。

远远地，我便瞧见了她。此时她正躺在草地上。落日的余晖穿过空中悬浮的花粉颗粒，为这幅场景增添了几分不同寻常的暖意。路易莎正眉飞色舞地跟自己的弟弟谈天说地。两个孩子在一个花园的角落里玩得不亦乐乎。5月伊始，园中林木一派欣荣，已然预示出夏日硕果累累的景象。我决定藏身于一株灌木之后，想在此偷听几句。因为一种强烈的虚荣心驱使着我，让我迫切地想知道这两个小家伙究竟会如何议论我。尽管在年纪上有着一岁的差距，但他们两个毕竟始终在一起上课，也都习惯了我的课堂。在我的内心深处，我始终相信他们对我一定有着由衷的钦佩。要是现在错过了，往后我便再也没有机会能探知他们的心意了。我那天的运气实在是不错，没一会儿便听到他们在谈话中提及我的名字。

"你别难过了，路易莎。佩德罗也需要回他自己家里去呀……"

这两个孩子都已隐隐感到，一场翻天覆地的变化正在前方等待着他们。只不过，他们现在还看不太清这变化的方向。

但是，两人都害怕命运会将他们分开。

"这我当然知道。可只要一想到以后我们就不能在一起了，我就感到非常难过。我们以后就没有课上了，你发现了吗？看在上帝的分上，路易斯，我好想继续学习啊！"

"也许，今后你可以跟着慈悲圣母修道院里的修女们继续学习呀，就像莱昂诺尔和玛利亚一样。"

路易莎摘下一朵小雏菊，将它跟她手中的那一束编织在一起。她正在编一个花环。她将花环滑稽地戴在头上，作为真福[1]的标志。她的弟弟一看便笑了起来。

"他们要是看到你在家里这样做，一定会把你当作异教徒送去火场[2]里学习的！路易莎，拜托你别这样！"

"所以你看到了吗？我是不可能成为一名修女的，我更不可能成为一位女圣徒。而我想要成为的，是一位女老师，路易斯。"

"就是像佩德罗那样的老师吗？"

她摘下花环，发梢上留下几片娇嫩的花瓣。只见她露出笃定的微笑，在弟弟的脸颊上轻轻一吻。

"不，你说错了。我要成为的，是在大学里教课的那种老师。"

---

1 天主教传统中的一种封圣品级，仅次于"圣人"封号，用以彰显与尊崇受封者的德行。该称号源自拉丁文"beatus"，意为"受祝福的"。
2 在当时严苛的宗教环境下，异教徒有可能会受到火刑惩罚。

索里亚,阿尔马萨

(卡斯蒂利亚王国)
1527 年

"说吧,女儿,你想跟我说些什么?"

路易莎的脸色让玛格达莱娜惊惶难安。她颤颤巍巍地站起身来。这个时候,不能让女儿受到一丝一毫的刺激,也不能再让她花费半点力气。她已经虚弱不堪,虚弱得几乎再也说不出一个字来。她的语声也微弱得难以听清。

"母亲……她……她本应该出现在这里的,但我不想让她待在我的身边。其实,我从来……我从来也不曾喜欢过……"她举起右手,却又无可奈何地任它落下。她瘫痪在床,无法起身,也无法挪动自己左半边的身体。路易莎来回往床的两边转着头。她感到痛苦。她感受到了痛苦可能呈现的所有形式。

"可你这是在说谁,我的女儿?'她'是谁?不……我求求你,求你别再说下去了,求你别再用劲了。你现在应该休息,应该心无挂碍地休息。"

说啊——此时此刻,她多么希望自己说得出来,哪怕是在这最后一刻。她是多么想,再看她一眼……

巴塞罗那

(阿拉贡王国)
1492年

1

"千万别下来,殿下!请您收收自己的小性子吧。您别踩梯子呀,这可太危险了!"

远远便听见有侍从正高声劝阻我。他的喊声从二楼回廊一直传到了这边。只可惜,这时我已然准备好顺着梯子往下爬了。我总是听凭自己一时兴起,甚至都不给自己留有思考的余地。本殿下行事向来只遵循一个原则:我无法容忍别人向我发号施令,更无法容忍让自己心生恐惧。那是一个周五,日程刚刚过半。那一天,时间似乎被拖宕得格外漫长。因为那时,父亲的公务尚未处理完毕。于他而言,也就是还有一大堆奏折正等着他批复、准许或是驳回。我想起那回荡在走廊里的警报声。那个声音,犹如一种带有黏性的液体,将地毯和帘幔全都浸透,也将我们牢牢地黏附在地板上。众人全都动弹不得,惶恐惊惧,呆若木鸡,几乎快要透不过气来。

"刚刚那是什么声音?是从街上传来的吗?他们是不是在喊母亲?"

胡安看着我,脸上同样写满了困惑。我知道,他这一连串的疑问,不过是对我们心中猜想的确认。

"你就在这儿等着。既然他们说会很危险,那就说明现在大家很可能都已经拥到街上去了。不如让我探过头去瞧个究竟吧。"

"胡安娜,别去!"

但我并未理睬他的阻拦。虽然我的哥哥比我年长一岁,但在我们之中,负责解决难题的人往往是我。他比我更加柔弱娇气。虽然,他不太喜欢人们用"弱不禁风"这样的词来形容他,但显而易见,他的身子确实羸弱。

因此,做出决策的任务便义不容辞地落到了我身上,好像我才是家里的长女似的。但在这一刻,我只想保护他。所以,我并不介意自己以身试险。毕竟,这件事牵涉到的是我的母亲——女王陛下。

在我那碍事的长袍所允许的范围内,我以自己最快的速度从梯子上下来。我一面用右手做着支撑,将身子倚靠在栏杆上,一面用左手收好我那飞扬起来的天鹅绒裙摆。我脚踩阶梯,两级两级地跳下。可眼看就要抵达平地的时候,我还是差点把自己的脚给崴了。

然而,这时有两个身配长剑的侍卫拦住了我。他们不许我走到宫门外面去。

"我要去找我的母亲……让我出去!我知道,她现在一定就在外面。"奋力挣扎中,我看到了她那在风中摇曳的束发帽的蓝色边缘。我的直觉告诉我,必定是发生了什么异常可怖的事情。"母亲!"我用尽全力大声唤道,希望这样她便能注意到我。他们应该让我到她身边去的。我想知道到底发生了什么。

听见我连声呼喊后,母亲终于转过头来。我立时看出,她此刻的面容正因恐惧而黯然无光。

"发生什么事了,母亲?请您下令,让他们放我过来找您!"

"你就待在那里,胡安娜!别过来!"

她向我竖起一个摊开的手掌,示意我不许向前一步,这是她不可违抗的旨意。而这,恰也证实了我之前的猜想。我知道,恐怕确有不幸发生。但我的母亲想要保护我,她不会让我也卷入那最危险的境地之中。

于是我止住叫嚷,并从宫廷侍卫的身边向后退了几步。但我却抑制不住自己的哭泣。因为我感到恐惧,一种前所未有的恐惧,一种我完全陌生的恐惧——恐惧失去,恐惧死亡,恐惧苦难。我害怕自己被迫成为某种阴谋与背叛的牺牲品……顷刻间,人群越发骚动起来。宫殿周边的街道都已被军队团团包围。混乱不堪的喧嚣躁动与我的啜泣声交杂在一起。我能感受到自己的心脏正在狂烈跳动。而在我的身后,几个侍女也三三两两地凑向台阶高处环顾张望。她们不禁也被我这焦虑不安的哭泣所感染。但究竟发生了什么?

就这样过去良久。我仿佛觉得过了十年那样久。在这段时间里,我一直倚靠在梯阶上,彻底陷入一片惶然无措之中。我甚至一动未动,只为能在第一时间等到消息。终于,我等来了母亲的一位掌事侍女。她特意前来告知我:此事关乎我的父亲。就在刚才,有人图谋用匕首行刺。

"殿下,陛下请您即刻过去见她。"她叫玛格达莱娜,是我母亲的心腹侍女之一。行过礼后,她伸出手扶我一同走到宫殿大门前。"您别靠近那尸首。自会有人来处理它的。现在最好谁也别去碰它。您千万当心。"

她话音未落,我便已发疯似的朝那边冲了过去。我父王死了?!光是想想,我就已经无法承受。

"殿下!请您千万当心!哎,您别乱跑呀!"

这位侍女有个女儿,她总喜欢在宫殿里面跑来跑去。我曾不止一次看见,每当这时,她便会颐指气使地对自己的女儿发号施令。她是我母亲平日里最喜欢的侍女之一。因此,许多时候她甚至也敢公然将这样的颐指气使用在我身上。但我这时并没有理会她的话,而是径直向父亲、母亲那边飞奔而去。

"你们还好吗?发生什么事了?父王!难道就没有一个人赶来救驾吗?"

众人已用好些差役的外袍临时搭出一张床来。我的父亲便这样躺在广场的铺路石上,呼吸时断时续。他身体的一侧受了伤。此时鲜血正汩汩涌出,浸透了他的白色衬衣,汇成一条蜿蜒的殷红细流。一滴,一滴,一直淌到地上。

"父王!您怎么了?您怎么一直在这样流血?!"

母亲过来扶住我的肩膀,柔声劝我,用一种语重心长但又不失坚定的语气。每当我受到刺激时,她便总这样同我说话。

"胡安娜,我的女儿,你不必担心。你父王只是遭到了一个狂徒的行刺。那个歹人真是丧失了理智。但你无须惊慌。事后他们立即给你父亲涂抹了膏药,还用绷带给他做了紧急包扎……难道你没瞧见,他的伤势已经稳定下来了吗?"我凝神打量，发现确实有一些绷带似的东西缠绕在他的肋骨处。"所以你大可放心。快跟兄弟姐妹们一起回去吧。他没事的。"

"可他现在为何还在地上躺着？我们难道不应把他抬到他的寝殿去吗？"好不容易，我才强压下胸中的一腔怒火。但这口气终究还是咽不下去。母亲再次过来扶住我。这一次，她使出了更大的力气，因为只有这样才能将我制住。而且还有两个侍从过来帮忙，也帮着她一起，让我动弹不得。

"胡安娜，请你控制好自己的情绪。在轿床抬来之前，我们绝不能轻易挪动他。明白吗？你现在必须回去了。但回去以后，你一言一行都务必把握好分寸。你的父王没有任何生命危险。所以你不必言过其实，免得吓着其他兄弟姐妹。"

说话间便来了两个人。他们将我拖进内殿，而我没有丝毫可以反抗的余地。慢慢地，我的焦虑与恐慌逐渐得到了缓解。但我想要确认的只有一件事：我的父亲不会死。然而，似乎没有任何人想站在我这一边，也没有任何人对我的担忧表示理解。

我察觉到，人们都在小心翼翼地打量着我。甚至，有一群小孩一看见我从回廊经过，便立即停止交头接耳，瞪大双眼盯着我，眼神中写满了好奇。是的，我又一次因为自己有失庄重而惹人注目了，仿佛有一个恶灵控制了我的心魂。[1]

大家纷纷为我让道。一位侍女陪我一同返回寝殿，因为她要在我就寝之前服侍我更衣。众所周知，入睡能让我平静。

---

[1] 天主教双王的这个女儿生平情绪激烈，在经受丈夫不忠与离世的双重刺激后发作得尤为严重，几近彻底疯狂。法庭曾将其判定为精神失常。故史称"疯女胡安娜"（Juana la Loca）。

而行至门前,一个金发小姑娘走了过来,将一张皱巴巴的纸摊开在我面前。

"殿下,您别担心。一切都会好起来的。请您读读这首诗吧。读完以后,心里或许会觉得好受许多。"

于是,我打开了这张对折的纸片,上面还留有被这双小手沁出的汗珠略微浸湿的痕迹。

十

> 你纵难以琢磨,你纵瞬息万变,
> 但你受人遵从,自有其道可言。
> 你的坚定即善变,
> 你的缓解是愈发剧烈,
> 你最大的秩序便是废除秩序,
> 你所说的同意便是提出异议,
> 这就是你的至高法则,
> 让一切希望悉数破灭。[1]

"路易莎,你给我的这是什么呀?"梅德拉诺家的这个小姑娘,永远手不释卷,也永远对周遭事物充满敏锐的感知。可她才不过八岁。我认出来,她这是誊抄了一首胡安·德·梅纳的诗作。"谢谢你。"

---

[1] 出自西班牙15世纪诗人胡安·德·梅纳(Juan de Mena)的诗作《命运的迷宫》(*Laberinto de fortuna*)。诗人也因著有这首长诗而享有盛名。(此处诗文,以及后文中出现的所有引文译文,如无特殊说明,均为译者自译。)

"夫人,这首诗讲的是命运。虽然,今天命运给我们带来了不幸与迷茫,但我们应当任由它去,不要让它改变我们原本的道路。王宫终会归复宁静祥和。"

路易莎说完,莞尔一笑,便转身离去。

2

提奈尔宫[1]中人头攒动。我踩着一双厚底鞋,几乎无处落脚,更无法在地毯上挪身前行。我尽力压低眉眼,免得让自己的一举一动惹人注目。不过我也深知,做出这样一副姿态,无疑又有几分傲慢无礼之嫌。

自上午十点起,我们便一直等候在此。然而,直到现在,那位船长仍未露面。人群在不耐烦中越发骚动。但是,这并未让我感到烦躁。因为在巴塞罗那,遇上涌动的人潮是再平常不过的事情,我早已习惯了这样的生活。我知道,在数月之内,可能我们都不会回梅迪纳[2]去了。我和我的兄弟姐妹们在这一点上大不相同:我对新鲜事物总是兴趣盎然;而最爱发牢骚的那个人则是胡安。任何一点鸡毛蒜皮的小事都能成为他埋怨的由头。不过是一些芝麻大小的事情,在他那里却像天塌下一般令人绝望。无论是穿的衣服不喜欢,还是坐的

---

[1] 位于西班牙巴塞罗那,是构成巴塞罗那大王宫的三大建筑之一,今天仍是该城著名的历史景观群之一。
[2] 即梅迪纳·德尔·坎波,如今是西班牙卡斯蒂利亚-莱昂自治大区中巴利亚多利德省的一座城市。从15世纪末到16世纪,此地为欧洲最繁华的商贸重镇之一。

宝座不舒服，任何事情都能让他抱怨连天。哪怕为使其免受"硬座"之苦，他的座位上其实永远都铺着椅垫。

我举目四顾，发觉周围的侍从无不盛装以待。他们人人手持器具，身着制服，一张张脸却因百无聊赖而拉得老长。我知道，他们也是无可奈何，只能始终保持站立的姿势，在这里一待便是数个钟头。自父王遭到行刺以来，我们便也都受到了这般密切而警觉的监视和看顾。我们现在甚至都不能起身离开座椅去方便一下，除非找来至少两个贴身随从和一个侍卫。只有在他们的陪同下，我们出入才能自由一些。

玛利亚和卡塔利娜正玩得不亦乐乎。她们两人一个十一岁，一个八岁。但她们很快便领会了在一场欢迎仪式中应当如何表现出合乎规范的行为举止。

而胡安则恰恰相反。他又在抱怨我们的木板台子太矮了。而之所以在这里放置这块木板，是为了让我们在那位船长到来之时能一睹他的尊容。我听得实在忍无可忍，朝他翻了个白眼。

"我要到母亲那里去！就算有这个木板台子，我也还是一点都看不清楚！"

"胡安，拜托你了。母亲必须待在大殿中央呢。你老老实实在我边上坐着就行了。这里不会看不清楚的。你要是真错过了什么细节，我就讲给你听……也没什么大不了的。"

"可他是从新世界来的啊！他见过我们这个世界那未知的另一头呢。所以，他一定有无数个神奇的故事要讲！可我要是坐得这么远，那就什么也听不见了！"

"胡安！"有些时候，他真的会让我失去耐心。我不得不好好治一治他这些任性的念头和荒谬的抱怨。

就在这时,我们的母亲转过头来。她遥遥望向我们,眼神里满是责备。

"这下你看到了吧?母亲生气了。所以我拜托你还是老实一点吧,别再抱怨了。因为不出一个小时,你就会感到无聊至极,就会觉得那位船长口中所说的那些奇闻逸事都变得索然无味。"

那位克里斯托弗·哥伦布船长即将被授予海军上将头衔。一时间,皇家广场周围人满为患,水泄不通。举国上下,似乎都在为这个获取来自遥远之地信息的奇妙时刻而心潮澎湃。这是一个前所未有的历史性时刻,无人不陶醉其中。但我知道,在所有在场者中,肯定至少有一个人会觉得,这个源自新世界的消息从巴塞罗那的港口驶来的情景,似乎迟到了六年。

对路易莎·梅德拉诺而言,她既不关心那个将向我们讲述自己海上传奇经历的人究竟是一位海军上将还是一位见习水手,也不在意他到底是个霸主还是个俘虏。她会来参加这场欢迎仪式,纯粹是因为她也是皇室随从中的一员,一如她的母亲和姐姐。实际上,此时此刻,她依旧醉心于自己的沉思之中。她的思绪想必时常会飞向她那不在身边的父亲与外祖父吧。据我所知,他们二位早在六七年前便在一场战役中双双牺牲。

这时,我的哥哥终于安静下来。他正坐在自己的尊座上悠然自得,几乎快要睡着了。就趁现在,我连忙目光四扫,试图在人群中搜寻她的身影。

此时,她很有可能正躲在某根柱子后面,或是藏身于某片厚重的帘幔之下。路易莎是八岁时来到宫廷的。那个时候，她便尤爱逃离世界——既躲开她的新世界，也远离她的旧世界。她的母亲和姐姐负责掌管我母亲身边的那些侍女，但我很少有机会能跟她们说上两句。而那个小姑娘则恰恰相反，她随时随地都可以与我攀谈起来。或许，称她为皇家侍从中有史以来最健谈之人也不为过。

就在这时，号声霍然吹响，宣告着那位海军上将即将入场。欢迎队伍阵仗豪华，气氛一片欢腾。巍峨的殿门骤然开启。但闯入殿来的，却是一只身形袖珍的野兽。它身上披有天鹅绒与金丝线作为装点，身后还有一位随从跟着一路小跑而来——他实在没法追上这只如此灵巧的家伙。而克里斯托弗·哥伦布一走入殿来，便发出一声震耳欲聋的呼喊："陛下！此物便来自那片新发现的土地。您为我费心准备了如此盛大的欢迎仪式，小人深感荣幸，无以为报。只好献上区区薄礼，聊作回赠。"

当我目睹那只小家伙在哥伦布及在场的所有人面前是如何桀骜难驯时，便不由得纵声笑了出来。只见它身手灵巧地上蹿下跳，时而把自己悬挂在吊灯上来回晃荡，时而在某位贵妇的头饰上面打个小滑。而当它消失在我们的视线中时，人群中立即掀起一阵骚动——直到有人禀报：它已经被牢牢看住了。

"请把它交给我吧！陛下，您不必惊慌。"路易莎凝视着我的母亲，脸上的笑容难掩她激动的心绪。她用双手托住那只小兽，接着将它高高举起，好让所有人都清楚地见证它已落入我们的监视之中。"上将，就由我来负责看顾您的这份厚礼吧。这样您便能安下心来好好跟我们讲讲您的冒险故事了。"

刚才一见那小野兽四处乱窜,她便立即起身而来。这只小动物有一双黑溜溜的眼睛,周围长有一圈又长又白的毛发,看起来毛茸茸、软乎乎的。而那双眼睛正直勾勾地盯住路易莎的双眸,仿佛在向她哀求:做点什么吧,拜托你了,请带我离开这里。它的四肢一般大小——都是那么玲珑小巧,却都也足以用来攫取任何东西。有人在它脖上用绳子缠绕了几圈,企图以此来将其制伏。可那小兽却似乎根本没做理会。它张开双臂,紧紧地搂住了小姑娘的脖子。立时,它便宛若一个小婴儿,任由她抱在怀中。

"你这手无寸铁的小家伙呀,真是一个小可怜。你是从哪儿来的呢?"她问道,荒谬地试图与这样一只刚刚远渡重洋、历经海上风暴的洗礼才来到这里的小动物进行对话。

"你离那怪物远些!鬼知道这动物的天性里藏着怎样的叵测居心!路易莎,我都说了让你离它远点!你还想让我怎么说你?!"卡塔利娜气急败坏地冲她指指点点,试图以此转移那些耐不住好奇心而聚集在大殿一角围观之人的注意力。因为她的妹妹此时似乎正扬扬得意,毕竟她又一次因为自己的惊人举动而成为全场关注的焦点。

而路易莎却只顾凝视着那只安然不动的小兽,对姐姐的命令充耳不闻。她将它抱在怀里,仿若一位母亲正抱着自己的孩子。她转身回到自己的小板凳上坐下,并将这怀中之物放在膝头。

"让那小姑娘就这样自得其乐也好。因为这小动物对人完全没有攻击性,虽然它一跑起来就跟没了魂似的。在印度,我们见过无数像这样的小野兽。它们就在树丛中来回跳跃，能从日出一直跳到第二日清晨。也许您可以考虑用绳索将它捆住，牢牢看着它。不过，您若是想将这种动物驯服或是关住，那么请相信我，您付出的努力恐怕都要付诸东流。"

我的父母转身四顾，终于寻见了坐在大殿角落里的路易莎。此时，她怀中正抱着那只小猴子。它看起来已精疲力竭，而且还晕头转向，所以正温驯无比地窝在她的裙摆上休憩。

"这个路易莎，总是这么爱管闲事……那只活物怎么就没从窗户里逃出去呢？"我妹妹卡塔利娜小声嘀咕着，言语中满是不屑。她对路易莎向来抱有成见。虽说她们两人年纪相仿，但在学堂先生们面前，路易莎·梅德拉诺却总是显得那般出类拔萃。

"你别这么残忍。那不过是一只无足轻重又受到惊吓的小野兽罢了。而路易莎呢，要是没人在她手里放上一本书，她可绝对是坐不住的。"

卡塔利娜顿时忍俊不禁。我也跟着一起放声大笑起来。接着，我其余的兄弟姐妹也都加入进来，我们笑到根本停不下来。确实如此，那个小姑娘整日生气蓬勃，唯有在读书的时候才能安静下来。每当她沉浸于阅读之中，便几如遁入空门，不再受外界的任何干扰。因此，我这样形容她，确实再恰当不过。

哄笑良久，我们才又恢复到自己庄重自持的做派。而当我们好不容易才收住那抑制不住的捧腹大笑时，路易莎和那只小猴子早已双双离开了大殿。于是，克里斯托弗·哥伦布的欢迎仪式也终于可以正式开始了。

3

平日里,也就是那些不必接待任何大使或远征队前来宫廷觐见的日子里,我们一般会在早上六点左右起床。这时,清晨的第一缕阳光恰好从门缝里透射进来。但在享用早膳以前,我们总要先忍着辘辘饥肠赶去望一场弥撒——因为一日之中,无论是第一缕思绪,还是第一句言语,理应都奉献给上帝。这是我们所接受的训诲。我们也一向遵从照做。

宫廷里的王孙公子,无不需要学习驯鹰与骑射之术。而我的兄长胡安,他的每一门功课都有一名专师辅导。学会骑马,这至关重要;而学会如何在战斗的攻守之间正确地驾驭马匹,则更是如此。这些未来的骑士应当知晓该如何直面生死。而我们这些姑娘家被赋予的期望则是能在舞蹈、吟唱与女红方面无一不精。宫廷里的贵妇们都随时做好了准备,力争在这些与美观、优雅和崇高相关的活动中崭露头角。作为女人,我们既不会冲上前线去包围敌军或是奋勇杀敌,也不必前去与死亡进行正面的较量,我们甚至对兵法战术都毫无概念。这个世界,本该如此。

很多时候,那些被称为"皇家侍从队"的成员的女儿也被准允加入我们的学习行列。

每一个有课要上的日子,路易莎都会在用过第一顿餐食后赶来与我们会合。在日常生活中,贵族子弟与皇室成员共处一室并非寻常之事。但我母亲尤为偏爱这个姑娘,因此破格允许她待在我们身边忙自己的事。

于是,每日上午,当我与玛利亚正忙着用次等金线与银线给绣花绷子上的图案做收尾工作时,当卡塔利娜正学着如何用好纺锤时,路易莎则会高声朗诵某个冒险故事或传奇文学中的选段。对此,我的母亲甚是钟爱。而这个小姑娘似乎也格外享受这种被聆听的感觉,哪怕能充当她听众的,实际上也就我们这几位在场的女士。

我们平常需要学习的内容包含餐桌礼仪、牌戏、穿衣打扮,以及如何"在举手投足间尽显庄严持重"。我们深知,自己的一举一动都应协调得体,说话时语声也永远不应抬高或变尖,免得让听者因刺耳而感到不悦。只有在为他人朗诵时,我们的语调才被允许抑扬顿挫,甚至还可以用富于戏剧性的、激烈澎湃的叫喊来说出个别词语。如若不然,即便是一本骑士小说也会变得索然无味;或者说,它们会变得让我们感觉索然无味。

然而,卡塔利娜每每见到路易莎那副落落大方的神态便不禁忧心忡忡起来,加上我们的母亲又总是一味偏袒,这便更加让卡塔利娜焦虑不安。但有些事实的确无可争议:路易莎在各项练习中都极其努力,她的诵读总是激情澎湃,似乎每发现一个新的想法都会令她激情飞扬。我察觉到,卡塔利娜暗地里十分忌妒路易莎的学习能力,还有她在学堂先生们面前表现出的那副成竹在胸的模样。他们最后往往还会为她那妙语连珠的刨根式追问而惊叹不已。

"你大可不必因为她有些时候知道的比你多便自寻烦恼。终有一日我们是要君临天下的,而这一点路易莎永远都无法企及。"我试图安慰她。因为我这个妹妹似乎时常会陷入情绪失控的境地。每当她目睹路易莎是如何流利自如地将一长串词尾变格或拉丁诗文背诵下来的时候,她便会愤恨不已地号啕大哭起来。因为她深知自己实在难以比肩。

"可是,胡安娜,那她为什么又要学习这一切呢?既然她注定永远也无法成为一名统治者,那她就用不着学会这些呀。"

我看了卡塔利娜一眼,沉吟间不自觉地流露出一种困惑的神情。但她似乎将我这样的表情解读成了"我觉得你说得在理",尽管实际上我绝无此意。那时的我,年仅十四。但他们已然为我准备好了数套联姻方案,试图以此来建立起坚实稳固的王国联盟。后来,没过多久,我便因为这样的联姻而离开了她,也就此离开了我所有的家人。

有时我会想,路易莎的一生可能过得要比我们都幸福得多。尽管她出生不久便不幸失去父亲,后来还不得不与自己的兄弟姐妹分离,但现在看来,她十分享受自己当下的生活——一种与我们的生活近在咫尺,却又有着天壤之别的生活。

至于我的命运,则全部交由他们来决定——由他们来决定我要嫁给一个什么样的丈夫,由他们来决定要跟哪个王国结为姻亲。我的身上背负着整个西班牙的命运,一如我的姐姐伊莎贝尔所经历的人生。而路易莎却无须活在这样可怖骇人的命定里。她的生活中,只有学习,只有抱着一腔令人费解的热忱如饥似渴地学习。

每当我想独自安静片刻时,便会躲到女红房对面的房间里去弹奏比维拉琴[1]。我通常会选在落日时分过去。此时日光渐弱,而天色又尚未全黑,夜雾也还没起来,正是聆听妙音的最佳时机。很多时候,路易莎也会过来。她常常就那样在我的身边坐着,安安静静地听我弹琴。

在我们两人之间,自然而然地生成了这样一个彼此尊重的约定:每当我们同处一室共享时光时,我们当中的任何一个都不会去干扰另外一个人。她就只是坐在我的身旁。每当她尽情徜徉书海时,其实也是在帮助我沉浸于自己的音乐世界中。我想,对她而言应该也是如此。我们双双静默无言,只顾沉浸在各自的思绪中,或是自顾自地专注于手头的事情。我们可以就这样一直彼此相对无言地共处下去,往往不知不觉便过去数个钟头,直至两人都昏昏欲睡。

那天下午,路易莎的姐姐因为要寻什么东西,便也走入了这个房间。她一如往常地喊路易莎到外面去,去跟宫廷里的其他孩子一起吃点下午茶。眼前这熟悉的一幕,实在已重复上演过太多遍,以至于我都觉得有些滑稽了。那小姑娘为了逃离她姐姐的魔爪,便躲到书堆里去,而她姐姐则奉她们母亲之命在后面不停地追赶着她,仿佛以为她还是个孩子,跟其他小姑娘相差无几。

---

[1] 一种形近吉他的弦乐,在16世纪文艺复兴时期的西班牙十分流行。

就在这时,我听见那位年轻的姑娘在我耳边振振有词道:"您简直就是完美的化身,殿下。不信您瞧:烛光正影影绰绰地映照着您的脸庞,而此时您又在弹奏着如此美妙动人的乐曲。面对此情此景,没有一位王子不会立即拜倒在您的脚下。"

这几句话在我听来着实再矫揉造作不过了。我看着卡塔利娜,不禁失笑。面对下人们的恭维话,默许便是一种接受的方式。在应付这些事上,我早已轻车熟路,甚至根本无须多加思索。但实际上,我心里真正想对这个侍女说的是:快出去吧,就让我跟路易莎安安静静地待在这里吧。

"卡塔利娜,虽然我对你的赞美心怀感激,但你应当知道,我弹琴时最不喜欢有人干扰。"我的回应也许听起来有些刺耳,但我并不为此感到后悔,"你刚刚是在找什么东西吗?"

"夫人,请您原谅我刚才的唐突。我从未想过要打扰您练琴。我只是过来找我妹妹。我知道,她待在这里一定妨碍到您了……路易莎!"说着她便向扶手椅那边走去。而此时她要找的那个小姑娘,则正在用好几本摊开的大部头将自己团团围住。"你把这些书都弄成这样是想干吗?我好好跟你说话不管用是吧?你就不能回自己房间里去看书吗?你马上把它们都收拾好,然后立刻跟我走。母亲正等着我们一起吃下午茶呢。"

路易莎一把抱住摊在自己膝头的那本最厚的大书,为自己大声辩驳道:"可我需要用它们来做比对啊!难道你不知道,就算是同一个神话故事,在不同的版本中也会有出入吗?"

这小姑娘的回答让我忍俊不禁。显然,此刻她正如饥似渴地在古希腊罗马的世界里恣意徜徉呢。尤其是那些能激起她强烈好奇的知识,更是叫她流连其中、欲罢不能。

"你妹妹从来都不会是我的烦恼,卡塔利娜。她要是愿意,我便准许她把手头正在查阅的书先放在桌上,改天她可以继续来看。"

躬身行礼过后,她们双双退下,且遵从惯例,一直退至门口才转过身去背对向我。

此时,已近入夜。

4

那个时代，人们惯于通过手抄古本或收藏手稿来获取书籍。而我的母亲，那时却逐渐对印刷本产生了日益浓厚的兴趣。法德里克·德·巴西雷阿在布尔戈斯[1]的印刷间里新鲜出炉的任何一本书册，她都欣然将之纳入自己的藏书之列，绝不愿与其失之交臂。

恰巧，就在我们离开巴塞罗那的前一年，那位被大家戏称为"德国佬"的印刷商法德里克开始频频出入宫廷。而他的身边，总会带着一个年纪轻轻的小姑娘。看起来，她与我们的路易莎年纪相仿。

法德里克来自瑞士邦联。自接下负责出版安东尼奥·德·内夫里哈的《卡斯蒂利亚语语法》[2]任务的那一刻起，他便了然

---

[1] 西班牙北部的城市，也是卡斯蒂利亚-莱昂自治大区布尔戈斯省的省会。自中世纪至文艺复兴时期，这座城市一直地位显要，甚至几度成为王朝都城，但在 16 世纪末叶盛极而衰。
[2] 西班牙著名人文主义者安东尼奥·德·内夫里哈（Antonio de Nebrija，1444—1522）的《卡斯蒂利亚语语法》（*Gramática castellana*）出版于 1492 年。这是历史上第一部专门研究卡斯蒂利亚语及其语法规则的论著，也是欧洲范围内第一本对俗语（即与当时通用的学术语言拉丁语相对的各国方言）进行系统研究的著作，后成为其他罗曼语语法研究的范本，对欧洲语言和文化的发展影响深远。

我母亲的追求所在。是以他时常会为此事入宫来拜访我们。加之宫里的御用先生与廷臣对于此事的兴趣和热情皆日益高涨，他便也更受鼓舞。不过，他出入宫廷从来都不是孤身一人——无论他去哪里，他的女儿都会贴身相伴。

此人虽生得身形高大，却瘦若长杆。一把灰白长髯，几乎遮住了他半个脖子。他走起路来四肢配合得极不协调，犹如一只被人操纵的提线木偶。我猜想，这或许跟他的家乡脱不了关系，定是那片被寒冷雾气紧紧包裹着的遥远土地，将他打造成了这番令人忍俊不禁的模样。但除了这样的外貌特征，他说话的语调也十分特别。虽然法德里克说着一口非常流利的卡斯蒂利亚语，但他说话时总带着一种奇怪的口音，叫人理解起来颇为费劲。听者必须一丝不苟地盯着他的唇型，才有可能判断出他正在说些什么。

"您若是愿意，日后二位每回来访宫廷时，伊莎贝尔都可以和宫廷里的孩子们一同游戏。我看得出来，如此频繁的奔波跋涉定会让人疲惫不堪，对令爱而言想必更是如此……小姑娘，你今年多大啦？"母亲柔声问那女孩。只见她望向我的母亲，一脸羞怯腼腆，一只手更是紧紧牵住她父亲从未松开。"见到像我这样一位雍容华贵的夫人，还有这样一座金碧辉煌的宫殿，怕不是把你给吓着了？"

"回禀女王陛下，小女名唤伊莎贝尔，"小姑娘俯下她那柔弱的小身板，向女王躬身行礼答道，"今年已九岁了。"

此时我正藏身于偏殿之内，暗中注视着他们。这是一个用意大利式拱顶和厚重的帘幔分隔开来的房间，正是一个"我瞧得见别人，别人却瞧不见我"的绝佳窥探位置。更何况,在这方面,我还算个行家。因为我们这些王子、公主并没有机会出席所有的皇室接见活动,而我又总是乐于知晓究竟是什么人往来进出于正殿。

"殿下……您藏在这儿是做什么呢?"

就在这时,路易莎发现了我的行踪。我能感觉到自己脸上立时飞起红晕一片。我示意她到我身边来,怂恿她也加入我这窥伺的阵营。

"嘘——你过来……只要你答应我不发出任何声音,我就准允你同我一起待在这里偷看。你瞧,我母亲正在接见印刷商法德里克·德·巴西雷阿呢。他还带着自己的女儿。"

于是,小姑娘蹑手蹑脚地来到我的身边,尽量不让自己厚底鞋上的铃铛发出一丝声响。

"一位来自巴西雷阿的印刷商?"[1]路易莎偎在我怀里,也凑近那个被我小心翼翼掀起来的帘间缝隙,"而且您刚才说,那个女孩是他的女儿?那依您看,她会在这儿待上一段时间吗?您说,她会喜欢读书吗?"

这个可怜的小姑娘。面对孤独,她别无他法,唯有将自己浸泡在皇家图书馆中纷繁的书页之间,让自己如饥似渴地汲取养分。她这样的发问让我心疼不已。我不由得将嘴唇贴近她的发丝,俯下身去轻轻一吻,并轻柔地爱抚她那娇嫩的

---

[1] 西班牙语人名中出现的介词"德"(西文写作"de",多用于表示所属关系),最初主要用来指明使用该名之人所来自的地方(可以是城市、村镇,甚至是该地特别突出的地理标识,比如山川、河流)。因此,文中路易莎很容易便能从那位印刷商的全名中判断出他来自哪里。不过,必须说明:并不是所有西班牙语人名中的"德"后面加的都是地名;此外,即便是在"德"后跟地名的常见情形中,也不乏并非表示人物家乡的例外情况。

小脑袋。在这偌大的皇宫中,年仅十岁的路易莎,竟连一个知心好友也没有。而且,很快,连我也要离开她了。

"那我们为何不干脆过去当面问问她呢?"我鼓动她道,"你知道吗?我实在已经厌倦只是躲在这里偷看了。跟我来吧,路易莎,我们去认识认识那位印刷商和他的千金,看看你们二人能不能成为好朋友。"

说着我便从自己的藏身之处长身而起,小姑娘只好跟着我一同前去。她在我身旁犹犹豫豫、畏畏缩缩,而我却大步流星,步履坚定。因为我知道,我们能够待在一起的时间已经不多了,而我又为路易莎担忧不已,不知她日后是否还能寻得另外一个与她这样志同道合的挚友。所以,我会竭尽全力为她找到一个伙伴——一个能够陪她一起读书、一起玩耍、一起探索这个世界的伙伴。

我们走入了会客的厅殿。当母亲看到我与路易莎一同进来时,脸上不禁露出惊诧的神情。

"胡安娜,你来这里做什么?你不是应当在学习吗?"她语气中难掩不悦。她总是非常清楚,别人什么时候会干扰到她做要紧事。"你等我跟堂法德里克·德·巴西雷阿会面结束之后再过来吧。那时我才有工夫处理你的事情。我已为你忧心多日……"话未说完,她便立即噤口不言,不再继续说下去。在外人面前,她始终保持着戒备之心。

"我的功课都完成了,母亲。女儿贸然来此,只是因为想请这位印刷商先生帮我们引见一下他的千金,尤其是介绍给路易莎认识认识,因为她们两人年纪相当。若她日后还要在宫里再住上一些时日,或许不妨准许她也同宫里的孩子们一同游戏玩耍吧。母亲，不知您意下如何？"

语毕，只见众人看我的神情仿佛刚听完一个天大的笑话。我百思不得其解。我的言行总会让许多人都感到惊异不已。但我只是遵从自己的心意行事，并无意于伤害任何人。

"陛下，我……我绝没有强迫任何人的意思，更何况是在未经您准许的情况下。"路易莎嗫嚅着低下头，然后松开了我的手，"若您没有别的吩咐，那我想我该退下去帮我姐姐干活了。"

"不行！路易莎，你站住。你就跟我待在这里。你若还把我这位公主放在眼里，就只管照我的吩咐做便是。"话音未落，我便听见女王陛下的一声叹息，其中的不悦之意不言自明。看来，此刻我还是一同先行告退为妙。

而此时，伊莎贝尔正坐在一个守卫此殿的侍卫身旁，饶有兴致地打量着我们。她也注意到了路易莎。从外表上看，她们二人的身形也颇为相近。她身穿一条简朴的素色长裙，不仅跟她的身份非常相称，而且还凸显出一丝天真质朴之气。她那一头栗色头发被束成一根辫子，搭落在她的右肩上面。从窗户折射过来的光线映照在她的发梢，渲染出一圈圈红色的光晕。路易莎不由得在自己与那个女孩之间做起了对比："我的头发就一直只能是金色的，殿下。但您看到了吗？她的头发却能在阳光的照射下变得那么绚烂多彩。"她同我低声耳语，生怕被这个大殿里除我以外的任何人听见。路易莎的身边，需要其他孩子的陪伴。"您能想象有一天我也变成她那副模样吗？"

"路易莎，你现在的发色就已经再完美不过了。你跟女王陛下还有我一样，都拥有一头金色的头发。难道这还不能叫你满意吗？你别跟那些身份地位都不如我们的人相比。答应我，永远不要这样做。"

但我又如何能叫这个小姑娘明白：当你身居高位时，随之要面临的，便是随时都有坠入深渊的危险；而当你身陷低谷时，谁又能说你永远都会被困在这谷底呢？她所观察到的这些甜蜜而温柔的事物，与我所应当过的那种公主生活教会我的道理大相径庭。尽管同样出身高贵，但路易莎心之所系，却是另一种人间烟火。这是她的本性使然。

那小姑娘向回廊那边走了几步，却又在那里驻足不前，似乎是在等候女王陛下发出一个新的指令。就在这时，法德里克用他那带有日耳曼口音的语声打破了大殿中的沉寂。

"女王陛下，若您现在多有不便，那我们便先行退下，以免打搅您与公主殿下。"

"不，法德里克，你不必张皇。关于所选纸张的质量一事，我们尚未商议呢。在解决此事之前，我绝不允许你离开大殿。"每当我母亲对某件事情兴致正浓时，若是不穷根究底，她便绝不罢休，"胡安娜，请你把小姑娘们都带到女红房去吧。"

于是，我便向女王陛下和堂法德里克·德·巴西雷阿行礼告退。他看起来已不像是位身形灵巧的年轻男子。因此，我见他正准备向我跪地行礼时，不由得感到非常惶恐。

"期待与您能再次在这里相见，堂法德里克。快快请起！您不必向我行如此大礼。"说着我伸过手去，他便恭敬有礼地在上面落下轻轻一吻。

接着，我便陪着两个笑靥如花的小姑娘一同离开了。才走到走廊的工夫，她二人便已变得亲密无间。转眼间，她们两人似乎已然成为至交好友。看来，从今往后，在这偌大的宫廷之中，将会出现一对新的伙伴。

5

1495年的秋天，我们回到了梅迪纳。从半岛的加泰罗尼亚一隅班师回城，一路间关万里，需要接连数天的辛苦跋涉。不过，在沿途驿站多次休整后，整趟旅途似乎也缩短了许多。我的父亲母亲同卡塔利娜共乘一辇——她是我们最小的妹妹，因此享有这项与父母同行的优待。与胡安同乘的，是他的一个贴身侍从和三个小厮。另外一辆马车里坐着的，则是我和我的姐姐玛利亚。按照惯例，我们身边往往要有一到两位侍女相陪。不过，对于将在漫长旅途中侍奉我们左右的随从人员，我更愿意亲自挑选。

"母亲，这趟旅程就让路易莎陪在我们身边吧。她讲的故事可远比我们做任何一件女红要有趣得多。"

"那就照你的意思办吧。但别忘了，等到了阿维拉，我们要做一次人员调整。到时候，要是玛利亚不愿让她继续待在你们身边，那她就必须回到她母亲待的那辆车上去。"

"孩儿知道，母亲。我们在旅途中一贯如此。"

一直以来,都是我陪着母亲到阿雷瓦洛[1]来看望外祖母。那位老妇总会让我无比动容,尽管实际上我与她接触甚少。我很难真正了解她究竟是怎样一个人——因为现在,难以排遣的苦痛与折磨已全然将她吞没,遮蔽了她原本的性情。如今的她,已沦落到无时无刻都不得不发出痛苦呻吟的地步。而我的母亲,则会利用每一次出远门的机会,来看看她,抱抱她,安慰安慰她……她会同她的母亲分享一些日常琐事,也会带上我一同前往,期盼我的到来能够让她的母亲有所宽慰并感到振奋。可我永远也猜不透:在她的五个孩子中,母亲为何偏偏选中了我?

"您这是要改道去阿维拉吗,殿下?"路易莎好奇地问道,神情有些不太自然。想到将要与我分道扬镳,她面上的愁容便难以掩藏。可见,有些事已确凿无疑:我们两个是非常要好的朋友。一路相伴而行,我们彼此都觉得十分愉快。或许,还要加上一件:在伊莎贝尔·德·巴西雷阿的事情上,她对我的仗义执言心怀感激。

"不过是像往常一样,例行去阿雷瓦洛的城堡拜访而已,路易莎。我们只是去小住几日,很快便会启程回宫的。"

的确,我们一般不会在那里连住三日以上。因为每回来陪外祖母,我们的心情都会变得沉重而痛苦,我甚至会为之而终日惶惶、心神不宁,这也让我的母亲女王陛下忧心不已。外祖母的头发早已变得稀疏而干枯,皮肤也变得松弛而憔悴,双眸更是涣散无神,一双手还始终揉搓个不停——那位老妇

---

[1] 位于西班牙卡斯蒂利亚-莱昂自治大区阿维拉省的一座城市。

看起来已仿若幽灵，让我心中满是忧惧。我无法否认：让我感到如此害怕的人，不是旁人，正是自己的亲外祖母。尽管如此，我依然将去她那里登门拜访视为我作为公主最义不容辞的责任之一。因为我是完成这项使命的钦定人选，故而自当恪尽职守。

"到时候，我就有时间读一读你跟我说的那本书啦。"

事实上，路易莎曾向我推荐过不少书，五花八门，纷繁各异。而我这么说，其实只是为了随口应付过去，免得给她的一腔热情泼冷水。实际上，这几乎是不可能实现的。因为在那几天里，我必须陪着我的母亲，能够用来阅读的时间少之又少。母亲为了外祖母不停地操劳奔波，这给她的精神状态带去了太多的负面影响。

在剩余的这段路途中，我们决定小憩一会儿。沿路的驿站并不多，所以倒还不如就在车队行进的颠簸摇晃中昏睡过去。何况，我们也不知道下一次停歇会在什么时候。

这时有人突然发问，立时将我从迷迷糊糊的睡梦中拽了出来。"您说，当艺术家们呼求缪斯女神的时候，她们是骑着马来的呢，还是走路来的呢？"

玛利亚对此不加理会，佯装已经熟睡。于是解答这个提问的任务便落到了我身上。"缪斯女神并不是真实存在的，路易莎。"此时的我犹如一位博学的老师，叹息一声后继续说道，"这不过是艺术家们对创作时美之灵感的一种称呼罢了。你可别把她们都想象成有血有肉的女人呀。"

"可她们的美丽，不正是赋予他们写作与绘画灵感的源泉吗？他们自己不修边幅，但对于如何让自己身边莺环燕绕却很有一套……可这跟写出一首诗来又有什么关系呢?"

这姑娘小小年纪,对这些问题的看法究竟都是从哪儿来的? 她很有可能听说过:艺术家们创作时,是缪斯女神赐予他们灵感的。于是在她的想象中,她们便如佩德罗·马蒂尔老师在课堂上给我们描绘的那样:肤色白皙,身着丝裙,飘舞在帕耳那索斯山[1]的山坡上——她们彼此之间似乎并无肢体接触,因此并未形成一个真正的整体,而是分别对应着一种特殊的天赋。但实际上,她们只存在于画家和雕塑家的想象中。而路易莎可能把缪斯女神想象成了几位实实在在伫立在那些全情投入创作的艺术家身旁的女士——她们光芒万丈的"现身",与其说是为艺术家们"吹送"灵感或点亮才情,倒不如说是直接替他们完成了创作,由此作品才得以顺利诞生。也许是那位老师给她灌输了这样的观念,她对此才这般深信不疑。佩德罗·马蒂尔老师总是这样上课,而小梅德拉诺也总是这样解读。这一点,我心知肚明。

"路易莎,日后你若再有类似的疑问,也许最好直接去请教比阿特丽斯·加林多[2]。她的一些犀利观点或许能让你醍醐灌顶,明白灵感和缪斯之于艺术家究竟意味着什么。"

小姑娘听后,将头偏向了帘子被掀起的缝隙。她也许在推敲诗艺或思索绘画的技巧,好让这些作品有朝一日能在一座城堡的围墙上大放异彩……不,在路易莎的想象中,在她

---

[1] 希腊的最高峰之一,古希腊神话中阿波罗和缪斯女神的居住地,在古典文学作品中几近成为"诗"或"文学艺术"的代名词。
[2] 比阿特丽斯·加林多(Beatriz Galindo,约 1465—1534),西班牙女作家与人文学者,天主教女王伊莎贝尔的拉丁文老师,也在宫廷里担任王室与贵族子弟的授课先生。

所期待的长大后的未来中,她过的一定不是这样的生活。

"殿下,我的启蒙老师堂佩德罗·德·拉·鲁亚,他一直鼓励我要继续学习。他常常跟我说:'不管怎样,你都要不停地追问事物的真相,永远不要让疑问留在心中。你要去寻找答案,路易莎。'我的感受却是:无论我如何求知若渴,永远都会有无法知晓的事情,我永远处于一种局限之中……您也会有这样的感觉吗?"

叫我如何回应这样一种对知识如饥似渴、永不餍足的热忱呢?我所接受的教育,都是为了将我培养成一名与自己身份相称的皇室成员,让日后与我缔结婚约的继承者称心遂意。因为只有这样,我们才有可能结成帝国联盟。我与她的命运,岂非天壤之别!

车队仍在继续前行。在行路的颠簸摇晃中,我也再度回到了梦乡。

6

路易莎和伊莎贝尔想象着自己正坐在满是年轻学子的大教室里学习。此间人人身着黑衣，头戴四角帽。这是独属于她们的二人游戏。她们童年的大部分时光，都在这样的游戏中度过。虽然她们并不情愿把自己打扮成那副有失美观的模样，但对像她们这样孜孜不倦的头脑而言，服饰穿着并不是什么最值得关心的问题。

伊莎贝尔父亲的出版事业迎来了蒸蒸日上的全新阶段，诸多新的印刷项目让他整日忙得不可开交。《西班牙风物志》一经出版便大获成功，这使得卢西奥·马里内奥·西库罗一举位列编年史家之首[1]。而我的母亲依旧在为第一本用卡斯蒂利亚语撰写的《语法书》[2]而深深着迷。她还借助这本书

---

[1] 《西班牙风物志》（拉丁文初版标题为 *De Hispaniae laudibus*，1530 年出现卡斯蒂利亚语译本，标题为 *De las cosas memorables de España*，直译意为"西班牙值得纪念的事物"）为文艺复兴时期杰出的人文学者和历史学家卢西奥·马里内奥·西库罗（Lucio Marineo Sículo）出版于 1496 年的史学著作。撰写该作时，他正执教于西班牙萨拉曼卡大学。无论是其教学还是其作品，都对西班牙的文艺复兴进程起到了重要的推进作用。
[2] 即前文提及的内夫里哈出版于 1492 年的《卡斯蒂利亚语语法》。

翻译比阿特丽斯·加林多在拉丁文课堂上提及的一些文章。是以法德里克·德·巴西雷阿迅速声名远扬。如今他收到的订单成倍成倍地增加。我从下人处听闻，他现在已经雇了两个助手以减轻印刷间的工作压力。此外，他出入宫廷也越发频繁。不过，时至今日，他依然总是把那位小伊莎贝尔带在身边。

我注意到，尽管宫里时常会举办一些节日庆典，但在这座城堡里，路易莎依然很难有机会与其他人成为朋友。而且，她与我们这些公主的交往，也总是磕磕绊绊，插曲不断。不过，由于我也同样热爱学习，加之我在音乐方面还有些天赋，因此她对我倒是颇为仰慕。我猜想，她或许也把我当成了她的姐姐吧。可现如今，就连我能与她共处的时日也所剩无多了。说起来，自卡塔利娜与一位身份尊贵的廷臣订下婚约之后——这是我母亲经过慎重思虑为她赐的婚，我与她能共度的时间也不多了。说到底，人生就是这样：我们长大，然后嫁人，各自组成家庭，自此之后，便放任自己将对其他所有事物的热情全都熄灭。在宫廷里，常常如此。每当贵妇们自己难以觅得如意郎君时，女王陛下便会出面干预，亲自做主。除此之外，她们出嫁前，她还会慷慨赐赠一些文物、白鼬皮毛、华美的锦缎，以及最上等的丝绸，好将她们的奁箱填装得满满当当。这是她最大的乐趣之一。她为能看到自己的贵妇们无不嫁得金龟婿而欢喜不已。

我不知道，等正值妙龄的路易莎也到了谈婚论嫁的年纪，这样的惯例会不会也在她身上延续。有一回，这个小姑娘告诉我，我们共同度过的那些与音乐和书籍相伴的午后时光，总会让她回想起在佩德罗·德·拉·鲁亚的课后休憩的日子。路易莎不禁会想：她从前的那位老师，如今过得怎么样？他要是看到我们身边这些贵妇人的宿命，又会对她为自己畅想的那个未来做何感想？

"您说，佩德罗·德·拉·鲁亚也会结婚吗？"她这样问我，期待着我能将出身门第和自己身上所承担的皇室责任都抛诸脑后，再给出一个答复。

于是，我试图在脑海中勾勒出小梅德拉诺频频提起的那位佩德罗的形象。她总是同我说起那个身形瘦削的男人。说他个子不高，胡须浓密。说当他走在街上时，那些迎面而来的贵妇人都会为他的非凡魅力而纷纷倾倒。我在心里默默推算着这位老师在给圣格雷戈里奥城堡里的兄妹们上课时候的年纪。可是，我又觉得自己计算出来的结果好像不太对。在路易莎的记忆中，她的老师是个成熟的男人；但老实说，他当时应该也没比那时的我年长多少。十五岁？顶多十六岁？小姑娘的眼睛是看不清她所仰慕的对象在生理上的成熟程度的，我这样猜想着。

而在宫廷里，则永远无法想象会由这样一个初出茅庐的年轻人来承担教学工作。但在城堡之外，我的母亲确实首肯了这样一位佩德罗·德·拉·鲁亚，视他为担任梅德拉诺家族家庭教师最理想的人选。通过路易莎的讲述，我已然在脑海中树立起了一个近乎完美的佩德罗形象，尽管我与他其实素昧平生。那是一个果敢而智慧的小伙子，一抹微笑藏在他的大胡子后面若隐若现，一双眼目炯炯有神，鼓励着人们发出求知的追问。

有时候，我甚至都怀疑自己好像已经爱上这个小姑娘记忆中的那个人。这让我羞赧难当。但无论如何，我终究也拥有放任自己浮想联翩的权利。不过，我会将这些幻想悉数深藏心底。

但路易莎和伊莎贝尔却截然不同。

那是一个和往常一样嬉戏玩闹的午后。故事发生在坐落于布尔戈斯的宫廷的某个讲台上。当时，伊莎贝尔突发奇想，觉得可以让更多的小朋友一起来玩她与好伙伴的扮演游戏。于是她开口问道："说不定，卡塔利娜也想加入我们的'课堂游戏'呢，我们为什么不邀请她一起来玩呢？"

或许在她眼中，我妹妹与她们好像也并没有什么不同。由此，她或许理所当然地认为，鼓动她加入她们的游戏中，根本就不是什么值得大惊小怪的事。但事实并非如此。我一面在心里暗自发笑，一面小心翼翼地躲在图书馆的门边继续偷听她们的交谈。

"卡塔利娜是绝不会跟我们一起玩'课堂游戏'的。"路易莎的回答斩钉截铁，"她更愿意躲在女王陛下宫殿的庇护下，跟我们保持一定的距离。而且我觉得，她甚至都不乐意看到我们俩在一起玩。"

"那她恐怕是在忌妒我们。也许，她也希望自己的身边能有人陪伴，但又不是她母亲的那些随身侍从。"

那位印刷商的女儿开始对我妹妹的命运深表同情起来，但她依然无法理解她的好友刚才为何会表现出那样质疑的态度。而我知道，刚才那段对话已然说明：我们这些公主，才是在各自的王国统治中逐渐迷失的那群人。我的心，因一丝苦涩而感到刺痛。

只见路易莎虽仍站在那里,却已将衣服裹得更紧了一些,好让自己能更加切实地感受到这"讲台"的荣耀所带来的暖意。不过,她始终一言未发,似乎还沉浸在同伴刚才的那番话中。

在我们周围,对这个世界的统治,往往取决于"婚姻交易"。虽然佩德罗·马蒂尔课间的休息时间并没有多长,但她们依然常常会利用这样的片刻来尽情遐想:那等待着她们的,究竟是怎样的命运。她们坐在炙热的木头上面,将那个充斥着尔虞我诈、争权夺利、与她们内心深处最隐秘的渴望相去甚远的世界远远地抛诸脑后。

"可我不明白,虽然她的生活的确与我们大不相同,但她为什么要忌妒我们呢?卡塔利娜身边有那么多听候她使唤的臣仆。有一天,她还会离开这里,去跟她的未婚夫,也就是那位英国王子完婚。无论她想要什么,都会称心如意。"

她们已经习惯了这样一起度过大把大把的时光。在她们的游戏中,从未有过任何其他参与者。而且,路易莎也怀疑:如果加入她们"课堂游戏"的人是卡塔利娜,那么这个原本用以消遣娱乐的活动是否便会成为一场噩梦。因为她们彼此从未相互看顺眼过。

"当你没有兄弟姐妹时,是否要选择一个人上场,便不再是你所能左右的了,路易莎。"

看来，她们对于世界剧场[1]的看法，确实与我们迥然不同。她们这般天真单纯，让我不由心绪难宁，一时如鲠在喉。

少时，只听走廊上传来一阵愈来愈近的脚步声。二人不禁面面相觑。门被推开的一瞬，她们立即住口不语。

"我在你们这个年纪的时候，可是不被允许发出这样的吵闹声的，更不能趁着课间躲在这里偷懒。"

说话间，我的母亲——伊莎贝尔女王——已经声势浩大地走进她们正在玩耍的房间。这是我第一次见她走进这里。两个小姑娘霍然从地上一跃而起，接着便向女王陛下躬身行礼。尽管母亲说话时语气明显故作克制，但她脸上实则正笑意盈盈。

"你们不必起身。别紧张，我并不想来打搅你们休息。我有所耳闻，你们两个都是非常优秀的学生，此刻不过是利用课间的几分钟来这里放松放松而已。休息，自然是必不可少的。不过，小姑娘们，我想知道，那位堂佩德罗老师给你们上过《尊贵少女的花园》[2]了吗？"

路易莎几乎已经习惯了同女王陛下"共同生活"在一片屋檐下（尽管她们其实并没有太多的交集）。这个看似严苛

---

[1] "世界剧场"（西文为"el teatro del mundo"，拉丁文为"theatrum mundi"）是一个具有悠久传统的文学话题，它将世界、社会或存在本身视为一个剧场或一出戏剧。此隐喻可追溯至柏拉图，后在基督教背景中产生宗教化的演变。这也是西班牙黄金世纪文学的一个重要主题，尤其是在巴洛克戏剧大师卡尔德隆的名剧《伟大的世界剧场》（*El gran teatro del mundo*）和《人生如梦》（*La vida es sueño*）中被发扬至登峰造极的地步。
[2] 西班牙15世纪的神学家、圣经学者、宗教作家马丁·阿隆索·德·科尔多瓦（Martín Alonso de Córdoba）的作品，献给当时还是公主的伊莎贝尔，捍卫了她所应有的王权。作品中的辩护词在当时颇具女性主义色彩，初显几分此后不久便蓬勃发展的文艺复兴人文主义精神。

但又不失公正的女人，总是会充分尊重自己的御用侍女们所付出的辛勤劳动。这样的评价并非毫无依据。因为她的掌事侍女正是这个姑娘的亲生母亲，而她在宫廷里担任这个职务已有八年之久。事实上，同女王本人当面交谈，并不似用钝刀削橙皮那般费劲。

但事情在伊莎贝尔的眼中则全然不同。她知道，对自己而言，同路易莎在这座城堡中嬉戏共度的时光是一种恩赐。因为她并无显赫尊贵的家世，哪怕她的父亲与那些侍奉双王的贵族世家私交甚密。因此毋庸置疑的是，她在这宫廷之中举目无亲，也并没有聆听宫廷教师们授课的权利。她从未想过，这位卡斯蒂利亚女王有朝一日竟会将她误认作宫中的一位侍女。她更不会想到，女王陛下竟还会对她在读些什么书有丝毫的兴趣。

"回禀夫人，我……我们还没学习过您说的这部作品呢。"

路易莎见自己的好友脸颊已经一片绯红，便抢先一步替她作答。她并非不知《尊贵少女的花园》这部作品，但又不想让伊莎贝尔感到难堪。此刻她的神情是如此笃定和不容置疑。实际上，就在几个月前，她又一次尽情徜徉于皇家图书馆时，偶然发现了一本珍珠色封皮的精装小书。它几乎还没有她的巴掌大。于是她便兴冲冲地把那本书带来给我看。只见书上的署名是一位修士，名叫马丁·德·科尔多瓦。粗略翻看下来，可知这是一本关于尊贵小姐的教育指南。而我的母亲，自被钦定为日后继承大统的不二人选以来，正是按照这本书上的指导接受了一系列的培养与训练。

但让路易莎感到惊讶的是，这本册子的印刷质量竟如此低劣，书中的彩绘细密画和大写首字母的装饰竟也如此粗陋。然而，尽管如此，她还是忍不住一口气读了其中的好几个片段。其中的"金玉良言"，于她而言实在不啻振聋发聩：

> 女人有一种美好的品质：她们总是很容易害羞。对一个正常女性而言，羞怯的本性是如此根深蒂固，以至于她们不仅在活着的时候时常害羞，就连死后也同样羞怯不已。据说，如若男人和女人同时溺水，那么当二者尸身皆浮上水面时，男人将会脸朝上，而女人的尸身则会嘴冲下。举这个例子是想说明：女人哪怕是在一命呜呼之后，仍会试图遮掩自己的羞报……

凭这寥寥数语，路易莎就已在自己脑中勾勒出一幅关于女人的清晰图景：为了结束自己的生命，她任自己坠入那湍急的水流中，可她纵然如此费心劳力想让自己从这个世界上消失，却仍有一事放心不下，那便是要尽力遮掩自己的"羞报"。这一切，是何其可笑。它荒谬到让路易莎都难以置信：她的女王陛下，竟是在诸如此类的诳语中接受关于统治王国的教导与训练的。

而此时，面对眼前这位女王陛下，路易莎垂首行礼后便笑着说道："我的夫人，若有一日，先生想让我们品读您说的这部作品，并将之列入推荐阅读书单，我们定会前来向您禀报。届时，希望能有幸同您交流我们对它的看法。"

我母亲听后依然面带笑意，同时立即表态："我也非常期待有那样的一天呢，小姑娘。"

语毕,她便离开了图书馆。她的脚步同她来时一样轻盈而慎重。而我,则一直静候在一旁。直到确认那两个小姑娘也都已从房间离开,我才从藏身之处走了出来。

7

距离我动身去佛兰德斯的日子,还有八月有余。不知不觉间,在秋日和3月里小心探头张望的羞涩春天之间,冬天已悄然过去。我一直在忙着做一些准备。其实,准确来说,我并不知道自己这番准备究竟是为了什么,也不知是为了谁。尽管双王陛下曾再三恳请对方寄来我未来夫君的一幅肖像,但这画像却从未如约而至。或许,是在来卡斯蒂利亚的漫漫旅途中被弄丢了吧。所以,关于我的那位未婚夫婿,我几乎仍是一无所知。这让我心中惶惶难安。

我在这座城堡中逗留的时日已所剩无多。因此我倍加珍惜与自己的兄弟姐妹共度的时光。我心里非常清楚:日后,恐怕我再也不会有机会与他们共同生活了。

"等你启程的时候,他们正好也会把玛格丽塔送过来。如此说来,那我们几乎会在同一时间结婚呢。"胡安正在计算着自己的婚期,并幻想着与他的未婚妻玛格丽塔·德·阿斯图里亚日后的幸福生活。

可婚姻生活之于我的意义,却与他全然不同!此时,我已然开始想念路易莎。我想,有她的陪伴,可以为我减去许多烦忧。

在那个前途未卜的紧要关头,我身边几乎没有一个可以信赖的女性,就连我的母亲也是鞭长莫及。因为外祖母的身体状况每况愈下,所以每当政务重担稍有减轻,日理万机的女王陛下便会抽出仅有的那几天空闲去看望她的母亲。再者,何况当时还是与法国交恶、动乱不断的非常时期。不过,还有路易莎陪在我身边。她与那位印刷商的女儿伊莎贝尔之间的嬉笑玩闹,让我的心情振奋许多,也驱走不少日复一日折磨着我的胡思乱想。

那时,要是没有去阿维拉圣托马斯修道院附近那座富丽堂皇的宅邸,那我们便会不时去托莱多或塞戈维亚的王宫住上一阵。在那些日子里,路易莎只能学会享受孤独,除此之外,别无他法。在这方面,我甚至将她视为榜样。因为她能在书籍中寻得庇护——李维、薄伽丘、塞涅卡和圣奥古斯丁,他们都已在阅读中成为小梅德拉诺最要好的伙伴。

若换作我,我还是更情愿去参加作为王孙贵族必须出席的各种令人厌烦的典礼与仪式。但在那位印刷商和他女儿不再那般频繁出入宫廷的日子里,我还是心甘情愿地沦为她的盟友。

没过多久,我们便辞别了我的兄弟。因为他马上就要去阿尔玛桑[1]独享自己的新府邸了。从前他便与我们区别有距,因为他总是与我们这些公主还有路易莎分开上课。其实我很难理解,就为了去索里亚的一个小宫廷,他竟选择丢下我们。

---

[1] 索里亚省的一座城市。

这会让我无比想念他的。

"索里亚就是我出生的地方,殿下。在那片土地上,您的兄长一定会生活得非常幸福的。请您相信我。"路易莎安慰着我,故作一副云淡风轻的模样。我知道,这个小姑娘想必已经读出了我神色中的悲伤,也明白此刻我正在恐惧什么。因为,下一个要离开这里的人,便轮到我了。"他日后将会成为一朝之君,并在门多萨家族的宫殿里过得称心如意。当然,君临天下需要许多的智慧。而那样的孤独,反倒会对他的学习大有裨益——因为在没人来打搅我的时候,我的学习效率也会更高一些。不过,有时候,我也非常想念那些有人相伴的时光。"

或许,正因如此,人们才创造出用于学习和交流世界知识的殿堂。其实,路易莎所想念的不是别的,正是大学里的那种生活——只不过,此时的她对此尚一无所知。但这已足以让我动容。

那日上午,我又一次深陷于未知命运的折磨之苦,对自己未来的陌生生活充满了恐惧。而那天,小路易莎也猝然遇到了一些看似正常却又令人惊恐的事。

那时,我刚刚更衣完毕。一个婢女正在为我梳理这头浓密的长发,还有一位则刚为我扣好穿在呢斗篷里面的衬衣。我还能这样披头散发,是因为彼时尚未婚嫁。而且,我想让自己的一头秀发看起来更加闪亮生辉,因此每天清晨都会命人用银梳一丝不苟地为我梳上一百二十下。我感受到它正在摩擦着我的脊背,于是心满意足地闭上了眼睛。这实在太令人感到愉悦了。

而就在这时,路易莎神色不安地走进了隔壁的房间。她这是在寻找自己的母亲。但她的声音听来却在战栗。

"有谁看到我母亲了吗?你们知道我姐姐又在哪里吗?"

她似乎被吓坏了。我生怕她遭遇了什么不测,便赶紧请侍女们去把她带过来。我命她们全都退下,只留我们二人在我的殿室中单独相处。只见她肩上披着一件斗篷,此刻双目无神,面色如土。

"玛格达莱娜正和我母亲在一起呢,路易莎。怎么了?发生什么事了吗?"

"殿下,我有些事必须跟我母亲说。要是卡塔利娜也不在这里,那我就去找她。就算找遍城堡的每一个角落,我也总会找到她的。您不必担心。"她倚着墙壁弯下了腰,双手紧紧捂住自己的肚子。显然,她按住自己的裙子,是为了缓解几分痛楚。

"先坐下再说吧,路易莎。"我将一张扶手椅搬到了她边上,并为她铺上几块包有丝质套子的椅垫。"我们一会儿会去找你母亲的。但你得先告诉我,你怎么了?你现在就跟服了女巫的汤药似的,要不然就是有什么恶灵附在了你的身上。"

路易莎走了过来。她的不适显而易见。

"夫人,这是我只能单独跟母亲说的一些私事。不过非常感谢您的关心。"眼见她这个时候仍荒唐可笑地准备向我俯身行礼,我不得不立即去扶住她的胳膊,命令她赶紧坐下。

"路易莎,你身上哪里疼?你觉得很不舒服吗?"

泪水立时从她眼中夺眶而出,簌簌而下,在她两颊上恣意流淌,甚至都浸湿了她那祖领衫上的皱褶领。然而,她并不想向我坦言这件事的来龙去脉,哪怕她此时显露出的慌张已毋庸置疑。

"你是来月信了?是因为这个,对吗,路易莎?"

她将自己的脑袋埋在一个靠垫里,抽泣得难以自制。她伏身在这丝缎上悲伤欲绝。面对这样痛彻心扉的哭泣,我只好缄口不语。现在,我顿然理解了这可怜小姑娘的一腔羞愤。不过,此时的她,已经不再是一个小姑娘了。

"夫人,我曾在一本书上读到过:作为一个女人,我日后便月月都要经受这样的苦刑;而且,这种折磨天生就要与我做伴,就因为我不像男人那般强壮。现在,我一点也不想长大了。因为长大以后,我就要流失自己的血液。"

我看出她心中有无数的惶惑与痛苦。

"你这都是从哪儿看来的,路易莎?有些时候,智慧并不藏身于图书馆的架子上……"她听后冲我展颜一笑,此外就再无其他任何回应。于是,我决定在她身旁坐下来,好好跟她解释解释她正在经历的这一切究竟是怎么回事。

"我好痛啊,殿下……我感觉自己小腹那边好似有无数细针在扎一般刺痛。"说着她指了指裹在自己胯部的一个布结。我注意到,在这布结之下的一个编织袋里,路易莎还藏了一本书。我请她让我看看她刚才说的那本书。她便把书递给了我。"那一页已经被我标记出来了,殿下。"

我接过这本厚重的大部头,并翻到她用一根带子做了标记的那一页。只见上面写道:

> 如果说,有哪一种"流血"对人体而言称得上是

"顺应自然""保全康健"的话,那便是所谓的月经或月信。它发生在女人身上——不是姑娘,也不是老妇,更不是怀孕的妇人。它每个月都会按时来访。这对女性而言具有非凡的作用,对她们的健康也大有裨益。因为它们规律的造访,能够帮助女性摆脱或改善成千上万种病症,能让她们面色红润,光彩照人,四肢有力,食欲大开。然而,若是月经一直迟迟不来,那么一切便会截然相反——那会给她们带来无尽的苦恼。

"路易莎,若按这上面所说,那你不应为此烦忧才是。因为这是一件好事呀。"

"可这刺痛实在是太可怕了,夫人!"

"但你别忘了,这正是你已有能力怀孕并且生出小宝宝的标志呀。"

她的抽泣平息了一些。不过我很清楚,其实我并未能说服她。因为她看起来依旧痛苦万分。

她缓缓站起身来。我便将书递还给她。因为我确信,她一定还会将这一段好好研读,反复思忖我说的道理。而在我的内心深处,她此时的这份痛楚也让我深受触动:日后,我自己迟早也是要生儿育女的。现在,离我启程去佛兰德斯的日子已不剩几月。等到了那里,我总算可以知晓自己的丈夫究竟是谁了。

8

在王宫度过的最后几个月里,我终于清楚地意识到:在我的妹妹卡塔利娜和路易莎·梅德拉诺之间,存在着紧张的敌对关系。虽然总的来说,路易莎平常争论时并未刻意提高嗓门,也从未与其他贵族或身边任何人发生过正面冲突,但她就是成功激起了卡塔利娜的忌妒之火。而这把火,几乎总是以她们两人的对抗与争吵收场。

这日下午,用过午膳以后,我在楼上又一次听见她们二人在争吵。这争吵声已足以穿透重重墙壁与帘幔到达我的耳中。我别无他法,只好到她们面前去充当仲裁,也好尽快为这场争闹做个了断。只见我妹妹已气得捶胸顿足,吓得侍从们连忙上前查看,以确认她是否安然无恙。而当天午后,我并没有跟她待在一起,而是独自去了书房。

然后,我便看见她们又在争吵。无奈之下,我只好拽着卡塔利娜的胳膊将她拉走,把她带到花园边上,免得这喧闹声传到我父母的耳朵里。这场争执的始作俑者,一定是我的妹妹,对此我确信不疑。她在挑起事端、激怒别人这方面确实很有一套。不过,路易莎也不是省油的灯……她轻而易举便能将任何人都气得失去理智。

"胡安娜,放开我!"她的眸子灼灼闪光,仿若两块被人掷入湖底的宝石。我妹妹马上就要哭出来了,但她的骄傲还是让她强忍住了泪水。"她抢走了我的练习册!她又这样!"

"是我允许她这样做的,卡塔利娜。何况,她抢走的也并不是你的练习册。这册子属于所有人,这是大家共用的练习册。"

我事先已如此跟教课的先生们交代过。因为我想着,要是大家都把课后遇到的疑难写下来,并且将之记录在同一个簿子上,或许会对我们找到解决办法有所帮助。可有些时候,在其他同学面前说出自己遇到的难题是很让人难为情的。因为我们都羞于暴露自己的无知。而这本"疑问集",是我用十几张对折的纸页亲手制作而成。因为我和我妹妹都能说一口流利的法语,所以我们私底下喜欢用法语讨论一些闺中秘事,连有其他人在场的时候也一样。我们都觉得法语十分高雅,而且能让我们在别人面前显得超凡卓群。而路易莎则与我们不同——她偏爱的是拉丁语。虽然她的成章妙语常常把我逗笑,但她这样的态度却能将我妹妹彻底惹恼。

"你跟她说,让她给我一个解释——她为什么要在未经我允许的情况下就把那个簿子带到自己的房间里去!"

"那你自己去跟她说吧。难道你已经不跟她说话了吗?"

"她尽会用一些拉丁语来跟我瞎扯,我又听不懂!她就是故意的,胡安娜。我清楚得很。"

当我试图安抚我这口无遮拦的妹妹的情绪时,路易莎正独自待在大厅的一个角落里,沉默无言地耐心等候。她所展现出来的镇静，与我妹妹那种难以自控的情绪化性格形成了鲜明的对比。她一直在翻阅那本被她捧在膝头的册子，全程几乎连眼皮都没有抬过一下。

我决心这回要将她们之间的矛盾一次性彻底解决。因为，在我即将以勃艮第大公夫人的身份永远地离开家门之前，我最不愿看见的，便是这里还充斥着争闹喧嚷。于是，我走到她身边，柔声问道："路易莎，你为什么非要把我妹妹惹恼不可呢？你知道的，她对自己的疏漏总是非常在意，所以她很难做到在其他人面前暴露自己的缺点。这个本子其实是这样用的：只让老师知道我们有哪些疑问，然后他们会在后面做出批复，从而为我们答疑解惑。所以，你不该翻阅这个簿子的。只有当你想在上面留一些疑问给老师的时候，才能把它拿走呀。"

路易莎听后几乎无动于衷。但在开口之前，她冲我发出了一声深深的叹息。

"殿下，可是我需要了解其他人都有哪些疑问，这样才能给我自己的观点寻找支持呀。"她的视线没有离开地面，仿佛要在地毯的图案中找寻什么东西似的，"要是我连应当怎样表达才能让自己被正确理解都不事先了解清楚，那我又如何能吸引听众的注意力呢？"

"假若你希望我们能正确理解你的意思，那就不该再用拉丁语同我们说话了。你不觉得吗？"

她这时才转过头来直视我的眼睛。她的头发松松散散地垂落在眼前，在阳光下金灿灿，明晃晃，亮如白雪。路易莎看起来宛如一尊会说话的雕像，神情十分严肃。听她说话常会让人感触良多。而且我知道，她一贯的做派便是语不惊人死不休，而我永远都别指望自己事先就能做好充分的心理准备。

"其实有时候，我情愿某些人听不懂我在说什么。您妹妹就很怕我，所以故意说一些难听的话来让我心烦。那我便会用自己擅长的武器来做回应。而我的武器，就是语言。而且，我还会用一种她听不懂的语言来跟她说话，好叫她哑口无言。"

"可是，你这样做只会更加激怒她呀，路易莎！"我太清楚她这种招数了，因为我自己平日里有时选择用法语说话也是出于类似的原因。"你还是把那簿子还给她吧。我们继续保有这个'分享疑问'的活动的初衷吧，好吗？任何人都不应该把这个写有他人疑惑的册子带回自己的房间。这是最基本的规定，我们都应严格遵守。"

小姑娘终于步履迟缓地朝我妹妹走了过去。只见她掏出那本惹出是非的小簿子，不情不愿地递给了对方。而卡塔利娜则神色挑衅地等着她走过去，双手交叉在胸前，一副受尽委屈后的公主派头——虽然才刚满十岁，但她此时最不缺的便是傲慢。

"请您原谅我，殿下。我以后再也不会未经允许便私自将这簿子带走了。"

卡塔利娜接过那簿子，径直走向书桌，将它放在了我一开始存放的位置。接着，她便坐了下来，开始在上面写些什么。

路易莎即刻便行礼退下。而我则等着我妹妹写完再跟她一道离开。在之后的几周里,我总是发现:那个簿子就那样静静地躺在原地,没有人碰也没有人翻,仿佛谁都懒得去将它翻开似的,也仿佛谁都没有兴趣去看看里面到底写了些什么。

这些独属于我们那早已远去的芳华时代的小插曲,我直到今日才再次回想起来。因为如今的我,已在过着一种迥然不同的生活。我也多么希望自己还能拥有那样几张可以在上面尽情倾吐困扰与疑惑的纸页啊。哪怕,现在必须由我来做那个在一群如我一般满脸困惑的女士面前滔滔讲演的人。但在这样的生活里,仍在追寻着答案的人,似乎只剩下我一个。而这,又是多么骇人的一件事。

9

"我想,您该回去了,母亲。宫里还有许多更重要的事情等着您去处理呢。您别再浪费时间了……别再为我浪费时间了。"

但实际上,我多么期盼她能待在我身边啊。哪怕我说这话时是那般嘴硬,可我心里却无比希望她能陪着我一起等候。而现在,我却亲口请求她回去,请她留我独自一人守在这里。这艘巨大的轮船不断地嘎吱作响,听起来就像是成千上万个女巫一齐在发怒,而且还散发着一股浓浓的潮湿腐烂之气。我穿行于各色各样的船室寝舱之间,感觉到一阵寒意猝然袭来。这似乎与我们此时所处的8月盛夏毫不相宜。一时间,我惊惧不已。

"胡安娜,我的女儿,请你别再对我指手画脚了。我并不需要让自己即将出嫁的女儿来为我应当如何行事操心。我现在只想好好待在这里。在船队启程前往目的地之前,我都绝不会离开你半步。"

四面的风,好似已经串通好了一般,始终逆着航向吹来。所以我们一直无法向着佛兰德斯扬帆起航。于是我们只好留在这里等待。我们在这拉雷多[1]港口已足足等候了三天三夜,直到后来天公终于作美,才让我就此永远地告别了西班牙。

我的家人纷纷前来与我话别。不过并非全员到齐——我的兄弟姐妹们都来了:胡安、卡塔利娜和玛利亚,但我的父亲却没有来。在我向着王国北部出发以前,他曾过来亲了亲我的额头,并祝我好运。只有好运,再无其他。

难道,我需要得到好运来过另一种人生吗?看起来,我父亲更加关心的,是我同勃艮第的费利佩之间的联姻会给王国的资产带来怎样的收益,而不是他的女儿要在其中承受多大的痛苦作为代价。所以,我想象得到,在我辞行的这一天,他是不会来送我的——他既不情愿,也觉得这样做毫无意义。的确,在这三天三夜里,他的身影,从未出现。

"母亲,您的掌事侍女玛格达莱娜也陪您一起来了吗?"我迟疑着问道,同时心里几乎已经笃信自己将会得到一个否定的回答。因为我知道,每逢这种大规模的出行活动,母亲一般不会带上她所有的随从侍女,而是更愿意带上比阿特丽斯·加林多一同出行。"我想见她一面,跟她道个别。还有路易莎。"

"胡安娜,很遗憾,路易莎和她母亲这次都没有来……在离宫之前,你没找个机会跟她们道声别吗?我还以为你跟所有下人都碰过面了。你本应这样做的,我的女儿。"她强忍住没有加上一句:很有可能,从今以后,他们当中的许多人,你也许再也见不到了。"不管怎么说,你好像都没太把这

---

[1] 西班牙北端坎塔布里亚自治区的港口,紧邻坎塔布连海。

回事。"

我不太明白母亲说这话的意思,正盼着她能进一步做一番解释。而就在这时,她打开了放在天窗下面的众多衣箱中的一个。在这衣箱里,她从我估摸着至少有好几打的织布披风和裙衫下面掏出了一个小簿子。她一面将它递至我手中,一面说道:"几天以前,玛格达莱娜的女儿托她母亲将这几页纸转交给我。看起来,这应该是你和她,还有卡塔利娜在你们上学时交流用的集子。她希望你能好好存留着这个本子,让它在那个新王国一直伴你左右。所以,我也请你用一份与之相称的小心与仔细将它保存妥当。"

这就是我们的那本疑问集。就是我的那个小本子。而这一册我自己亲手缝制的小本子,如今也要跟随我一同远行了,一同去往我未来夫君所在的国度。可是,把它和我的嫁妆存放在一起,又是何寓意?但既然这是那古灵精怪的路易莎的主意,我便也丝毫不觉惊诧。

"那个小姑娘就是这般特立独行。母亲。也许您还要告诉我,她为何觉得这本子将会在我的新生活中派上用场?"

说着我随手翻开了手中的纸页。不管翻到哪里,我都欣然接受邀请,就从那里开始读下去。我立即认出,在我翻开的那一页上,赫然正是我妹妹那浑圆的笔迹,此外还有路易莎那迥然不同的瘦长字体。一段一段的文字就这样随意散落在每一页纸上,记录了我们从不间歇的学习时光。其间还不时夹杂着一两句我写下的话语。此时,再看到这些疑问与难题,我不禁会心一笑。因为它们又让我回忆起那些至今仍记忆犹新的往事。老实说,这已不再像是一份古怪的礼物。恰恰相反，我开始意识到路易莎此举的意味深长……这时，我翻到了这小册子的最后几页。

"玛格达莱娜请求我务必让你认认真真读完这些纸页的最后一部分。我想，路易莎一定是给你留了一些特别的寄语吧。"

只见在几页空白纸张的后面，跃入眼帘的是一篇被一丝不苟地抄附在这里的文章。羽毛笔的优美线条足以让人耐着性子继续读下去。这是来自西塞罗的一段话：

> ... Neque porro quisquam est, qui dolorem ipsum quia dolor sit amet, consectetur, adipisci velit, sed quia non numquam eius modi tempora incidunt ut labore et dolore magnam aliquam quaerat voluptatem. Ut enim ad minima veniam, quis nostrum exercitationem ullam corporis suscipit laboriosam, nisi ut aliquid ex ea commodi consequatur? Quis autem vel eum iure reprehenderit qui in ea voluptate velit esse quam nihil molestiae consequatur, vel illum qui dolorem eum fugiat quo voluptas nulla pariatur?[1]

路易莎想借它来跟我说些什么？我一面读着这段话，一面在脑中将它翻译为卡斯蒂利亚语。多年养成的习惯已让我

---

[1] 出自西塞罗《论善与恶的边界》（也译作《论至善和至恶》）（*De finibus bonorum et malorum*），此处保留原文的拉丁形式。

自然而然这样做了。

  ……没有谁是因为痛苦是痛苦本身才去热爱、追求和渴望痛苦的。只不过，有的时候，在某些情况下，人能够在拼搏和痛苦中获得一定的快感。举一个简单的例子：若非有利可图，我们之中有多少人会愿意尽心竭虑地去做一项费劲的工作呢？谁又有资格指责别人情愿只享受那种不会带来折磨的欢愉，而拒斥所有那些无法产生快感的痛苦呢？

女王陛下一直待在衣箱边上等着我读完。但她却看到我脸上露出了一副疑惑的神情。

"我的女儿，是有什么好消息吗？路易莎这小姑娘行事向来难以预测。但我想，假如这仅仅是一封简单的书信，那她可绝不会'善罢甘休'的。我猜对了吗？"

"是的，母亲，您猜得没错。她这是借用西塞罗的几句话给我捎来了一封口信。"我深知，这是她心目中至关重要的几位思想家之一，"而她用这段话，是想给我一些鼓励：要抵抗住此时的艰难境遇，心中笃定不疑。因为终有一日，我会拨云见日，迎来幸福的生活。"

母亲用臂弯环绕住我。我依偎在母亲怀里，合上了双眼。但愿，借那小姑娘吉言。

索里亚,阿尔马萨

(卡斯蒂利亚王国)
1527年

"母亲,您还记得伊莎贝尔第一次来上文法课时的情形吗?"

玛格达莱娜刚才已浅浅入梦,但女儿的这声发问又让她惊醒过来。她很想继续追问下去,女儿口中所说的那个人究竟是谁。因为除了那位尊贵的卡斯蒂利亚女王,她实在已记不起还有什么人也唤作伊莎贝尔。她很担心,路易莎此刻是不是烧得已经开始说胡话了。

"路易莎,你现在要做的,只有休息。你千万别累着自己。何况,我也不知道你说的那个人是谁呀。"

于是,那个在病痛中垂死挣扎的人,又一次闭上了双眼。也许,母亲说得对。事到如今,还费劲去回忆过往的片段实在是大错特错。现在,连生命都要从她的指缝间悄然溜走了……对她来说,伊莎贝尔又是谁呢?她有那么重要吗?只是,谁也不会想到,她们二人的生命脉络,竟曾彼此融汇、相互纠缠至何等地步。

这是她们之间"不可能的秘密"。

"您说得对,母亲。她可能,只是我想象出来的一个人吧。"

布尔戈斯

(卡斯蒂利亚王国)
1500年

1

从幼时起,我便十分羡慕那些无须辛勤劳作的家庭。在那样的家庭里,他们只需要生活,或是休息。我觉得,那样的家庭才是"正常"的家庭,或者说至少比我们家要正常一些。而且在那样的家庭里,家庭成员们往往能尽情享用用以居住的空间,全然不用考虑诸如通风、噪声等问题,以及因它也作为工作环境所带来的其他不便之处。

有时,我也非常渴望能像路易莎那样在一座城堡里生活。但随即,我又会想起她常跟我说的那些与皇室家族共处一处的烦心事。于是我便回心转意,又转回至那个我与父亲共同筑成的原点。

对我父亲而言,我们家里最重要的一点永远是:门窗必须保持敞开,否则难闻的气味便会让我们全都窒息。所以,每当天刚破晓,我要做的第一件事便是确认工作间里的通风状况是否良好。

很少有什么东西能散发出比烧焦的树脂更加难闻的气味。但这种黑色的提取物要是跟沥青比起来,也只是小巫见大巫罢了。沥青比它含有更多的水分。自细密画声名大噪以来,人们对红色颜料的需求便越来越大。但我父亲往往需要费上好大的劲才能获得硫化汞。每每供不应求时,他便不得不前往犹太人居住区,通过一些地下渠道获得朱砂粉末的提取物。每逢此时,他总是怨声连连。因为跟稀稀落落地藏匿于这座城市各个角落的犹太人碰头,实在是一件非常冒险的事情。然而,又不得不说,他们手里的货,的确质量永远都是最上乘的。

我已经习惯了在父亲工作的时候帮忙盯梢。若他一天的工作要从制墨水开始,那他便再也睡不上一个整觉。就这样,在夜以继日的工作中,我也逐渐掌握了一些印刷术要领。而这,也促成了我今日最擅长之事:印书。在那无数个不眠之夜里,我常常悄悄探过头去暗中观察他是如何翻动油与树脂的。那时,他身边还环绕着好些冒着热气的浅口锅。而当他在桌旁来回走动时,我还会默默观察他是如何拖着那条左腿,以他特有的一瘸一拐的姿势穿梭行走的。这还要从他在瑞士的一个农场中被一头母马狠狠踢了一脚说起。发生这件事时,他才三岁。自那时起,他的这条腿便算是废了。在那样的观察中,我常常会想起他给我讲的那些故事中的女巫。于是,我不由得会想象,在所有被他投入锅中的反应物中,会不会不时悄悄混入一只青蛙、一段老鼠尾巴或一对河鼠的门牙。

还有些时候,我会在清漆边上看到一个硬面包块,或者干脆是一整个大圆面包。他太清楚面包渣在混合树脂时能发挥怎样巨大的作用了。它们可以把多余的油脂都吸走。甚至,到了后来,连我也会在用过晚餐后提醒他:记得留下那些剩余的面包。因为有时,我父亲会忘了这回事。

还有那种气味。那种松节油和颜料一点点地慢慢熬煮时所散发出的气味。那是一种四处弥漫、直冲屋顶的香气。它犹如遮布一般，覆盖在我们家的物件上。而我们，则生活在这样的气味中。哪怕其实出门极少，但我们依然会把这种特殊的芳香带至所有我们去到的地方。

日子一天天过去，我们收到的订单日渐增多。随之而来的，是我们的一些习惯也在悄然发生着变化。由于印刷方面的工作大量增加，我随父亲进宫的次数也越发频繁起来。鉴于形势的变化，他不得不雇来好几个小学徒。这样，当我们不在时，工作间里的任务便可交由他们来负责。也正是出于同样的原因，我和路易莎才可能有那么多见面的机会，也才可能在那之后成为闺中密友。

我们两人相识，是经由大公夫人的介绍。不过，我们彼此间的那种亲密，却并非她所赐。我并不是说，我和路易莎一开始能交谈起来没有她的功劳；而是说，自那以后，我们能成为那样形影不离的朋友，主要是因为我们二人志趣相投，尤其是在书籍方面有着共同的热爱。

我之所以在此先将这一点解释清楚，是因为随着年岁渐长，我越来越察觉到女王陛下对此多有不悦。我知道，她向来不喜欢我们之间有着密切的往来。不过，要是一个人刚刚眼睁睁地看着自己的儿子——自己王位的未来继承者——撒手人寰，紧接着又惨遭痛失长女之苦，谁又能亲切和蔼得起来呢？她的性情由此变得暴躁易怒，那也是再自然不过的事。

但反过来，我永远也不会忘记胡安娜公主对我们是何等温柔。可遗憾的是，她去了佛兰德斯之后没过多久，我们便再也没有她的消息了。只是在人们私下议论的时候偶尔听闻：后来她诞下了她的小莱昂诺尔，自那以后便过着幸福的生活。

在宫廷迁至布尔戈斯的那段日子里，女王陛下并不乐意我长久逗留于皇家领地。与此同时，我明显感觉自己遭到了排斥。我能清楚地区分什么是因哀丧而痛苦，而什么又是因反感而不满。她也不再准许胡安娜公主同她的侍女玛格达莱娜的女儿走得那样亲近。不过，一位公主的人生，本就是一条事先已被规划好的道路。所以，她们迟早都要面临分别。从这个意义上说，我的心绪也就复归平静了。而且很多时候，路易莎也并没有表现出对我有所想念。虽然只是区区一名印刷商的继承人，但我如今也早已习惯自如地进出宫廷。感到不适应的，似乎只有女王陛下。

在那动荡不安的日子里，每回在皇宫里转悠时，我都会感到毛骨悚然。自堂胡安去世以后，女王陛下或许是怕卡塔利娜公主或玛利亚公主会不由自主地受到像我这样一个资产阶级的蛊惑……她实在太不了解我了！无论是出于什么原因，我都不想让自己跟任何上流阶层人士扯上丝毫的关系，更何况是她们两位——她们简直既无趣又烦人；而且卡塔利娜还对路易莎心怀忌妒，这一点显而易见。

当我和我的伙伴在那位公主母亲的藏书中间尽情徜徉时，我曾不止一次撞见她偷偷藏身于柱后，或是借用帘幔将自己包裹起来。我一直感觉她在暗中监视我们——她其实一直很想知道我们究竟在做什么，却又从不参与我们的活动。有一回，那位卡斯蒂利亚的伊莎贝尔亲自来垂问我们是否读过她在我们这个年纪学习过的一本书。我没有读过，所以对此知之甚少。但路易莎却知道那本书,便立即口若悬河地同她聊了起来,口中还不断迸出一些专业术语,在我听来简直犹如天书。她同女王滔滔不绝地解释了好些事情,陛下看起来似乎也颇为满意。不过,就在她与女王陛下畅谈正酣时,我却注意到了一双漆皮鞋——它正准备从房间门后悄悄溜走。这是我亲眼所见,千真万确。我甚至都敢说,那就是卡塔利娜的鞋子。我敢保证。

类似的事反复发生了许多次。但为慎重起见,我从未想过要将这些事向我的好伙伴透露半句。因为我们知道自己固然不能与那些公主相提并论。因此,只要可以,我们便会尽力避免与她们产生交集。

不过,这一切都已经过去了。那些幼稚的小事终于结束了。我们已不再忙着在宫闱与长廊间嬉戏打闹,也不再躲在女王的藏书阁里于书卷间搜寻奇思妙想。但每当路易莎独自翻阅那些古典作品时,她依旧能从中获得一种奇妙的快感,并对现状毫无怨言。我知道,她与我不同。路易莎依然保有对投身于教书育人事业的热忱期盼。

而我,则更愿意思考一些其他的事情。我更感兴趣的,是那些出版校样,以及我父亲同那些需要他提供服务的人之间所展开的关于做书艺术的谈话。对于一部作品在完成之后应当以何种方式呈现,他们似乎永远也达不成共识。不过,最终总会皆大欢喜。

一本印刷书的诞生过程实在妙不可言。妙得犹如爱情突然在你的肚子上挠起痒痒来。从那时起,我便逐渐深谙其理。

2

与他相识的那个下午，我本更情愿待在工作间给父亲帮忙。因为那天他似已忙得焦头烂额。要是这时候我能帮他一把，我心里会觉得好受许多。可路易莎之前曾向我提议，说我们可以一起去参加皇宫里即将举行的各式各样的诗歌朗诵会，它们要一直持续到黄昏以后才会结束。可我并没有勇气告诉她，实际上，我觉得诸如此类的活动实在是无聊极了。可她向我发出了热情的邀请，还以为我会满心欢喜地融入宫廷活动中。因为这样一来，我便能出入其中来去自如了，仿佛我也是皇家随从中的一员。我也被准许参与公主们的朗诵，是因为我是路易莎的好朋友。然而，这于我而言却实在是无福消受。有一回，我甚至都不得不装出一副身体不适的样子借故离席。玛利亚的颤音直飙屋顶，而她尚在宫廷的姐姐胡安娜则弹着古钢琴为她伴奏。她们的表演的确踩着节拍——这一点无人质疑，但那位公主的嗓音可就……她的嗓音，至今仍在我的脑海中嗡嗡作响，余音不去。而且，老实说，就因为这段可怕的回忆，我有好几个晚上都睡不着觉……

因此，我便跟路易莎说：那天我得留在工作间。事实上，我也的确留了下来，跟拼版台、活字、木支架和刷子们待在一起。我的手指沾满了刚刚刷上的颜料。因为我试图凭一己之力将印刷机垫平，不去劳烦那两位学徒帮忙，即便他们一般也在那里。他们确实比我身强力壮，但在排每一页的字模时，我这一双小手却更有用武之地。因为需要把那一小块一小块的字模恰当地嵌入每一行中。那几个男人在这方面不仅显得笨拙，而且尚未掌握技术要领。

我记得，平时每当父亲双手合力撑住印刷机那沉重的纸夹时，我便会把一捆纸页投到墨槽里。这个庞然大物着实沉重无比，所以必须由两个人通力协作才能完成这项工作。这样一来，这印刷的机器才能够运转起来。纸夹就叠放在底架上，而它们又一同被放置在衣箱上。这样，它便犹如一个完美衔接的匣子，而那些将用于印刷的纸张则安然躺卧其中。那成百上千个活字将会连词成句，跃然纸上，来日不知会落入哪位读者手中。

"我都跟您说了，父亲，您应当喊他们几个小伙子过来帮一把的……我没有那么大的力气，帮不了您。您这样很容易把自己的背给伤着的。"

正午过后，永远都是最难把伙计们请来印刷间里干活的时候。所以，我父亲宁愿自己承担起印刷工和装订工的双重角色。他一个人忙忙碌碌，再加上我的一些微不足道的协助——我们付出巨大的努力，只为省下一笔开销。

我们正准备把第二页纸放在板上，此时却忽然听见有人敲响了我们家的门。

"我去开吧！"我用围裙擦了擦手，便踩着轻快的步伐朝印刷坊的入口蹦蹦跳跳地过去了。"当心第一页啊。恐怕我们还得再印一遍呢。"

平日里我已习惯给学徒们指示，以至于有时我都忘了自己这是在跟父亲说话。我确信自己已深谙印刷之道，仿佛此时我已成了个小大人似的。我心中笃信无疑：将来等我成年，迟早有一天，这个工作将非我莫属。等到那时，这个印刷坊的工作便将会由我来领导，而且我还会制定出自己的一套规章制度。路易莎总说，我以后定会成为一个伟大的印刷商，因为无论是对书上那些夺人眼球的装饰点缀，还是那些不易为人察觉的细枝末节——你要是不仔细看，甚至根本都不会注意到它们，我都会给予同样的重视。书籍并不仅仅包括那些大写字母、清新的封面、细致考究的装帧……不全是这些。那些小铅块应当以何种方式被放置在活版盘上也同样重要。我常常这样跟她说。而她听后总是不由失笑。

我想，我们所面对的，都是关于书籍的艺术。只不过，路易莎与我欣赏的是书籍的不同方面。但无论如何，我才是日后要继承法德里克·德·巴西雷阿印刷坊的那个人。

此时敲门声再次响起。在我朝门口走去的这几分钟里，这拍打声一直在我耳中久久回荡，挥之不去。这扇大门早已锈迹斑斑。可不是立即便能将它打开的——必须用上很大的力气，猛地一拉，才能打开这扇宽门。

而门被拉开的那一瞬，从外面照入屋内的光线不禁让我眩晕良久。我不得不揉了揉自己的眼睛，仿佛如梦初醒。然后，我才能定睛细看眼前这位不速之客。他的模样，几乎让我忘记了呼吸。

3

"下午好。我来自托莱多,来找法德里克·德·巴西雷阿,也就是人称'德国佬'的那位。此前,一直由家丁负责与您联络对接。但似乎最近几次委托的订单进展都甚是迟缓。故此,恐怕还需我亲自登门托付为好。在下现有要事急需与印刷商商谈,不知此处是否即他府上?"

他一面说明来意,一面一双眼目毫不避讳地直视着我的眸子。世上竟有人能做到,这常让我惊叹不已。因为每当我自己尝试这样做时,往往有心无力——我的视线总是难以自持,逐渐沦为不住地回避闪躲,直到最后以我感到疲乏转过头去而黯然告终。然而,他却能够神色泰然地同我交谈。这是一种无比的泰然,目光与声音都同样平静。他不住地上下打量着我。但他这样的表现,却让我感到手足无措。

此人仪表堂堂。个头并不高得过分,高出我两三拃左右。一头乌发倔强地鬈曲着,不仅遮住了他半个额头,还在他耳朵后面探头探脑的。我看得不禁怔住了,有好一阵都忘了他还在向我问话。我羞红了脸,随即却见他冲我莞尔一笑——这更糟了。我的双颊都在燃烧。此刻我只想逃走,恨不得脚底下正好裂出一条地缝来，好让我赶紧钻进去，就此消失在他的视线之中。

这位风度翩翩的绅士眼睛不大，却充满生气。我敢肯定，只要他想，他甚至能用这样的目光将我变作一块石头。他的脸颊上星星点点地长了些痣，鼻尖上也有一些——这个鼻子翘翘的，小小的，倒是给他的模样增添了一丝孩子气，还有一种迷人的魅力。

我努力集中自己的注意力，鼓起勇气回答道："是的，就是这里。我是他的女儿伊莎贝尔。非常抱歉让您的订单有所延误……这是因为我们最近接到的订单实在是堆积如山。"我说话时不住地抚弄着自己的辫子，挼搓着打结的发梢，仿佛正在擦亮一块银器。可实际上，我的双手都在颤抖。"您请进。我父亲正在庭院的另一边呢，我这就领您过去。"

我带着这干活时穿的围裙所留给我的那点仅有的优雅转过身去，走在前头给他带路。他是会一直盯着我的背影瞧，还是更愿意四处打量我们的住所呢？他正在偷瞥我吗？在这沉默的氛围里，现在这条路对我而言显得太过漫长。于是，我鼓起勇气开口问道："您是位作家吧，对吗？我想我认得您的那位仆从，我接待过他几次。我们平常一般不跟作者接触——我说的是那种直接的接触。"话音落下，我借故回过头去看他一眼，以便确认自己说话时他是否有在留意我的肢体姿态。而就在这时，我们猝然四目相对。这着实把我吓了一跳。

"没错，我是个作家。只不过，我只有在休假的间隙才写写东西。平时我还有许多其他事情要忙，还要工作和学习，所以每年只有一两个月的休息时间。如此说来，那你曾接待过加斯帕尔喽？哎呀，现在我终于知道，为什么我每次盼咐他来这里，他都从不推三阻四了……"

那对杏仁状的眼眸，有着秋日枯叶般的颜色。他一笑起来，它们便几乎在他的睫毛底下眯成了一条细缝。这副挤眉弄眼的神态，成功地缓解了我的紧张情绪。我不由得也笑了起来。

"先生，您此番大驾光临真是叫我感到意外。您平日里想必多是在幽居之中勤奋写作吧。作家们总是拥有超凡的想象力，往往足不出户便能用生花妙笔描绘出遥远国度的奇异景象。"

我转过头来，目不转睛地凝注着他，视线竟再也难以离开。我这是怎么了？此刻，我竟只盼自己能在他面前落落大方，美丽迷人，好让他愿意再多跟我说说话；只盼他能拜倒在我的脚下，一如被女巫施了魔法。我曾听那个面包店师傅的女儿信誓旦旦地说过：你要是想吸引一位绅士的注意，那再没有比施用麝香粉更妙的法子了。在穿上厚底鞋前，先用粉末擦干双脚；这样，当你出现在心仪的那位翩翩君子面前时，只需装作一个不留神，脚上轻轻一蹬，鞋子很容易便脱落下来了；然后他便会顺理成章地过来帮你将鞋穿上。就在他亲眼见着你那一双玲珑秀足之前，麝香粉的芬芳便早已叫他迷醉。

可此时，我的手边并没有麝香。而我们几乎也快到大厅了。我很怕父亲一会儿会让我回避，留他们单独商谈。

"事实上并非如此。我其实并不常在自己的作品里四处旅行。而你所说的那种想象力也绝非何等超凡的思维。它不过是捕捉到了那些与我们所有人都息息相关的、再日常不过的生活琐碎罢了。我笔下所写，皆为这世上尽人皆知之事——这不仅是我的世界，实则也是你的世界。"

说完，他又冲我莞尔一笑……他说得多好啊！

而这时我不得不先行一步去通报我的父亲了。他便保持在我身后几步开外的位置继续跟随前行。

"父亲，有人来找您。"

此刻他正伏身于工作台前，头也没抬便一阵破口大骂："该死，加斯帕尔，你这么着急干什么！你滚回去告诉你那不知好歹的主人：区区一个名不见经传的作者，有什么资格来催我用这种神圣的新字体来给他干活！我这儿订单实在太多了！我忙得几乎挤不出一点闲工夫来！你回去就这样答复他，就说是我说的。他要是还听不懂的话，"他终于抬起头来，正准备结束这一连串的咒骂，"那就让他本人过来一趟——我倒是非常乐意亲自会会他。"

父亲语声顿停。整个印刷间骤然陷入一片死寂。但在这样的静默之下，却是暗流涌动，直叫人不安。我们停立在他的工作台前，呆若木鸡。显然，一时间我父亲也有些张皇失措，不知该如何收场。此时改口似乎为时已晚。当他认出眼前这位访客正是他口中所说的作者本人时，他早已惊愕得瞠目结舌，面色如土。

"非常抱歉，先生，请您千万别往心里去。我还以为又是某个前来传话的听差呢……我不是有意要……"

"堂法德里克，在下费尔南多·德·罗哈斯。幸会幸会。"

作家先生颔首行礼,仿若自己刚才什么也没听见。"我此番并未准允加斯帕尔上门叨扰,只因想亲自来确认一事:不知此前委托贵府的订单是否都已如约执行,正按部就班地推进着。遗憾的是,今日看来,恐并非如此。此外,我也看出您对我似乎并不欢迎——冒昧来访,深表歉意。不过,令爱对我倒是颇为热情。至于拙作的制作事宜,若您今日无暇抽身,那我们改日再详商也无妨。"

我不禁失笑,连忙用手背捂住自己的嘴。我可不想叫他二人发现此情此景在我眼中犹如一出滑稽的闹剧,简直有趣极了。在此之前,我父亲已经跟刚才提到的那位加斯帕尔讨价还价了好几周;而现在他终于对上号了——原来他就是眼前这位费尔南多·德·罗哈斯的仆从。那个小伙子性情暴躁又执拗。他来来回回,负责传送他家主人的手稿,鹦鹉学舌般传达主人的指示。而他主人所提出的那些偏执的要求,常常让我父亲感到无能为力。风箱两头前后夹击,那可怜的小伙子也快被折磨得发疯了。如今,他们二人终于会面成功——只不过,到目前为止,他们之间似乎仍旧没有达成任何共识的意思。

"不碍事的,堂费尔南多!请原谅我没能很好地理解您的要求。主要是我们最近签下的工作实在是太多了。我相信您一定能体谅我们的难处。改日,我必定盛情款待,到时还请您务必赏光。"

"那是自然。我完全理解,堂法德里克。我会的。可您要知道,我多么迫不及待地想看看那些经过深思熟虑的多番修改才印刷出来的样张呢!那我改日再来吧。但希望下次的会面不会被耽搁得太久。因为不出几日,我就要回萨拉曼卡去了。"

"噢,既然如此,先生,那您要是没有什么别的安排,明日便可赏光前来见面细谈。日落时分过来即可。到时候,我会给您准备一些抄本,然后我们便能心平气和地好好聊一聊这出版的事宜。"

听完,费尔南多·德·罗哈斯便做出一个辞别的手势。接着,他转过头来看向我。

"这位小姐,不知鄙人是否有这个荣幸,能请您再将我送回至您迎我进来的那个大门口呢?"

我只好送他回去,心里不情不愿——因为,我情愿在此守候一百万年。只要他不踏出我的家门,我便情愿一直这样默默守望着他。

4

次日清晨，我在百叶窗帘拍打墙壁的声音中醒来。我的卧室面向一条人声喧嚷的巷子。因此，就算是困意来袭，哈欠连天，我也常会因为这座城市的喧闹而辗转难眠。人们通常都会把卧室安置在房子的最里面，因为内部的房间往往没有小窗，光线也较为昏暗，而只有这样的环境才能叫人睡得安稳。可我们家却并非如此。印刷坊环绕庭院而建，其余的房间（也就是我们日常起居的地方）所对应的恰好是采光最好的位置。这里的一切都围绕着工作间转。庭院中的自然光线，也是我们的幸福之源。

此刻外面正下着倾盆大雨。老天似乎怒不可遏，想用洪水来淹没万物，染脏一切。道路无不变得泥泞污浊。从井底最深处，传来阵阵回音不断的遥远翻腾。我从床上起来，又穿上了昨天那身衣服。但我今天并不打算去印刷间里看看父亲是否已开始埋头工作，而是径直走上了街，一直朝王宫的方向走去——我得去找路易莎聊聊。

我几乎一夜都未合眼。满脑子只容得下一个费尔南多·德·罗哈斯——那个不住盯着我瞧的他，那个偷走我笑颜的他。路易莎一定不会相信，昨日在印刷坊里竟上演了那样一出大戏：我那父亲真是荒唐可笑——他还在背地里不停地对那作家骂骂咧咧呢，哪里能想到那位作家先生本尊竟会从天而降，偏偏就出现在他面前，让他惊得几乎掉了下巴。那真是一场巨大的闹剧。路易莎要是听到我这个故事，一定会跟我一起捧腹大笑的。而今天傍晚，费尔南多·德·罗哈斯将会再次来访。我也许可以说服我的好朋友，邀她跟我一同回家，这样她也可以认识认识那位风度翩翩的作家先生了。想到能同她分享自己的激动之情，我心中便幸福满溢。

可踏出家门，我才意识到：此刻大雨依旧瓢泼。秋日里总是这样。顷刻间，艳阳高照便转为暴雨如注，不留给我们丝毫喘息的工夫。只见此时铅灰色的云正一丝不苟地努力将清晨伪装成夜晚的模样。可尽管如此，我依然远远便能辨认出大教堂塔楼之上那熠熠生辉的砖石。这便是那座圣殿最光辉夺目的样子，总叫我顾盼流连，不舍离去。那是一座壮丽恢宏的塔楼，八层塔尖冠于其上——我觉得它们此时似乎正随着猛烈的暴风来回摇摆。或许是出于巫术的缘故吧，谁知道呢。我曾听几个途经此处的旅人说，假若一个人站在那个十字拱形下面，保持绝对的缄默，不发出一丁点声音（作为一个向主祷告的虔敬之地，在这里做这样的事也十分寻常），他便能感受到砖石在他的肩头嘎吱作响。我相信此话不假。这也许是因为，我的好朋友路易莎在我们的阅读分享中将她那奇思异想的劲头也传染给了我，使得我对这种传说故事也不禁浮想联翩起来。不过，我还是坚定地认为，这个由几根石柱支撑起来的庞大建筑，实际上早已摇摇欲坠。

如今，站在时光的长河里回望，我才清楚地看到自己当初的直觉是多么准确。所以有的时候（虽然其实也就仅有这一次），对于坊间流传的奇谈传说，还是宁可信其有；而对于太过恃才傲物的建筑师，倒是可以减少一些无条件的信任。某年3月3日的夜晚，那座教堂最顶端的塔楼，在大风中转眼便如腐朽枯木般被吹散。那日，距离我在滂沱大雨中遥遥望见它的那一刻，已过去将近四十年。所幸，由于当时夜色已深，故而在那场事故中无人遇难。可那些嘎吱作响的记忆，那种我明知塔楼或迟或早必会倾塌却又什么都做不了的无能为力，至今仍会让我不寒而栗。

但无论如何，这天清晨，我终究只是驻足在工作间的门口，从那里远远地望了望那座建筑，如此而已。我得快速朝那个方向走，然后找到一个尽量不让自己浑身淋透且能够到达王宫的最佳办法。

"不好意思……先生！请问您能行行好捎我一程吗？"我瞧见一辆带篷大马车，它通体被遮盖得严严实实，正慢悠悠地从路中间驶过去，"您也是往城堡的方向去吗？"

"我正要去王宫呢，小姑娘。你要是不赶时间，那就上来吧。不然我都怕从教堂上面淌下来的水把你给冲走了……吁——"说话间他已勒住了马。这时，一场真正的大洪水正在向我们席卷而来。那些可怜的牲畜发现自己在大水中举步维艰，不得不向后退缩。浪潮卷裹着各色各样的沉积物与余腥残秽，其中甚至还有一些动物残骸，它们一股脑儿全朝我们涌来。"这也太吓人了！你还是跟我上来吧。万一你倒了霉，被洪水给冲走了，我可负不了这个责。"他装作满脸同情的样子，冲我挤弄了一下眼睛。他这副神情不禁让我心生疑虑。可尽管如此，我最终还是选择跳上了他的车。

"多谢您了，车夫先生！"

我抓住他伸向我的那只手，并借助马车的阶梯奋力一撑，让自己够到了那个座位。就在你走投无路的时候，一个车夫就这样犹如神兵天降一般驾着一辆带篷大马车出现在了你眼前——这简直太不可思议了，不是吗？

"我能冒昧问一句吗？在一个天气这样糟糕的早晨，像您这样一位闺中少女，为什么非要找人带您到城堡里去呢？"

"因为我得去见我的一个朋友，先生。她跟那些廷臣住在一起。我平常一般都是步行去找她。但在这样的暴风雨中，我要是还想走路过去，那就实在是大错特错了。您知道我这身衣裳吸了水之后变得有多沉吗？"

"我能想象，小姑娘。因为我妻子每回清洗衣服总是非常费劲。而且，晾到绳子上以后，它们竟然需要那么长的时间才能干。这件事我真是一直也想不明白。"

我们就这样有一搭没一搭地拉着家常。车夫尽力避开路上遇到的障碍：行人、骡子，还有其他车辆——多亏有这些障碍，这位先生才不得不集中起注意力来好好驾驭他的马，这也旋即将我从他那无止无休的提问中解救出来。

我们从市场中间横穿过去。此时，它正在准备着新一天的开张——无论是暴雨倾盆，还是烈日炎炎，都无法阻挡商家和货物忙碌的脚步。

"这场暴雨只会让我担心一件事，那就是水位上升的问题。这雨一下，河水就会发起狂来，一泻千里，还会卷走一路上的所有东西。"看得出来，他知道自己正在谈论些什么，"庄稼歉收虽然不值一提，但这河水……这河水却是我们无法控制的。"

"但要是从此不再下雨，我们又会为其他麻烦而深感困扰的，您不觉得吗？您就这样想：水是生命之源呀，先生。我有一个好朋友，每回只要一下雨，她就非常开心。因为这样她就又可以待在家里了。"

"那你这位朋友的喜好一定与我们这些人大不相同了，小姑娘。反正，在你冲我大喊着问能不能上我车的时候，我可没看出洪水带给你任何去不成城堡的困扰。"这个男人说完不禁纵声大笑起来。而他这一笑，一阵令人作呕的恶臭便冲我扑面而来。我不得不捂住自己的嘴巴，强忍着胃里翻起的痉挛。

"我可不是个胆小鬼，先生。我喜欢品尝雨水的味道。而当太阳重新照耀大地的时候，我也喜欢跑到水塘里去玩溅起的水花。但我也喜欢待在家里——尤其是隆冬腊月，在炉火旁取暖，那是何等惬意啊！"

我索性插上一嘴打断他的滔滔不绝，再不给他任何张口的机会——因为，那股恶臭，我绝不想再闻一次了。

这时，我们眼见着就快到达城堡的马厩了。于是我便借此机会向他表明这也正是我方便下车的地方。

"非常感谢您的帮助，先生。今天我要是走着来的话，恐怕一上午的工夫都要被耽搁在路上了。"

"那是当然。这雨下得这么猛，你的裙子又这么沉，我完全理解。不过，这对我来说一点也不麻烦，年轻人。下次你要是又遇上这样的难处,可别忘了我就是负责给住在这里面的人运送粮食的……所以你会看见,我几乎天天都要走上这么一趟!"

作别了这位车夫,我提起衬裙便往花园的方向飞奔而去。于是,必不可免地,我溅得自己一身是泥,我的鞋底沾满了草屑和落下的枯叶。有好几次我还差点脚下一滑摔个大跟头。终于,我在后门见到了路易莎。她正倚靠在墙边,轻柔地爱抚着脚边的一只小猫。那只小可怜,想必是在我朋友的裙摆下寻求庇护呢。路易莎就待在城堡的入口处。那里一直以来都是我们两人碰头的地方。远远看见她,我便冲她高声呼喊:"我在这儿呢,路易莎!嘿!"

她一面把小猫抱上膝头,一面用目光四处寻我。

"今天下着这么大的雨,你是怎么从家里过来的?"暴雨一度中断了我们的对话。阻隔在我们之间的那段路途泥泞不堪,水坑不断。"你等等,我去给你找一双套鞋¹过来。要是你的脚一直这样湿着,你一定会生病的。"

"我在这场大雨下之前就出门了。后来是一辆马车载我过来的。我今天必须见你一面,路易莎。因为我有事要跟你说!你一定不会相信……"

"究竟发生什么了?不过等等,你先别急着跟我解释任何事。当务之急是我得先把你的脚处理好,之后你再慢慢跟我细说……不过我猜,一定是件好事吧!"

---

1 一种以铁加固的木制鞋子,一般在雨雪天气或在其他泥泞潮湿的路面上行走时使用。

路易莎把小猫放在地上，转身便去帮我找鞋。

天气很冷。被雨水淋湿的我感觉到一阵刺骨的凉意。而当那只猫咪再次触碰到那毫不友好的地砖时，它也发出了一声幽怨的惨叫。此情此景，我与它感同身受。

"没错，在我看来，这是件好事。它不同寻常，但并不见得是一件坏事，我想。"

5

此时，距离我初次见他倚靠在印刷坊门后，已过去数年之久。今日之他，早已声名远扬。可即便如此，如今但凡听到关于费尔南多的消息，我心中都还会涌起一阵异样的悸动。只不过，他写的那部喜剧已经让我对他的印象有所改变。不得不说，他的大作与我初见他时那副温柔善良的模样实在大相径庭——里面充斥着大量失礼欠妥的言语，主人公的情感又是那般阴郁伤感……但随着时间的流逝，我也终于看清了他的真面目。费尔南多·德·罗哈斯？一个骗子罢了。他从前就一直是个骗子，以后也一直会是个骗子。其中的区别不过在于：与他相识时，我还是一个妙龄少女，而彼时他的卡利斯托和梅利贝娅[1]也尚不为人所知。区别仅在于此。我深知文人墨客潜心于创作时会化出千百种情绪与人格,甚至它们彼此之间都有可能自相矛盾。你想想看,他们不费吹灰之力便能够扮演叫花子、老巫婆、浴血奋战的骑士,或者甚至是一只拥有人的智慧、会思考又会说话的小动物。但无论如何,我都百思不得其解:我当初为何竟会那样愚蠢!我当时怎么就听信了费尔南多的甜言蜜语!

但实事求是地说,在那个暴雨滂沱的清晨,我记忆中那个举止异常的人,其实并不是我,而是路易莎。我至今犹记,她为我捎鞋回来时,我便发觉她的神色很不对劲。她的表情异常严肃。我不知道我不在王宫的那些日子,她都经历了些什么。

"说吧,伊莎贝尔,今天天气这么糟糕,你还非得急匆匆地跑到王宫里来,到底是为了什么事?"

我尽力装出一副泰然自若的样子,但实际上,我和她一样惊诧不已。

"你是不是也遇上什么事了,路易莎……发生什么了?

---

[1] 卡利斯托(Calisto)和梅利贝娅(Melibea)均为西班牙15世纪末文学名著《塞莱斯蒂娜》(*La Celestina*)中的主人公。而费尔南多·德·罗哈斯(Fernando de Rojas)也以该书作者的身份被载入西班牙文学史。这部作品被文学史家视为西班牙文学从中世纪过渡到文艺复兴时期文学的一座桥梁,标志着西班牙中世纪文学的终结和文艺复兴时期文学的开端。该作初版于1499年,在布尔戈斯问世,最初题名为《卡利斯托和梅利贝娅的喜剧》(*Comedia de Calisto y Melibea*),也即后文中常以简称《喜剧》所指代的作品。该作后于1502年在塞维利亚、萨拉曼卡和托莱多相继再版,书名改为《卡利斯托和梅利贝娅的悲喜剧》(*Tragicomedia de Calisto y Melibea*),因此在本书中也以《悲喜剧》的缩写形式出现。1519年在威尼斯出版时,意大利语译者将书名改为《塞莱斯蒂娜》,此后再版的西班牙语版也沿用这一书名,流传至今。

你看起来不太对劲。是因为没睡好吗？"

她的面色异乎苍白。平日里永远都闪烁着好奇之光的那对碧绿色眸子，今日竟是这般黯淡无光。她垂下头，伸出一只胳膊揽住了我的肩膀。

"我们还是进去说吧。我也有一个故事要与你分享。"

那注定是布尔戈斯宫廷里漫长难挨的一天。每逢天公不作美的日子，宫人们便不得不绞尽脑汁，想出各式各样的游戏、歌舞，以及其他不必在露天进行的休闲活动，以供双王陛下娱乐消遣。宫廷里的小丑使出浑身解数，在各处宫殿利用自己的小把戏和小玩笑故作丑态，摔跤逗乐，尽管这常让我感到害怕。甚至，有些贵族还会借机举办自己的独奏音乐会，向我们展露一手他们那些失调的乐器所发出的声响。同样，这通常也是公主们表演诗篇朗诵的好时机，一个向临时观众展示自己"毫不造作"的优雅与温柔的绝佳时机。

而我和路易莎，却为了躲避宫内的喧闹而藏身于阅读室中。因为我们不愿在互吐心声的这一天受到任何人的打搅。我让她先跟我说说她究竟经历了什么。

"直到现在我都还有些惊魂未定……这件事关乎我的母亲。我不知道自己该怎么想它才好。"

"你的母亲？她怎么了？"

当我知道事情跟她的母亲——女王陛下的侍女玛格达莱娜——有关时，我不由得吃了一惊，但同时也松了一口气。因为我也就知道，幸好，路易莎自己并没有发生什么叫我担忧的事情。

"但在跟你说这件事之前，我得先让你知道很久以前发生在圣格雷戈里奥的一些事。那时，我还只是个乳臭未干的小丫头。不过，那些事至今我也依然清晰地记得。它们发生在佩德罗·德·拉·鲁亚来给我们上课之前。"

"可我不明白，路易莎，你为何要从故事的开头说起呢……"

"这自然是因为有必要这样做了！当时，我的兄弟姐妹们都十分痛恨那位老师。因为他们预感他一定也会像我们之前的那个老师一样：行为不端，声名狼藉。于是，他们便想尽办法不让他有好日子过。伊莎贝尔，你简直无法想象他都经历了些什么。但后来，我终于说服他们，让他们明白其实他是个好人。"

"你竟然说服了他们？在你那么小的时候？看来那时你就已经深谙演说之道了……"

"也许是吧，伊莎贝尔。我想，'能言善辩'是我与生俱来的能力。"说着，路易莎便垂下了眼帘，自嘲之中带着几分黯然之意，"至少，跟我的兄弟姐妹们比起来，是这样吧。事实上，他们那时都在恶意揣测佩德罗企图勾引我们的母亲，就和之前那个老师的恶劣行径一样。更何况，我母亲当时才守寡没多久。"

我听后不禁用手捂住了脸。我这好朋友口中所说的，让我难以置信。我们太多时候都对他人抱有过多的信赖。我们自以为很清楚他们是什么样的人，实际上却对他们深藏心底的秘密知之甚少。这个与我最要好的朋友，曾也对自己的那段记忆闭口不谈。如今，她终于肯开口把它们说出来了，而且还愿意与我分享。但她所说之事，却让我一时间还缓不过神来。路易莎想必也觉察到了，因为此时我的脸色一阵青一阵紫。我其实是在想,在这样艰难的处境中,我究竟应当跟她说些什么才能予她以慰藉。但事实上,我却没能做到。我只是说出了一些既笨拙又突兀的话来。

"所以,你是想说,你母亲曾经受到过一位教书先生的引诱?而且,这件事还发生在你们自己家里面?"

路易莎点了点头。她看着我,又补充道:"今天,我又一次撞见她跟一个男人待在一起。他们在一个下人住的房间里面……就在今天早上!你能相信吗?就发生在你到这儿之前不久。"

她在说到"一个男人"时的语气让我恍然大悟:她一定非常清楚那个男人是谁。

"路易莎,他是谁?你看清了吗?"

她笃定地点了点头,随即霍然哭了出来。这哭声,也许纯粹是出于羞耻感。

我抱了抱她,想给她一点安慰。平心而论,她母亲是个美丽大方的女人,很容易吸引别人的注意。在宫廷中,大家都说她谄媚逢迎,甚至还有人说她不甚检点。玛格达莱娜的个性让她自己不止一次下不来台,因为她是一位掌事侍女——按理来说,掌事侍女的一言一行都应成为其他所有服侍夫人们的侍女与婢女的表率才是。而她的轻浮举止,却引得那些心怀最深妒意的下人纷纷传起了非议与谣言。不过,我自一开始便从不听信这些与我朋友相关的风言风语。

我突然觉得,要是这时候我还跟她说起自己与费尔南多·德·罗哈斯的那场邂逅,那未免有些不识好歹。相比之下,这是一件多么微不足道的小事。还是等下次有机会再聊吧。

"好吧，那你就想着：今天真是多亏了这场没完没了的大雨，我们才能一整天都躲在这里避开那些异样的目光啊。我们还有许多事可以做呢。甚至，要是你现在更愿意跟人群待在一起的话，我们也可以一起去听公主们朗诵呀。"实际上，几乎没有什么事比要我坐在那里听那些娇生惯养的小姐发出走调的颤音更不吸引我了。但不管怎样，我都得让我的好朋友振作起来。"你想去听吗？"

路易莎站起身来，从桌上拿起一卷书。她将书卷抱在胸前，朝烛光那边走了过去。但她随即又驻足不前，目光已然涣散在那焰火之中。从我坐的地方，能看到摇曳的烛火不时将她的侧影剪断——这让她看起来犹如一个来自另一世界的幽灵。而就在那一刻，她告诉了我一个惊天的秘密。

"是他，伊莎贝尔……就是那位费尔南多——我们的国王。"

6

那一天中的大部分时光,我们都在打发无聊中度过。我们几乎也要被王宫中那些无所事事者的忧伤情绪所感染。这与我那天清早出门时满怀的欢欣已是天壤之别。不过只是下了一场雨而已,难道就要这样任它把我们弄得如此哀丧颓靡吗?我不愿苟同。我还想向路易莎讲述关于费尔南多·德·罗哈斯的一切呢,因为我的大脑已全然被其占据。有时候,那些贵族的心情就是太容易受到天气的影响了。要是晴空万里,他们便欢欣鼓舞;如果乌云密布,他们便伤春悲秋。女人们刺绣或是吟唱,男人们则围坐在火堆旁闲聊琐事。这种态度,在我们看来无趣至极。

那天下午,甚至连平日里总在欢声笑语中围着双王陛下跳舞的侏儒和小丑,似乎也都提不起兴致来。

而我们两个则躲身在我们最爱的那个角落。在那里,我终于向好友吐露了自己甜蜜的心事。

"可这种事,伊莎贝尔,你怎么能如此笃定呢?你与他不过只是一面之缘。你这样便觉得自己已经深陷爱河了吗?你可别像故事里的那些贵妇人一样。你要知道,故事里的桥段跟现实生活截然不同！你以后就会发现，他顶多也就是仪表堂堂而已，别无其他。"说着她已爬上了书架边的一个脚凳，然后便以这种居高临下的姿态指导着我：当一个人在生命中遇到爱情时，他应当如何自处。此时的她仿若化身为一位师长。她自视深谙此道，但实际上，她对这方面的了解少得不能再少。"那你告诉我，接下来会发生什么？要是他对你无意，那你便独自到树林里的空地上哭泣吗？"

我不禁失笑。在这场以抵制爱情的诱惑为主旨的演讲中，路易莎实在是太风趣了。

"那等有朝一日爱情也降临在你身上的时候，我倒要看看你会怎么办。等到那时候，可就轮到我来取笑你喽！而到时候，那个因为被自己芳心暗许的绅士冷眼相待而被折磨得快要发疯的人，可就是你了。"

那幅场景，光是想象一下便已足够荒唐可笑——她永远也不会被哪个男人给迷住的。没有什么比我这位朋友的决心更显而易见的了。尤其，是在那夜之前。

我最终还是说服了她，让她跟我一起去认识认识费尔南多。不过，为此我的确颇费了一番力气。

"我不想去，伊莎贝尔！现在天都暗了，我不想到离王宫太远的地方去。我知道这样母亲会担心我的。而且我敢保证，这雨一会儿一定还会再下！"

"要真是那样，那你今晚就留宿我家好了。明天我们就去找那位好心的马车夫，让他再把你捎回宫里……我真的很想让你认识认识他，路易莎，拜托了！"

我执意劝说着我的朋友。但其实我心中早已了然：想要说动她，绝非易事。哪怕路易莎被游说得晕头转向，她也依旧会固执得叫人绝望。

但在那之前，我们那天下午先是意外遭逢了她母亲的故事。那件事带来的影响终究还是压过了我本想告诉她那些事的冲动——那些关于我与费尔南多浪漫邂逅的故事。于是，我便努力向她描绘我父亲是如何笨拙地将费尔南多与加斯帕尔弄混，尽可能说得绘声绘色，巨细无遗。纵然如此，我也依旧没能让她的脸庞展露出一丝笑颜。

"你父亲做事就是有点容易冲动。他一向如此。"

后来，经过无数次苦苦哀求，在我的不依不饶之下，她终于被说服了。她终于同意去跟她的母亲申请，请她允许她的女儿到宫外过上一夜。

"我现在再跟她说话会觉得非常别扭。"路易莎一边说，一边啃咬着自己大拇指的指甲。她很是不安。我觉察到她此时的行为举止已异于平常。当她在那个房间目睹那一幕时，她的安全感便已倏然消散。"你如果见过她曾用那样的神情看着一个男人，那么当你再次见到她的面容时，你都无法想象那种感觉有多么别扭！更何况，那个人还是他，伊莎贝尔！"

"难道当时她也看见你了吗？"

"那倒没有。我觉得她应该没有看见。"

路易莎终于鼓足勇气，走到了玛格达莱娜的房门前。没一会儿，她便出来了。她告诉我，她已经获得了母亲的许可，可以跟我一同去印刷坊了。换个环境也好，或许还能帮她分散一下注意力呢。

我们离开城堡准备去往我家时，已几近入夜。我们相互挽着手,尽量保持步调的一致。每当我们之中有人乱了节奏需要重新调整步伐时,我们便跳跃一步借此换脚。这是我们之间的老传统了。我们向来如此,两个人好得就跟一个人似的。

"那你觉得,他也盼着再次见到你吗?"她在问我这个问题的时候,用了一种尤为尖锐的语调。我瞬时明白,这又是她一如既往的冷嘲热讽。"说不定他早已结束了跟你父亲的商谈,但现在还待在你家里没走——因为他还在等着你哩!"

"路易莎!你就别再取笑我了。"她总是喜欢调侃我这些不切实际的幻想,"你觉得你自己身上就永远不会发生类似的事吗?"

"那至少不是现在。这一点你大可放心。"

她的神情突然变得十分严肃,让我不禁又担忧起来。只见她又一次难过得泣不成声。我见状不得不立即停下脚步。

"路易莎,你别再哭了,真的……这不值得。"我这可怜的朋友刚才还在努力跟我开着玩笑,可实际上那些玩笑却让她自己的心里那么痛苦。

"你说得对。没事,你别担心……我真是太傻了。我们不说这个了。从现在起,我们就把这件事抛到九霄云外。"她吃力地讲出这几个字来,"只是,我觉得自己是不可能会坠入爱河的……经过这件事后,我已经没法爱上任何人了。我一定会无法承受的……算了,我们改日再聊这个吧,好吗?你父亲现在正在家里等着你呢。"

她又一次让我感到茫然无措。我无法想象路易莎此时正在经受些什么。而在此之前,我们两个还常常会对女王陛下喜欢听人高声念诵的那些小说中的贵妇和骑士浮想联翩。的确，彼时我们对那一切还一无所知，因此心中唯有憧憬。那一年，她十四岁，而我十三。生活还为我们存留了许许多多会出乎我们意料的事情。当时，我只能问我自己：我的好朋友究竟都看见了些什么？

"对不起，路易莎。我知道，你其实本不想来的。但你之后一定会发现：远离宫廷住一个晚上，会让你感觉好受许多。"

慢慢地，她难过沮丧的情绪逐渐平复。我便不再继续谈论这个话题。这时我们已经差不多走到了印刷坊的门口。从门缝中能隐约窥见屋内摇曳的灯火。只见壁炉上炉火正旺，炉火旁人影依稀。我立时方寸大乱。

"我们进去吧。要是我们不赶紧进去，他又该数落我了。路易莎，你帮我看看，我现在的模样看起来怎么样？"

我轻轻捏了捏自己的脸颊，又用手梳理了一下发辫的末梢，想尽可能在他面前展现出一副优雅可爱的样子。但我这头毛躁的头发永远都不听话，所以我总是将它们扎成一束。

"好，那我们就进去吧。别担心了，你现在美得很呢！能跟你再次见面，他一定非常欢喜。"

路易莎看起来没有丝毫的激动与亢奋。她并不想待在那里。但她还是努力冲我挤出了一丝微笑。她挽住我的胳膊，我们一齐向门口走去。我用力敲了两下门。我能感受到自己的心在怦怦狂跳，几乎都快跳出我的嗓子眼了。这时我父亲过来给我们开了门。

"你终于回来了，女儿。你可真叫我担心坏了……下着这么大的雨，你还非要去宫廷里待一整天。今天本就是个不宜出行的日子！"

我都忘了自己今天早晨离开家门时竟没去跟父亲道个别。虽然他其实已经习惯了我这样，但在此之前，我确实从未在一个天气如此糟糕的早晨出过门。

"对不起，父亲，我走的时候应该跟您说一声才对。"我走过去吻了吻他的脸颊，免得在外人面前露出任何争吵的苗头，"我发誓，以后绝不会再这样做了。今天是因为我之前就答应了路易莎要跟她见面的，而且，今天还有一场卡塔利娜公主的诗歌朗诵会，所以……"

我怀疑自己找的这个借口太过拙劣。因为我父亲知道，对我来说，那些公主的朗诵会简直就是一种折磨。但他还是佯装出一副信以为真的样子，示意我们进去。

"晚上好，法德里克。"路易莎跟在我身后也走了进去，并拥抱了一下我的父亲。"我们已经有一周多没见面了。人一忙碌起来，日子不知不觉就匆匆过去了，您说对吗？伊莎贝尔跟我说，您正在处理一项重要的工作呢。您的新任务进展得还顺利吗？"

他们继续酣畅地谈论着字体与颜料，而我则目光四扫，搜寻着我那位气度不凡的作家先生。正如我想象的一样，此刻他正坐在炉火旁，将双手放在火边烘烤。他的身上应该还带着外面未散的寒气。当他看见我走过去时，并未起身，而只是冲我展颜一笑。是的，他的眼睛，正是我魂牵梦萦的那一双。在他看见我的那一瞬，我感觉他仿佛顿时焕发了容光。

"谁也没想到，冬天竟然这么快就来了，对吗？"

我不好意思地笑了笑,并没有回答他的问题。就在这时,我父亲走了过来。

"堂费尔南多,您要是愿意的话,我们可以到印刷间去看看我刚才跟您提到的那些样张。想来应该不会再有什么问题了。因为那完全符合您的要求,您一定会满意的……"

父亲全然沉浸在自己滔滔不绝的解说里,脚下一步也未迈出。而这时我注意到:费尔南多一面随声附和着他,一面却将视线小心翼翼地移向了路易莎。没错,我看得一清二楚。他在看她。

"当然可以,法德里克。那我们这就去看看你总在说的那些样张吧。"说着他便转过头来,向我行了一个告辞礼,"非常高兴能再次见到你,伊莎贝尔。"

他风度翩翩地吻了吻我的手背,但随即便转向了路易莎。而她在我的身旁,始终一言不发。

"费尔南多·德·罗哈斯愿为您效劳,女士……恕我冒昧,请问您是伊莎贝尔的朋友吗?"

"我叫路易莎,先生。是的,我和伊莎贝尔是多年好友。"

简短寒暄过后,我的好朋友便挽起了我的胳膊。我们离开了客厅,朝餐厅走了过去。此时她全身正微微地发着颤,一双眼睛也不再是哭得发红的模样。恰恰相反,此刻她的眼眸中,正闪烁着一种我此前从未见过的美丽光芒。很快,我便发现,她再也不是我从前认识的那个路易莎了。

7

夜幕降临。此时道路已被夜色全然笼罩。这意味着返回城堡将会变得举步维艰。路易莎还在回去与不回去之间犹豫不决。尽管已经得到了母亲的准许，她今天可以在外面过夜，但对于眼下的情形，她似乎依然感到进退两难。而我不敢催问她的态度，只是等她自己拿定主意。

"我现在确实不太想回去。夜路漆黑对我来说倒无关紧要。我只是无颜再面对她那张脸……她可是我的母亲啊，你能明白吗？她做的那件事，我直到此刻仍然难以置信……"

"你别再想着它了，路易莎。那不是你的错。你当时只是进去找双鞋子，怎会知道他们也在那个房间里呢？更何况，谁又能想到他们正在做一些见不得人的事情呢？"

"可他们偏偏就在那里！国王的模样到现在还在我脑海中挥之不去。他就那样坐在那里，而我的母亲……我的母亲……"

"亲爱的，求你了，放下它吧，别再想了。明天又会是新的一天。等暴风雨过去，一切终会风平浪静。"

我吻了吻她的额头。这个小可怜！她所目睹的场景若是被我撞见，恐怕我此后余生都再难逃梦魇。而她向我描述的那些细节更是让我惊骇不已——一个男人和一个女人在做那种事，这多吓人！光是想想，就已经让我的胃痉挛起来了！而且，我这好朋友的每一句描述，都会莫名让我想起晨光里的那位马车夫——那个衣着邋遢的老男人，以及从他嘴里散发出来的恶臭。这样的男人，真是令人作呕。凡近其身者，心情无不被搅得一团糟。我决定不再想这些事，只是默默无言地安抚自己的伙伴。许多时候，沉默反倒是维系两人友谊的最好纽带。

我们继续蜷在我家客厅的火堆旁取暖。在木柴燃烧的火光里，时间就这样缓缓流逝着。而走廊的尽头，在那印刷间里，我父亲正同费尔南多认真商讨该选用哪种印刷技术才最能与他那部作品相配。那时，我们谁也没有想到，那部《喜剧》后来竟会引来如此多卓越之士的关注。但费尔南多·德·罗哈斯却依然顾虑重重。

"你知道的，路易莎，你既可以在这里吃晚饭，也可以在我的房间里睡觉。如果你愿意留下来，我会非常高兴的……我父亲把你当成自己的女儿那样爱你。只要我们能在那些学徒过来之前起床，就不会有任何不便。"

"谢谢你，伊莎贝尔。但无论如何，我还是应该回到宫里去。因为我明天还有文法课要上呢，就在望完弥撒之后。"

实际上，路易莎对圣事并不热衷。我知道，但凡可以，她都会逃掉晨祷。这让我想起了胡安娜。连我也曾不止一次听闻这位最具反抗精神的公主和女王陛下之间的那些激烈交锋。年轻的公主拒绝参加弥撒和祷告，因为她更愿意一个人静静地待几个小时，或是阅读，或是用某样乐器弹奏一支曲子。

"我们去找点东西吃吧！你不饿吗？我敢肯定，午餐一定还有剩余，因为今天中午我没在家……"

话音还未落下，我们便已像两个小孩子一样撒丫子径直冲向了厨房。我们找到了一块大圆面包，便就着冷餐肉和奶酪吃了起来。确切来说，路易莎吃得非常少。这可能与她所接受的教育十分看重用餐礼仪和端庄做派有关。但这种习惯独属于宫廷，在我与我父亲所居住的这四方之间并没有这样的规矩。不过，我尊重她的习惯。因为这就是她。

我正准备从我们总放在窗边的那个大水壶里倒点水喝，却听见有声音从大厅传来。看来，他们的会面已经结束——费尔南多也要走了。我整个人顿时陷入焦虑。我不由得瞪大双眼，抓住了路易莎的肩头，一副惶然无措的样子。我必须再见他一面！我知道，她一定能明白我的心情。

"快跑！快跟我来！要是他们已经没什么事需要再商议了，费尔南多很快便要回萨拉曼卡去了。那我想跟他说话的愿望可就永远都要泡汤了！"

"除非，你和你父亲亲自去那儿一趟。反正想来那也不会是你们第一次出行。你别忘了，伊莎贝尔，大学[1]里可是需要用到很多书的。"

她说得很有道理。但我还是不想让这次机会就这样从指

---

[1] 这里指的是萨拉曼卡大学，创办于1218年，是西班牙最古老的大学。自中世纪至文艺复兴时期，这所大学一直是欧洲最负盛名的学术重镇之一。

缝中溜走。于是我冲了出去，一路跑过走廊。可就在我即将跑至那扇通往客厅的大门口时，我又立时停住了脚步。因为我需要做一下深呼吸——我需要让自己的心跳恢复至自然的频率。我还借机用手指梳理了一下自己的辫子。

"你们二位最终达成共识了吗，先生？"只见费尔南多这时已经披上披风，手中正握着一顶帽子。他笑意盈盈地看向我——我感觉到自己又开始颤抖起来。"我的意思是，既已定下字模，那不知您是打算立即返回萨拉曼卡，还是有其他事情，要在布尔戈斯再待上几天？"

显然，我父亲对他女儿此刻所表现出的这种鲜有的多嘴困惑不已。他神色严肃地对我说道："伊莎贝尔，得让罗哈斯先生收拾收拾准备走了。你别再啰里啰唆地耽误他的时间了！你没见现在时候已经不早了吗？他一会儿回去还有很长的一段路要走呢。"

"其实也无妨，法德里克。那家客栈离这里也不是很远。况且，无论如何，我都已嘱咐过我的仆从：万一夜深了我还没回去，便请他赶着我们的马过来接我。所以，二位若是不介意，那我便在此再等上一阵，直到他过来找我。确实，我也觉得此时已太晚了些。"

我发誓，他在说这话时，冲我挤了一下眼睛。我只觉得自己几乎当场便要昏厥过去。

8

如果非要对路易莎有所指摘，那或许唯有她的沉默寡言值得一提。那时候，我将她的三缄其口视为对我们亲密无间的一种背叛。但现在，数年过去，我终于明白，那其实是她对我的一种保护。因为，她同我一样，也痴恋上了费尔南多——正是从那夜他们在我家壁炉的火光中四目相对的那一刻开始。

我不怪她。因为若是被费尔南多目不转睛地凝视过，你便很难不在这双充满孩子气的眼睛面前缴械投降。要下一场足够久的雨，我和路易莎才能列完这份有关他征服与围击的情爱清单。正如我们一样，数不胜数的女士都曾为这位作家先生的迷人魅力而黯然神伤。她们大多都很年轻，但其中也不乏成熟女性。他的绅士风度与卓绝风姿将她们迷得神魂颠倒。还有他的山盟海誓。然而，只要有一只新的蝴蝶栖息在他肩头，那些曾经许过的誓言便瞬即烟消云散。因为每次一个更加年轻貌美的姑娘出现，从前最美丽动人的那一位便立时沦为姿色平平。

很久之后，我们还得知：在萨拉曼卡，曾有一位旅店老板的女儿在接手她父亲的生意没几周后便发现自己怀孕了。

那个姑娘的年纪,比当时的我们还要小一些。是他一直锲而不舍地追求着她,直到她将自己的最后一点清白交付于他。不过,传到我们耳朵里的说法是:那位姑娘的父亲开口要了一大笔马拉维迪[1]作为他小女儿清誉受损的补偿,但他却矢口否认既成之事,将自己的责任推卸得一干二净。

而这种事总是如此——一传十,十传百,于是流言逐渐演变成了传奇。而这个传奇,则永远会和费尔南多·德·罗哈斯的形象与魅力形影不离。对一个少女而言,自己的情郎无论是一个喜欢惹是生非的家伙,还是一位优雅尊贵的公子,这都不要紧。她也根本不在乎他在追求自己的过程中是一个性情善变、喜怒无常、轻易便打退堂鼓的人,还是一个值得被紧紧抓住的美好灵魂。因为,在丘比特将手中之箭射向这位少女的那一刻,传奇也好,警告也罢,她早已将它们都抛诸九霄云外。只是,当年的我们,对此都一无所知。

费尔南多一向享受众星捧月的感觉。或许是工作性质使然,他总是渴望自己能成为全部谄媚逢迎的中心,吸引所有目光的聚集。他永远都有一句能逗得全场捧腹大笑的俏皮话。他就像一支乐曲的指挥,总能引得身边人都跟随他的节奏。在认识我们之前,他便是如此;在他的《卡利斯托和梅利贝娅的喜剧》大获成功之后——尽管当时这部作品是匿名出版的,他也仍是如此。而在那个关键时刻,我们竟也都缺少那种敏锐,没能看出他有这份"狩猎"才能。

在那场初遇之后,我发现自己的好朋友变得更加郁郁寡欢

---

[1] 西班牙的一种古钱币。

了。她母亲的事确实让她十分困扰。但从她的讲述中可以看出，她并没有勇气去找自己的母亲好好谈谈。于是，她只好藏身书堆，埋头苦读。书籍已然成了她生命中不可分割的一部分。

而我心中却仍有许多疑团挥之不去。我从父亲那里得知：费尔南多·德·罗哈斯已经回萨拉曼卡去了。现在万事俱备，他手稿的印刷即将步入正轨。但我却还想知道更多。

"父亲，您最近会去萨拉曼卡同他商量《喜剧》出版的事吗？"

我父亲的善良，近乎纯朴与憨厚。他个性天真且容易轻信。他从未想过，自己的小女儿有朝一日竟会因为一个男人而春心荡漾。我母亲去世得早。自那以后，便是他独自一人将我带大。然而，他却没能看出，我早已渐渐不再是从前那个垂髫幼女了——这是一个注定的事实。

"我们最好还是先把宫廷教师交代的任务完成再考虑出行一事吧，女儿……不过，等我忙完这一阵，你会陪我一起去趟萨拉曼卡吗？"

"您知道的，我当然愿意啦，父亲！只要能帮上您的忙，我自然都是义不容辞。"

我并不觉得自己欺骗了他。但我这时口出此言也并非全然出于真心，所以我还是觉得有些心虚。其实，我很想让他知道发生在我身上的这一切。但与此同时，我又感到非常害怕，因为我不知道他听后会有怎样的反应。毕竟，对方可是他印刷生意的一位忠实客户啊。

"你真是上帝赐予我最好的一个女儿……噢，不！等等，我可只有你这么一个女儿呢！哈哈哈哈！"他像往常一样亲昵地拥抱了我。但我却产生了一种不同以往的感觉。"伊莎贝尔，自我们接的皇室订单越来越多以来，我这里便很缺帮手。那些学徒的工作都完成得很好，但我还是不能留下他们单独干活。所以，在我上交那些册子之前，我们都没有办法出远门。"

这时，我灵光一闪，忽然就有了一个主意。我发现问题的解决办法其实触手可及。我向父亲提议：让我代替他去。

"我已经长大了，已经可以承担起这份责任了，父亲。何况，费尔南多·德·罗哈斯这位顾客我还认识……所以，您不觉得让我独自前往萨拉曼卡是个很好的主意吗？我的意思是：就由我代替您去。"

听到我这样的突发奇想，父亲想必会觉得他的女儿一定是突然昏了头吧。他的小姑娘居然想肩负起印刷坊的责任来——可她都还没满十五岁呢！

"我认为这样不妥。像你这样一个年纪轻轻的小姑娘，怎么可以去完成这样的任务，况且还要一个人去。"

"那要是我邀请路易莎同行呢？"

情急之下，我灵机一动便脱口而出。我甚至想都没想。不过，我父亲很喜欢路易莎，也很喜欢她在王宫里向来认真端正的学习态度。所以，我想不到还有比她更好的旅伴了。

"你觉得路易莎会愿意加入这样的冒险吗？再说了，他们不是没几个月就要把宫廷迁到埃纳雷斯堡[1]那边去了吗？"

---

[1] 西文写作"Alcalá de Henares"，意为"埃纳雷斯河上的城堡"，中文里有时也音译作"阿尔卡拉·德·埃纳雷斯"，故有时简称为"阿尔卡拉"，现为马德里自治大区的一座城市，自15世纪以来便是一座著名的大学城，尤在16世纪达到鼎盛，是欧洲相当重要的文化学术中心之一。

"我觉得她会愿意的。正因如此,我才想着:或许,在他们忙着准备搬迁的时候,她母亲会准许她陪我玩几天呢。而且,路易莎一直很想去萨拉曼卡大学看看……您觉得呢,父亲?"

他面露难色,揉搓着自己的脑袋——他那一头银发也开始变得日益稀疏。最终,他还是答应了下来。他松口说我可以去萨拉曼卡,好将那些样张带给费尔南多·德·罗哈斯。

但那时,我们俩谁也没有想到,路易莎后来并不能陪我一同前去,而我却会在那座金城[1]之中与我那位心爱的作家不期而遇。

---

[1] 这里的"金城",以及在下文中出现的"金碧辉煌的城市""金色的城市"等提法,均指古城萨拉曼卡。据记载,古代萨拉曼卡的许多建筑,都由采石场中的一种特殊方石建成。而这种石材具有一大特点:随着时间的流逝,它会褪变成一种淡淡的金黄色,宛若日出时金色的光线。每当傍晚时分,落日的余晖映照在金色的建筑上,更是让整座城市都晕染上一层明艳动人的金黄。这座城市也因此而得"金色城市"的美名。

9

那时,她并不愿意将那件事告诉我。也许,那样再好不过。当我决定去城堡将自己关于费尔南多的少女心事向路易莎一吐为快并邀请她同去萨拉曼卡时,距离那次印刷坊中的初遇已过去数日。路易莎一向支持我的决定。因此,我坚信她这次也一定会欣然同意陪我出行——毕竟,那可是那所大学的所在之地!那里也是比阿特丽斯·加林多曾经学习深造过的地方。她是路易莎的老师。她时常向我提起她的这位老师——她对这位老师的崇拜之情溢于言表。那时,路易莎对萨拉曼卡的大学生活怀抱着怎样的热情与憧憬,我再清楚不过了。

于是,我便去往城堡找她,径直去了政务大殿。她平日常在殿中同公主和贵族女眷们一起上课。而我之所以知道此事,是因为姑娘们没课的时候常常会在那里做女红,因而我和路易莎一般尽量不到那里去。那些闺中的私密时光,就留给双王陛下的爱女们悠然独享吧。有时,比阿特丽斯·加林多会陪在她们身边,甚至还会为她们高声诵读。而这时,路易莎便会悄然溜到花园里去,我也会跟着她一同溜走。然后我们便同其他孩子一起嬉笑打闹，或是躲到图书馆里忘情徜徉。然而，今日当我到达大殿时，却发现此间竟空无一人。我又往前探了几步，便发现了那位女老师。公主们绣的那块壁毯下面有两把大扶手椅，她此刻正坐在其中的一把上小憩。

"早上好，加林多夫人。不好意思，冒昧打搅。我知道现在正是课间休息的时候，可是……您在这儿见到路易莎·梅德拉诺了吗？"

这位被大家封为"拉丁女人"的女士起身将我上下打量。她想必已瞧出我并不是她的学生，于是讶然问道："请问是谁来找我那位最出色的学生？"她将手绢从面上揭起——显而易见，她刚才无疑正拿着它遮挡从那扇大窗户射进来的刺眼阳光。时值正午，这个房间里明亮无比。"路易莎想必正同她母亲待在一起。她们或许在环绕御殿的某个房间里面吧。约莫一个钟头以前，陛下来找过她。需要我陪您一同前去吗？"

我没想到，这位大名鼎鼎的女教师竟是如此谦恭有礼。在此之前，我从未与她有过任何交集，我也从未想到她竟会如此乐于助人。确实，此时若是没有一位向导，我一定会迷失在王宫中错综复杂的长廊甬道里。于是，我欣然接受了她的提议。

"啊！那若是不麻烦的话……因为我并不知晓陛下的寝殿所在何处。可真是太谢谢您了，夫人。"

于是，我们便一齐走向城堡的中心地带。我总是很难做到在廷臣面前表现得泰然自若。自幼年起，当我拉着父亲的手频频出入王宫时，我便预想到自己终有一日可能会面临迷失在这皇家庭室中的危险。他们总跟我说，如果没有一位德高望重者同行，那就千万不要越过平日接待我们的那座大殿的界线。他们不是在吓唬我，而是在劝我谨慎行事。

有好几回，我都差点在好奇心的驱使下，一时冲动便想穿过某条光线惨淡的回廊，或是推开某扇大门去看看门后究竟正在发生些什么。但是我父亲再三叮嘱我："你永远不要一个人到那边去，伊莎贝尔。因为你要是去了，很有可能就再也回不来了。"我被这样的警告吓住。它们警示着我可能会发生的最坏情况。不过，也只有一个父亲说的重话才能让他的小女儿感到害怕。但随着时光流逝，在我认识了路易莎并以自己的亲身经历证实在这座城堡中迷路绝非戏言之后，我对那些警示之词也逐渐深以为然，对父亲那样尽心尽力地保护着我也心怀感激。我无论如何都不想让他们把我当成某个混进宫来打探一些街上寻不着的新奇事的姑娘，然后再不由分说粗暴地将我驱逐出去。

不知不觉间，我们已走到了那条主廊。只见地上铺着地毯，两边悬挂着厚重的帘幔和色彩斑斓的壁毯。眼前这一切都说明：此处便是双王陛下私人寝殿的前厅了。比阿特丽斯·加林多让我留步等待："请您在此稍事等候，我片刻即回。我将亲自前去告知堂娜玛格达莱娜有人来找她的女儿。请问您的尊名是……"

"伊莎贝尔，夫人。"说完，我向她深深行了一礼，以示感激。

皇家护卫队齐齐向这位女老师俯身行礼。她步履坚定地跨过了殿室的门槛。而我则留步在门槛的外边耐心等待。我忍不住一直偷瞄那两位从头武装到脚的男子。他们时刻保持着这般笔挺的站姿和严肃的神情,日复一日,始终如此。

就在这时,我忽然听见几声大呼。我好像认出那正是我那位好朋友的哭喊声。是路易莎正在走廊的尽头哭泣。我恨不得立刻去到她身边,也许我的一个拥抱便能让她平静下来。起初我还想着:她母亲此时必定与她同在一处,或许她便可以给予路易莎安慰与支持。但我随即转念一想,心中不由一惊:莫非,那个让她痛声哭泣的人,正是她的母亲?

很快,玛格达莱娜·布拉沃便从一间厅室里走了出来。她头颅高昂,步伐有力。当她经过我面前时,我俯身向她行了一礼,她也向我回礼致意。但她的一双眼睛早已通红。

"夫人,发生什么事了?我是来找路易莎的。我有句话想跟她说。"

"你别说了,伊莎贝尔。"她举起一只手,打断了我的话,"接下来的这几天,路易莎都会被关在她自己的房间里。我恳请你也回到自己家里去。也许之后她会去找你的……"

这短短的几句话,犹如一柄柄利剑刺在我的心头。我失落得说不出话来。她为什么要受到如此严厉的惩罚?

"夫人,我能问问您到底发生什么事了吗?路易莎为何要受到这样的惩戒?"

"不,你不能问,小姑娘。路易莎现在需要一个人静一静。"

"可在我离开之前,我可以去跟她说会儿话吗?因为我也许很快就要去萨拉曼卡一趟,我本想邀她同去,我们可以一起去大学和……"

只见玛格达莱娜已是泪眼盈盈,仿佛随时就要哭出声来。

我的直觉告诉我，这其实并非惩罚，因为我的好友从未做过任何该受责备之事。这一次，想必也绝非因为她做了什么出格的事情。而他们把路易莎关起来，很有可能只是为了堵住她的嘴。显而易见，她母亲此刻的眼泪，直指那位国王陛下。

索里亚,阿尔马萨

(卡斯蒂利亚王国)
1527 年

母亲已伏靠在那张僧侣椅[1]的扶手上睡去。她就坐在床边,呼吸平静而安详。而路易莎此时却瞪大了双眼,那目光所能及或所不能及的一切,她皆想尽收眼底。因为,她这一生的最后几个小时,已经悄然来临。

但此时的路易莎,却依旧无法说出那个真相。

如果一切能够重写,那该多好啊。那她一定会选择另一种活法。但她无法指望得到任何人的帮助,尤其是他的帮助。

他一定很想最后再看一次她笑靥如花的模样吧。"请你永远带着笑容,"从前他常这样对她说,"因为你不知道,你笑起来的样子,可以给别人带来多大的力量。"

那时候,她还以为,前尘往事可以就此一笔勾销。她还以为,他们两人能重新开始。而除此之外,这世间的种种,皆不足道。

---

[1] 西班牙古时的一种十分拙朴简陋的木质椅子。

然而，生命中的故事，往往不尽如人意。

只不过，关于这一点，路易莎直到多年以后才有所领悟。但无论如何，她终究没把自己的笑容弄丢。

萨拉曼卡

（卡斯蒂利亚王国）
1502年

1

我认出那是路易莎·梅德拉诺。但在认出她那美丽的面容之前,我首先认出的是她举手投足间的那抹卡斯蒂利亚贵族风韵,尽管此时她正以一位女学生的姿态行走,而且这个姿势还不是十分标准。其实,我还不太认得出她那头金黄色的头发,更别提她那对会让人失去理智的、深邃的碧绿眼眸。但是,毋庸置疑,那就是她——此刻,她就在萨拉曼卡。

距离我们上一次见面已过去近三年。但她始终停留在我的记忆之中,难以抹去。一个像她那般才华横溢的女子竟然就这样闯入了我的生命,这并非寻常之事。路易莎这个姑娘,太过与众不同。而且,今天早晨,我在一眼瞥见她的那一瞬便已然确认:那个小姑娘,已经出落成了一个芳华绝代的女人。

我习惯抄那条最近的小路步行去学校。每一天的清晨,似乎都是打乱我慵懒节奏的敌人。由于我身上几乎从未出现过时间宽裕的情况,我便只好大步流星走在萨拉曼卡的街头巷尾,直到抵达我学习的地方。

我现在住在大教堂后面,家旁边环绕着一个美丽的花园[1]。这一带的地面略微隆起,所以若有人从这里探出身去,便可以看到托尔梅斯河的河水缓缓流淌着穿过这座城市的边界。圣路加节[2]这天上午,对萨拉曼卡的大学生们来说,又是一个新学年的开始。我马不停蹄地往圣巴多罗买[3]赶。我曾在那里度过自己年复一年的学生时代。所以,如今当我穿行于这些熟悉的街巷时,往日的回忆便会猝不及防地涌上心头。我拐到了利夫雷罗斯[4]街上,打算从这边去往我的目的地。其实,我每日出行都遵循相同的路线。只不过,今天我有一个特殊的约会得多耽搁一会儿——我要跟我的老同学们在庭院中一聚。他们如今要么也是诉讼案辩护律师,要么从事着其他与司法相关的工作。我们总喜欢到某位同学家中闲聊消遣,打发一天中最初的时光。我们就各自司法工作的进展侃侃而谈,然后再将话题转向个人琐事。与此同时,那位作为东道主的同学往往会为我们备上一份简单的午餐。

---

1 费尔南多·德·罗哈斯后来将自己那部著名作品的故事场景设置在这里。这座坐落于托尔梅斯河畔的美丽花园也因而被命名为"卡利斯托与梅利贝娅之园"(Huerto de Calisto y Melibea),如今已成为萨拉曼卡古城备受欢迎的一处游览胜地。
2 圣路加节为每年的 10 月 18 日。古时萨拉曼卡大学的每个新学年一般都从这一天开始,并结束于次年的 9 月 8 日,也即圣母玛利亚诞辰日。
3 这里指萨拉曼卡的圣巴多罗买寄宿学舍,是一所由卡斯蒂利亚和莱昂地区著名的文学艺术赞助人迭戈·德·阿纳亚于 1401 年创建的、隶属于萨拉曼卡大学的寄宿制学院。它既为大学收录的学生提供学习场所,也用作他们的餐食住宿之地。六个世纪过去,出于大学教学场地扩张的需要,如今的圣巴多罗买已迁至萨拉曼卡大学的米格尔·德·乌纳穆诺校区。而圣巴多罗买学院的旧时建筑,则在 1755 年的里斯本地震中严重受损。因此,1760 年便在旧址之上建了阿纳亚宫(Palacio de Anaya),也即今日萨拉曼卡大学语文学院的所在地。
4 街名的西文为"Libreros",意为"书商"。

我在很久之前便获得了法学学士学位。[1] 尽管我和老同学们保持着非常密切的联系，但我并没有任何继续深造的打算。因为我更愿意全心投入至司法行业中，甚至将我作为作家的工作也先搁置一旁。毕竟，我的写作暂时仍处于匿名状态，尽管我的作品早已声名远扬。[2]

于是，这天上午，我又一次匆匆赶赴朋友们的聚会。按照约定的时间，我马上就要迟到了。然而，就在这时，我竟远远地认出了路易莎·梅德拉诺的倩影——这是一个多么令人欣喜的美丽意外。

那时，清晨的天光已一点点亮了起来，正隐隐映在建筑物的石面上。路易莎穿着一身深色的衣裳，但在人群中仍然分外显眼。她正在主墙那边来回转悠着，身旁围满了身穿长袍、头戴四角帽的学生。她环顾四周，正茫然无措。她不知道自己这时是应该装出笃定自若的模样径直走入，还是应该找个人探问一番。她一直在躲避其他年轻人投去的目光——其实他们和她一样毫无经验。我注意到她低下了头，并拨弄了一些碎发来遮掩脸庞，想以此来掩饰几分自己的兴奋与欢喜之情。

她是那样明艳动人，又是那样遥不可及。这个姑娘对我而言是一种诱惑，一种我自知从任何方面来看都不能轻易放手的诱惑。我在布尔戈斯的一位老印刷商家中与她相识——

---

[1] 据研究者考证，该人物的历史原型确实曾在萨拉曼卡修习过法律，并取得学士学位。
[2] 虽然《卡利斯托和梅利贝娅的悲喜剧》一经出版便大获成功，但实际上，一直到 1632 年的删改版问世之前，这部作品的封面上都未曾印过作者名。

那真是一个不同寻常的夜晚。那天晚上，我们准备把交易谈妥，敲定好我那本书出版前需要注意的最后一些加工细节。我记得那天晚上出奇地冷，于是我一进门便立即凑到壁炉旁去取暖，甚至都没注意到随后法德里克的女儿带着一个姑娘也走进了家门。而那个姑娘，正是路易莎。

我们与某些人初次相见的时候，往往浑然不知这场相遇将会怎样改变我们的余生。我们无法知晓究竟在哪一个特定的时刻便要直面那场相逢。既没有事先的通知，也没有刻意的准备。那个人，就那样出现在我们面前，让我们此前所有的信仰与全部的笃定俱在一瞬轰然瓦解。

她始终定格在我关于那场初见的记忆里。以至于后来，我甚至都在记忆中渐渐抹去了我与这位年轻的小姐经久未见的岁月。那已是《喜剧》出版之后的事了。虽然那时我对伊莎贝尔·德·巴西雷阿的好感与日俱增，但我也注意到路易莎不知为何毅然选择了那条孤独的道路，选择终日沉浸在学习的热忱之中。而且，那时还传出了她母亲的那桩丑闻。于是，为了让那些可能会为她辩护的人免遭牵连，她便宁愿选择独来独往。

在那之后的几年时间里，总体而言，我的《喜剧》在读者中反响甚佳。于是，我便犹如一位骄傲的父亲，得意扬扬地看着自己的作品如何被人广泛传阅，又如何在读者间激起截然不同的反应：有些学生认为它诙谐幽默，读来忍俊不禁；但也有些学生读得火冒三丈、义愤难平。而在这种作者匿名的庇护之下，我既得以悄然享受这隐秘的声名，又可以全力投身于我所热爱的司法事业。

那段时间，我有时会与慷慨大方的伊莎贝尔共度时光，偶尔（不过于我而言，这样的频率已然算是奢侈）也算同她那位准时出现的朋友路易莎一同度过——因为，伊莎贝尔几乎三句话不离路易莎。

我将法德里克的女儿对我的关注视作一种坠入爱河的表现。伊莎贝尔会趁那位印刷商每回来出差之际跑来看我，所有时间都与我共处。而我，自然也会好好款待她一番。所以，我在这样的爱意中深感欢愉，这丝毫不足为奇（要是有男士对此提出异议，那此人必定毫无同情心可言）。因为那个温柔如水的伊莎贝尔深爱着我，而我也用自己对所有女人都一视同仁的情感回应着她。无论是出身显赫的贵夫人，还是我在德哈雷斯街区的那些情人，在我眼中都别无二致。唯一的区别不过是：我对伊莎贝尔的"情感"，从来无须我从口袋里掏出一个铜板。

我们这段暧昧不清的关系维持了数月，我根本从未斟酌过这段关系将会何去何从。伊莎贝尔已经全然拜倒在我脚下。而我唯一需要做的，便是尽量减轻要对她做出回应的情感负担。与此同时，我还期待有朝一日能再次见到她那位勤奋好学的闺中密友。

"路易莎想来萨拉曼卡大学上学，费尔南多。这应该是你这么多年来听到过的最荒唐疯狂的话了吧？"

并不是。除了女修道院院长和修女们，其他任何女人，我都从未将其纳入可能加入大学成员之列的考量当中。但她是路易莎——叫我如何能不相信她的天赋才华，以及她对知识的热切渴求呢？对她而言，除了大学，这个世界上再没有更好的地方了。

"可你自小便与她相识，那你或许应该知道：她的宿命就在于此，别无他处。"

伊莎贝尔正蜷卧在我床上，一面跟我说着话，一面轻轻抚摸着我的背。我感到极度不适——因为她正在跟我聊关于路易莎的事，却偏偏又在这时候试图激起我那暧昧不清的情欲。

"一旦女王陛下准许，她便会下定决心过来。我当然非常了解她——她就是恒心与毅力的化身。她一直都渴望能投身于学习，但是萨拉曼卡……我很难想象她置身于那些男学生之中的处境。他们可是一逮着机会，就会把那个手无缚鸡之力的人当作讥嘲戏弄的对象。"

确实，她说的这一切都确有其事。但路易莎是绝不会允许任何人侮慢她的。这一点，我坚信不疑。

所以，当我今天早上看见她在学校大门前踌躇犹疑，来回踱步时，我便想着：要是这时我走过去跟她打声招呼，似乎会是一个不错的主意。在她即将开始全新的萨拉曼卡大学生活的这些天里，我可以在她需要帮助时挺身而出呀。为什么不呢？

2

当我远远地凝望着路易莎时，来往的人群便成了我的掩护。我一步步挪至树边，一群年轻人正围聚在此玩抓子儿[1]的游戏。我佯装自己正在调整肩上的披风。我决定就在这里等着，同时也继续暗中观察。

只见路易莎开始与大门边上的一人攀谈起来——我们常常戏称此门为"决斗之门"。正在同她说话的那一位，是堂马特奥，学监堂桑丘的顾问。他一直在满不耐烦地等候着她。路易莎朝他走了过去，脸上挤出一丝怯生生的微笑。

"您迟到了，梅德拉诺小姐。希望您日后来上课的时候，可以改一改这样的行事方式。请不要在规定时间之后才姗姗来迟。"

"好的，我明白了。非常抱歉，堂马特奥。我现在还不知道该如何估算从我家走到这里所需要的时间。您知道吗，我今天都没顾上吃早餐呢！"

---

[1] 一种将猪、羊等动物的距骨当作骰子投掷玩的游戏。这种游戏早在古希腊时代便已存在，后经由西班牙人传入美洲大陆。

"我们的身体器官越是斋戒克制,我们在学习上便越有成效。您好好想一想吧。我们先进去再说吧。"

我也悄悄跟在他们后面,往这座建筑的深处走去。但直到这时,我才猛然想起:我那帮老同学还在约定的地方等着我呢!该死!改天我得找个机会好好跟他们道个歉。但眼下,与这位奇女子重逢才是我的正事。

路易莎跟在堂马特奥身后穿行在学校的回廊里。而他们身后却还暗中跟有一人——那便是我。我小心翼翼地遮挡住自己的半张脸。此刻,没有什么比被他们二人中的任何一个发现更糟糕了。

"您应当感到庆幸,女士。因为您能进入这座知识的殿堂实属幸运的眷顾。就在不久之前,我们都还在大教堂的回廊中授课。有时候,那些学生甚至还不得不跑到老师家中去上课。要容纳下这么多学生并不是件轻松的事。您应该非常清楚,那些老师家中也并不十分宽敞。"

路易莎也曾在自己家中上过课,后来才与那些公主一同在皇家宫廷里接受教育,但这时她并没有发表任何评论。只见四周的墙壁光洁如新,上面没有任何装饰,却留有一些标记。她想知道这是为什么。

"您知道墙壁上刻画的这些线条是怎么来的吗,堂马特奥?"

"我知道,路易莎小姐。这些标记……它们的确不是平白无故出现在这里的,这一点还真是没能逃过您的好奇心。现在刻画在这里的每一个记号,都是日后要被拆毁的位置标识。"

"拆毁？您是指拆毁什么？"

她是何等敏锐！她总能注意到事物中难以被觉察的细枝末节。我渴望同她交谈的热情迅速高涨起来。

"因为学校打算扩建回廊，把它和用作图书馆的那一间连接起来。"堂桑丘接过话茬儿，"我建议你以后有机会去图书馆看看，路易莎。那穹顶上的壁画，还有那丰富的藏书，你看后定会赞不绝口，定会如此。"

这时，他们已走到那间即将举行新学年开学典礼的教室。我跟在他们身后，借着三五成群的年轻学生和他们扬起的长袍来掩饰自己的行迹。我们一行因为迟到了一些，已经错过了大礼弥撒，不过正好赶上了校长发言。只见路易莎正往左右两边来回张望，试图找到一个可以坐下来的位置。我推测，她的那位同行者应该会陪她一直待到典礼结束。不过，情况却出乎我的意料：他们竟然相互道了别。他就那样把她独自一人留在了那间满是年轻学生的大厅里。

"路易莎，要是你找得到座位，就赶紧坐下来吧。我会在入口处等着你，就是你现在能看到的那边尽头的那扇门……你觉得这样你会感到自在些吗？"

他问的这叫什么问题？他怎么可以让一个年轻姑娘就这样被卷入所有男学生的旋涡之中。然而，路易莎的回答却令我瞠目结舌。

"我看现在似乎正在进行开幕致辞，是吗？那便只是待在这里聆听一段演讲而已，并不需要劳烦您也留步在此，堂马特奥。非常感谢您的帮助。"

不愧是路易莎·梅德拉诺！她竟有勇气独自面对这场从

这一天起便已然宣告开始的冒险。

"不必客气，路易莎……噢，你瞧！校长已经来了。那你就好好享受这场庆典吧。等典礼结束后，我们再碰面。"

说完，堂马特奥便穿过人群挤了出去。而路易莎则继续找寻一张可以让她坐下来参加后面仪式的长凳。

不得不说，看到路易莎身边有那位顾问相伴左右时，我不禁愕然。因为我自学生时代起便认识这位堂马特奥。我很清楚，他通常不会对女性表现出特别的殷勤。此人生性孤僻，又总喜欢对人冷嘲热讽。所以，学监的这位左膀右臂此番应是"奉命"前来"照顾"这位年轻姑娘的。而且，很有可能，这也并不是一份他乐于接受的嘱托。

他脸上那半笑不笑的神情已然透露出他的心思。堂马特奥每次回答路易莎的问题，面上都带着那副自鸣得意的神情。显然，他难以接受，大学竟然收录了一个女学生。但这是来自最上面的命令。所以，哪怕一个人再具有反抗精神，他也应当无条件遵从。

这里的气味很不好闻。虽然教室的穹顶很高，而且还有好几面巨大的石制护墙支撑着那宏伟的穹顶，可我依然感觉到：这个环境里的空气相当稀薄，一定缺乏足够的空气流通。我环顾四下，却只看到那些陌生的年轻人乳臭未干的脸庞——他们甚至连胡子都还没长出来。只见他们头戴黑色学士帽，并配有各色各样的饰带——人人都想让自己所属的学院在众人中显得更胜一筹。我不由得想起自己当年第一次经历这种场面时的心情。我又曾多少次与我的同窗好友一同坐在这样令人感到幸福的喧闹中。此刻，有某种类似于怀旧的东西在刺激着我的情绪。然而,我是一个强大的人,所以我成功地避开了它。我的青葱岁月早已留在了过去。我忽又想到:此刻在这里经历着这一切的人,已经变成了路易莎——这个新奇的变化一下将我从对过去的缅怀中拉了出来。在这如山似海的人群中,竟然出现了一个女人的身影!出现了一个女学生!但与此同时,我也为她感到担忧不已。于是,我尽量找到一个离她近些的位置坐下来,以便在她有不时之需时能立即挺身而出。

路易莎并没有穿着可以把她与哪个学院联系在一起的服饰。然而此刻,这样的一个她,却比穿上配有五颜六色飘带制服的她,更加引人注目。

因为,她是一个女人。

"您若是一位修女,那就应该知道,从明天起,我们便不再讲授神学课程了,女士。"她右边的一个年轻人这样说道,语气中充满傲慢之意。他身上穿戴的是圣巴多罗买学舍的罩袍和四角帽。

"非常感谢您的提醒,先生。不过,我并不是一位修女。我跟您一样,都是来参加新学年开学典礼的。明天我就会去上文法课和修辞学课。"

"若是这样,那您就不必有任何顾虑,女士。因为您看起来似乎忧心忡忡的。可您并没有找错地方,尽管您是这里唯一的女人。我之前都还不知道,原来现在女人也能来上大学了。"他话音刚落,她便笑了一下,试图缓解这位学生此番言论所引起的紧张氛围。这时,一听到在这大厅里竟然还有个女人,坐在前面的两个小伙子也立即转过头来看热闹。但在他们向她抛出一个又一个无礼的问题之前,我决定抢先开口,让她注意到我的存在。

"女士,请您坐到我这边来吧。至于其他,不必多言。因为在今天上午这场开学典礼中,校长先生才是主角——您可别抢了他的风头。"

说着,我便向她伸出一只手好引她过来。她毫不迟疑便坐了下来,却神色张皇,不敢直视我的眼睛。

3

校长一发表完演讲,此间骤然掌声雷动——这样的掌声,虚情假意再明显不过。这天上午,大部分聚集在这间全校经过最精心布置的教室中的学生,压根就不关心学校的最高权威在新学期伊始究竟说了些什么。显而易见,他们此时热烈鼓掌只是为了庆祝校长的发言终于结束——他们也就终于可以回去继续在萨拉曼卡城里寻欢作乐了。

是的,寻欢作乐。我注意到路易莎行色匆匆地从大厅里走了出去。在整个典礼期间,她始终保持着一动不动的姿势,并且始终不发一语。不过,我也察觉到,她曾斜着眼睛偷偷瞥过我几眼。我记得清清楚楚。

我尊重她的谨慎态度。所以,在典礼期间我并未同她交谈。但等仪式一结束,她便立即飞快地逃离了现场。对于她的这种心情,我也并不感到意外。我只是跟随在她身后,想看她如何避开那些拥堵在走廊里的男学生。

"没有人教过你应如何在修道院中行走吗?让她过去!我们给这位女修道院院长让路!"打打闹闹中,众人哄堂大笑,眼看着她一溜烟小跑着穿了过去。

或许，在这所大学里，她已经非常习惯被人误认作修女了。所以，她并未对这些学生的戏谑打趣多加理会。

路易莎此刻只想逃离。看得出来，她非常焦急地想尽快找到那扇大门。于是，她就那样被迫卷入那些身穿制服的年轻人所组成的汹涌人潮，离我越来越远。难道，其实她已经感受到了我的心意，却又不愿背叛自己的好友吗？

只见她步履缓慢，往前走了几步，却忽又转过身来，看向我所在的方向——我们中间其实也并没隔着多远的距离。随后，她和颜悦色地柔声问我："罗哈斯先生，请问接下来的这几个小时，您有空吗？请原谅我问得这般唐突。可要是我对您说，现在若要我在这座城市里单独行动，我还不是非常习惯，您会相信吗？"

她温柔地眨着眼睛，目光却逐渐黯淡下去。这让我困惑不已。路易莎这是在向我求助。她渴望我能出现在她身边！她希望我是她在这座陌生城市中的陪伴者！我用尽全力克制住自己激动的情绪，并向她说出了几句稍显傲慢又略带距离感的话语。因为，我并不想让她以为，我是一个这么容易就能被她征服、跟她成为朋友的人。因为，我所更加渴望的，是吸引她，是将她引入我的怀中，是在另一种意义上拥之入怀。

"哎呀，这位小姐！刚才整个演讲期间，您都没跟我说过一句话呢。而现在，您却又请求我陪同做伴。这都让我有些摸不着头脑了，路易莎。我可以这样直呼你的闺名吗？或许，这样的称呼才更为合宜。毕竟，正如你所说，我们都即将是要并肩漫步在萨拉曼卡的街头巷尾的关系了。"

"那我不得不向您表达我的歉意。因为刚才那几个小时对我来说，实在太过仓促。我几乎都还没来得及注意自己周围的人群呢，我只顾沉浸在新奇之中……没问题，您当然可以直呼我的名字，因为您与我已经非常熟悉了，堂费尔南多。但现在，我只想请您做一件事：请您在庭院里稍等我一会儿，因为有一位叫马特奥的顾问先生还在入口那边等着我呢，我得过去跟他道个别。"

我答她道这绝不碍事。随后我便远远地跟着她过去，直到她走到堂马特奥身边。他此时正倚靠在门口的墙壁上，脸上显出一副倦容。显然，他正在执行一些他不得不服从的命令，心中对此其实并不认同。路易莎赶忙过去，并谢绝了他今天早晨一开始的提议。我见他听后立刻皱起眉头。看来，我今日若想与她单独相处，此时便不得不向我这位"朋友"伸出援手了。

"那您恐怕就得向学监提出申请了，路易莎小姐。因为我收到的命令是：我必须一直跟您待在一块，绝不可以丢下您一个人——您才来到这所大学！您难道不知道，对像您这样的年轻姑娘而言，这偌大城市的大街小巷中究竟埋伏了多少危险吗？"

我也想到，她既是一位女学生，又受到双王陛下的庇护，所以如此严加护卫她确实也理所应当。于是，我决定介入他们的对话："那么，我将亲自陪同堂娜路易莎到萨拉曼卡的街上逛逛，堂马特奥。我不会让她走丢的。她若是不介意，那便由我来充当她的向导与侍从。您太清楚我有多了解这座城市了，我对它简直了如指掌。"

"堂费尔南多·德·罗哈斯!您在这儿混迹于这群新生当中是做什么呢?学校的典礼对您来说已是非常久远的事了吧?难道,您认识这位路易莎·梅德拉诺?"

"非常荣幸,那位著名的印刷商法德里克·德·巴西雷阿曾向我介绍过这位小姐。那时我正好去他的印刷坊拜访。然而,我们二人算不算得上相识却又是另一回事了——这取决于这位小姐怎么看。"

听到我这样不合时宜的玩笑,路易莎霎时变了脸色。我百思不得其解,她为何会是这副神情。幸好,这时堂马特奥及时替我解了围。他甚至做出一副要同我拥抱的姿态,同时发出阵阵爽朗的大笑。就这样,在这刻意营造的重逢的喜悦中,我终于跨过了与这位小姐相处的第一个坎。

但堂马特奥随即又恢复了严肃的神情。他抚摸着自己的大下巴,转向那位新来的女学生,指点她道:"女士,我想,在注册和缴费之前,恐怕您还得先到那几位大人物面前去一趟。"对这个总爱招摇撞骗的老家伙来说,凡是跟大学金库有关的话,在他听来都如天籁般美妙。"您要是愿意跟我过来,那我们现在就可以去做入学宣誓[1]了。"

没错,我竟然忘了还有那个在学监和学术仲裁人面前举行的烦人仪式!我转过头,正准备给小梅德拉诺一些这方面

---

[1] 欧洲大学自建立之初至18世纪末,都将入学宣誓视为学生获准进入大学的一个至关重要的步骤。如果没有完成这项仪式,那么其他注册行为便会被视为无效。当时,任何一个立志进入大学学习的人,都必须在入学时立下誓言,表明自己将会严格遵守大学的规章和惯例,尊重和维护它的权利,促进和维持它的和平、宁静与和睦,同时在合法与诚实的事务上服从校长。各个大学的誓言内容会有差别,在不同的历史阶段也会发生一定的变化。

的建议。而就在这时，那些身着制服的年轻学生源源不断地拥了出来。他们叫啊，笑啊，相互打着招呼。我跟这位顾问先生已多年未见。不得不承认，在回忆那些发生在这所学校中与友谊相关的旧时逸事时，我确实失去了时间的概念。我们竟如此忘情地沉浸于对过去的回忆中。而等我们回过神来，路易莎早已不见踪影。

4

当我找到她时,她正停在街道中央,凝神注视着一栋房子的主面。她回过头来,认出是我,便立即露出一个羞涩的微笑,双颊也骤然染上绯红。

"如此看来,您最终还是选择接受我请您陪同的恳求,而不是选择跟那位和蔼又老练的堂马特奥待在一起喽。我能知道自己为何有这份荣幸吗?刚才,我看您二位的样子,像是交情很好的老朋友。要说真心话,其实我也不愿让你们二人分开呢。"

我眯起眼睛,歪了歪脑袋。我这是在以自己的方式表明:我正在对这位"小攻击者"加以"谴责"。毋庸置疑,在所有我认识的姑娘当中,最极尽嘲讽之能事者,非路易莎莫属。而她的幽默,则又为她的魅力增添了一份光彩。

"你就别跟我理论谁对谁错了,路易莎。不到一个小时前,在那间大教室里完全将我视若无睹之人,可正是你呢。请允许我细细道来:当初我拿到法律学位后,就和马特奥在一起工作了。那时他给我提供了一个工作机会:为一桩发生在市长家中非常棘手的盗窃案做辩护。后来,所有的判决结果都对我的当事人非常有利。因此,可以说从那时起,我便获得了他的绝对信任。我们也就成了朋友。"但我不想让事情变得复杂,所以适时转移了话题,"我听马特奥说,你是来修习文法和修辞学的。但学校目前还未对你的注册进行确认。不过,毫无疑问,我相信你是一个很有决心的姑娘,也很有自己的想法。愿主将这些品质长长久久地保守在你的身上……"

"可您何出此言?对于许多事,我都有着坚定的信念。而学习知识,日后成为一位女教师,不过是这诸多事情中的一件。但我不明白,为什么这件事会让那么多人都觉得不可思议——要么,是因为这个世界充满恶意;要么,便是我在宫廷里所过的那种生活充满幻想与奇迹。"

"可身为女王陛下掌事侍女的女儿,能在宫廷里奢侈地享受高雅而严格的教育,难道这对你而言竟仍是如此微不足道吗?"

"我所说的,是人在普遍意义上的愚昧与无知,罗哈斯先生。我从不轻看自己能够接受皇室教育的荣光。但与此同时,我确实也认为自己受到了孤立。而且,若不是因为我自己执意坚持,那么属于我的下一个人生环节,便将会是住进一个修道院里,深居其中,直至死去。"

此时,除了深表赞同,我别无选择。这个世界的确充满各种各样的可能性,但这些可能性却并非对所有人都敞开大门,更别说对所有女人。这既无关乎资产,也无关乎家世。

我们就这样驻足于这栋正在建造的房子前。石匠们正在一丝不苟地干着活。他们将那些巨大的石块小心翼翼地摆放好,再把它们磨光。这些男人正用锤子和尖镐认真敲打着石块。实在难以想象,一栋崭新的房子,竟是这样在嘈杂混乱与温柔细心中逐渐打造出来的。而直到这时，我也才认出这正在建造的究竟是什么建筑。

"他们建造这栋房子的目的实在是太让人感到悲哀了，路易莎。日后，他们将在此处幽禁那些有必要对其卑劣行径加以约束的学生。"

"约束？可是，在学校对人数的既有控制下，我们不是都享有学监宽宏大量的保护吗？！我不相信您所说的话。"

"相信我，路易莎，事实确是如此。堂桑丘对学生们遵守法律的方式和情境都做了严格的规定。虽然，学生们在很大程度上确实受到保护，但你也应该知道：有人若是胆敢做出不端行为、无法无天，那必定也要接受严厉的惩罚。"

"这也太让人不可思议了……"

"你是惊讶于法律的严格执行吗？是的，有时候，连我也会感到意外。"

"不，费尔南多。让我感到吃惊的，是你竟如此见多识广。"

她的这番恭维让我立时大受鼓舞。于是，我便鼓起勇气继续说了下去。

"关于这栋房子，其实还有一个秘密。一个鲜为人知、连我也不知道的秘密。"

路易莎的双眸瞬间亮了起来，因好奇而闪烁着光亮。

"下令建造这栋建筑的人，来自圣地亚哥骑士团[1]。据说，

---

[1] 西班牙的一个天主教军事修会，12世纪创建于莱昂王国，其名称来自西庇太的儿子、耶稣的十二门徒之一——圣徒雅各。他是加利西亚乃至西班牙的主保圣人。

为了赞颂那位圣徒，他曾下令将好几盎司真金都藏在房屋间的某些空隙中。不过，当然了，至于究竟是哪些空隙，那就谁都不知道了。"

"那是自然。除了您堂费尔南多·德·罗哈斯，谁又敢为发掘宝藏特地前去一探究竟呢？您说是吧？"

她言语上的大胆与模样上的羞怯简直形成了鲜明的对比。无疑，路易莎在演说方面天赋异禀。我几乎可以断定：此后，她在这所大学的日子，注定不会一帆风顺，甚至，还会陷入一种近乎四面楚歌的境地。在她逐梦的路上，为了抵达那个目的地，她注定要经历无数艰难险阻，但是语言……她对语言的运用又是这般自如，这也将会成为她握在手中的有力武器。

我忽然意识到，此时天色已晚，我该回家去帮加斯帕尔整理我们上次出行带回来的书了。可是，我还想了解更多她在萨拉曼卡的新生活。于是，我鼓足勇气问她："你天资如此聪颖，意志又如此坚定。你简直就是大自然创造的一个奇迹，路易莎。但愿日后我们还有机会能一起聊聊这些，聊聊文法和修辞，也聊聊这座萨拉曼卡城的传说与历史。此外，你若觉得合适，过几天不妨让我陪你一起去学校完成注册吧。不过，到时候你可别忘了穿上你的长袍和披风。请原谅我的冒犯，但请告诉我，你现在家住何处？"

"我现在住在我舅舅家里，离这儿也并不很远。我知道该怎么回去。我知道，他们希望在这座城市里时时刻刻都能有人保护我。可这实在是有些夸张。我认为自己并不需要这样的保护。我有我的女管家照顾，这已完全足够。"

她对这样的保护表示出强烈的抗议。说话间,她的脸蛋已红得像一颗熟透的桃子。忽然间她又抬起头来,用那谜一样的双眼四处张望着。随即,只听她喃喃自语道:"但无论如何,您若愿意伴我左右,哪怕只有一次,那自然也是我莫大的荣幸呀,堂费尔南多。"

5

我回到了家中,神定心安,春风满面,且不论今天早晨我还冲那几个同事破口大骂,更不管自己很有可能也要被即将成为受害者的伊莎贝尔——那位对我死心塌地的异地恋人——臭骂一顿。

我内心深处知道自己刚刚打响了一场以路易莎为目标的征服战。到目前为止,我能够取得这样的进展,着实值得庆贺一番。因为那并不是一位轻易就能追到手的姑娘,甚至连打动她的芳心,都很有可能会是一项异乎艰巨的任务。不过,我绝不能自怨自艾,因为成功已然指日可待。

也许,在被丘比特之箭射中之后,命运女神也同样会为我吹来东风。或许是时候开展《喜剧》的再版工作了。可我此时心绪太过激昂,几乎已无法厘清自己的思路。

最重要的是要写好一篇序言。我在开篇便提及赫拉克利特和彼特拉克,好为自己在那些有学问的读者中间赢得一些支持。我希望自己能认真写完这篇序言,行文也不要让任何人感觉受到冒犯。我如今越发明白一件事:无论我怎样努力,我越是小心翼翼不愿引人注意,那些我越是意想不到的人，便越是出人意料地容易感觉自己受到了冒犯——任何事情都会让他们感到心虚，甚至觉得受到了侮辱。谈及任何人都不是我的职责所在，但提到我自己却确实是我的本职工作。所以，在这一点上，我不必再那般谨小慎微。我希望，人们最终能知道是谁写下了这部《卡利斯托和梅利贝娅的喜剧》，而不再只是胡乱地猜测。这个我最初只是信笔写来消遣的玩意儿，好像已在不知不觉中悄然发生了变化。它已然呈现为一部作品的样子，而且人们还说它挺有趣的。我相信读者们公正的判断。这几页纸，已经贯穿了我的一年四季，填满了我每一个新旧学期之间的闲暇时光。但愿这般的付出所换回的成果，配得上那些赞美之辞。

自我将第一捆手稿交到印刷商法德里克·德·巴西雷阿手中的那天，一直到今天这个我把重新修订后的纸稿寄给远在塞维利亚[1]的波兰人埃斯塔尼斯劳重要日子，我都不停地在想：这是一部未竟之书，其中甚至还可能有些纰漏。但出于某些原因，它依然满足了许多人的阅读趣味。虽然我的名气一天天大起来，但我所真正期待的，还是有朝一日它能被搬上舞台……法德里克建议我匿名出版这部作品。他当时苦口婆心地劝我道："这本书里的所有人物都是如此轻率鲁莽，这简直就是滋生冲动与邪恶诱惑的温床。费尔南多，这些都不会给你带来任何好处。听我的，你还是让自己藏身在匿名作者这件外衣的庇护下吧。你这般前途无量，将来总有一日会

---

[1] 西班牙第四大城市，也是南部安达卢西亚自治大区和其中塞维利亚省的首府。1492年美洲新大陆被发现之后，塞维利亚便由于其有利的地理位置而一度成为西班牙最重要的商贸文化中心。

迎来其他由你署名的作品所带来的荣耀。我敢保证，将来你一定会写出能免遭审查的艺术作品来的。请你相信我。但现在，我劝你还是别暴露自己的身份。"

这个老瘸腿，他哪里知道文学的世界中有多少阴谋诡计和利益纠葛。如今三年过去了，它似乎仍是真金不怕火炼。我当时的确未曾想到，一部像《喜剧》这样的书，竟能引起这样大的反响。可若我连说出本人便是这部作品的最终解释者的权利都没有，那又为何要继续再版它呢？我丝毫不为自己是这部作品的作者而感到羞愧——恰恰相反，我为之骄傲无比。我多么希望人们能知道：这些疯狂的恋人、老虔婆和口蜜腹剑的仆人，还有那些对富人和穷人、老实人和大骗子、投机取巧者和自我中心主义者的嘲讽，都是从我的脑袋中迸出的火花。我不相信这世间任何人的真挚美德，所以我也在自己的作品中如此刻画。人人都热衷于捞好处、发横财。人人都争渔翁之利，而不顾他人死活。

在我的作品中，这些人物身上的弱点与美德其实存在一种平衡，只不过需要读者花上一些时间来进行考量。我相信他们身上的善良，也相信许多人甚至都不具备他们所拥有的那些优点。

有生以来，我鲜少将自己的信任交付给什么人。很少很少。不过，可以肯定的是，我的仆人加斯帕尔无疑算其中一个。在年复一年地服侍我之后，我这位忠心耿耿的仆从，不但赢得了我的信任，而且与我亲密无间。

这时，我见他正着急忙慌地把我上次从布尔戈斯带回来的书搬卸下来。我走进家门时，他只是跟我点头示意，算是打了个招呼,却并未因此而停下手里的活。我为自己有他这样听话顺从的仆人而感到骄傲。

"我的主人,这已经是我搬到地上的第三个箱子了。我找不到别的地方放了,但我们至少还有两箱呢。要不,我们换一个地方存放书架上的书吧,好把这些地方都腾出来,您觉得怎么样?"

加斯帕尔带着他那愉悦的心情与谦恭的姿态,帮我把这些行李都搬到了我的新住处。这是一间简陋的屋子,只有一层,没有花园,位置就在毗邻大学的那条街上。置身田园非我所愿,我只需拥有这样一个与其他两户人家共享的小小庭院便觉足够。因为这样,在凛冽的寒冬,我们就可以到这里来晒晒太阳;而到了盛夏时节,也可以来这里享受一下凉爽的夜风。剩余的时间里,我还是更喜欢卧室里微弱的光线、摇曳的灯火、窄小的写字台,以及身旁噼啪作响的壁炉。再不需要其他。

"改天我自己会把它们都放好的,加斯帕尔。你就别操心了。你把这些箱子沿着走廊都摆放好就行。"

一排包裹眼看着就要占据我家的整条走廊。而其中的大部分都是装满书的木箱子。里面也有好几捆笔记本,还有一些练习册。

"好的,主人。我会照您的吩咐做的。不过,不得不说,这些包裹可真是沉呀。"说着加斯帕尔挠了挠自己那汗水淋漓的脑袋,在继续开口之前一直神色谦恭地盯着地面,"我知道,别人要是多嘴想给您出谋划策,一定会把您给惹恼的。但您真的觉得,每次出行都有必要带上这么多的概览手册吗?我真想不到,您竟抽得出时间来读它们。我是说真的。"

"别这样,加斯帕尔。这些方面的事情,确实轮不到你来指责我,无论是以怎样的方式。这些都是我必不可少的法律书籍。而且我会把任何一点零碎的空闲时间都利用起来阅读这些法典,免得自己忘了某条规章条例……那么,关于这件事,你还有什么想说的吗?"

我这位仆从嘴上向来没遮没拦,总喜欢在一些他不该管的闲事上发表言论。尽管如此,他依旧深得我的喜爱。

眼下我得准备一下明天的日程了,因为明天又会是各种诉讼案接连不断的一天。但搬家一事,尤其加上与那位小姐相遇一事,让我的脑子变得一片混乱。或许,也可能是因为秋天到了。季节的变换,常会让我们这种敏感的灵魂感到惶然无措……所以,我想此刻自己最应当做的就是睡上一觉。对我而言,厘清思路的最佳方式,永远都是借助睡眠来获取新的能量。

"主人!"

那个可怜的小机灵鬼正紧紧握着一根粗壮的棍子,在我的卧室中"杀出了一条血路"来。我都想不出他这棍子究竟是从哪里找来的。他看起来像是吓坏了,仿佛在说他看见一个女巫正要从厨房的窗户进来将他的灵魂偷走似的。

"这回又是怎么了,加斯帕尔?我正准备在垫子上躺一会儿呢!难道你还没铺好吗?"我尽量用自己最大限度的耐心来对待这可怜的加斯帕尔。因为他的憨厚纯朴很打动我,以至于我甚至能对一些鸡毛蒜皮的小事毫不介怀。而这些小事,若是其他有着像我这样身份和地位的先生碰上,无疑会暴跳如雷。"你在这儿吵什么?你又干什么坏事了?没瞧见我都已经准备睡觉了吗?正好,既然你在这儿,那为何还不把我们带来的亚麻布铺上呢?它就放在你拆开的那箱行李里面。"

"主人,有老鼠!有好多鼬那么大的老鼠!我刚还看见一只正在您的衣箱里面打洞呢!所以我想用这根棍子捉住它,可它还是从书堆里溜走了。"

我听完一下就跳了起来,整个人都贴在了墙上。我无法抑制住自己的恐惧。我觉得,在那些老鼠面前,只有这面坚固的墙壁才能做我唯一的庇护。我简直吓坏了!听见加斯帕尔这么说,我立即感觉到一阵痉挛穿过了我的脊柱。我家里有老鼠——我的新家中竟然有老鼠!

"你确定?可他们跟我们保证过,说一只老鼠也没有,因为他们已经把这房子打扫得干干净净了……来吧,加斯帕尔!请你告诉我,这只是因为你刚才搬了太多的大箱子和行李,累得出现了幻觉。我们可不能再受一次这样的折磨了。拜托,请告诉我这不是真的!"

但这是真的。萨拉曼卡的确鼠满为患。想要把它们从人们家中和这座城市的街街巷巷里驱逐出去,实在是太难了。我对此事尤其有阴影,因为我们会搬来这个街区,正是为了逃避那些老鼠。我之前一直以为,大学附近的街区应该会少一些鼠蚁虫害,因为这边会干净一些。可我错了。虽然在大学新学期伊始的这几天里,这里无时无刻不是一片繁忙景象,但昨日清晨那场典礼过后留下的垃圾想必还是招来了成群的蟑螂、老鼠。它们就在这些残羹冷炙中逍遥流窜。三五成群的人一整晚都在这里纵情声色——只需看看他们留下的那一面面满是殷红污渍的墙壁,便不难想象他们离开前是怎样将那一桶桶葡萄酒消灭的。

没错,所以在这栋房子里出现老鼠的踪影也不无可能。我在决定租住这个房子之前,本应把这一点也考虑在内的。学生时代是我过得最舒坦的日子,因为那时我还能以学生的身份在住房方面获得来自估价员的一些保障。那时候,就算房租再怎么涨,至少有一点确定无疑,那就是:价格高一些的房子,条件便也相应地会好一些——房东们总不至于连校长和顾问都敢欺骗吧。[1] 而自从我不再享有大学的庇护,不得不以自己的名义寻找住处以来,我便落入了从一个"猪圈"搬到另一个"猪圈"的悲惨境地。再也没有什么可与学生时代的生活同日而语了,就连居住条件也是如此。我太怀念当初的日子了!然而,当一个人真正身处其中时,他又会对眼前的一切毫不珍惜——那时,那个初出茅庐的小伙子,正因缺少经验而为生活中各种鸡毛蒜皮的小事烦恼不已。

我深深地吸了口气,试图战胜自己的恐慌。然而,我的脊背都还没离开房间里那面冰凉的墙壁,我便开始低声恳求加斯帕尔:"好吧,那请你别再把这东西在我面前用力晃来晃去了。你这样,会让我神经崩溃的。"

"这让您感到不安了吗,主人?实在抱歉。我一定会把那些老鼠都找出来的,这样您就能好好休息了。放心吧,主人。"

---

[1] 古时,关于学生群体的利益,欧洲大学会在诸多方面给予相应的保障。在住房方面,限定学生的最高房租便是其中一例。此外,大学中往往还设有住宿租金定价委员会来专门负责相关事宜。

这个小无赖，他都在我身边待了这么多年，对我难道还不了解吗？我还要再拿出多少耐心来容忍他？

我忠心耿耿的加斯帕尔啊……但愿他是这世上唯一一个被我的真情流露吓得不知所措的人吧。虽说如此，但其实那些尊贵的夫人有时也会让我产生同样的反应——因为，非常不幸，有些时候她们会因为我而变得疯狂起来。

6

当初,加斯帕尔是以一个房客的身份来到我的生活中的。这个蠢家伙当时还以为自己有学习知识的能力,便抱着这样的目标来到了萨拉曼卡,落脚在我家中。然而,无论他的家人如何为他操心奔忙,都无法改变他确实不是学习这块料的事实。更何况,他的记性也很糟糕,演说和写作更是让他完全摸不着头脑。他从小无父无母,由一位姨妈抚养长大——他这位姨妈,也是个目不识丁的大老粗。但当他来到这座大学城时,心中所怀抱的坚定目标,却是要过上一种更好的生活。于是,为了完成他的学术训练,他思前想后,觉得给一位学士当差[1]或许是最适合自己的,因为那时他已经交不出住宿费和生活费了。然而,我第一次在家门口瞥见他时,一眼便看出了他的蠢笨,也看出此人若是进入学校将会遇到何等棘手的难题。可我终究还是将他收在了自己的庇护之下。而作为交换,他则要留在我家中,听候我的差遣。这个可怜的

---

[1] 古时在萨拉曼卡大学,一些出身贫寒、无力支付学费与住宿费用的学生,会通过给那些出身显赫、家境殷实的学生当侍从来获得一定的收入。

倒霉鬼。那时的他是那般满怀憧憬、踌躇满志，故而谁也不敢直接当场泼他冷水。

他总是习惯早起，习惯在清晨的第一时间拥抱崭新的一天。在大多数情况下，他起得甚至比我这个要指挥他开展每日工作的人都要早。

加斯帕尔一般很早就往学校去了，然后在那里待上一整天。我不知道他在学校都是如何度过的。反正，每当他回到家来，总是平静无比——眼里没有任何阅读之后留下的痕迹，却总是饥肠辘辘。每天晚上，我都会给他拿一支蜡烛，到了第二天清晨，他再将它交还于我。但这支蜡烛，却几乎总是没怎么用过的样子。我很快便捕捉到了这个细节。也正是这个细节让我开始怀疑：这个小杂役其实并没怎么学习。

在所有那些在大学附近晃悠的小混混中，应该找不出一个像我的好加斯帕尔这样花这么多时间打牌而不是上课的。而他这样做，并非出于卑鄙下流，也绝不是因为好吃懒做。我想，他之所以这般肆无忌惮地放任自己沉溺其中打发时间，只是因为教室里讲的那些内容他真的一句也听不懂。

"你又在浪费时间了，加斯帕尔……你为什么不请几个学得特别好的同学给你讲讲课堂上最让你伤脑筋的那些问题呢？"

在学院的走廊上，常有人这样问他，比如那些校工。每当他们看见他跟一些不三不四的人厮混、消磨时间时，总是会大吃一惊。因为在他们看来，他是个非常讨人喜欢的人。他从不介入别人的争端，也跟那些闲散的流浪汉保持着距离。但是，大学里严禁棋牌赌博。因此，当人们看见连加斯帕尔都跟那些骗子穷鬼厮混在一起时，便会感到十分迷惑不解。

"可我并没有什么疑问呀，先生。我现在唯一的巨大困惑，就是我为了求学来到萨拉曼卡，现在为什么却又在这里偷懒呢？我现在的状况，不是有一些疑问，而是已经完全迷失了。我想，我要放弃学习了，然后就一心一意地好好侍奉罗哈斯先生。他会关心我冷不冷，饿不饿，就像我在姨妈家里被照顾时那样。"

他便这样最终选择了投靠于我。我很感激他。因为我已经不止两三次收到过校长发来的通知了——说他其实从来都没去课堂上过课，而且还整日跟那些纵情声色、游手好闲的家伙混在一起消磨时间。至于书本，自然是连碰都未曾碰过。

"这个小伙子也并不总会因为纸牌或骰子而流连于教室之外。阻挡他的还有寄宿学校里的那些书本，以及下课后自觉打扫课桌的任务。你的房客并不是个坏人，费尔南多。然而，无论是对他还是对你而言，让他去忙些别的事或许会比让他学习来得更有益处。从他的脑袋里是培育不出知识来的。对此我也深感抱歉。"

校长的评价可谓十分中肯。所以，我便决定雇加斯帕尔全职伺候我，不再给他，也不再给我自己找寻任何学术上的烦恼。

约莫在三年前，我开始让他去结交王国中最具声望的那些印刷商。在我的作品出版以前，一直是他负责将我的手稿抄本给他们送去，并与他们商议该用什么样的字体和排版方式才最为合宜。我也正是因为跟他一道去了一趟布尔戈斯，才认识了法德里克·德·巴西雷阿。加斯帕尔在其奔波不停的旅途中早已对这位印刷商有所耳闻，加上后来与他本人也相谈甚欢，便常跟我提起他的墨水和纸张质量是如何上乘，他的印刷又是多么干净利落。但在我亲自与其接触并对其有深入了解之前，我都未曾想过要将自己的作品托付于他。

后来，出于偶然的命运交织，或者也是出于上帝的慷慨与赐福，我又结识了他美丽的女儿伊莎贝尔。就这样，我最终决定把我的《喜剧》放在他的印刷坊出版。

我并不否认，法德里克有一个美得足以促使人做出决定的女儿。为了再次见到那个把头发梳成一根黄铜色辫子的姑娘，我毅然决定相信这位日耳曼印刷商为了说服我而列出的一大堆理由，最终选择让他成为我那部作品出版的负责人。那是令人崩溃的几个月：要在布尔戈斯和萨拉曼卡之间不停地奔波，来来回回的行程把人折腾得筋疲力尽；与此同时，印刷间里还有源源不断、堆积如山的订单正等着他。慢慢地，我的耐心也逐渐适应了那位老印刷商不慌不忙的节奏。那种工作节奏就犹如他那一瘸一拐的行走姿态：往往返返，不紧不慢，却也从未间断。

不过，我还是会因担心出版一事被耽搁太久而感到焦虑。我的书应该在世纪之交来临前问世，我心中一直这样隐隐不安地做着预想。因为我在这部《喜剧》中所展开的那些易招致审查与批评的关于人性弱点的讨论，应当尽快为人所知。但是，法德里克——那个又老又瘸的法德里克，却并不会为此而打乱他自己特有的节奏。

所幸，这本书最终在1499年得以付梓。而我，则躲在匿名作者的面纱之后，侧耳倾听这部作品究竟会激起怎样的反响，与此同时，也悄无声息地细细品味这声名大噪带来的甜美滋味。

如今，三年过去，我在写作的道路上也已愈发成熟与坚定。所以我想，现在是时候揭示自己的作者身份了。

而路易莎恰巧便在此时出现——实在没有比这更好的时机了。

7

我答应过她，要陪她一起去完成学校的注册手续。通过那位时刻准备着作为中间人为我效劳的加斯帕尔，我们之间保持着书信往来。从我的角度来说，我承认：显而易见，我正把握时机，全身心地投入于对一位女士的追求之中。不过，这是一位非常难以征服的女士。而从她那方面来看，她一定还有些晕头转向。尽管如此，她的真情流露，实则早已出卖了她的内心。

"这是您的第三封信，主人。但我觉得，那位小姐出身于那样的家庭，我不确定她家里是否会准许您玩这样的把戏……"

加斯帕尔回来了。他的额头上挂满了大粒大粒的汗珠，涔涔密密。他是个极为小心谨慎的人。所以我知道，有时候，那些名门望族的惯常行径在他眼中会显得格外费解。有时，他会把任何做作的表情都理解为拒绝的意思。我试图跟他解释这其中所暗含的微妙意味。

"没这回事，加斯帕尔。把字条拿过来吧。难道在她家中，他们向你问起我了吗？"他伸出手，将那张珍贵无比、卷成小卷,还用一根紫红色绳子系好的小字条交到了我的手上。"他们迟早会知道我的作家身份,而非一直像现在这样只把我当成一个学士。等到那时,那些贵族若是家有千金待字闺中,我的魅力可就不可同日而语了。"

"那是自然,主人。可那个女管家却常常不愿给我开门呢。前两次去,虽然她也是冷言冷语,但在我的苦苦哀求之下,最终还是给我开了门。可这一回,她却只是从窗户里轻蔑地看了我一眼,便做出一个把我从宅子里赶出去的手势,没有任何商量的余地。主人,我真不知道他们是否还愿意第四次看见我出现在那里……"

又是这些我不得不听的蠢话!我吩咐这位仆从赶紧退下,因为我已迫不及待地要读温柔的路易莎写给我的信了:

尊敬的先生:

就在不到两个小时以前,您的仆人加斯帕尔来敲我的家门,将您的字条捎给了我。非常感谢您能在开学典礼上主动坐在我身旁。但正如昨日我与您所说,在今晨的第一封口信中我也提及:您今后不必再特意前来,因为我有一位女管家照料,她会陪在我的身边。

愿您今日诸事顺遂。

真切的问候。

路易莎·梅[1]

---

[1] 此处原文为路易莎姓氏的首字母缩写,中文翻译取第一个字,后同。

显而易见，这个姑娘是想让人觉得她是一个自重自爱的女人。但这种故作冷漠、欲擒故纵的招数，对我可不管用。我甚至都注意到了她所用的标点符号，以及那些简短的语句所营造的轻弱节奏。她在这字里行间所透露出来的信息，无非就是要我再靠近一些。纵使她敢对着权威起誓，我也依旧如此认为。这一点，我一望而知。

在萨拉曼卡大学校长面前举行的那场特别的典礼，令人永远难以忘怀。也许，对这个年轻的姑娘来说，我当时所表现出的沉着与冷静，在那个特殊时刻带给了她镇定与安慰。在那场开学典礼上，她或许对自己父亲的缺席进行了一场前所未有的控诉。也正因如此，我才鼓起劲来，给她这封任性无理的字条写了一封回信，并让加斯帕尔在天黑以前捎回给她。

尊贵的小姐：

　　我完全理解您当时激动难抑的心情，故绝不会因此而对您有所非议。那种要在校长面前毕恭毕敬的场合，当初我自己置身其中的场景，至今想来也仍是记忆犹新，甚至还会战栗不已。

　　因此，其实你我二人都心知肚明，也都相信我们之间即将开启一段长久而值得彼此信任的关系。我向您保证，明天一早，我便会等候在您的门外。我会在那里一直等着您，然后陪您一同前往学校。

　　请您记得穿上您的长袍和披风，也别把注册一事放在心上。

同样也祝愿您,尽情享受美好的一天。

祝好。

费·罗

要是写上"亲切的问候",也许会给她带去迷惑与困扰。几乎所有女人都能激发出我的这种兴致,但我必须拿捏好分寸。从长远来看,往往细节决定成败。难以否认的事实是:在撩拨挑逗这方面,她还显得十分青涩。所以,她很容易会被自己的激情冲昏头脑。

"加斯帕尔!再去把马备好!你又得去堂娜路易莎家中跑一趟了。你从她那儿回来的时候,务必让她知道我正苦苦等着她的音讯呢。我向你保证:这趟以后,我再也不会要你往那边跑了——暂时是这样。之后你就可以待在家里,继续处理手头还没做完的活儿了。"

我的好加斯帕尔才刚拖着两条沉重的腿回来。

"虽然这一次那位女管家又冲我大嚷大叫,但我都按您的吩咐去做了,主人。可她的意思也已经再清楚不过:她要是再看见我围着他们家花园的栅栏转悠,就会命令手下的小伙子们拔起栅栏往我身上猛砸过来了。"

"看看现在当管家的都是一些什么人哪!她要是真这么说,那也一定是受那位女士的唆使。她就盼着你回来把这件事告诉我,好激起我对她的兴趣呢!这不过是女人家使的一点小伎俩……朋友,这位少女的看护人不过是张牙舞爪地吓唬吓唬你而已,难道你这就害怕了?"

加斯帕尔垂下了头。接着他便再次披上斗篷,准备去履行我的嘱托。带着些许怯懦与畏缩，他离开了房间。而我则在家中静候他的佳音。

我的内心深处竟涌起一阵激荡。这听起来也许像是诳语。我都已经这个岁数了，竟还会像刚入学堂的少年郎那般兴高采烈……我简直都有些不认识自己了！

难道，路易莎就是那个能用她的爱与温存抚慰我躁动之心的真命天女吗？毋庸置疑，她的确为我存留了这样的爱与温存。或者说，难道正是她的出现给我带来了这场典型的"爱的困扰"？我并不喜欢使用这样的字眼。可即便如此，我还是没有办法打消这样的念头。因为实在没有其他任何词语能更好地表达我此刻纠结挣扎的焦灼状态了。

转眼间，千头万绪在我的脑海中一闪而过。我想起伊莎贝尔。印刷商法德里克的女儿是个好姑娘。可她让我感到厌倦——很快就让我感到了厌倦，我还是更愿意只是远远地看着她。她对我的爱慕之情，犹如一股殷勤的潮水，直让我喘不过气来。这样的爱，我实在无力承受。也许我应该开诚布公地跟她谈一谈，告诉她：我们是时候该分道扬镳了。可这场对话，我光是想想，都会忍不住惶恐起来。

不行，我最好还是保持沉默，然后再借那位定居在塞维利亚的伟大的波兰印刷商埃斯塔尼斯劳·波洛尼奥的邀请来逃避这个问题。如果我现在与她的父亲不再有业务上的往来，那我也就不必再强迫自己继续跟她保持这种暧昧的关系了。距离会帮我解决这个难题。

"非常抱歉，主人。我不是故意要弄醒您的，我向您保证！"

我才进入梦乡，正准备逃离那个爱意泛滥的伊莎贝尔，加斯帕尔便霍然闯了进来。我感受到他走进大厅时弄出的动静很大,还注意到他的样子非常奇怪。这两点让我顿时睡意全无。

"可是,我能知道到底发生什么了吗?你为什么把自己弄得像根拖把似的回来了呢,加斯帕尔?快从地毯上走开!你身上正不停地往地上淌水呢。"

我这位忠实的仆人浑身湿透地出现在我面前。但今天并没有下雨。外面晴空万里。

"我之前就跟您说过,他们不让我穿过栅栏,主人。所以,这次我就往马厩那边走过去。我想着,要是不跟那位女管家交谈,那我也许可以去找个下人聊聊,这样或许有机会让他们把您的口信带给路易莎小姐。"

高明,他这个计策真是高明。这位信差的机智终究没有让我失望。

"太棒了,加斯帕尔。那后来究竟又发生了什么?为什么你从里到外都湿透了呢?"水正不停地从他的袖口滴落下来。

"他们把我推到河里去了,主人!我一走近马厩,就有一个小伙子带着一条狗冲我跑了过来。那条狗还不停地冲我狂吠。而且,您是不知道它那是一口什么牙呀,主人!那是一口又尖又长,还沾满带血口水的狗牙。"

"加斯帕尔,你就别添油加醋了。我可不信,像他们那样的正经人家,家里怎么会有这么一条满口是血的大狗。不过,我们言归正传,到底是他们推你下去的,还是你自己跳下去的?"

那样一幅场景本来实在是让人忍俊不禁,不过我立刻便收起了笑意。因为转瞬我便想到:我的仆人若是落入了水中,那么,我写给路易莎的那张字条,很有可能也跟着一起打水漂了。

"实在抱歉,主人。我当时不得不那么做。很明显,他们再也不愿让我接近那位小姐半步了。"

8

圣马可教堂的钟声宣告着我们已迎来新的黎明。我睁开双眼,盎然笑意都快让我有些认不出自己了。我今天醒来时心情大好,犹如一个在重要日子里即将去参加庆典的毛头小子。我的房间又暗又潮。我实在不愿再想起家里的那些"租客"是怎样将自己累得筋疲力尽的了。它们一直在隔墙和护墙里不停地上蹿下跳,折腾了整整一个晚上。此时此刻,它们一定还在睡梦中休息,同时也正等待着汲取来自太阳的热量。那些该死的老鼠……不过,我可能说得夸张了些,它们也还不至于如此令人憎恶。几个小时之后,我又要与路易莎见面了。这份笃定所带来的喜悦为我驱走了睡意,尽管我的内心依旧有几分担忧与恐惧。

"加斯帕尔!你怎么还没帮我准备好衬衣和坎肩?"

我有些意外。因为天都已经亮了,可在我几声呼唤之后,我的好加斯帕尔却仍然没有赶来伺候我更衣。我坐在床沿,在脑海中描画着路易莎那美丽的脸庞。我想象着她穿着那身黑色服饰宣誓的模样。想着想着,我便无法抑制住自己的激动。我可还从未见过一个女人穿上那身校服的样子!随即我又想到：既然她都已被大学破格录取了，而且这还是来自女王陛下的旨意，那么要是到时候小梅德拉诺穿的是一件为她定制的衣服，那也丝毫不足为奇。我之前之所以反复跟她强调带上长袍和披风的重要性，就是因为我曾目睹有的学生因为去注册时着装不合规范，或是打扮得"衣衫不整"，被拒绝受理注册请求，正如我们的录取说明里所一贯明确要求的那样。

可谁又知道呢。毕竟，对所有人而言，今时都已不同往日。

"加斯帕尔！"

我披了一条毯子在肩上，借以暂时抵御10月中旬便已来袭的寒气。我的仆人不在厨房，我也没见他像昨日我们说好的那样在整理书架。我不明白发生了什么事。环顾四周，我发现了加斯帕尔昨晚穿的那身衣服。它们都湿漉漉的，污秽的部分被浸泡在一个小脸盆的底部，而这个小盆就放在厨房的桌子上。于是我朝加斯帕尔的房间走了过去。而我一推开门，一阵腐烂与发酵的恶臭便扑面而来。

"我的上帝啊，加斯帕尔！昨晚你都干什么去了？你怎么还不赶紧起来干活？"

他的衣服在靠垫上堆成了一座摇摇欲坠的小山。房间里昏暗的光线让我看得不甚清楚。但我隐隐约约可以看到：这个可怜的小伙子，正因发着高烧而全身颤抖；而他的身上，至少盖有五层毛毯。

"主……主……主人，不……不……不知道我这是怎么了，我就是觉得自己不太对劲，好像有什么东西把我的精神和力气都给偷走了一样。我可能是被巫婆或大巫师之类的诅咒了吧,主人……"

这股臭味实在令人无法忍受。我赶紧将门完全敞开,好让这里充满恶臭的空气能够尽快疏散出去。我仆人住的这个小猪窝里没有窗户,还紧挨着厨房。我一走近,便发现他已是满头大汗,毛毯下面还有一圈他因为不适而留在地上的巨大印记。

"你一定是喝了脏水,加斯帕尔,就是昨天你掉进那条河里的时候。你现在知道了吧,人们说那里的水不能喝是有道理的,因为喝了以后我们的肚子就会不舒服。"

萨拉曼卡城里尽人皆知:托尔梅斯河水喝不得。因为那里的水质受到了污染,会对人体产生危害。向来只有那些在学校因为受人捉弄而被戴上纸糊的主教冠冕的学生,才会在这场"欢迎仪式"中迫不得已喝上至少两杯河水。而这些小可怜在喝完水之后所饱受的苦楚,则会将那些老资格的学生逗得捧腹大笑。

虽然我很心疼,却帮不上他任何忙。而且,时间紧迫,我已不得不出门去找路易莎了。今天这样重要的场合,我可不想迟到,尤其是在她可能没有收到我那张写着我会陪她一起去的字条的情况下。

"放……放……放心……吧,主人……我一个人待在这里不碍事的。现在我的身体,就是需要一些休息,其他的,我什么也不需……需……需要……"

这个可怜的家伙。虽然见他仍如此虚弱,但我还是收拾了一下心情,准备出门去践行自己的承诺。

我健步如飞地来到了学校的那栋建筑旁。走在路上时，我便感觉到自己衬衣背后的某个地方已松开了一些。因为今天更衣时，没有我那位仆人帮忙，于是我不得不自己动手系上每一根绳子。对任何有着像我这样身份地位的绅士而言，这都实在是件令人头疼的事。眼下，我只好先悄悄将披风遮在领子的开口处，然后继续埋头赶路，权当什么也没有发生。

只见已有十来个学生正在"决斗之门"旁静候着仪式的开始。远远地，我便能感受到那种紧张的氛围。可无论我如何四处寻找，都没能看见我的那位小姐。这里只有几个身穿黑色制服、佩戴各色饰带的小伙子，美丽的路易莎并不在其列。

可是，她本应在这里啊。

"不好意思，冒昧问一句，年轻人。请问你知道在校长面前宣誓的仪式已经开始了吗？"

我抓住迎面走来的第一个小伙子。他身上佩戴的是圣巴多罗买学舍的饰带。这不禁又让我想起自己那段已然逝去的青葱岁月。怀念之情让我不自觉地对这个学生露出了一个会心的微笑。

"是的，先生。现在大概已经完成二十来个学生的注册了。到目前为止，一切都在有条不紊地进行着。"

"你的意思是，到现在为止，一直都还没发生什么特别的事？难道就没有任何值得一提的事吗？"我追问道。因为我想象不出还有什么比教室中出现了一个女人更有分量的消息。这绝对会在学生中引起轩然大波，引得众人议论纷纷。我所想象的场景是：从路易莎身穿校服出现在此并在学校担任要职的人物面前宣誓的那一刻起,便会有大批大批满怀好奇的围观人群蜂拥而至。大家都会赶来围挤在大教室的门口,或是将楼梯上上下下堵个水泄不通。

"没有,先生。并没有发生什么特别的事。直到现在,我们才只是慢慢悠悠地进行了校领导、学士和博士们的登记罢了。学生的注册才刚刚开始呢,不过,现在正是中场休息时间。看来,我们这场仪式还要耽搁很久。"

我又想起自己的学生时代。那个时候,发生一些不同寻常的事对我们来说是最有意思的。而这些事几乎总是因那些酒鬼浪子而起。他们常常会忘记必须参加开学典礼这回事,每逢要举行仪式便老是迟到,过了时间才一路小跑着匆匆赶来。不过,现在闲聊这些趣事还为时尚早。

我对这个小伙子向我提供的信息感激不已。接着我便挤过人群,朝学院的方向走去。但随即,我却听到有人在走廊里呼喊我的名字。

9

"罗哈斯先生!"

这声呼喊是从环绕庭院而建的柱子那边传来的。这个声音听来尖锐刺耳,其中的激动与紧张之情溢于言表。可无论我如何努力地分辨,都无法在人群中寻得这语声的来处——除了看到一个身形高大、神情冷漠的女人正朝我走来,或者更确切地说,是朝我赶过来。她看起来怒不可遏。

"罗哈斯先生!无论您表面上看起来多么庄重体面,实际上您就是个不知廉耻的家伙。您这副仪表堂堂、彬彬有礼的绅士模样可骗不了我。我绝不会上当。所以请您高抬贵手,不要再用一些愚蠢的字条来烦扰我家小姐了。"

这就是路易莎的那位女管家!当这个把我家可怜的加斯帕尔吓得半死的恶女人——害他逃跑时落入河中的那人——出现在我面前时,我重重的疑团便悉数消散。现在,我全都明白了。对一个手无寸铁之人来说,就算是一群豺狼,也都不如这个粗鲁的女人这般让人心生恐惧。一时间,我们这边的喧哗声引得前来参加典礼的人们纷纷侧目。众人满心好奇地等待着一出好戏的开场。于是,我快步走到她身边,小心地抓起她的胳膊，将她的脚步引往一个更僻静些的地方。这个女人的情绪十分紧绷，她拒绝跟我产生任何肢体接触。可她若就这样待在这里，又会招来多少风言风语！可能到最后，今日的焦点并非教室中出现了一个女人这样一则重磅新闻，反倒是在这样的大嚷大嚷中引来众人高度关注的我们二人。

"我恳请您冷静一点，夫人。我不明白您这样冲我大嚷是因为什么。但拜托了，所有人都正盯着我们瞧呢。"我故作掩饰地对围观的人群笑了笑，然后向她靠近一步，说道，"跟我过来吧，夫人。要是没有这些看热闹的人盯着，您或许还能够心平气和地跟我好好说说到底发生了什么。"

路易莎的这位女管家勉为其难地同意了。我们从学校的回廊出去，找到了一间空教室。这里与即将举行典礼的那间大教室相隔甚远。

"我也没什么工夫跟您多费口舌，罗哈斯先生。请您挑重点，长话短说。我把我家小姐一个人留在了那里，她现在还在等着宣誓和注册呢。"

"我唯一能告诉您的就是：我从不认为，我想认识路易莎的愿望，以及与她相伴左右时享受其中的感受，是有失体面的。然而，出于腼腆的个性，我选择了用笔头的方式跟她来往。但我无论如何都从未想过要用我的字条给她带去任何伤害。甚至倒不如说，我所想达成的，恰恰是与此相反的效果。"

"您腼腆？难道您把我当成傻子了吗，罗哈斯先生？我家小姐是从宫廷里来的，她又出生在索里亚，所以她对萨拉曼卡的风土人情知之甚少。不过，我可一直都住在附近这几个街区。所以，对于您是怎样一个人，以及您究竟有怎样的名声，我都再清楚不过了。您可要注意了，罗哈斯先生，请您远离我们的生活。路易莎·梅德拉诺受的是女王陛下的庇护。她来萨拉曼卡的唯一目的就是学习。唯独有此，再无其他。"

我并不觉得她的这番羞辱令人恼火，因为这女人口中所说其实并非全无道理。内心深处，我承认自己对她所言之事深表赞同，甚至还深深引以为傲。我追求女人的好功夫，早在多年以前便在这座城市家喻户晓。我为此颇感自豪，而且还为自己的猎艳声名竟连这位夫人都有所耳闻而自鸣得意。很有可能，是因为上次我对马赛拉——马约尔大街上那个旅店老板的女儿——的始乱终弃，招致了一些对我不利的风言风语。可我又能做什么呢！谣言会激发人们的想象力，会把我犯下的过错进一步夸大。在情爱关系这方面，我不觉得自己需要对任何事情做出辩解。

我从来没有说过自己会对马赛拉的孩子负责。这个女人过于丰富的想象力让她有些痴心妄想。所以，她才会将我的拒绝视作一种羞辱。女人就是这样。她们总是让事情变得非常复杂，同时还觉得全世界都应该围着她们转。

可即便如此，我还是感到不可思议——因为哪怕是在知道旅店老板的女儿怀了孕的情况下，伊莎贝尔居然对我依旧痴心一片。可是，既然她的好朋友在我这儿都没遇上什么麻烦，那路易莎的女管家又为何如此惊慌失措？难道，是伊莎贝尔以某种方式提醒了她们，要她们对我有所警惕吗？

"关于我的'赫赫战功'，您说得一点也没错。这一点我绝不否认。不过，纵然我以前确实喜欢寻欢作乐，但这并不一定意味着如今我依然想把爱情当作儿戏。不知道我这样说您是否能够明白。但路易莎是一个无与伦比的女人。她值得我用一位绅士的诚实与正派去好好对待。"

"她自然是无与伦比的!这样的问题,根本毋庸置疑。但也正因如此,也因为我必须遵行女王陛下的旨意,我才要保护她,让她免遭任何可能会影响她全身心投入至学习中的危险。罗哈斯先生,您的聪明才智足以让您明白我这样说是什么意思,您就不要再逼我做更多的解释了。请您离她远一点。请去找别的乐子吧。您现在已经踏入禁区。"

话音一落,这位"宝藏的看护人"便立即用手将我推开,转身走回那间大教室。而我的目光则一直追随着她远去。于是,也就是在那里,在那个大厅中央,我看到了路易莎·梅德拉诺。她的身上,仿佛自然而然便散发着一种光芒——即便,此时此刻,他们已让她穿上了那身骇人的修女服装。

10

这几个月以来，路易莎身上始终闪耀着一种由完美与博学带来的璀璨光华。至少每次我们在城市街头四目相对时，我都会这样觉得。

但我已经不再追求她了。每当完成当日收尾工作准备回家时，我曾不止一次跟在她的身后。因为我们的时间安排总是恰好吻合。但现在，我已不会再像起初那样跟紧她的脚步。她之于我，是一个"禁区"。接连数周，这样的警告一直在我脑海中挥之不去。我们越是求而不得，往往越会发疯着魔般想要实现心中所想。这就是我在那几周里的状态，越是摘不到的果子，我越是一心想摘下。

但后来，我的一腔热望开始衰颓。我常常收到伊莎贝尔寄来的信。有时，她会把信夹藏在一些散装样册里面，再将它们借给那位深受我信赖的书商——他很喜欢跟印刷商法德里克做生意。我托付至她父亲手中的每本小册子，总是会为我换来一封热情洋溢、充满崇拜与爱慕之辞的回信。但我常常不愿回复这些信件。这种被迫的沉默，也打乱了我追求路易莎的计划。因为我清楚，这两位闺中密友平日交流往来十分密切，她们会互相分享生活中的点滴和感受。

所以，我越是想俘获她们中的一位的芳心，她们中的另外一位便越会想方设法地吸引我的注意，随之而来的便是我越发想躲避这一位。我发现，这件事没有一个完美的解决方案。于是，我干脆选择谁也不理。

而阴差阳错的是，我竟在无意间收获了自己一直以来的心之所念。上帝为我们预备的道路，总是充满未知的变数。

大约在她被录取进入学士课程一年后，这个年轻的姑娘依旧终日沉浸在学习中。而且她的看护人也不允许任何人用与书本无关的事分她的心。所以，她大部分时间都在图书馆里度过，偶尔会去参加弥撒，回家途中仍是心无旁骛、端庄自持。她的一天便这样结束。

我任由日子就这样一天天过去，心中笃信：等时候一到，她自会前来寻我。因为我知道我们二人日程上的哪些时段有交集，知道我们会走过哪些相同的街巷，也知道我们心中都怀有怎样相同的悸动。而所有这些，终究会让我们的脚步走在一起。事实的确如此。一天下午，我正走在去酒馆跟几个律师碰面的路上，路易莎迎面走了过来。她开口问道："罗哈斯先生！请问您有时间跟我说两句话吗？"

只见她怀中正揣着一小包东西，能看出里面凸出来的是一些笔记本和羊皮纸。我注意到，她的那些抄本制作精良，书册用的也是皮质封面、压印装帧。路易莎享受着非常优越的经济条件，这一点从她所使用的学习用品中也可一望而知。

"你好，路易莎。我看你带了不少东西呢。这些资料看起来挺沉的，需要我帮忙吗？"说着我便上前一步接过了她的包袄，她向我表示了感谢，"还是学生的时候，我也经常跟抄本打交道。而且我最常用的就是那种用细绳缝制的羊皮纸——它虽然没那么耐用，不过比这可是轻多了。"

说完，我们两人相视一笑。有时候，一个人拥有的财富越多，可能反而会变得越不聪明。

"真不好意思，耽误了您的时间。我本不想打搅您的……您这是正准备去哪儿？我可以陪您一起去吗？我一整天都把自己关在图书馆里，也需要呼吸一点新鲜空气了。这样我才能继续全神贯注地重新投入到学习当中。"

"你也许不该如此用功……还是说，你最近在准备考试？"

"是的，正是如此，先生。下周我们就要开始进入考试周了。我现在感到非常慌乱。"

这个年轻的姑娘其实一点也不用担心。她做事总是既有条理又有恒心。所以她一定能通过考试的，没有任何问题，我敢保证。不过，我还是答应听她倾诉那折磨着她的紧张与不安。但我的同事们此刻就在这附近等着我，他们应该正围坐在小酒馆中那张律师们最喜欢的桌子边上。可眼下我已经迟到了。于是，我决定请她先等我一会儿，我赶过去知会他们一声后，便可以陪她去任何她想去的地方，可以不受任何干扰地倾听她愿意与我分享的烦忧。

"那我就坐在这里等您，就在这张长椅上。别担心，今天我跟我的女管家打过招呼了。我请她留在家中，因为我要在图书馆里比平时待久一些——我想好好复习一下笔记。所以，现在没有人监视我了，先生。"

这太出乎我的意料了。路易莎·梅德拉诺为了与我共度这宝贵的时光，竟不惜精心策划这样一场阴谋诡计。不知不觉间，有那么一瞬，我竟全然忘却了这几周以来自己是如何徒劳地暗中窥视她的。昔日那股勇往直前的劲头，现在又一下回到了我身上。

我往小酒馆走过去，一路掩饰着心中的窃喜。我胡乱找了个借口，跟他们说自己肚子不舒服，准备赶紧回家躺下休息。我不知道我的这帮兄弟对这信口胡诌的理由是否信服。我从他们脸上无法判断。不过，我也没给他们留出评论的时间。因为她正等着我从小酒馆回去呢。而且此时天色也开始暗下来了，我不想丢下她独自一人。

我走近时，发现路易莎已经将披肩裹在了头上，并用它包住了自己的胳膊。她看起来就像个从阴影中冒出来的幽灵。现在任何人见到她，都一定会被吓个半死，更别说有那个胆去骚扰她了。

"在下不揣冒昧，可否邀您去家中喝个下午茶？敝舍就在附近。但我可不愿您的女管家明日像只狂怒的疯狗般朝我扑来。我们只需转过那个街角，右手边的第三户人家便是。我知道，您有话想跟我说。而我想不出还有什么地方比那里更安静、更适合我们交谈了。"

只见这位女学生掀起披肩，露出了自己的脸庞。她那双碧绿色的大眼睛直勾勾地盯着我，而她的双颊早已绯红一片。我知道，她迫切地需要跟我谈一谈。

11

"昨日,我在学院门口的墙上看见一张宣传您那部《卡利斯托和梅利贝娅的悲喜剧》的海报。啊,他终于承认自己的作者身份了,我心里想着。一时间,过往的回忆悉数涌上心头。我想起我们在法德里克的印刷间初见的那个夜晚,还想起那时伊莎贝尔对您的痴心一片。"路易莎的表达克制有度,尽管此时她都已激动得有些颤抖了。但接着,她却帮她的那位闺中密友说起了话:"我已经许久未见过她了。不过我们时常会通信联络。因为您总是对她漫不经心,她常在信中向我大倒苦水。尽管轮不到我来对您进行评判或指责,但我不觉得伊莎贝尔应当受到这般的羞辱。"

我必须承认,这是个非常敏感的话题,尤其是在我们二人刚刚恢复来往这个紧要的关头。路易莎出于羞涩,不得不搬出自己的好友作为跟我打开话匣的一个由头。那我便由着她这样做,并且接上她的话茬儿。但愿谈论伊莎贝尔会成为让她与我沟通的好理由,而不是弄巧成拙。

"非常感谢您对我的作品如此关注,女士。是的,几个月前,这部作品的确已经出了第二版。这一次是在塞维利亚出版的，是在埃斯塔尼斯劳·波洛尼奥的印刷坊里。我已下定决心：是时候将我的名字公之于众了。所以，我在原文的基础上加了几行藏头诗。你读过了吗？但愿没让你大失所望，路易莎，因为并不是所有人都想一睹为快的。"她摇了摇头，但并没有打断我的话，"正如你所知，学校正门那边常会为人们提供一些关于书籍的最新资讯。我从前也不得不常常光顾那里呢！"

的确，学院门口往往是作者与书商打交道的好地方。他们常常要在那里争战不下千百回合——不是为了把新近出版的数百本书推销出去，就是为了将它们"打入冷宫"。我的那本《悲喜剧》也在那里展出了，同时也供人们购买。第二版问世还不到三个月的时间。到目前为止，只出现了一篇"讨伐"我的"檄文"——但我保证，它一定很快就会被人从墙上撕下来。与此同时，还有几位狂热的宗教人士也表示出了担忧与怀疑。他们将我的作品视为"罪孽深重的读物"，因为我书中所写的人物与英雄形象相去甚远——甚至根本就是行为规范的"反面教材"。但这些并不会让我感到恐慌。因为作品的销量并没有因此停滞。甚至，埃斯塔尼斯劳的印刷坊那边还传来消息：如今订单量又有大幅增加。自第一版问世以来，我的作品已经做了十余场展出，不光在萨拉曼卡三语学院[1]，在王国的其他大学也进行了陈列。对此，我可以说有些沾沾自喜了。显然，这部作品之所以能够大获成功，

---

[1] 萨拉曼卡的三语学院（Colegio Trilingüe）创建于1511年，最初主要教授学习的基本功：语言（拉丁语、希腊语和希伯来语）、文法和修辞。

是因为我在其中将学生、少女、主仆、老虔婆、妓女、侍童、士兵和其他民间人物都刻画得入木三分。我用逼真的笔触极尽讥诮之能事，将他们都囊括进一个"矛盾无处不在"的世界之中。

自顾自沉浸在这样的思绪里，一时间我竟中止了我们的对话。当我再次把注意力拉回到路易莎身上时，发觉她脸上正透着一丝狡黠的笑意。她盈盈之间光彩照人，让我不禁有些羞赧，当即我试图说些什么，好填补我们之间的这段沉默，免得我当场窒息过去。

"你是说，你跟伊莎贝尔的交流很频繁吗？"

"每个月至少有三次吧，先生。她父亲现在越来越不方便长途旅行了，便把印刷坊里大部分与客户会面和交付书稿的工作都交给她全权处理。而她若是不亲自过来，也会写信给我。您想必也知道，写信可是她常常要干的一个活儿。"

噢！这样的尖锐刻薄，是何等地出神入化！女人说起话来，真叫一个绵里藏针。难道路易莎已得出结论：我所渴望与之通信的那个对象，是她，而不是她那位情深意切的好友吗？那她会为自己的淡漠给我带来的不安与焦虑负责吗？她会明白让我深受其苦的正是这些因她而起的烦恼与忧愁吗？

我们继续散着步，彼此沉默无言。加斯帕尔正在家里等着我们。他已经为我们今天要与这位特殊的宾客共进的晚餐准备妥当：一磅羊肉，再加刺蓟若干。

"您就不担心家里人觉察您到现在还没回家吗，小姐？刚才看到您路易莎·梅德拉诺本尊竟出现在我们家的餐桌旁时，加斯帕尔都掩饰不住他的惊讶之情。这是因为我很少允许女士登门拜访,更几乎从未邀请过哪位来吃饭。除此之外,几个月前的那次不愉快,他也一直牢记在心。所以也许他会担心:要是您的女管家知道她家小姐此刻正跟我们待在一起,而且还准备跟我们共进晚餐,她会做何反应?而目前看来,似乎什么也没发生。"

"因为我们马上就要进入考试阶段了,所以我已事先跟她请好了假,请她允许我在图书馆投入更多的时间。因此您不必为我担心。"

我们又聊了聊她的学习生活,也聊了聊她对于进入一所寄宿学院学习有着怎样强烈的渴望——尽管这个愿望遭到了她家人的反对。在他们看来,准许她去上大学已经算是网开一面,若她还要跟上百个没头没脑、打来闹去的毛头小子同吃同住,那就完全是离经叛道了。

"在我舅舅家中,我受到了此前在宫廷里从未有过的严格看管。我现在每走一步都会受到监视。因为他们生怕辜负了堂娜伊莎贝尔·德·卡斯蒂利亚的信任,就是准许我来到这里的那个人。"说话间,她的双眸仿佛沉入了幽深的水中,"不过,让我感到欣慰的是,这样我也就不必为了讨那些老资格住宿生的欢心而不得不经受他们对新入学者的捉弄了。"

"可就算您被圣巴多罗买学舍或其他寄宿学院录取了,我也不觉得他们会强迫您去受那番羞辱的,小姐。"

"就因为我是他们中唯一的女性吗,罗哈斯先生?"

我聆听着她的语声,只觉如痴如醉。毋庸置疑,路易莎这是下定了决心要去那个其他任何女人都无法抵达的地方,哪怕要遭受到来自家庭与世俗的重重压力。

"学校的那些课程您都还喜欢吗?"

"噢,那是自然!安东尼奥·德·内夫里哈的《艺术》[1]是我读过的书中写得最妙的一本。我非常高兴能有它来为我们的学习打下基础。此外,我们也深入考察了特拉佩孙西奥[2]和西塞罗的文本,甚至还讨论了其中的语法运用。"

"在我上学的那个年代,他们就已经把豪尔赫·德·特雷比松达的观点运用到修辞学课堂中了。不过,这也是我道听途说的。你也知道,我们法律专业在学士阶段修习的课程与你们所学截然不同。对了,说起来,您有在课后去找老师解惑的习惯吗?"

我之所以提出这个问题,是因为我深信路易莎一定会非常乐意跟我聊聊这方面的事。根据线人的可靠消息,我知道路易莎课后总会乐此不疲地跑去找教授,请他们答疑解惑。这种在课后"开小灶"的交流方式,可以让那些出类拔萃的学生"偷走"一些对老师们来说格外宝贵的时间。果不其然,她极其详尽地向我描述了所有细节。而且,小酌过后兴致高涨之时,这位年轻的姑娘还将她的如花笑靥也相赠于我。而加斯帕尔此时则已呼呼大睡,鼾声如雷,倒也为我们今晚的聚会增添了几分愉悦。他毕竟没有体验过学生生活,自然不会明白分享大学经历的乐趣所在。

不知不觉间,我们听到了从圣地亚哥教堂的钟楼传来的

---

[1] 即《卡斯蒂利亚语的艺术》,也即前文提及的《卡斯蒂利亚语语法》。
[2] 即豪尔赫·德·特雷比松达(Jorge de Trebisonda,1395—1486),拉丁名为 Trapezuntius,所以也称其为特拉佩孙西奥。拜占庭哲学家和人文主义者,他也是意大利文艺复兴的先驱之一。

八下鸣响。这钟声意味着，我们的客人该回家了。虽然我的好加斯帕尔已昏昏欲睡，但他依然主动请缨。可我最终还是决定：由我亲自护送路易莎回家。

夜幕已然降临。白日，萨拉曼卡金色的石头会因太阳的热量而散发出干燥泥土的气息；但在黑暗中，它们又会变成火把一般的颜色，而且不再散发出任何气味。路易莎此刻走在我身旁，步履轻盈，一言不发。这让我有些不解。她每走一步，我都能闻到她那天真的芳香，那是一种年轻与质朴的味道。对她而言，回家——我指的是与我一同散步回家，应该是一件振奋人心的事吧。但实际上，此时情况却恰恰相反。路易莎的肩上似有千斤之重，我感受得到。而这样的沉重，让她无法享受这份归途的愉悦，也让她无法对自己的未来展开美好的畅想。难道，因前途未卜而来的恐惧，已经在朝她步步逼近？

索里亚,阿尔马萨

(卡斯蒂利亚王国)
1527 年

"跟我说说那几年的故事吧,母亲。说说那段您将我们留在圣格雷戈里奥去了宫廷的日子。请您告诉我,那些跟自己的亲生骨肉分隔两地的日子,您究竟都是如何度过的。那时我还太小。所以,那时候的事,我都想不起来了。"

路易莎吃力地从床上坐了起来。她的高烧似乎已暂时有所缓退。所以,她恢复了一些知觉,也恢复了一些与人交谈的欲望。此刻,面对自己年迈的母亲,她说话的态度十分坚决。

人们常说,在一个人的临终时刻,他的眼前会浮现出自己的整个生命历程。人们也说,随着年岁渐长,那些上了年纪的人,会越来越记不住最近发生的事,却对自己的童年记忆犹新。

但路易莎却不是这样。眼看着那最后的道别愈来愈近,她却已将自己生命中最初的那些片段全然忘却,就像是风吹过后渐渐消散的乌云。但她需要将它们重新回忆起来。她要带着这些回忆一同离去。

"可你怎么会想起来要聊这些呢，路易莎？那都是很久之前的事了。今时早已不同往日。当时的我，别无选择。一天之内，你们同时失去了父亲和外祖父，而双王陛下又恰在那时向我伸出了庇护的援手。所以，那时候，我不得不那样做。"

路易莎咳嗽起来。而在消耗了这番力气之后，她感觉自己愈发虚弱了。

她并非不理解自己的母亲，但此时却选择沉默不语。她就是想让母亲讲述自己的故事，就是想听母亲为自己辩解：她当初毅然抛下自己的八个孩子，当真是因为无可奈何。她知道，人这一生中，有时候不得不做出一些让人难以接受的事。因为，那个时候，你别无选择。

萨拉曼卡

（卡斯蒂利亚王国）
1506 年

"Pes"（风暴或暴风雨），"te"（时间）和"lencia"（明亮、光芒）。是以，"pestilencia"（时疫），指的便是那段因光明，也即星辰而来的暴风雨时光。

——圣伊西多罗[1]

1　即塞维利亚的伊西多罗（Isidoro de Sevilla，560—636），西班牙教会圣人，神学家，1722 年被封为教会圣师，著有百科全书式巨著《词源》（*Etimologías*）。

1

家里到处都是苍蝇。无论我如何严阵以待——既关上了门窗，也拉上了窗帘，令人窒息的闷热还是将那些昆虫都招引了过来。小时候，有很长一段时间，我住的房子的装潢都不似这般考究，家里也从未被各式各样的物件堆满。所以，此前我也从未像这样遭受过这些小飞虫的围攻侵扰。

也许，是温度太高的缘故吧。这座宅子是这般宽敞而华美，其间也并没有太多的污秽之物。我是想说，它也并不比一般的房子更加脏乱。在这个家里，下人们会负责整理家什杂物。此外，他们还要把垃圾都收拾好，再将它们扔到远处或窗外——这件事操作起来最简单。然而，尽管我们并没有把垃圾留在家里，却仍然无法逃脱这股臭不可挡的气味。而这些绅士家庭对这样的事竟也听之任之。他们是养尊处优的富贵人家，是"十二大家族"中的一支。这于我真是莫大的荣幸，竟能受到举荐来照料那位年轻小姐的生活起居。所以，我不能再有什么抱怨之词。实际上我的确也未曾埋怨过一句。只不过，这已将整座宅子完全笼罩的熏天臭气还是让我骇然不已……

一定是夏天到了。萨拉曼卡的夏天酷热难耐，总是叫人难以忍受。在这样的季节里，人们所能感受到的，是淋漓的汗水如何恣意将身上的衬衣与绸衫浸透，甚至没有一丝微风将这些汗水吹干——这样好歹也能让肌肤稍微舒爽一些。所以，小时候我常常和姐妹们在后院里奔来跑去，因为这样能带起一丝风来。而微风吹拂着我们的湿衣裳，能让人觉得稍微凉快一些。那样愉悦的感觉，真是妙不可言。

我想象不出，堂娜路易莎在我四处踩水洼和在草地里躲猫猫的那个年纪，也会在院子里跑来跑去。那时的她，想来应该会进行一些更高雅的娱乐消遣吧——毕竟是在双王陛下的宫廷里啊！正因如此，她才会出落得如此端庄严肃。她的鼻子仿佛始终贴着书本，从来也不肯离开一下——无论是去吃点东西垫垫肚子，还是再去稍微洗漱一番。我甚至觉得她根本未曾洗漱过，因为我也从未见她吃过什么东西——而这些事往往总是连在一起做的。

我这位小姐总是起得很早。接着，我便要在绝对的沉默中伺候她更衣。我知道，她要利用这段时间复习一些拉丁语功课。而且，她没少跟我说过：这时候我跟她说任何事，都会打乱她的思路、分散她的注意力。要是这样，那接下来她整个上午的时间也全都浪费了。因此，我必须闭上嘴。我帮她把衬衣的扣子扣上，再将披风系好，免得她去上学的路上被绊倒，引起那些男学生的注意。这样的事绝对不能发生。

但除了替她系好衣服上的结扣，我还得高度警惕是否有什么男人追求或骚扰她，尤其是那位耽于女色的堂费尔南多学士。他自己对此也心知肚明，而且他已数次将我惹恼。酷热难耐的夏日、顽固恼人的苍蝇，还有日复一日出现在我家小姐身边的那个人，这一切都让我每天清晨都感到万念俱灰、筋疲力尽。

想当初，路易莎到她舅舅家里住下还不到两周，我便与她相识了。自那以后，我们两人的生活便开始产生交集。后来，因为堂费尔南多的那位信差，我们的关系变得有些阴晴不定。那个蠢笨粗鄙的加斯帕尔日日都会出现在我面前，苦苦哀求着要把他主人那些下流的字条递交进来。可他才来了四趟，便跌入托尔梅斯河里差点断了气！那个好马提亚斯，当时正在清理马厩里的粪便，只轻轻那么一推，便让加斯帕尔落入河中，从此断了他再往我们家跑的念想。

再后来，便是那位费尔南多亲自来拜访了。他倒是彬彬有礼，十分温和谦恭，但我始终怀疑此人图谋不轨。再者，无论如何，我们家中这位都是正值妙龄的女学生。因此，我从不会让他们二人单独会面。

"多罗特娅！家里没有蜡烛了，可我今晚还要学习呢。"

"您是说今天晚上吗？可蜂巢里的蜡似乎不够支撑您学习那么长时间了，小姐。不过，用完了也是正常的。您需要叫人带一盏油灯回来吗？"

路易莎忧心忡忡地跑来找我，像个孩子似的。只见她目不转睛地盯着我，一副马上就要哭出来的模样。她的嘴唇都已开始发颤——只因今晚她将没法学习。这竟也是一位女管家所需要承受的……

"哎呀，可那种油脂燃烧发出的气味让我觉得非常恶心，多罗特娅！我还是去马厩里找找吧。或许可以找到一些火把之类的东西,也能帮上我的忙。"

我简直难以置信,这个姑娘怎么会如此固执。

"可难道您要在自己的房间里点起一支火把吗,小姐?您这是疯了吗?这样会把整个家都给点着的,这绝对不行!一会儿我就出去一趟。我去冈萨雷斯家找些蜡烛来——他们家应该会有多余的。"

而当我往街上走的时候,我便已经开始后悔自己怎么就应允了她这个一时兴起想出来的坏主意。她要是晚上能多休息一会儿,她的头脑一定会更灵光,做起事来也会更审慎明智呀!然而,我所应守的本分却是保持沉默,不对她的任性做任何评价。我只需要悉数遵允其吩咐便是。其实,他们很早就提醒过我:这个姑娘,十分与众不同。但我当时即便是将自己的想象力发挥到了最大限度,也想不到她竟会与众不同到这等地步。她不仅不吃东西,晚上几乎也不合眼。我对此一清二楚。因为我知道她一直在自己的房间里来回踱步,而她的房间就在我的卧室边上。据说,一个人来回走动的时候,记忆力会变得更好一些。她应该是从日落时分便开始不停在房间里四处走动,直至次日晨曦微露。我能听见她踩在木地板上发出的脚步声。她看似只是在房中学习,但我所听见的,却仿佛是一个尚未到达神圣终点的朝圣者永不停歇的虔诚脚步。她的踱步声,彻夜不绝。

不过,最让我感到疑惑的,是我家小姐对小伙子们竟从不多加理睬。我实在是难以置信,一个二十二岁的妙龄女郎,竟会感受不到那种血脉偾张的激情,那种会让她抵达教室时忍不住对那些将自己团团包围的男孩多看几眼的激情。尽管我的任务确实是要让她避免做出这样的事，但除了那个居心叵测又死皮赖脸的费尔南多·德·罗哈斯，这个姑娘在这方面还真没有任何值得我担心的。

沉浸在纷飞的思绪中，不知不觉我已经走出了家门，一直往邻居家的方向去。冈萨雷斯家的房子差不多有梅德拉诺家的两倍大。他们家也同样是一户傲慢的大户人家，对人很不客气。不过，所幸我跟他们家的厨娘私交甚好。我若是向她讨要一两根蜡烛，她一定会毫不犹豫地交到我手中。这也不是我们第一次在两栋宅子相交的小路上相遇了。而且，我们往往还会借此机会聊上一会儿。

然而，一打开仆役的房门，也就是厨房里面向花园的那扇门，我立即闻到了那股恶臭。它似乎是从托尔梅斯河那边飘过来的。于是，在跨过两户人家之间那五六十步的距离时，我都不得不一直捂住自己的脸，以免被这股臭气给熏晕过去。而就在我快要走到马厩门口时，我好像听到一个声音。我便回过头去确认自己是否听错，似乎有人来到了梅德拉诺家中，恰恰就在我离开家门的时候。

我听见那人的马匹一路小跑的声音。尽管中间隔着一段距离，但我依然远远便能清楚地辨认出来——那匹马的主人，正是费尔南多·德·罗哈斯。

2

"难道你到现在都还没发觉正在发生些什么吗,多罗特娅?我家的主人们都在筹划到乡下逃难去了。恐怕你们也应该这样做。因为要不了几周,这座城市就住不得人了。"我的好朋友埃洛伊萨,也就是冈萨雷斯家的厨娘,来见我时头上正裹着一块湿布。我知道,她正忙着帮她的主人们洗衣服。"今天我们真是忙得不可开交,因为要把所有人的外套、内衣都煮沸消毒,真是连喘口气的工夫都没有。洗衣女们实在忙不过来,所以我只好搭把手。我不知道主人们究竟有什么打算,但他们肯定不会待在这里眼睁睁地看着大家一个个全都病倒……或者说,病死的。"

"病死",哎呀,这个字眼让我胃疼。但随即我也恍然大悟:原来,最近几天空气中那股挥之不去的恶臭,很有可能意味着一场时疫即将来临。想到可能会有不测要发生在我和我家小姐身上,我不由得惊恐万分,坐立难安——保护好她,正是我的职责所在。

"我的确听说最近陆续有人生了病,但没想到是因为疫情。我更没想到竟然就发生在萨拉曼卡……那你也要走吗,埃洛伊萨?"

"等我们把家里这些衣服都洗完,我想我们也会离开这里吧。应该是这样。之后他们会把我们安置在北边的一个村子里,那个地方离所有城市都非常远。他们说,那边还有好几个农庄,还能供几户人口不多的人家居住呢。我劝你也尽早逃离这里吧,我这可是为你好。要不了多久,带着大包小包的家当搬家就会变得越来越困难。"

这巨大的信息量,以及随之而来的惊惧感,在我脑海中剧烈地震荡。我不得不中断我们的谈话,好让自己喘一口气,同时也好好思考一下自己该何去何从。我本来只是来邻居家借两根蜡烛,没想到他们正准备离开这里。而瘟疫的事也让我心里充满了恐惧。看样子,这场时疫已经在整座城市蔓延开来了……而且,我现在虽还没要到蜡烛,却已必须回去复命了。因为眼下,蜡烛一事早已无关紧要。我会跟路易莎小姐解释清楚的,我相信她也一定能理解。尽管她在学习方面固执得像头骡子,但在各种艰难险阻面前,这个姑娘却是头脑清醒且成熟老到。

那么,剩下的问题便是……堂费尔南多!我的天!我刚才分明瞥见他殷勤万分地骑着自己的骏马来了。然而,我却依然跟我的邻居继续闲聊着,完全没把他当回事。这下我的饭碗可能要保不住了……哎呀,上帝啊……我必须赶回去镇压这场"乱子"。真不知道那位越挫越勇的学士到底想怎样?

于是我立即往家里赶,只盼千万别"赔了小姐又折烛"。走到围栏后,我心中愈发惊恐不安,因为这时我已听见从屋内传来几声惊叫。我听出，这似乎正是我家小姐的声音。

"但这绝不可能！您一定弄错了。这一定是个误会，堂费尔南多……那我们现在怎么办？我又该做些什么？"

"路易莎，你别再这样固执己见了……现在负隅顽抗不会给你带来任何好处。眼下的形势就是如此严峻——有无数人正在死去！何况，要一直伴着这种挥之不去的恶臭待在这里，这实在是叫人无法忍受啊……"

"可我只剩下最后几场考试了。我现在不能弃考。因为我其他所有课程都通过了——要是我现在选择放弃，那可就要前功尽弃了。"

只见她此刻正被那厚颜无耻的作家抱在怀中。路易莎不住地掩面啜泣，脸庞红润得宛若一颗石榴。两人正依偎在炉火边，他正抚摩着她的头发。而路易莎竟都顾不得用束发帽来将自己的一头秀发束起……这位小姐究竟什么时候才能明白：姑娘家的头发要用帽子遮住！尤其是在有一位绅士在场的情况下！

"这里究竟发生了什么？我希望我眼前看到的这个非礼行为能有一个合理的解释。我也希望自己不必因为在这里撞见您而大动肝火……罗哈斯先生，您可以给我一个解释吗？"

一见我走过去，他们二人便立即分开。路易莎赶忙跑去披上一件披肩，试图遮掩一下自己此时在一个外人面前竟花容失色到了何等地步。

"贸然造访，请多原谅，多罗特娅。但我这次来，为的是请求你们离开，或者说，是我们大家一起离开。我们现在必须逃离萨拉曼卡。我知道，你不信任我。可眼下事不宜迟，我还是必须告诉你：现在，一场时疫已经暴发。而且，在收到新的通知以前，就连大学也会大门紧闭。我只是过来提醒你们一声。此外，要是你们愿意，在疫情具有传染风险的这几周里，我可以在圣佩德罗·德·罗萨多斯[1]为你们提供一间陋舍。那个地方可以容纳十来个人，你们可以带上几个下人，同我和我那忠诚的仆人住在一起。我们必须赶快动身，多罗特娅。因为这是一个关乎生死的问题。这一次，你就听我的吧。"

这个学士那该死的说服力！还有所有这些降临在萨拉曼卡的该死灾难！费尔南多·德·罗哈斯正凝视着我，试图以这种方式向我传达一种沉着与慎重之意。而我所感觉到的却是自己正被一片不安所淹没。我家小姐则啜泣不止，仿佛这个世界也将随着她那些被迫中断的课程而走向终结。现在，我们所有人都看得一清二楚：由于这场突发的天灾，我家小姐不得不中止她的学业。要知道，她可是那种生再重的病也不会被打倒的人！然而，就算堂娜路易莎没法去学校学习，她也扛不住两声公鸡的啼鸣——我已经预见到了这一切。所有人想必都以为她的脑子已在书海里枯竭，所以现在正好可以借此机会好好休息。但我深知，事实绝非如此。因为这个姑娘对于阅读如饥似渴，就如同我们这样的凡人需要空气来进行呼吸。

"太骇人了，多罗特娅。这简直就是世界末日！"

紧接着，我便目瞪口呆地目睹了这样一幕：路易莎竟全

---

[1] 位于现属卡斯蒂利亚-莱昂自治大区的萨拉曼卡省的一座城市。

然不顾我的责备，又投向了费尔南多的怀抱。而他也轻轻抚摸着她脖子那边刚长出的毛发，尽力安抚她的情绪。他与我四目相对，却全然不顾看到这幅场景的我心中会有怎样的不快。此刻他已完全深陷在试图说服我的渴望之中。

"虽然我能提供给你们的东西并不是很多，但这总比冒着风险继续留在这里好。那间可供我们居住的房子离河很远。所以，住在那边我们大可放心。而且，已经有人为我们储备了一些豆子和泡菜当作粮食。而在这座城市里，现在就连想找到一块能安心放进嘴里、吃后不怕生病的面包都越来越难了。人人都在逃难。现在已不是逞能做勇士的时候了。等那些毒臭的空气吹过来，可能不过就在眨眼之间，我们便都将犹如苍蝇一般——倒地。您必须清楚这一点，夫人。"

是啊，苍蝇。那些小飞虫最能将这样一场瘟疫所带来的巨大恐慌传播开来，对此我再清楚不过了。虽然为家里准备供给并非我的职责所在，但我已从埃洛伊萨那里得知近来集市和市场里的货物有多么紧缺；而且，出于恐惧，人们已经不再购买水果和蔬菜，尽管眼下几乎也已寻不见它们的踪影。我想，现在应该连家畜也很难买到了，因为这些动物不是病死，便是瘦弱得活不下去。离开这里，确实成了迫在眉睫的一件事。虽然那个学士的诡计并没有说服我，但我们确实也没有什么更好的去处。我们必须尽快逃离萨拉曼卡。

3

在我们这个临时住所的厨房里,我发现了那封信。一张被对折过两次的信纸,就那样静静地躺在摆满锅碗瓢盆的壁橱底部。虽然我们现在主要依靠那些用晒干磨好的豆子做成的面团存活,但这个农庄有一间巨大的厨房,里面各式厨具一应俱全。现在大家都在传:小麦也会传染疾病;水也喝不得;要是跟那些被传染了瘟疫的动物接触,那更是会叫人丧命。我们已经在圣佩德罗·德·罗萨多斯住了两月有余。我们当初之所以来到这里,就是为了逃离瘟疫。然而,现在我们依然在跟死神躲猫猫。

暂居在此,多有不便。况且,这里也无法给我家小姐提供任何她平日里所习惯的那些奢华排场。但对此我们也无可奈何。此外,在这个地方,我们还要跟那些下人共用那一点点逼仄狭小的空间。然而这还不是全部。现在,我们竟然还要跟费尔南多·德·罗哈斯和他的那位信差加斯帕尔生活在一起。

最近这几周,每当我发现我家小姐与那位学士避开人群、单独待在一起看书或交谈时,我都已经睁一只眼闭一只眼了。

而我之所以默许这件事,是因为我始终坚信:不会有任何事或任何人,能使路易莎·梅德拉诺偏离由伊莎贝尔女王陛下——愿她已在天国与上帝同在[1]——为她铺就的那条通往大学之路。女王陛下注意到我家小姐天赋异禀之后,便鼓励她去大学学习。所以,无论那些如费尔南多一般英俊潇洒的美男子如何倾倒在她裙下,也无论他们展开何等锲而不舍的追求,她都会坚持自己的选择。因为,她生命的意义,就是来自学习。

因此,我在壁橱的大肚水罐下面一发现那张皱巴巴的字条,便连忙跑去问加斯帕尔这上面都写了些什么。

"你还是把它放回你发现它的那地方吧,多罗特娅。这上面写的内容,既不关你的事,也不关我的事。"

加斯帕尔平日里是个沉默寡言之人。虽说如今他总是在棋牌和酒馆中沉迷流连,但我知道,当初他是满怀一腔学习的热情去萨拉曼卡的。他后来没能实现这个愿望,我不知道其中有什么缘由。可至少他识字,但我却不行。

"既然你这么说,那这上面肯定说了些很重要的事。加斯帕尔,拜托你了,我们之前的那些恩怨就一笔勾销了吧……我现在对你非常信任,请你告诉我这张小字条是谁写的。难道是你家主人藏了什么秘密吗?那他为什么又要把它藏在厨房的锅碗瓢盆里面呢?"

"夫人,我很怀疑,这张字条上的内容,其实并非出自我家主人之手。"

---

[1] 伊莎贝尔女王于1504年离世。

这个总爱搬弄是非的家伙，似乎终于在自己的骄傲自负中软下了心肠。于是，他开口念道：

  时至今日，您可能还不知道我是谁吧，父亲。您把我留在了阿蒂恩萨，留我在圣格雷戈里奥的花园里玩弄那些花花草草和落在地上的树叶。那一年，我三岁。可您那一走，便有去无回。而且，您去往的那个地方，外祖父也想陪您同去。你们为了捍卫王权而浴血奋战，却也因此失去了自己的家。您没能看到这二十多年的时代巨变，其间这片土地上历经战争与驱逐。父亲，如今，伊莎贝尔女王也已宾天归去。不过，人们在巴洛斯港[1]海域的那边又发现了一个新世界。那个幸运的克里斯托弗·哥伦布如今已是远征军司令。他取道巴塞罗那回航——他的舰队上，承载着一片陌生的土地。只可惜，您没能见到。
  父亲，现在我在大学里学习。您都想象不到，每天清晨我准备去上课的时候都会感到多么幸福！给我授课的，是全欧洲最好的老师和教授。而我也总是聚精会神地聆听这些最具智慧之人的讲解，绝不错过他们口中的任何一个细节。老师会给我们讲授亚里士多德，父亲。而且，我求知的渴望每日愈烈。每当我遇到困惑或是读不懂文章时，我便会去老师那里寻求帮助，而他们也总会为我答疑解惑。可我如今的模样，您却再也看不到了。

---

1 哥伦布率领船员于1492年8月3日开启第一次航行时的出发港口。

但是,总有一天……总有一天,父亲,我向您保证,我会成为那个站在讲台上的人。

这是我家小姐路易莎写给她已故父亲的一封信!他二十多年前便已过世。她在这封信里,不仅跟他讲述了我们的王国和这个世界都发生了些什么,还向他诉说了自己的经历,以及学术梦想。可她却一次也没有提到费尔南多。

"所以,你的意思是,这是我家小姐写的?你确定这上面真是这么写的吗?"

我满腹狐疑地看着他。而加斯帕尔唯一能给出的回答,便是耸了耸肩。

"可我在这信上读到的就是这些呀!它们就这样写在这里,而我也没有对它们发表任何评论。因为这不是我该做的事。但我觉得,这同样也不是你该做的事。要是你不介意,我这就回到我主人身边去了,我相信他现在肯定已经在找我了。"在那些无所事事的日子里,他整日只知跟其他侍从厮混在一起,打架闹事,招摇撞骗;而他的那位主人,一双眼睛则始终盯着我家小姐。所以,我很怀疑:他压根就不会为这个坏家伙的所作所为感到担忧。可即便如此,他现在竟然还敢向我发号施令:"你要是不想让事情变得更麻烦,就把这封信放回原处吧,多罗特娅。"

"这绝不可能!你这个蠢货!你现在就把这张字条还给我,我会负责去跟写字条的那位核实的。"

我将这封信小心翼翼地夹在自己褶皱领的空隙处,随后径直走向我家小姐与我共住的那间屋子。每天清晨,她都会坐在临时搭在谷仓边的那张书桌前（因为我们已将那大捆小捆的干粮全都挪开，铺上两条羊毛褥子，那个地方便成了一间卧室），反复吟诵书上她最喜欢的那些段落。小姐的大部分时间都在这里度过。因为这里地处农庄的高处，所以几乎没有什么噪声，光线也能直接从窗户照射进来，阳光非常充足。而除了这些，堂娜路易莎也别无他求。

可当我回到房间时，竟发现此时房门紧锁。我向来不允许小姐把自己锁在任何房间里。我们在萨拉曼卡的时候，她便不可以这样做，如今也依旧不行。何况，现在不能这样做的理由岂非更是充足得多！我轻轻敲了敲房门，让她知道是我回来了："您在里面吗，小姐？您还好吗？您是知道规矩的。所以，请您给我开开门吧，拜托了。"

我听见门那边传来一阵窸窣的脚步声，还有一些像是嬉笑的声响。我不禁为这位姑娘的贞洁深感担忧。于是我从轻叩门扉转为猛烈地敲击。

"小姐！请立即开门！请不要让我发火！"

而当我看到路易莎面色绯红、嬉皮笑脸地探出头来时，我知道自己的猜测得到了证实。毫无疑问，有人让她毫无分寸地纵声大笑了。而且我非常怀疑，这件让她如此失态的事，与她的学习并无关联。

"请让我进去。您也不必开口。假若宫廷得知您竟放纵至此，一定会处罚您的，而我也会丢掉这个养家糊口的饭碗。小姐，上帝一定不愿我因为您的过错而失去生活的来源。所以，请告诉我吧，您在那边藏了什么？"

"你不必为我担心，多罗特娅。我刚刚是在跟堂费尔南多讨论他那部《悲喜剧》中的一些片段呢。这是一部史无前例的作品。之前我一直没有机会拜读，但此刻我真是佩服得五体投地。我们可以专门找一天来高声朗诵这部作品！这样你也能一起欣赏它了。你觉得怎么样？"

这个小姑娘在男女关系方面所表现出来的单纯无邪，与她在学习上的过人天赋相比，简直判若两人。他们二人将房门紧锁，却只是为了探讨一本书中的内容。我难道应该信以为真吗？她倒是能信服自己这连篇鬼话，尤其是在那个卑鄙下流的学士怂恿她这样做的情况下。

"拜托了，小姐！请您别再犯傻了。在您自己感兴趣的那些事物面前，您可是那样一位光彩夺目又出类拔萃的女士啊。您难道事事都要轻信那位狡猾的先生吗？"

而那位被迫卷入这场批斗大会的费尔南多·德·罗哈斯，此时正坐在两捆谷物上面，惊得瞠目结舌。但我并不在乎。诚然，如果我们不得不住在同一片屋檐下，的确应当尽可能处好关系。我承认，我与他的助手加斯帕尔早已冰释前嫌——我甚至都能指使他将我家主人的密信念给我听了。但我觉得，对于这位学士先生，我仍然疑心未除。

"拜托，多罗特娅！请对你家小姐放尊重些！你可真是一块难啃的硬骨头。你这顽固的劲头，真叫我又是震惊又是叹服……要是我也能有你这样一身使不完的力气，那该有多好！我这就告辞，将你家小姐交还于你。我以后也不会再来烦扰你了。"说着，他便走向我家小姐，礼貌地俯身去亲吻她的手背，"您何时若愿意将我们的阅读继续下去，我定感荣幸之至。您在这样繁重的学习中也要注意劳逸结合，若想放松，尽可过来看看我。"

我简直无法抑制自己那即将从嗓子眼里冒出来的怒火。我实在怒不可遏:"我希望您能在问过我之后再那样做,我的小姐!"

可是这个家里究竟发生了怎样见鬼的事?有些时候,我甚至都分不清:那些腐败之物,到底是在外面,还是已经侵入了我们的住宅?

4

　　我还是更喜欢我们在萨拉曼卡的日子。我知道，这句话由我说出来毫无意义，因为我不过是个女仆而已。但从前在萨拉曼卡，我确实觉得自己更有干劲。因为那是我的城市，是让我觉得最自在的地方。我不知道我们还要在这里待上多久，但我清楚地知道：乡村生活并不适合我。

　　路易莎和我准备出去走走，去呼吸一下新鲜空气。我们每天下午都有这样出来散步的习惯。可是今天，每当我把手伸向领口，将那些从我的胸脯间钻出来的布料塞回去时，我就尤感怒气难消——因为我想起来，那里还藏着她的那封信。我应该告诉她，我是在壁橱里的一个大肚水罐下面发现这封信的。我的态度要足够真诚，要让她信赖我，这样她才有可能会将她的隐痛告诉我。事实上，我应当尽量多了解她，哪怕是以强迫她说出来的方式。不过，这也是个非常敏感的话题。要是刚才在她的房间里，我在那个厚颜无耻的费尔南多面前就把事情都没遮没拦地说出来，那也许现在我们的关系反倒会亲昵许多，两人也都能平息各自的怒火……可有一个问题让我很是恼火：她为什么要偷偷做这些事，不愿让我知道呢?

"小姐,您还好吗?您是想一直走到农田那边,还是走到半道就往回走呢?"我转头看向她。只见她正一边走着一边抓着自己的裙摆,眼睛牢牢地盯着地面——尽管这杂草丛和铺路石中间其实全无一物。"天马上就要黑了,我们不该在外面逗留这么长时间。听人们说,哪怕只是接触到空气之类的东西,其实也很危险。您也知道,那些邪风会把疾病给吹过来的。所以我们不如这就打道回府吧,路易莎小姐。请您听我的劝。"

而就在这时,我家这位小姐,犹如一个在睡梦中连眼睛都还没睁开的人,突然开始梦呓一般说起一些让我完全摸不着头脑的陈年往事。我为她此刻的神志不清深感担忧,但终究还是让她说了下去。

"你知道吗?我还是个小女孩时,有一位老师,他非常看重自己的鞋子。"她耷拉着脑袋,没有看我一眼便自顾自说了下去。我不知道她突发此言是何意。"他刚来给我们上课的时候,几乎身无分文。我还记得,他当时做的第一件事,就是请求给他一双新鞋。在那之前,我从未见过有谁像他那样在上课的第一天便兴高采烈地炫耀自己的新鞋子。他是个好人,但在我家却始终不受信任。"

"小姐,我不知道您现在突然说起这些是想说明什么,我也不知道您口中所说的那位究竟是谁。您刚才提到的,是一位老师吗?如果他那时是去给你们讲课的,那他或许也是一个出身贫寒的人吧,谁知道呢……在我跟你舅舅的关系还没有一定的进展之前,我也没有办法给自己弄一双皮鞋来穿,因为我也拿不出钱来付给鞋匠。而在那之前,我只能月复一月尽心竭虑地为他埋头干活,这些您都是知道的。鞋子可是一样宝贵的财富啊,小姐。"我佯装自己正紧跟着她那前言不搭后语的错乱思绪。不过我知道,她其实并没有在听我说话。我开始担心我们已经远离了安全地带,于是再三劝道:"是时候该回去了,您不觉得吗?天色已经非常暗了,我们得赶紧回去,可不能再耽搁下去了。"

可她似乎根本没听到我说的话,而是仍执意自顾自继续说。

"我说的是佩德罗·德·拉·鲁亚,一个好人。当时他们都想赶他走,而我却站出来为他说了话。我的家人甚至都还不了解他,就一口咬定他必定居心叵测、图谋不轨。我现在之所以跟你说这些,多罗特娅,是因为我觉得,在堂费尔南多的事情上,你也同样有失偏颇了。"

现在我可以肯定,我家小姐一定是神志不清了——难道,是因为空气中飘浮着的这些传染物吗?

"路易莎小姐,这些又跟费尔南多·德·罗哈斯追求您会带来的危险有什么关系呢?请您相信我:我此前从不知晓您童年时代有过一些怎样的老师,但费尔南多这个大骗子的恶名在整个萨拉曼卡可都是家喻户晓的。我对那位佩德罗一无所知。但我是被雇来照顾您的,是来避免您偏离认真学习和准备考试的正道的——而这些,才是您应该关心的正事啊。至于那位作家,他始终是一个大患。"

"可毕竟现在我们共住在一片屋檐下呀,多罗特娅,所以你还是努力适应会看到我们共处一处的情况吧,这样反倒更有意义一些。我们两人总是相谈甚欢。能够理解我阅读趣味的人本就不多，而他正是其中一个。但这些方面，我显然是不能与你分享的，虽然对此我也深感遗憾。"

路易莎把裙子提到了膝盖上方，因为她准备跑回农庄去。她这番说教已将我仅剩的一点耐心消磨殆尽。于是，虽然我明知自己日后定会为此后悔万分，可我还是冲她大声喊道："我同意，小姐！那您就跑回去吧……跑去找您的那位学士吧！请您让他对您敞开心扉！就听他滔滔不绝地夸您那无与伦比的美吧！然后再请您端庄体面地把这一切告诉您的父亲，就像您丢在壁橱里的那张字条上写的一样。"说着我便把那封信从自己的领口里取了出来，以一个胜利者的姿态将它高高举过头顶。

她立时顿住脚步，惊得瞠目结舌，显然对我刚才的话感到难以置信。只见我的小姐突然难以抑制地哭了出来，同时朝我一路狂奔而来。

"你是从哪里把它找出来的？这封信是我的，任何人都不该看它……是谁帮你念的？你这个卑鄙小人。你到底雇了谁帮你读这封信？"

这个傲慢无礼的荡妇究竟在想些什么？

"您这是拐弯抹角在说，我利用了一些见不得人的手段才收买到别人来帮我读信吗？那您可就大错特错了。只要我有需要，我的朋友随时都能为我两肋插刀——我根本不需要花钱，也不用给他任何好处！或许，您真该擦亮眼睛，看看自己结识的都是些什么人。现在凡是跟那个无关紧要的花花公子扯上关系的事，都足以让您失去理智。别人对您的费尔南多有成见，您就这么在乎吗？我说我觉得他会给您带来不好的影响，您就这么恼火吗？您要知道，这可是整座城市都知道的事实。您但凡还有一点能听取他人意见的谦卑之心，也许就会明白我说的一点也不假。不过，这样您就得从您那自命不凡的博学宝座上下来，跟我们这些下贱之人对话了。"

路易莎追上了我。她扑到我身上，想将那张字条夺走。它在我汗津津的手里早已被揉成了一团。

"把它还给我！然后彻底闭上你的嘴！你要是再这样多管闲事，我一定会叫人把你从这个家里赶出去的！你可以回到他们当初把你带回来的那条小溪里去了！"她抓住我的头发，用力地拽扯，痛得我忍不住放声哀号，"我说了，把我的字条还给我！"

我狠狠踹了一脚，终于把她从我身上弄了下去。我把那封信的"残骸"扔给了她，然后不慌不忙地梳了梳自己的头发，又整理了一下束发帽和领口。

而我的这位小姐，这时却是一副神色怅惘的模样。她一下瘫坐在地上，接着便号啕大哭起来。换作平时，我一定会是第一个向她伸出援手，把她从地上拉起来的那个人。可真是活见鬼！她刚才竟然那样羞辱我，竟然辱骂我为了读那封愚蠢的信而不惜出卖自己的肉体。然而，让我诧异万分的是，她竟然又自己站了起来。而且，我居然还听见她在向我道歉。

"我对刚才发生的事深表歉意，多罗特娅。我也不知道自己为什么竟会说出那样的话来。但我希望你能原谅我。刚才我一定是魂不附体了。"她拍了拍自己的裙子，想拍掉沾附在上面的尘土和青苔，但这不过是徒劳罢了，"那是一封私人信件，我不愿让任何人看到它。我应该是不小心把它给弄丢了。我也不知道它怎么就落到了你的手里。可无论是你，还是其他任何人，都不应该看到它。那是我向我故去的父亲倾诉的一种方式……有时候，我会写一些像这样的小字条。我想尽了各种办法以防把它们弄丢。而我最后的决定是：赶在别人发现它们之前，将其付之一炬。显然，这一次，我错了。我相信你一定会告诉我，还有谁也读过这封信。但愿我们能重归于好。我答应你，多罗特娅，你绝不会因为这次的不愉快而丢掉你的工作。"

我想，她说得对。虽然我是一个十分骄傲又自重的人，但我也不想丢掉自己的饭碗。而且，她这副感到受伤又憋屈克制的样子，不禁激起了我的怜惜之情。于是，面对她这样的苦苦哀求，我决定做出让步。

"还有加斯帕尔，小姐。"

"就是堂费尔南多的那个仆人？但不管怎么说，他至少是一个口风紧的人。我知道，从他那里是不会再走漏什么风声，传到其他下人的耳朵里去的。"

"他不会那样做的，小姐。"我的怒火逐渐退熄，心情也归复自然的平静。"他答应过我。此外，我也为自己刚才的所作所为请求您的原谅。您要知道，无论是您，还是您的名誉，我总是希望锦上添花才好。我也不会再拿堂费尔南多的事来烦扰您了。不过，您自己还是千万要当心。"

"我会多加小心的，多罗特娅，我向你保证。你也别再让自己深陷在仇视与诋毁之中了。毕竟，到目前为止，他为我们做的都是一些好事。而且事实上，我们现在能住在这样的农庄里,还是多亏了他呢!是他让我们幸免于瘟疫之灾的!"

她所说的这一切,的确也都是事实。于是,大战过后握手言和的我们,又互相挽起了手,一同往家里走去。

5

"这并不是什么好消息。没错,我的弟弟对我来说的确是个非常重要的坚实后盾,我听闻此事自然也高兴极了!然而,眼下这副情形,我们自己都已难以为继了。而且,学校到现在都还没确定重新开放的日期呢,对吗?你有打听到什么消息吗?"

我们回到了农庄。可我家小姐根本无法抑制住自己的激动之情,也做不到行事谨慎小心。她一见费尔南多从附近一户人家带着新消息回来,便几乎一路小跑径直朝他奔了过去。看样子,路易斯,也就是路易莎的弟弟,似乎即将来与我们会合。因为若形势有所好转,我们能重新回到城里生活,那么从今年秋天开始,他也将在萨拉曼卡大学学习深造了。然而,在我看来,这一切都未免太荒谬了。他们制订过计划吗?他们难道没有听闻萨拉曼卡死了多少人吗?难道不知道,直到现在,那座城市街头巷尾的空气里仍然散发着多么令人作呕的腐臭吗?贵族就是如此任性——凡事都得围着他们转。是的,我们随时随地都有可能死去。可我家小姐的那个古董脑袋,却还只是一心想着她的那些考试。

费尔南多回答她时显得有些惊慌失措。他试图安抚她的情绪，便轻轻地拍了拍她的肩膀，仿佛正在驯服一只小马驹。

"我只是去了一趟石山那边的谷仓而已，路易莎。那边的人也没收到什么新的消息。更何况，即便他们真这样说，你也别太当真。因为其实大部分都是他们出于无聊而胡乱编造出来的，不过是以讹传讹的闲言碎语罢了。我之所以能得知你弟弟的消息，是因为那户人家里有我的好加斯帕尔的家人，他们通过你舅舅将这个消息捎了过来。"

"我舅舅？可我舅舅已经很多年都没去过萨拉曼卡了呀。也正因如此，我们才住在他家里的！"

确实如此。她的那位舅舅，也就是路易莎母亲的众多兄弟之一，早已弃置了他在萨拉曼卡的大房子。我见他已经回到了圣格雷戈里奥，因为他想去追寻一种更宁静的生活，想回到他姐妹身边。而在那之前，我已伺候他至少八年之久。但与此同时，为了能更好地利用各方面的资源，他决定让这姑娘上学期间一直住在他家中。我想，他们家族中的任何其他成员，应该也都会支持她的弟弟来上大学。而对于数量如此众多的兄弟姐妹，我也早已见怪不怪了！可他们现在竟然都对我们不日便会回萨拉曼卡一事深信不疑。循着他们这样的思路，我不禁也会产生同样的想法……不然，我还能怎么办呢？

"小姐，您要有耐心。是否能回城，目前还不确定。现在才过去不到两个月，我们还需要看看那边的情形会如何发展，而这些新情况我们都需要慢慢适应。您想想，在这里，您反倒有更多的时间可以用来学习和阅读呢。"我伸出一只手拉住了她,并用另一只轻抚她的后背,试图帮她平复情绪。然而,路易莎只是不以为然地看了我一眼。这便是她对我全部的回应。

"我想,像你这样自小长在宫墙之外的孩子是不会理解这些的,多罗特娅。事实上,我要有我自己的一方空间,要有属于我的书和书架,我还需要有一张属于自己的写字台。而这里,永远都不过是一个山野农庄罢了!请你看看,现在我不得不在这两大袋谷物边上学习,还不得不从牛圈搬来一张木头凳子用作座椅。因为如今,我们的牛圈里已经连挤得出奶来的奶牛都没有了。可难道你会觉得,这已是一个学生心目中理想的学习环境了吗?"

一个人的脑袋里绝不可能还有比这更蠢的念头了。绝不可能。每每在这样的时刻,我都会格外想念埃洛伊萨。现在,她和她的主人们又被困居在何方呢?对于那些贵族子弟的愚蠢言行,我只能在她面前大倒苦水。她能懂我。

"我认为路易莎所言甚是。一位尊贵的女士来到这个世上,不是为了过这样的生活。我们这些男人在这样的时候反倒能越挫越勇,但女人却生来娇弱——出身显赫、地位尊贵的女人,则更是如此。"

显然,这位学士在乡下住得也很不自在,同样做梦都想回到他那带有花园和阅读座椅的房子里去呢。然而,他此刻却做出这副一切为了路易莎着想的伪善姿态,好为他自己掩饰。真是一个卑劣的蠢货。

在他眼中,像我们这样的女管家,根本不在尊贵夫人之列。而我们这些并非裹着天鹅绒和金丝线出生的人,反而能在一个农庄里自得其乐——我们唯一企盼的事，便是别刮起太猛的大风，免得把瘟疫招来，取走我们的小命。唉，我要是能在这个费尔南多面前把自己所有的心里话都讲出来就好了！但为了我家小姐，我还是选择了沉默。毕竟，最近我与她之间已经发生了太多的不愉快。

"您很快就能回到您的课堂上去了，而且还能跟您的弟弟团聚……这难道不让您满怀期待吗？"

路易莎冲我笑了笑，随即转而投入费尔南多的怀抱中。而他正冲我颔首示意，表示赞同。我想，他这是因为我的态度发生了转变并且表现出对他那道貌岸然的善意企图恢复了信任而心怀感激。其实，我只是在做自己该做的事罢了。毕竟，保护好小姐并确保她的安好，才是我的职责所在。

不过，他倒的确找到了一个能让路易莎重拾兴致的完美话题。是的，那就是她的弟弟。最近几年，他一直待在圣格雷戈里奥修习学业。但不久之后，他也将面临大学生活的挑战，也会来与路易莎团聚。他会成为一个坚实的后盾，毕竟这个男人来自她的家族。这样一来，无论她在课堂内外碰上怎样的难题，她身边都有一个人值得信赖。我就这样沉浸在这令人愉悦的思绪中，它让我内心平静了许多。这时候，小姐来寻我，说她现在便想去休息，连晚饭也不想吃了。而我因为需要陪她同去就寝并伺候她更衣，便与她一道朝着楼梯走去。而就在这时，突然传来一个小伙子的声音。我们不禁停下脚步，环目四顾。只见一个年轻人走进了大厅，神色局促不安。可是，我们并不认识他。

"请问路易莎·梅德拉诺小姐是住在这里吗？我有事要找

这位在萨拉曼卡大学学习的女士。我有一些来自德·罗哈思[1]家的消息要捎给她。"

看来,事情会变得非常有意思。德·罗哈思家族,是埃纳雷斯堡一带的名门望族。而且据我所知,他们家的一位少爷还是国王费尔南多的总管。那么,他带来的又会是什么消息呢?只听我家小姐一面应声作答,一面已从房间另一边朝他走了过去。

"是的,就是这里。我就是路易莎·梅德拉诺。请告诉我,您跑到这既偏远又危险的地方来,究竟所为何事……您究竟给我捎来了什么重要的消息?"

"小姐,晚上好,向您致以我全部诚挚的敬意。但请您允许我坐下再说。这一趟长途跋涉实在已让我筋疲力尽。我带来的消息,来自您的姐姐卡塔利娜家里。"

"我的姐姐卡塔利娜?您这样说是何意?怎么会是从她家里捎来的?您的意思是说,从宫里来的,对吗?"

据我所知,卡塔利娜和她母亲原本都侍奉在伊莎贝尔女王陛下左右。而自女王陛下崩逝后,她们便要适应国王陛下的续弦赫尔曼娜·德·富瓦[2]提出的各种新要求。自那以后,一切便乱作一团。所以,听到这里,我不禁也擦亮眼睛、竖起耳朵,想要仔细了解这新来的消息。

"女士,我很荣幸地告知您:您的姐姐,将要与德·罗哈思兄弟中年纪最小的一位,在神圣的婚姻中结为一体。夫妇

---

1 与书中男主人公费尔南多·德·罗哈斯的姓氏同音异形。
2 国王费尔南多二世的第二任妻子,法国国王路易十二的外甥女。

二人希望您能出席他们的婚礼。仪式将在两周后举行。"

然而,听闻这样的消息,我家小姐却并未流露出丝毫喜悦之色。显然,事情的发展与她所想有些出入。

"可我姐姐是何时决定离开宫廷的?难道她不再继续侍奉堂娜赫尔曼娜·德·富瓦了吗?"

她的情绪有些激动。我不得不过去安抚她一番。

"小姐,这……这些事虽然也轮不到我们来妄加揣测,但这或许只是一个仪式而已,说不定他们其实并没有离开宫廷呢。"

"可你又是怎么知道的,多罗特娅?嗯?你告诉我,你怎么知道我姐姐就一定不会放下这份她自离家起便开始做的工作呢……那可是圣格雷戈里奥,是我们的家啊!而她当初毅然离开那里,就是为了过上一种私人庄园女主人的生活。"

我不得不闭上嘴。因为我知道,我家小姐一旦恼怒起来,那么无论我做什么都无济于事。

而且,我也清楚,她此时最大的困扰,远远不止她姐姐态度的转变带给她的茫然无措。路易莎所深深忧虑的,其实是她母亲的命运。我们的女王一旦离世,那么在卡斯蒂利亚双王的宫廷里,她的母亲从此便会变得无足轻重。

6

我很为自己是个谨言慎行之人而骄傲，从不卷入别人的闲言碎语中。无论是如今在我家小姐面前，还是此前在德·门多萨夫人面前（在照顾路易莎·梅德拉诺之前的三年时间里，我一直侍奉在那位夫人左右），我始终秉持这样的原则行事。众所周知，任何事都无法影响到我。我既不会因为他人遭受厄运而幸灾乐祸，也不会因为别人得到什么东西就忌妒眼红。完全不会。我从前便常这样跟埃洛伊萨说。我真是太想念她了！我们几时才能回到我们在萨拉曼卡的家呢？难道现在仍然有人在因为瘟疫丧命吗？

然而，从几天前起，我便一直在琢磨着去问我家小姐一个问题，但我又不确定她是否愿意回答。我很想知道，她为什么要给自己已经故去的父亲写信呢？而且，更让我感到疑惑不解的是：她的母亲尚在人世，但她却从未设法去看望过她，更别说给她写只言片语了。人人皆知，提笔写信对她来说不费吹灰之力，所以原因定不在此。

我听人说，她还住在宫中的时候，她们的关系便毫不亲近。但在我的想象中，他们这样的贵族一向冷漠疏离，哪怕是对自己的血缘之亲。而这，不单单是出于我自己的想象，也是我在长期伺候他们的过程中所目睹的事实。不过，我觉得路易莎的情况或许有所不同。我想，这也许与她母亲玛格达莱娜和国王之间的那次隐秘风波不无关系……埃洛伊萨曾向我透露过一些这方面的事。

"没错，那个玛格达莱娜·布拉沃，她就是个水性杨花的女人。大家都这么说。实际上，堂娜伊莎贝尔早就盯上她了，可堂费尔南多还是因为一己私欲让她继续留在了宫廷——他可是三天两头就往她卧室里跑的。"

"国王陛下在男女关系上的荒唐事确实已是尽人皆知……他竟然连自己夫人的第一侍女也不放过。可难道就因为这个，那个小姑娘便这么长时间都对自己的母亲避而不见吗？"

我还想着，可能也有家里兄弟姐妹众多的缘故，所以会有一些我难以想象的情况——毕竟我们家以前只有三个孩子（愿上帝赐福给我的两个弟弟）。因此，至于他们母亲的风流韵事，路易莎本就不必比她的任何一个兄弟姐妹多担忧一分，更别说这回暧昧的对象还是卡斯蒂利亚的国王了。况且，若再考虑到那个女人已守寡十年有余，那此事便更是不足为奇了！

或许是在这种忧心忡忡的状态中沉浸太久了，因此，出于无聊，或者纯粹是出于与他人交往的需要，我想去找我家那位小姐谈谈。于是，我去了她的房间。可出乎我的意料，她竟不在那里。

我透过窗户看见加斯帕尔。此刻他正跟几个村民在后院玩掷骰子。他或许能告诉我他家主人的行踪，以便我排除他们二人再度共处一处的可能性。

"加斯帕尔！这里，我在上面！"为了引起他的注意，我一面冲他挥手，一面连喊了数声。他终于回过头来，对我稍加理睬。"你看见你们家主人了吗？"

"请你不要再这样大喊大叫了，多罗特娅。不然别人会误以为你是个粗鲁的侍女的。"说完，他与众人哄笑起来，"你要是希望我能听清楚你在说什么，就到我这边来吧。我虽然是个大男人，却也不喜欢总随意挥霍自己的大嗓门。"

这个男人永远不会停止用他那恶毒的舌头对我进行挑衅。虽然在字条那件事上，他的确守口如瓶，似乎是个值得信赖的家伙，但他这人也只会让我在别人面前出尽洋相！毋庸置疑，他对我们"友谊"建立之初发生的那件事一定仍然耿耿于怀。把他扔进河里，可能确实做得有些过分，我也的确应当为此付出代价，尽管这都已是一些陈年旧事了。但无论如何，我现在先下去看看能不能从他嘴里问出发生了什么再说。

"好吧，加斯帕尔，那我到你这边来了。现在，请你回答我：你知道我能在哪里找到堂费尔南多吗？"

只见这位仆从自地上长身而起，接着一脚踹开了一个空酒瓶。他走到我身边，然后小心翼翼地把我拉到一旁低语起来。我感受到了他满嘴的酒气。

"我家主人和你家小姐一起采桑葚去了，多罗特娅。我不知道我这么说，你能不能听明白是什么意思。"他恬不知耻地朝我挤眉弄眼，同时冲我会心一笑，期待着我也能心领神会地做出同样的回应。而我的脸庞却始终如金枪鱼干一般僵硬紧绷。我怎么能指望相信这种人！我是个下人，但绝不轻浮。

"反正我们只管见色行事就行了,别瞎掺和他们的事。"

"你闻起来一身的酒味,加斯帕尔……你别离我这么近,我求你了。"

"你怎么还忸怩作态起来了?难道你以前就从没压低嗓门说过话,免得引起别人注意吗?没错,这可是瓶好酒,是他们从附近的酒窖换回来的。不如你也一起来尝尝吧。眼下这副情形,竟还能找到一件这样的宝贝,可真是太不容易了。夫人,我猜你最近几天应该也闲着没事,其实并没有多少正事要忙吧,不是吗?"

这个蠢货说的话,我一句也不会相信。但我暂且不置可否,因为我还想进一步了解究竟发生了什么。至于他口中的那句"一起采桑葚去了",我是否应当理解为:此事断然远不止两人跑到灌木丛里去采果子那么简单?

"加斯帕尔,别忘了,我可是一位女管家。尽管你家主人,甚至包括我家小姐,都这样居高临下地对我说话,但他们的态度可别把你给误导了。你要是也这样对我说话,那对我来说可是一种冒犯。我找他们很久了,但一直没有找到。如果你刚才所说确有其事,那我得让他们赶紧回来了。可我不明白,你为什么就不去找呢!你要是再这么成天只知道饮酒作乐,迟早有一天会被这给毁了的。"

"多罗特娅,我家主人究竟如何打发时间,我可一点也不操心。只要他那样做心里快乐而平静,而且还能允许我继续在他的庇护下过活,那便够了。你为什么就不能放松放松,也来尝尝这杯美酒呢?你就让他们两个享受生活去吧,趁着现在他们年华正好……一起来享受一下吧!"

"我可不想！我家小姐还要学习呢，她的清誉绝不能受到丝毫玷污。"

在我说完这话后，加斯帕尔拍了拍我的后背，便跟着他的那些狐朋狗友回去了，留下我独自一人，孤立无援。我朝谷仓的方向极目远眺。既然没有一个人愿意陪我，那我就自己去找他们吧。

7

后来,我家小姐究竟是跟费尔南多·德·罗哈斯一起向罪恶低了头,还是毅然抵制住了他那手段卑劣的勾引,我终究不得而知。因为那天下午,在去谷仓的路上,我非常不幸地在那黏糊糊的地上被绊了一下,随即便直直地侧身摔了下去。我的半边身子都被摔得青一块紫一块的。我根据自己的疼痛程度推测,这回至少摔断了好几根骨头。我绝望地叫喊起来,但心里却清楚,绝不会有人赶来救我,因为我离农庄已有些距离。虽然此刻我依然没有我家小姐或费尔南多的任何消息,却已沉浸在号啕大哭中自顾不暇。我现在连动都动不了了!

"看在上帝的分上!请问有没有人能来帮帮我!救命啊!这附近有人吗?"我摸了摸自己的肋骨,疼得几乎无法呼吸,两眼还直冒金星,"我叫多罗特娅,是给梅德拉诺·布拉沃家族干活的,阿蒂恩萨城里的一个贵族家庭……难道就没有一个人来可怜可怜我这个倒霉的女人吗?"

我担心天就要黑了。而天黑以后,我便只能一个人迷失在这里,还有被冻僵的危险。天知道那些住在树林的人会不会在暗中窥视我,然后伺机一口把我吞掉!既然我现在已落得一个无法动弹的境地,谁又知道那些巫婆和恶魔会不会趁机把我带到地狱之门里去呢!

而就在我以为自己即将像一头刚生下来、毫无尊严的猪一般在这片淤泥中一命呜呼的时候,我突然发现眼前不远处的那片杂草丛中似乎有东西在动。

"请问是谁在那里?请来帮帮我吧!我就在这下面!"

从一片干枯的灌木丛中,只见走出来的那个人,赫然正是我家小姐——路易莎·梅德拉诺!此时的她披头散发,辫子里还有好些树叶夹缠其中。而当她发现刚才那个犹如一头垂死的母驴一般哀号的人竟然是我时,惊得顿时捂住了嘴巴,随即便朝我飞奔而来。她连忙准备扶我起身,可这时剧烈的疼痛早已侵入我的全身,所以她刚把手放在我身上,我便立时忍不住疼得大叫起来。而我这一声惨叫,吓得她立刻往后跳了一步。

"你怎么会这副模样出现在这里,多罗特娅?这会儿你不是应该在农庄里候着吗?没有其他人陪同,你自己一个人跑来这样的地方可不安全。"

"哎呀,上帝,我们的主啊!我差一点就要死在这里了呢!"此刻我简直有千言万语想跟她说,可我的身体已不听使唤,"请您过来帮忙把我弄回去吧。请让人找个手推车来接我,因为我自己实在已经无法动弹!"

说话间,那个费尔南多竟也从我刚刚看见我家小姐的那片灌木丛中走了出来。他不时拍打着自己的那件长外套,仿佛刚刚确实一直在那里采摘那株植物上最隐秘的小果子似的。也许加斯帕尔并没有骗我,在刚刚过去的那几个钟头里,他们两个的确在这里找桑葚。这有什么不可能的呢？

可我发现，实际上，他们二人竟没有一个带了篮子来，两人手中此时也并没有一颗采来的果子。但我身上实在是太疼了，疼到我已不愿再去思虑这眼前的现实与我的想象之间的巨大差距。我现在只想着能有个人来让我离开这里！

"你千万别动，多罗特娅。我来扶你起来。但你的身子本来差点就要摔断了，我可不想再把你身上的任何一个地方给弄碎。"费尔南多就在离我两拃远的地方，我能感受到他的双手穿过了我腰部下方的泥泞，然后坚实有力地将我搂住，"你要是觉得疼，立马告诉我，好吗？虽然现在觉得疼也很正常，但我实在不愿意用蛮力对待任何事物。"

被这样一个仪表堂堂的大男人从地上抱起来的感觉，实在是太诡异了。而且，这个身材魁梧的男子还是费尔南多。这对我来说确实是一种十分新奇的体验。这时，我脑中有两个针锋相对的声音正在打架：其中一个说"他这是在帮你呢。从本质上讲，他还是个善良的人"；而另一个却在说"你不能允许他对你做出任何关乎肢体接触的出格行为。你要记住，你是一位女管家，而你家小姐此刻正在看着你呢"。

"我们会给你找一张上好的床来，这样你就可以躺在上面好好休养了，多罗特娅。你只要睡上一小会儿，就会感觉大不一样。我会亲自去找医生的，这个你不用担心。你只管好好休息便是。"

费尔南多就这样抱着我，走了一个多钟头的路，直到我们回到农庄。路易莎走在我们身边，一直牵着我的手，却始终沉默不语——那是一种我不知该如何解读的沉默。有那么几个瞬间，我感觉自己仿佛已经失去了意识；或者说，是因为疼痛的眩晕而昏昏沉沉地睡了过去。在我的记忆中，那一整段路途仿佛都发生在一个奇异的梦境里，我们三个都被放置在一个我们本不应当被放置其中的场景里：路易莎跟着一个男人离开了农庄，但我却没有跟随她一同离开；那个男人，正是费尔南多·德·罗哈斯——那个自她来到萨拉曼卡的第一年便孜孜追求她的人；而我，那个出离了自我的我，也离开了留守的乡民为我们的安全考虑一直在看守的那栋房子，踏上了去寻找他们的路途。

那时，我便在想：我活该落得这样悲惨的结局。

8

我们困居于此的日子,或许就要熬到头了。这是我通过观察人们一整天在家里进进出出的节奏所得出的结论。现在,仿佛除了我——因为我还躺在这张简陋的床上动弹不得,所有人都知道:空气已经焕然一新,危险也已不复存在。人人脸上都露出一副心满意足的神情。也许,我这纯粹只是在忌妒他们吧。因为他们可以自如行动,不用时时请求别人的帮助。也许是吧。

已经过去好几周了——我甚至都无法准确说出到底过去几周了,因为一开始的那几天,我似乎已经痛死过去。费尔南多果真从这片农庄的居民中找到了一个学医的学生。那个可怜的家伙,恐怕已在如此繁重的救死扶伤工作中累到精疲力竭了!有个女人甚至还在这段时间里生了个孩子,而所有与分娩相关的事也都是他帮忙处理。幸运的是,我们这里没有一人因为瘟疫而丧命,不过还是有人死于营养不良和身体虚脱。跳蚤和蚜虫的身影都在减少,我们在将衣物煮沸并消毒方面也非常注意,还经常洗澡以减少污秽——毕竟,人身上可能有一些具有传染性的体液。

而在这样的忙碌中，我却摔断了两根肋骨，一条右腿也被摔得粉碎。好吧，可能也不至于这么夸张。我的腿还算完整无缺，只不过摔倒后长满了淌血的脓疱，至今尚未结痂。我曾想过自己可能要失去这条腿了，可能要截肢，因为无论是放血还是涂抹药膏，都没有起到任何作用。我无法形容当我想到这些时，内心是多么惶恐。

"这个药膏需要每天涂抹两到三次才会见效，夫人。您必须遵守医嘱，而且千万不要乱动。"

"你让我不要乱动？你可知道，对我来说，现在连转动一下身子，请人扶我起床去解决三急问题，都需要费多大的劲吗？"

这个小伙子还很年轻——当然，他比我家小姐都年轻。他的学业应该才开始没多久。看得出来，他为能将自己学到的那点皮毛用于实践而兴致昂扬，但我对他却并不十分信任。可即便如此，我还是全盘接受他所有的治疗方案——无论如何，这都好过眼睁睁地看着那条可怜的腿渐渐离我而去。

在很长一段时间里，我家小姐始终陪伴在我身边。我欠了她许多人情。从那时起，我与她之间便铸就了一种新的同盟关系。没有任何人或事能打破我们的这种关系。至于她与她母亲堂娜玛格达莱娜之间的事，尽管我曾经有过疑惑和一些愚蠢的揣测，但现在也已兴致全无。因为我已无须知道更多。在她完全没有理由这样做的情况下，路易莎·梅德拉诺毅然选择全心全意地照顾我。这一点，便已然足够赢得我的尊重。

又或许，她的确有理由需要与我处好关系呢？

独自一人——除了盯着天花板再无其他打发时间的方式——时，我不禁会想：也许，我家小姐是为自己与那位学士做了某些出格的举动而懊悔，所以那天下午被我撞见后，才会试图借悉心照料我来堵住我的嘴。可是，她错了。从头到尾，她都大错特错。因为事实上，发生意外的那个下午，我什么都没有看见。也许这其中可以有上千种假设，但至于"看见"……也就是人们所说的那种"目睹"，那说的可不是我。

然而，她对此却并不知情。

这个房间有着深色的屋顶。几道横梁看起来像是一个木头方格——有时，它会让我想起家里的地板。我知道，当我盯着这些深色线条看时，我很容易就能睡着。我仿佛能在这块"地板"上看到我们房中那些物件的身影，那些家具，还有生命……但它现在其实空空如也。将事物颠倒过来，是一种很有趣的观察现实的方式。我曾频频听路易莎讲起她在圣格雷戈里奥时的那些童年趣事，以及她在那周围的草地上度过的所有时光。在那片草地上，她会在她弟弟路易斯的身边躺下，两人一起看着天空中的朵朵白云，浮想联翩。他们会赋予那些云朵以生命——比如用神话里的那些英雄人物。有时候，他们一看起来，不知不觉便过去好几个钟头。

我发现，我家小姐讲述这些回忆时，仿佛变了个人似的。可难道对一个孩子来说，盯着天空一连瞧几个钟头是一种正常的消遣吗？反正我现在被关在这里可是无聊透了，因为我什么也做不了。可是孩子……孩子却不一样啊。我想，我与她之间应该不存在任何共同点。而且无论我怎么努力，都无法理解她。但我也并不想去理解她。我只需要待在她身边就足够了。仅此而已。

或许，她弟弟的到来能让她的性情变得平和一些，能让她愿意去结识更多的人，去更多地接触其他人，不再局限于她的书本和费尔南多。

而就在这时，从一楼厨房传来那位先生低沉的嗓音，将我从自己的胡思乱想中拽了出来。

"这是真的吗？返回萨拉曼卡的禁令已经取消了？我简直迫不及待想带上家当赶紧回到我们自己家里去了。"

我的直觉或许真称得上价值连城。我没有猜错：我们很快就要回那座我朝思暮想的城市了。小姐一定都快激动疯了，忙着打点一切大小事宜去了。我听见他们说话，便也忍不住加入这阵骚动中。我大声呼喊，想让人上来告诉我发生了什么事："嘿！我在这里！有没有人上来告诉我究竟发生了什么新鲜事呀？"

我的话音未落，门便已被推开。来者是加斯帕尔，他脸上带着灿烂的笑容。他张开双臂向我宣布：我们可以回家了。

"终于啊，多罗特娅！河水终于又流回了河道[1]。几个小时后，我们就可以启程回家了。难道你不激动吗？"

我裹着层层麻布躺在床上，右腿几乎难以动弹，犹如一个垂死之人。我告诉他：是的，我当然很高兴；可考虑到我现在这副情形，要想从这里搬回梅德拉诺家的宅子，恐怕绝

---

[1] 西班牙古谚，意指"在经过时间的磨炼之后，事物终究会各回其位、按部就班地发展下去"。

非易事。

"这根本就不是个问题,亲爱的多罗特娅!你可别让自己被一杯水给淹死了。我们会把你抱起来,就像平时那样,然后再把你放到一顶轿子里面。会有一辆车专门负责把你和你家小姐送到目的地的。"加斯帕尔的话里带有几分玩笑似的谄媚。他是说"我们会把你抱起来,就像平时那样"吗?我难以相信,他竟敢对我说出这样的话来。"就是这么简单。在我们的家当中间,你们也能待得舒舒服服的。我现在只要想象一下这件事,就会有一种满足的颤抖流遍全身。农村生活真是磨光了我的耐心。"

这时,有人从楼梯一路小跑上来,一直跑到我的房门前,随即猛地闯了进来。是路易莎。此刻,她就像个节日中的孩子,不停地鼓掌、雀跃,激动得难以自持。而紧跟着她的脚步上来的,是费尔南多,还有另外一个小伙子。我认出,是农庄主人中最年轻的那一个。只听他向那位学士说道:"我正是从那边过来的,先生。我有一个朋友,他平日负责伺候学院里的一个学生。我从他那里得知,大学很快就要重新开始上课了。"这个小伙子高声喊出了这个消息,恨不得让这一声在整座农庄久久回荡——毕竟,这里是他们家的财产。说实话,对于现状,所有人都已经受够了。

"你听见了吗,多罗特娅?你很快就可以在家里好好地恢复身体了。"她抓起我的一只手不停地亲吻起来。接着,她又回身面向那位信使:"可您觉得,我们重新回到教室去上课会毫无风险吗?他们是否也已将确切的时间告诉您了?"

得知能够重返校园,路易莎实在无法抑制自己的兴奋。

她离获得学士学位本就只有一步之遥，却不得不因为疫情而猝然中止，这让她非常焦虑。

"我的朋友告诉我，安东尼奥·德·内夫里哈已在市中心的回廊里走动好几周了，下周大家便可以重回课堂——千真万确，女士。不过，内夫里哈现在已被西斯内罗斯[1]召去建埃纳雷斯堡了。这样一来，他原先占的那个教席便空了出来。听说为了填补这个空缺，还要召开一次新的会议呢。"

听完年轻人这番话，她与费尔南多不禁四目相对。这一切似乎都美好得不太真实。萨拉曼卡的天空仿佛被再次开启。而我家小姐，也终于又有机会沿着自己五年前走过的旧路重回故地。

是时候该收拾行李准备上路了。

---

[1] 即弗朗西斯科·希梅内斯·德·西斯内罗斯（Francisco Jiménez de Cisneros，1436—1517），常被人们以"西斯内罗斯枢机主教"相称。他致力于革新除弊，为当时学术界与宗教界的改革与发展做出了重要贡献。同时他也格外重视教育。在伊莎贝尔女王的支持下，他于1499年在埃纳雷斯堡创建了古埃纳雷斯堡大学（与今日埃纳雷斯堡城内成立于1977年的阿尔卡拉大学有一定的区别）。

9

我们终于回到了城里。我粗算了一番,发现我们在圣佩德罗·德·罗萨多斯竟待了近一年的时间。我们在那里度过了春夏秋冬,其间既有欢笑,也有泪水。现在我的身子依旧有些孱弱。虽然我的胳膊和身体差不多都能毫不费力地自由活动了,但双腿依旧疼得厉害。尤其是被我摔出淤青的那条腿,上面仍有好几个尚未愈合的伤口,还有许多伤疤。

那趟回程十分艰辛。我一路几乎只能僵硬地躺在轿床上,非常难受,这也让我的情况变得更加尴尬。但我也无可奈何,只能接受这样的现状。费尔南多和加斯帕尔合力将我抬到了马车的尾部,剩余的空间——其实也不剩多少了——则留给我家小姐和我们的个人物品(大部分都是包裹着书本的异常沉重的包袱)。

"你就安心在这里待着吧,多罗特娅。不过,我们得把你绑在床上。不然,行车的颠簸可能会把你的骨头都震碎在地,后果可是不堪设想。"加斯帕尔小心翼翼地在我的胯上绑上几根绳子。他很怕弄伤我,也不愿碰到他不该触碰的地方。"你有任何需要,只管告诉我们一声,好吗?我们的车就跟在你们这辆车后面。需要的话,我们可以立即停下来。没事的,我们不赶时间。"

我也趁着那趟旅程,跟我家小姐诉说了一番肺腑之言。在单调乏味的辘辘声中,她会时而停下对路边景色的欣赏,转过头来看我。

"小姐,您对我这般悉心照料,我实在不知该如何表达自己的感激之情。有时我甚至觉得,在你我的主仆关系中,您似乎把我们的角色给调换了。这样的事,真是前所未有。这对我来说太陌生了。"

我想让她知道,对于她在我们在农庄隔离期间所付出的努力,我心里一清二楚。反之,这样她也能明白,她的悉心照料对我来说意味着什么。这样一来,我们既已是知交,也成了盟友。

就这样,我们遥遥地望见萨拉曼卡,那个让我们心心念念的地方。然而,我们通过罗马桥[1]时看见的情景,却不由得叫我毛骨悚然。尽管我待在车厢尾部,但遮盖车子的布帘上有一扇小窗,所以我也能透过它隐约瞧见桥对岸的景象。这座城市,此时正陷于一种毁灭性的寂静中。唯有车轮驶过街道时,转动的辘辘声才将这寂静打破。车队在石块上东倒西歪地行进着——我们穿行在石板路上的马匹早已饥乏交加,仿佛就要晕厥过去。

回到家后,情形竟也同样古怪。我们当初已用布料将所

---

[1] 萨拉曼卡城的地标性建筑之一,建于1世纪,横跨于托尔梅斯河上。古时此处曾是从城南进城的必经之路。

有东西都遮盖严实，因为我们不知这一走要多久才能回来。可尽管如此，在长达一年未曾有人居住之后，这里竟是如此脏乱不堪。

"我希望，在路易斯到来之前，仆役们能尽快组织起来，将一切都准备就位……可不能让他看到这样的灾难现场！否则，他一定会二话不说便转身回圣格雷戈里奥去的。我太了解他了，他这个人非常注重细节。"

"您别慌，小姐。在重新回到工作岗位开始干活之前，我们自己还得好好休整一下呢。您总不能要求仆人们立刻就投入到工作中吧。而且，您的弟弟不是得到新学期开始时才会过来吗？而现在才8月，离圣路加节还早着呢。"

可我发觉她却愈发坐立难安，期望一切都能尽快准备就绪，好让她重新找回自己从前的学习习惯。这不禁让人有些茫然无措。如果说，她在农庄时总是抱怨自己缺少一个空间来放置书本、笔记和她那数十件文具的话，那现在我们回来了，可我却有些不认识她了。如今这个姑娘看起来心不在焉的——因为她的心思早已飞到其他跟大学毫不相干的事情上了……

我们回来一周后，我便可以从床上爬起来了，还可以在两根拐杖的帮助下走上两步。只要一有机会，我便会忍不住炫耀自己的这一进步！

"要是在那条好腿上再多花些功夫，那我甚至只需要右边的那根拐杖就可以走路了，您瞧见了吗？我已经能走了，您不觉得这太不可思议了吗？小姐，这简直就像重生一样——我竟然在重新学习该怎么走路。"

我走到她的书房，然后再走回主卧。这是我为康复四肢做的一种训练，它也能给我带来一些生命力。可她却几乎连看都不看我一眼。当她看出她的女管家现在又能自理生活时，只是非常勉强地笑了笑。一切远不如我想象中那般令她满意。

"小姐，您应当振作一些。或者告诉我，您这样郁郁寡欢是因为什么，虽然我也不会执意要您这样做。但我们难道不是好朋友吗？难道您已经不再信任我，再也不愿跟我分享您的小秘密了吗？"

"我信任你，多罗特娅。但让我感到难过的也正是这样的困惑。我可能只是需要弥补所有在隔离期挥霍掉的时间吧。我马上就要拿到学位了。然而，若我弟弟要到我身边来，或许一切又会变得不一样。这可能会打乱我自己一直以来有条不紊的节奏。"

自然，在自寻烦恼这件事上，我家小姐也同样天赋异禀。其实本来并没有什么烦恼，但她却会为自己刨出问题来，仿佛确有其事，还会天才地任自己受它们折磨。

日子就这样一天天过去。直到有一天，我准备上街时，遇上了路易斯·梅德拉诺的马车，还有他的全体随从。他们这是准备入驻我们的宅子。我在栅栏那边便瞧见他们正穿过又窄又陡的街道往这边来。不过，与其说这是一行学生车队，不如说更像是一列皇家随行队。随着马匹停驻下来，一个小小的身影便从小门中探出，背部看起来有些驼。那是个笑容可掬的年轻人。

"是多罗特娅吗？噢，一定是你！他们跟我说过，说你已经恢复得差不多了,可以自如地四处走动了。你现在感觉怎么样?我姐姐在里面吗?"

发现自己被认出来后,他竟如此自然地表现出熟络来。尽管我与他才初次见面。

"您就是路易斯·梅德拉诺吧?多罗特娅·马丁内斯愿为您效劳,先生。"我此时只能用一条几乎弯曲不了的腿来行礼,这让我有些不好意思。但不管怎么说,这已经比这个骄傲的家伙所应得的尊重要多了。"小姐正在她的卧室里呢,先生,您这就可以过去。她见到您一定会非常高兴,因为我们都不知道您竟这么早就来了!"此时路易斯已径直从我面前走过,二话不说便跨过了门槛。于是我不得不远远地冲他喊:"对了,先生,我们家的仆人干活都非常勤快!您其实不必从圣格雷戈里奥把整支仆役队伍都带过来的!"

这个家立时便在笑声、掌声和尖叫声中乱作一团。这对姐弟小时候一定是家中最亲密的两个人,可他们已经太久太久都没有对方的音讯了。路易莎总是在数着距开学还剩下几天,而她弟弟此番意外的到来则大大缩短了她那漫长的等待。他们姐弟之间想必有千言万语要倾诉。不过,从他们二人此时高声交谈的喧闹程度来看,可以说,到目前为止,他们都难掩久别重逢的激动之情。

而我则继续去散我的步,也借机去将他那支浩浩荡荡的仆役队伍近距离地好好打量一番。我用上了两只手所有的指头,却依然数不过来,而且我估计还漏了一些。我已经可以自己走到邻居家门口了,这也终于让我松了一口气。此刻埃洛伊萨正在门的那边等着我,而我也迫不及待地想跟她分享最近发生的大小事情。

埃洛伊萨懂我。她知道的，对于那些闲言碎语，我根本不感兴趣。

索里亚,阿尔马萨

(卡斯蒂利亚王国)
1527 年

"我的女儿,自我不再侍奉双王陛下后,实在发生了太多的事。我伺候那位夫人的日子,也是一段极好的时光,我从中获益匪浅。而在你姐姐嫁给费尔南多·德·罗哈思以后……显然,这让一切发生了天翻地覆的变化。不过,在搬过去跟他们同住时,我心中仍满是欢喜。"

玛格达莱娜搅动了一趟名叫"过去"的浑水,而这个"过去",此前却从未出现在路易莎的记忆里。然而,此时向母亲提出这个问题的人也正是她。她想进一步知道,母亲当初为何要那样做,她又是出于怎样的原因"逃离"了宫廷——如果,可以用这个词来形容她离开时的情形的话。

"您不喜欢接任堂娜伊莎贝尔的那位夫人,对吗?是因为这个?"

"与堂娜伊莎贝尔·德·卡斯蒂利亚陛下相比,赫尔曼娜·德·富瓦的确相形见绌。对于这一点,相信很多人都会赞同我。但作为伺候她的掌事侍女,我又必须尊敬自己的主子,将自己的日日夜夜都奉献于她。可你若是实在无法尊重她,那最稳妥的做法便是选择离开。"

路易莎沉默不语。这一次,并不是因为嗓子发不出声来,也不是因为肺部胀满空气,而是因为她不愿顶撞母亲。她知道,母亲这是在撒谎。母亲并未向路易莎吐露全部实情。而这,对她来说,要比这世上所有病症都来得更痛。

萨拉曼卡

(卡斯蒂利亚王国)
1508年

1

路易莎，我的姐姐路易莎，在她二十四岁这一年，终于成为一名文法和修辞学学士。这两个专业的开设与运转与其说是出于功利目的，不如说更多地是出于授课先生的个人志趣——毕竟它们都是热爱阅读的产物。我姐姐所走过的道路，是一段充满奋斗与牺牲的征程。但那也都是她的勋章。如今功德圆满，她也不禁踌躇满志。尽管这一路上困难重重，但为了获得学位，路易莎从不畏惧任何考验。我应该为她感到骄傲。这是我作为弟弟的义务。

但凭良心说，其实我并没有这样的感觉。

当我看到她因自己取得的学术成绩获得荣誉时，如果我说这让我感到幸福喜乐，那一定是在说谎。因为我所感觉到的，实际上是一种不可告人的忌妒——它自内而外侵蚀着我，也摧毁着我。这才是我的真心话。我也多想拥有她所取得的成绩啊。不过，我要以另外一种方式取得，而且我的野心比她大。说到底，只要能在大学里教书，她便已心满意足；而我，却渴望成为最高的学术领袖。在我们年幼时，一切都来得那样简单。佩德罗的课堂和花园中的嬉戏，到处都是我们的身影。那时候,路易莎整日与我形影不离,直到有一天她去了双王陛下的宫廷。从那天起,一切都变了。但她似乎并未察觉:她因自己智力上的优越而表现出来的态度,会让我感觉自己有多么渺小。事实上,在路易莎面前,我的成绩不值一提,我的努力也失去了意义。

我的学习与工作其实也一直在继续——因为佩德罗·德·拉·鲁亚的那些话,不仅照亮了路易莎的道路,也照亮了我的前途。

"你要想,对于那些课程,你已经做好了充分的准备。而且实际上,你非常感兴趣。千万不要受你姐姐的影响,因为她不同于常人,自小便是如此。更何况,路易莎的征程马上就要结束了,但对你而言一切才刚刚开始。此外,你们也并非从同一个起点出发。你一定要明白这一点,并且接受它。"

这是我的老师对我的训诫,就是我们的那位好佩德罗。在我们分隔两地的那段岁月,路易莎不在我身边,他知道该如何极精准地激发出我所有的潜力。在那些日子里,他不再像之前那样跟其他人一同在圣格雷戈里奥工作,于是我常常跑到他家去上课。因为那时,我的外祖母已经无法忍受留他继续待在我们身边,就连一天也不行。

那个可怜的佩德罗。谁知道他离开后会过着怎样一种彷徨的生活?他又会在阿蒂恩萨那些混乱的街区里忍受着怎样的困扰?自他母亲去世以后,显然,是我的出现让他每天的生活稍微恢复了正常的运转。可现在他再次陷入那样的待业状态。我非常怀疑,这一回他能否再找到一个可以让他归于正轨的学生。

而且众所周知的是（因为在小城，任何消息到最后总会尽人皆知）：每当佩德罗·德·拉·鲁亚浑身血气喷涌，口袋里又剩几个铜板时，能让他"兢兢业业"的便不再会是他的工作。

而我，则带着一腔沸腾的热血，来到了这座金碧辉煌的城市。可我心里其实仍充满忧惧，既是被这所大学所震慑，也是出于我对这片土地感到未知和陌生。不过，幸好在日常琐事方面，我有自己信赖的仆人相伴。于是，慢慢地我在这里渐入佳境。现在我甚至可以称这里为"我的地盘"了。

我把姐姐当作榜样。不过，我只学习她那些我认为最紧要的举止规范，而摒弃那些荒唐古怪的行为与癖好。最近几个月，教室里充斥着一种人心惶惶的紧张感。由于课程被隔离期猝然中断，大家也需要一些时间来重新找回原有的节奏，所以大部分在册学生参加考试时都很焦虑，感觉自己还没缓过神来。因而，许多人也因为准备不充分而未能通过考试。但显而易见，路易莎并不在其列。

因为在她被授予学位的那个奇妙时刻发生之前，学校一进入考试阶段，她每日清晨都会和那些渴望通过考试的同学一样赶往教室，犹如一位对祷告最热忱的修女。我和路易莎总是在天亮以前便会醒来，然后吃上一顿简单的早餐：一杯牛奶和一点面包。接着，在去学校的路上，我们会温习词尾变格和动词变位。之后的一整天，我们都会在教室里度过，中间会歇息一个钟头左右，比如中午吃点东西。学院新的空间布局打乱了我们平时在图书馆的学习习惯。可尽管如此，路易莎还是能找到落脚处，无论是过道的长椅，还是学生都撤离后的空教室。任何一个角落,对她来说都绰绰有余。她一直在为达到某个目标而努力。而在这样的努力中,她不需要任何人的帮助,包括我的。

"如果你仅仅是去上个课,路易斯,那你会看到自己在学习上进步得多慢。所以,你应当投入更多的课余时间,应当习惯自己找时间去温习功课、巩固概念,日日要如此。"她总是以一个优等生的姿态来教导我,"你可以看看我每天都是如何充分利用自己的时间的。"

"路易莎,你每天都过得像一场全然的牺牲。你不跟任何人交谈,我也没见你有其他任何休闲活动。可你正值芳华,是最该好好享受的时候。"

"可考试转眼即到,我又如何能好好享受呢?你可知道,一个想获得荣誉头衔的学生要面对多么严苛的要求?路易斯,所有这些与当年佩德罗·德·拉·鲁亚的课堂都不可同日而语。这里可是萨拉曼卡大学。在这里,你要用自己的勤奋刻苦说话。否则,你便无法久留。"

她同我说这话时的语气十分严厉,而我一定程度上也能理解她这深深的焦虑。我姐姐正在经历的,是一个非常艰难的紧要关头。但这终究也是她一直以来孜孜以求的目标——她的梦想,马上就要实现了。

所以大部分时候,我都任她摆出这副架势。就这样,她的考试如期而至。她也如愿全部通过,获得了她应得的认可。但我却总怀疑她向我隐瞒了些什么。没过多久,这些事便水落石出了。

我的姐姐有一位情人。而且不出一个月的工夫,我就知悉他便是那位费尔南多·德·罗哈斯学士。我注意到她总是会在傍晚时分溜出去，而这时候我还没从学校出来；但等我回到家时，却发现她也回到了家中。因此，我便有所预感。直到后来有一天，我因为身体有些不适提早回来了，却发现她其实并不在家。我不假思索便去询问了女管家多罗特娅。

"我姐姐还没回来吗？我还以为这时候她已经在家了呢。我相信，入夜以后是她注意力更加集中的时段。所以你知道她在哪儿吗，多罗特娅？"我的发问一定让这位最忠诚的仆人陷入了窘境，因为她无法故作自然地给出答复。于是，她不由得开始在房间里快速走动。就一条曾在圣佩德罗·德·罗萨多斯经受过严重意外，而且此时尚虚弱的腿而言，她的步子迈得实在是过快了一些。"难道发生什么事了吗？看在上帝之爱的分上，请你快平静下来吧。别再像小狗似的不停地转来转去了，多罗特娅！"

"不，先生……什么事都没有发生。只不过，走动走动，活动一下我那受伤的骨头，会让我感觉舒服许多。所以您不必担心。您的姐姐是因为有事才必须出去一趟，不过她也没跟我说她要去哪儿……倒是您自己，感觉还好吗？我看您的脸色有些苍白，先生。我要是早知道您今天这么早就会回来，一定会给您准备一些小点心的。"

显然，她这是在试图转移话题。而她脸上泛起的红晕，想必纯粹是因为此刻的局促不安。

"多罗特娅，你没有必要跟我撒谎。我知道路易莎遮遮掩掩的，一定是有什么事瞒着我。以她现在的这种行事方式，可不是我以前认识的那个路易莎。事到如今，连期末考试都已不再是个站得住脚的借口了。"我一针见血,不容置疑,"你立即告诉我,我姐姐究竟在哪里,否则,这一切的后果都将由你承担。"

面对这样的威胁,女管家顿时被震慑住了。于是她不得不将自己知道的情况和盘托出。事情要追溯到隔离期间他们在农庄里共度的日子。对于路易莎,我感到非常诧异,也非常失望。而且我意识到,发现她的隐秘恋情一事,成了激起我狂热好奇的一根导火索。由此,通过我与多罗特娅的密谋,加上我自己经验技巧的助力,我努力想挖出更多的秘密。

自他们从农庄(这对恋人在那里便越轨有了床笫之欢)回来以后,路易莎发现费尔南多似乎开始刻意跟她保持距离。现在,他会尽量避免与她频繁碰面。但起初,这可常常是需要他绞尽脑汁才有可能达成的一件事。所以,最近每到日暮时分,她便会主动去他家里找他——夜晚总是会将地下情人们呼唤出来互诉衷肠。可是,她能与他共度春宵的情况却极少发生。因为更多时候,她只能碰上他的仆人。他会给她开门,请她进去避避风寒,躲一躲那空旷无人的街道上肆虐的幽暗。

"费尔南多现在不在家,小姐。非常抱歉,我不得不跟您说,他今天要到很晚才会回来。需要我为您拿些吃的或喝的过来吗?现在可不是一位女士在城里四处游荡的时候。这太危险了……您愿意由我护送您回去吗?"

可路易莎总是婉言谢绝他这样的提议。因为她在找寻她的骑士。但显然,她的骑士始终对她避而不见。

"谢谢你,加斯帕尔,不过我并不需要。对一个已经从这里往返过无数次的人来说，这样的街道并不那么危险。但你能帮我转告你家主人，说我今天来过这里吗？"

"这自然是义不容辞，小姐。愿意为您效劳。"

那位学士想重拾写作，所以他现在几乎每天晚上都要投身于此。只有为数不多的几个夜晚，才是留给路易莎的。无论她如何为他找出一个又一个理由，事实都确凿无疑：她无法为他的冷漠寻得借口。她的爱人正在将她推开。在他们之间，起初那股汹涌到难以遏制的情欲，已不复存在——至少，它已不再以相同的方式从他们彼此间喷涌而出。

"小姐每晚都会因为见不到他而伤心长叹。"多罗特娅终于在我面前道出了残酷的真相，"她感到非常孤独，堂路易斯。哪怕是通过学习，她也无法再寻得慰藉了。"

可我又能怎样帮到她呢？尤其是在她不愿向我吐露心声的情况下？路易莎就算感到孤独，也已下定决心不让我知晓她的心事。

2

在那位女管家向我袒露了这个秘密以后,我决定跟路易莎开诚布公地谈一谈。我没想到,她竟会做出如此堕落罪恶的事,还妄想瞒天过海。真相让我大为震惊,也令我出离愤怒,以至于我在课堂上都没法集中注意力了。我想,也许我应该鼓励她对我坦诚相待,并试图说服她放弃继续待在大学的想法——让她远离这里,让她跟那个害人的费尔南多·德·罗哈斯分开;还要努力让她嫁给一位绅士,让她拥有自己的家庭,就像卡塔利娜那样。我们的姐姐在某些德行上始终为我们起着典范作用,但随着年岁渐长,路易莎似乎越来越抗拒这些美德,例如效力于双王陛下,又例如献身于家庭生活……没有一件能让我这位女大学生姐姐产生兴趣。她是那么地固执,那么地独特,又是那么地野心勃勃。

此刻,她正伏在一张桌子的阅读架上。这是寄宿学院的图书馆中最隐秘的几张桌子之一。偌大的图书馆大厅中只零零散散地坐着几个学生。大家都安安静静地埋头于各自的事情。我不想打扰她,但我又必须跟她谈谈。于是我走了过去,压低语声在她耳边轻语了几句,请她休息一下,因为我有些话想跟她说。

"非要现在说不可吗,路易斯?我正在翻译一个非常晦涩的章节呢。要是我中途停下,恐怕思路就要被打断了。"她抬起头来,显得有些恼火。但面对我的坚持,她还是让步了。"好吧,那我希望这场谈话不会耽搁我们太久的时间。"

于是我们走到外面,来到了一条明亮的甬道。我们找了张长椅坐了下来,但坐下的一瞬便立即感受到石块的冰凉。我对她说:"你该停下脚步了,路易莎。你已经拿到学位了,这难道还不够吗?你为什么还要坚持走下去呢?你想要的到底是什么?"

"你这样贸然发问,可真是唐突无礼呢,路易斯。我不敢相信这些话竟是从你的嘴里说出来的……因为你对此应该再清楚不过——自懂事起,我生活中唯一的任务便是学习。所以,在我能到大学担任教职并占据一席之地以前,我都绝不会放弃。而身为我的弟弟,若连你也不记得这些,而且对我也毫不支持,那我自然不知道自己还有谁可以信赖了。"

她的这番话令我立时热血上涌,怒火中烧——她怎么可以如此伪善?事实上,一连数月在罪恶中沉沦的那个人,是她;而现在,她却反过来倒打一耙,声称我不值得她的信赖。

"你说你没有办法信任我?你还是那个口口声声说要对我毫无保留的路易莎吗?"说着我已用力抓住她的胳膊,情绪激动得无法自持。我猛地一拽,晃得她被迫站起身来。要穿过走廊往图书馆方向去的稀稀落落的人们经过我们身边时都不禁神色狐疑地看向我们。因为大家都知道,我们是有血缘关系的亲姐弟。"路易莎,神圣的上帝啊!你的清誉都已被那个学士玷污了四分之三,你还一连瞒我几个月!你还想让我怎么想?你又如何还敢指责我,说我不值得你的信任。难道,不是你背叛了我吗?难道你还没意识到吗?赶紧悔改吧,赶紧让自己的生活回到正轨,走上一条全新的道路吧。现在还来得及。"我的嗓子都喊破了,"你多有才华啊,路易莎。你可不要白白浪费了自己的才华,千万不要。"

说完,我终于将她放开。她随即跌坐在座椅上,整个人早已被我的种种指责击溃。路易莎没有回答我的问话。她只是蜷缩成一团,抱住自己的双膝,发出了一声痛苦的呐喊。喊声响彻过道的墙壁和天花板之间,甚至还飘荡至回廊的庭院之外。我过去抱住了她,轻声对她说请冷静下来,说不会有任何厄运发生在她身上,而我也不会允许它们发生,因为我是她的弟弟。她伏在我肩上不住地哭泣。她的眼泪与我的眼泪融汇在了一起。

"现在,我终于到达自己一直梦寐以求的那个地方,路易斯。但好像一切都在跟我作对。我不知道这是为什么。这是一条漫长而又布满荆棘的道路。但走到最后,我却发现自己早已筋疲力尽。我真的已经一点力气都没有了……我再也不能继续走下去了。"

"不,路易莎!请你别将这里视为终点。你要想,这只是一个全新阶段的开始。曾经你的梦想几乎是不可能实现的,但现在你也实现了呀!"

我突然想到,对她来说,最好的办法或许就是逃离学校几周。因为从圣母诞辰到圣路加节[1]学校都不会开门,我便建议她不妨一起去卡塔利娜家一趟。

"那你觉得,我们一起出去旅行一趟怎么样?对我们来说,要想恢复力气,没有什么比跟母亲一起待上几天更好的办法了。我保证,在那之后,你一定能重新找回你那一贯的冲劲……而且,难道你就不想知道卡塔利娜婚后过得怎么样,以及她究竟变成了怎样一位贵妇人吗?"

我之所以对她说了这样一连串的话,一方面是想安慰她,另一方面也是想劝她:一个回归家庭的未来,对她来说也不是没有可能。她完全可以将那个冷漠疏离的情人忘得一干二净,再尝试去找一个将她当作妻子来疼爱的好男人。

而路易莎给我的回应,却只是一丝苦笑,还有一个拥抱。至于这个拥抱的含意,我想将之理解为:她的回答是"好的",她可以忍受远离萨拉曼卡和他整整一个月之久的痛苦。但我却没能打消她要在大学里获得教授席位的执念。相对于她将来要面对的情形,她如今能从母亲和卡塔利娜那里获得的全部力量也不过是杯水车薪。但她还是希望,除了她自己,不要再有更多的意料之外了。

我帮她一起收拾好她留在图书馆的随身物品,随即我们便离开了学校准备回家。

第二天下午,也就是我们埃纳雷斯堡之行出发的前夕,我们才将行李准备妥当,我便见路易莎正准备出门往街上去。

"你这是要去图书馆吗?"

---

[1] 指从9月8日至10月18日的这段时间。

"我就出去一小会儿,路易斯。我很快就会回来。我好像把笔记本落在桌上了。"

出于好奇,我决定跟在她后面,但又要避免被她发现。看起来,她似乎是要往学校去,不过她并没有往图书馆的方向走,而是将脚步转向了教师办公室。我猜,她这是想在离开萨拉曼卡长达一个月的漫长行程之前,去打探一番关于内夫里哈老师新近空出教席的传闻究竟是真是假。

她也许是想去咨询一下那位顾问堂马特奥,因为他总是对这些最新消息了如指掌,尤其是一些跟教席轮换有关的消息。如果教席空缺一事所言不虚,那么在这个消息被正式公布前,他想必早已了解得一清二楚。有好几次,我们都听说,录用考试的考核内容总是要到考前一两天才会被公布出来。因此,你若能越早获悉关于空缺教席的确切消息,那么你便越有充裕的时间来深入研究这场考试可能会考察的内容。

我一面思索着这些事,一面远远地跟着她来到了我们学校的主楼。接着,我便听见有人在喊她的名字。

"路易莎·梅德拉诺小姐!真没想到这时候能在系里见到您。真是好久不见!我很高兴能见到您身体康健,而且还顺利地获得了学士学位。请您接受我最衷心的祝贺。"

站在她面前的这一位,是个二十来岁的年轻人。他头发金黄,面色却十分苍白,叫人不由得想起日耳曼人来。他正情真意切地跟她说着一些体己话。看来,他们两人关系不错,或者至少也是大学时代的旧相识。不过,路易莎好像并没有立即认出他来,因为她似乎还沉浸在自己的遐思中。不过随即,她的目光便亮了起来。

"阿隆索!我也真高兴能在这里见到你啊。因为那场疫情,我们后来去了圣佩德罗·德·罗萨多斯,在那边的一个农庄里待了近一年。因为那时我们即便留在这里,也一样无能为力。"

她并未提及是谁向她和她的女管家提供了那么一个避难之地。她不得不这样做。因为这位阿隆索看起来不像是个值得信赖之人。要是她某天在过道里再次碰见他,我都敢说:她甚至都不会停下来跟他打声招呼。

"那是自然。在那种情况下若还留在这里,确实什么也做不了。毕竟那时大学也不得不关门闭户,中断全部课程,就连工资也暂停发放了。能挺过这个难关并不容易。不过,至少我们现在都还算健康平安,这才是最重要的。"

我推测,他应该是学校的一位工作人员。也许是校工?管理人员?会计?或是督管?总之,不管怎么说,这位看起来如此弱不禁风的年轻人,竟然能在近几个月的饥荒中幸存下来——如果他确实一直留守在这座城市里的话,那这简直是个奇迹。只见路易莎面带微笑,礼貌地询问道:"伊莎贝尔在她的最后几封信里跟我提到过你——当然,那是疫情之前的事了……你现在跟她仍然保持着联络,对吗?"

伊莎贝尔?我姐姐很可能是在说那位德国印刷商的女儿,伊莎贝尔·德·巴西雷阿,因为那是她在宫廷里关系非常亲密的朋友。于是,我的谜团也渐渐逐一解开。

"远不止于此呢,小姐!我跟伊莎贝尔保持着非常密切的书信往来,我们会互相倾诉日常生活中的点点滴滴。我很快也要搬到布尔戈斯去了,去她父亲的印刷坊里帮忙。难道你没听说过这件事吗?这太让我吃惊了。因为对于此事,她同我一样兴奋难耐……"

这想必是一则重磅新闻。路易莎很为她的朋友感到高兴,也为这个小伙子的前途感到欣喜——除了表现出对伊莎贝尔的明显好感,他还表现出了对印刷业的巨大兴趣。

"但愿不久之后,我也能有机会到布尔戈斯去一趟。到时候,我便可以在那里与你再次相见了——等到那时,你恐怕已经在与法德里克并肩作战了吧。祝贺你啊。"她拥抱了一下阿隆索,随即也趁着这次相见的机会问出了她心中最忧虑的一件事:"对了,你知道我可以在哪里打听到一些关于教席继任的事情吗?"

虽说若论评审委员会的公平公正,这项制度并不十分可靠,但无论如何,我姐姐还是试图求证:她的老师安东尼奥·德·内夫里哈的教席是否的确空出来了。

阿隆索挽住了她的胳膊,示意她走到柱子和通往后院的那扇门之间的空地上去。他应该是想非常谨慎地同她讲几句话。于是我也跟了过去,同时确保自己的行踪仍未被他们发觉。

"的确有一个空缺的教席,梅德拉诺小姐。我可以非常肯定地向您保证:最迟到 10 月,他们一定会宣布原来那位老师的教席将由新人来填补。正如您所知,这个教席已经空缺四个多月了。若是再这样空缺下去,大家肯定都无法接受。您回去再将此事好好琢磨琢磨。届时这个消息将会公之于众,所以您必须尽快报名。要是到时候您在城里,而我也还没走,我会亲自来通知您。"

"那实在是感激不尽,阿隆索。课程大纲我差不多还记得,但我想这套程序可能会更复杂。我没弄错的话,是要等到考试前两天才会公布,对吗?"

"录用考试的考核课文要到考前一天才会进行布置。所以,您得一直待在这儿,这样才能有充足的时间来好好为竞选做准备。一般来说,校长会要求布置三到四篇文章,而书目则是随机选择的。然后,竞选者要从这些主题中选择一个,再用一天一夜的时间来准备……不过,这个时间对您来说自然是绰绰有余,您肯定只需要一个白天的工夫就能将这些课文准备好了。"

"这恐怕言过其实了,阿隆索,但愿托你的吉言!不过你错了,因为那段迫不得已的隔离时光已经完全改变了我的日常节奏。直到最近几周,我才又慢慢找回一些从前的习惯。"

"您真是太谦虚了,女士。这里的后辈学生就像雨后春笋一样不停地冒出来。但对他们来说,您是一个多好的榜样啊!"

面对这样的调查结果,路易莎应该非常满意。她已经没有必要再了解下去了。因此,她也就可以回家,为我们的这趟旅行准备行李了。

"真是多谢你了,阿隆索。希望我们很快就能再次见面。等到了10月,我一定会出现在你面前的。如果那时你还在这里,你会看到我是如何为了争取教席而奋勇拼搏的!"

接着,我便见他们亲热地告了别。这时,路易莎霍然转过身来,而我却没来得及做好掩护。于是,我不得不从树后走出来,佯装是无意间在此与她相遇。否则,她一定会怀疑我为何会出现在这里。我装作漫不经心地看向她,冲她露出一副极愕然的神情。就在这时,我却听见她说:"你终究还是来了。我都跟你说了,我不会耽搁太久的。"

我骇然发现,她说这话时竟是一副如释重负的神情。刚才的消息已足以让她遐想联翩。她看起来就像是收获了一份大礼,又仿佛今天是个法定庆节。但我想,我还是向她坦白部分实情为妙。

"我就猜你可能会在这里,路易莎。我刚才听到了你跟那个小伙子交谈的一部分内容。他是谁呀?"

"你这是在监视我吗?"她冲我眨了眨眼睛,还拍了拍我——这可不是我姐姐平日会对我做的动作。毋庸置疑,她得到的那个消息已全然改变了她的心情!"他是阿隆索·德·梅尔加,我的一位旧相识。他平时的工作是与会计共同负责管理及注册流程事宜。我猜他正在追求我的朋友伊莎贝尔。"她用手捂住嘴巴,掩住自己那声羞怯的娇笑,"不管怎么说,我的直觉是否准确,她自己很快就可以验证了。因为阿隆索刚才跟我说,法德里克想请他去他的印刷坊工作呢。"

"天哪!那我们这里上演的可真是一部爱恨纠缠的拜占庭小说呀,不是吗?"

路易莎又笑了起来。不过这一次,是一连串清脆爽朗的纵声大笑。我很喜欢看到这样的她。接着,我们便一起回了家,去将我们的行李准备妥当。

3

在一段令人精疲力竭的长途跋涉之后，我们终于来到了埃纳雷斯堡。这一路上，我们不仅要顶着炎炎的烈日，还要忍受高原上干燥的大风。恐怕只有年轻力壮的旅行者才能在夏天出行，因为只有他们才能对抗这种恶劣至极的天气。但我们梅德拉诺姐弟也算"不辱使命"，尽管整趟旅途中路易莎都因为晕车而叫苦连天，直到我们下车踏上那片坚实的土地。

德·罗哈思家族（我的姐姐卡塔利娜丈夫家）的府邸是一座巨大的城堡，跟我们在圣格雷戈里奥的城堡非常相似。大门一拉开，母亲便出现在我们面前。她热烈欢迎我们的到来，狂喜得又叫又跳。

"这么热的天，以后你们可千万别再做这样的傻事了！虽说已是9月，可这天却还是热得灼人！你们必须答应我，以后可不能再这么做了，我的孩子们。"她亲吻着我，仿佛我还是个孩子，然后又揉了揉我的头发，同时看向路易莎。把我揉扁以后，她便转身投向了路易莎的怀抱。

"母亲非常担心。"卡塔利娜从门口走了进来，说话时双手放在膝上，还带着一种罗马雕塑般的微笑，"她每过一个钟头就会过来问问我,问我有没有你们两个的消息,就好像你们在旅途半道上还能差遣信使送信过来似的。"

"您这是把我们当成皇家随行队呢。您从前习惯了宫廷里那些彰显尊贵的细节,但如今没了那样精心细致的伺候,您就觉得别扭了,是吗,母亲?"尽管这只是个善意的玩笑,但路易莎还是看出了卡塔利娜此时门第的尊贵。只有当你停下脚步放眼四顾,才能将这城堡的广阔空间尽收眼底。"可是姐姐,你这庄园未免也太过华美了些。这简直就是一座花园……我们很快就可以见到你丈夫了吗?堂费尔南多此刻是否也在埃纳雷斯堡呢?"

卡塔利娜看看我,又用目光去寻母亲,迟迟没有给出答复。我猜,她依然在因为路易莎许久没有与她联络而耿耿于怀。不过,她还是掩饰了自己的几分不悦。

"不,我丈夫现在并不在这里。几天后他才会从马德里回来。一些生意上的事让他不得不多耽搁一会儿。不过,你们自然迟早都会见到他的。我们来日方长。"

接下来的那一周,我们便在无数次一边散步一边亲热交谈并追忆宫廷生活中度过。母亲特别提到了女王的崩逝。她给我们讲述了女王陛下弥留之际是怎样一幅可怖的景象,以及在她离世前的那几天里,悲痛是如何笼罩在莫塔城堡每一个人的心头。

我们的夫人,直到她咽下最后一口气,都始终保持着端庄。为了这份体面,她甚至在接受圣礼的时刻都不允许有人看到她的双脚。

"那在她咽气的那一瞬,您就待在她的榻前吗?"和小时候一样,路易莎的好奇心还是那样没有边际——它能够凌驾于任何形式的谨言慎行之上。

"是的,我的女儿。我一刻也没有离开过她。那时候,堂娜比阿特丽斯·加林多也陪伴在她身边。我见她连续哭了三天三夜,她的悲伤根本无法止歇。此外,还有佩德罗·马蒂尔[1]。当然,还有国王堂费尔南多。"说完,母亲不禁停顿了一下。此刻,对那位她爱戴有加的女王陛下的追忆,似乎又一次将她击中。"我们就那样一直陪伴在那位垂死之人身边,不加思索地满足她提出的每一个小小的要求,甚至还抢在了宫里那些小伙子和糕点师的前面。不过,在整个告别仪式期间,他们也都未离开过他们的夫人半步。这世上没有几个女人能拥有像堂娜伊莎贝尔那样的完满。愿上帝保佑她。"

说完,母亲便画了个十字祈福。我们所有人也学着她,向死去的女王陛下表示敬意。这是我们应该做的。

一天下午,我们突然收到了来自萨拉曼卡的消息。

"路易莎,有人给你捎来了一封信。"

我走过去凑到她身边,猜测这是来自大学的消息,也许涉及她的学位、考试……有没有可能是评审委员会想要修正他们的错误决定?他们是不是准备撤销她的学士学位?在她读那封信时,我一直陪在她身边,生怕自己不得不面对那样的窘境——或许,她会一下晕厥在地。

---

[1] 即佩德罗·马蒂尔·德·安格勒里亚(Pedro Mártir de Anglería,1457—1526),文艺复兴时期的人文学者和天主教双王时期的宫廷教师,为当时的地理大发现撰述了一些重要作品。1501年被封为伊莎贝尔女王的宫廷牧师。因此,1504年女王离世后,是他将女王的遗体一路护送至格拉纳达进行安葬。

"这是从萨拉曼卡传来的消息?"

还没看寄信人的名字,我从她那失色花容中便可以看出这封信带来的并不是什么好消息。这一点,在她的神色中已无法掩藏。她再次坐了下来,还在正式读信之前向我投来一个痛苦的眼神。但愿这回可别是又有什么人过世了……

她在找寻着这封信里的首字母。那个尖尖的向左倾斜的字母,她对此再熟悉不过。它一定也曾出现在从前的那些信件中。一定是如此。

"是费尔南多。"

只见她目光闪烁,将这封信高声读了出来:

我亲爱的小姐:

我实在想不出一个能向您表达我的尊敬与赞美之情的合宜方式。我清楚,您是一位悟性极高的女士;而我,区区一个法学学士,竟胆敢借助言语来向您表达自己内心深处的波澜起伏。

我的小姐,对您那渊博的学识,在下佩服得五体投地。您要知道,自我们初次相识的那一日起,我的忧思便再也无处安放。我们共度了无数个欢畅的时辰:我们彼此分享的,不仅是时日,还有一种志趣相投的欢喜。您与我,正如那盐与水:盐溶于水中,便转而成为液体,但它自己并未因此消失;水却因之而有了咸味。二者水乳交融,合而为一,并且共用一个器皿;或言之,是共享了整个海洋。

我自托莱多获悉一些消息,深受鼓舞,便决定通过写这封信与您联系。我唯一的目的,是记录自己对您的绵长情谊,向您诉说您之于我的非凡意义,同时向您保证:我永远不会忘记您。除此之外,别无他求。

我的小姐,我恳请您不要误解我的话语,不要将它们放入一个心思单纯的爱人口里。因为,在您与我之间,那忽而迸发但又永不休止的,不是爱情,而是真诚而永恒的友谊。

拜倒在您的脚下,永志不渝。

费·罗

路易莎不由得将信紧紧贴在胸口。也许,此时此刻,她依然能够在这心爱的字迹中感受到那位写信之人浸润在纸张间的气息,还有那随着他的思路一气呵成洋洋洒洒以至冲破了无形格线的笔触。

"你其实完全没有必要把它念给我听的,路易莎。因为这是写给你的信,只写给你。你知道的,无论怎样,我都尊重你。"

"这下你终于知道费尔南多·德·罗哈斯是何许人也了吧。他就是这样玩弄我感情的。我希望你可以做他对我说出的这番话的见证人。因为我信任你,路易斯。"

我的姐姐在啜泣中抱住了我。一股巨大的悲伤将我们裹住。她或许都能想象:他是如何坐在书桌前进行了一番冥思苦想,最终笃定心意,选择用书信的方式与她告别。这对她而言,是何等痛彻心扉。

那个该死的骗子。他利用了路易莎的单纯与率真。我真想掐断他的脖子,把我姐姐的每一声哭泣与叹息都从他身上讨要回来。此刻，她正紧紧攥住我的衣襟，在绝望中苦苦挣扎。可即便她如此牢牢地抓着我，仿佛将我当成她唯一的支柱，我也知道路易莎此时是多么想径直穿过罗哈思家族的庄园，一路奔向萨拉曼卡，到她心爱的费尔南多面前去表明心迹：我也同样永远不会忘记你。

费尔南多抛弃了她。他也抛弃了他的法庭、他的那些小酒馆，还有整个萨拉曼卡。与托莱多之间的一些秘不可言的交集，让他不得不永远离开那座金色的城市。他必定是回蒙塔尔万[1]去了，我敢保证。此刻，路易莎心里一清二楚：恐怕她从此再也不会与他相见了。

"路易斯，我需要你的帮助。"

我姐姐那破碎无力的语声将我从自己的思绪中拉了回来，迫使我再次看向她的脸庞。我预感到了事情最坏的结果：她想跑去找他，还想叫我陪她一起去。而我又如何能拒绝呢？于是，带着迟疑与恐惧，我回答道："你说吧，路易莎。我听着呢。"

我的姐姐睁大了双眼。她同我说话时，带着一种只有充满智慧的女人才会拥有的坚定与果敢——这是其他任何女人都不会有的。而我所能做的，唯有钦佩她的品格，并为自己的误判而暗自庆幸。

"我需要请你跟我一起去找安东尼奥·德·内夫里哈。那个教席，非我莫属。这一次，我绝不允许任何人将我真正想要的东西夺走。"

---

[1] 位于卡斯蒂利亚-拉曼查的托莱多，也是费尔南多·德·罗哈斯的出生地。

4

我想回萨拉曼卡去了。可现在，我却被迫卷入了帮助路易莎寻找那位教授的荒谬承诺之中。现在已是10月。这时我本该回到大学去上课，而不是待在这儿四处寻找那位内夫里哈。有时候，我都不明白我的生活怎么会因她而变得如此复杂。

我姐姐的执念将我的耐心消磨殆尽。一方面，我很高兴看到她因激情与情怨所遭受的创伤能够自愈；另一方面，她疗愈自己的方式，竟是比之前更加全情地投入到打探教席这件事中。这让我感到绝望。她才刚刚克服如此深重的伤痛，便又要头脑发昏地去追求另一个她最终很有可能无法实现的目标。我担心她会撞得头破血流。

我此前的成绩非常优秀。所以，在新的学期里，我也希望能保持这样的成绩，最好还能更上一层楼。我想，我要好好吃透老师讲的内容，同时也要赢得同学的信任。我发现大家都很欣赏我，都希望看到我收获一些学术荣誉。为什么不呢？难道等待着我的，是校长的职位吗？为什么不……不，就算是在自己最美的梦里，我也从未希冀过这样的好事。

遗憾的是，我姐姐却仍在一错再错的路上一去不回头。但我绝不能让她影响到我的大好前途。

"我们现在立即动身。因为午饭之后、晚课之前是老师们聚在一起的最佳时间。我觉得要见到他，并问问他那些传言是否真切，没有比这更好的机会了。"

"如果我们今天去，那我明天就可以回萨拉曼卡了，是吗？"

终于松了一口气。打探出这样的行程安排，对我而言是一种真正意义上的解脱。

我们走到了街上，不禁惊异于午后的空气竟是如此纯净。树冠与缄默一同翩翩起舞。白鹳开始思忖自己飞往非洲的迁徙之旅是否到了该启程的时候。但此时，夏日那令人窒息的闷热其实尚未散去。烈日赐予埃纳雷斯堡人一段"休战"的时光。起码，在正午十二点以前，他们都还能喘口气。

而在这样一座白色城市的街巷里穿行，同样让我感到惊诧不已。因为相较于铺就埃纳雷斯堡城的一砖一石，我还是更习惯萨拉曼卡城那样的石块堆叠。街区的拐角处，几株树木寥寥疏落。这些街区往往都建有柱廊——毕竟，在这里躲在树荫底下乘凉可不是人人皆能享受的优待。而建筑物所汲汲追求的宝贵财富，不过也只是那一缕凉爽的清风罢了。

"所以，你听闻那位老师眼下就在此处，是吗？"我还想探出更多的线索。因为对于她的安排，我仍然感到十分困惑。

"是的。而且我还想证实一下他是否还记得我，以及是否还记得那些年我在学习上的表现。你是知道我有多固执的，路易斯。"我知道，我实在太知道了。"我觉得，这简直就是一个用来继续调查跟萨拉曼卡那个空缺教席相关的一切的完美下午。我最近总是会因为思虑这件事而心不在焉，你知道的……另外，我们还可以顺便去了解一下那座新建的建筑。"

于是，我们来到了圣伊尔德丰索[1]。此时一群学生正激烈地讨论着什么，这不禁也引起了我们的注意。而就在这一片欢笑喧闹中，我们竟听到一位学生提到了内夫里哈的名字。我们即刻便停下脚步，准备去一探究竟。

"最糟糕的还不是这个。最糟的是，那人竟说他关于拉丁文的原则理念还有待完善，说他缺乏倾听别人意见的能力，而且下了许多错误的定义。那人小小年纪竟敢这样对内夫里哈评头论足，他以为自己是谁……"

我们并不知道他们口中说的那个人是谁。

"我十六岁的时候，甚至都没有勇气去跟我的亲兄弟说：你读的东西一点都不好玩。而他，却怎么敢去纠正一位教授呢？"

情况开始变得明朗起来。我怂恿我姐姐过去向他们做个自我介绍。

"路易莎，你过去告诉他们，你以前也是他的学生，然后让他们说出安东尼奥·德·内夫里哈那位所谓仇敌的大名！"

"好吧，虽然我的确是第一批接触到那部大名鼎鼎的《语法》的人之一……不过，至于有人能在这本书里找到纰漏这件事，我还真是闻所未闻。"

于是，我默默退开了，任她秉持自己所引以为傲的果敢

---

[1] 即位于埃纳雷斯堡城内的圣伊尔德丰索寄宿学院。它于1499年由西斯内罗斯枢机主教建立，可视为他创建埃纳雷斯堡大学的前期工作，同时也是该校的主要建筑和突出象征。

去行事。而我则待在一个隐秘的角落里,暗中观察着眼前的情形,力求不放过任何一个细节。

那群学生听见我们在背后窃窃私语,便都转过身来,无一不露出骇然之色。他们中的一个开口问道:"冒昧打扰,女士,请问您也是安东尼奥·德·内夫里哈的学生吗?"

"我曾经是。但如今我已经结束了文法与修辞学方面的学习。不过,现在每次温习他的功课,我依旧会感到如沐春风。"

通过那两位交谈者脸上流露出的困惑神情,我可以判断:在埃纳雷斯堡城,人们同样不是十分习惯见到女人出现在课堂上。

"您过去是在萨拉曼卡深造吗?我们刚刚谈论的那些消息,是直接从巴伦西亚大学那边传来的。那些言论,必定出自一个从未上过那位老师任何一堂课的人之口。您想必也会同意我们这样的看法。那简直就是口出妄言。"

"可你也没做过他的学生呀。"这时,另一个小伙子打断了他的话,"你自然也就想不到要对他的作品做什么增删。不过我认为,这更多地是一个关乎尊重的问题。"

虽然到目前为止,内夫里哈与这座城市之间尚未建立起什么关联,但我们已经看到:他在埃纳雷斯堡城中,已然是这样一位德高望重之士。这似乎让路易莎心中也充满憧憬。

"那么二位可否告知我,我该去何处找这位教授呢?据我所知,这几天有人在这附近见过他。他如今已不在萨拉曼卡教课,我有一些问题想向他请教。"

"那您可以去教师办公室那边碰碰运气。让他在课外时间给学生答疑,可不是件容易的事。不过,如果提问者是一位像您这般出众的学生,那或许……"

我姐姐并没有理会这些阴阳怪气的说辞,只是在谢过他们为她指引如何进入圣伊尔德丰索之后立即转过身来寻我。

"你觉得那个敢对内夫里哈的著作吹毛求疵、出言不逊的人,会是谁呢?而且,这些来自巴伦西亚大学的言论又怎么可能会传到埃纳雷斯堡来呢?"我十分意外地发现,要共同战胜困难这件事,让我们都有些兴奋。因为我看到,此刻她同我一样斗志昂扬。

"好吧,他们刚才说那位'肇事者'年纪轻轻,不过才十六岁,便已有这样的勇气,敢对一部如此伟大的著作评头论足。虽然他还非常年轻,但显而易见,此人的胆魄已经闻名全国。也正因如此,他的言论甚至都能传到其他大学的学生的耳朵里……可你不觉得这件事有些蹊跷吗?"

"没错。所以我们应当尽早认识认识这个恃才傲物的学生。这可真是一位特立独行之人。"

说着我们已经走进了校园。这里散发着一股潮湿尘土的气味。这应该是从教室里飘出来的。因为整个夏天,这些教室都门窗紧闭。9月里学校已经为新学期做了一些准备。而到了10月初的这些天,人们则开始开窗通风、打扫教室、收拾整理,以等候学生们的到来。

我们看到大家正干得热火朝天。只见人们提着水桶在楼里上上下下,桶里装满了肥皂水,还有用来擦地的鬃毛刷。他们看了看我们,向路易莎投去难以置信的目光。不过,我们对此早已习以为常。

"不好意思,请问教师办公室是在这边吗?"

"女士,您得沿着这扇敞开的门继续往前走,然后穿过庭院。可能有几位老师在那边开会。您要是想咨询什么,可能需要在外面先等一会儿。您这是来找什么人吗,还是有人在里边等着您二位?"

"不,没有人在等我。不过我觉得我还是先在外面候着,等他们会议结束了再进去咨询我的事比较好。非常感谢您。"

又一次,没有任何人认出我的姐姐也是一位学生。但这样的态度早已不会让她产生任何心绪起伏,此刻她只顾继续寻找。路易莎往前走着,心里充满了好奇。

我们走向刚才人们指引的那个地方,却吃了一个闭门羹。从门内传来一个语声,听起来怒气冲冲的。但根本用不着费劲细听,路易莎便认出这就是她那位老师的声音。安东尼奥·德·内夫里哈听起来似乎火冒三丈,所以她都不敢敲门,让他们放我们进去。

"我觉得我还是先在这里等着,等里面的暴风雨平息了些再说。"

"此乃明智之举。那我们就坐在这张长凳上等着吧,从这里还能看见门开了没有。只是不知他们还要吵多长时间。"

我们就这样坐了下来。但我姐姐无法忍受自己竟然不知道老师究竟是因何事而如此动怒。因此,她又站了起来,把耳朵贴在门上,想把里面的一字一句都听个清楚。

"你别在这里再跟我指手画脚,说我该如何如何做,又该如何如何回应了!听取别人的意见这件事,我已经做得够多的了……这已经把我的耐心耗光了。先是那些意大利的评论者,他们带着忌妒与审查的心态来到这片土地。现在就连那些在这里土生土长的人竟然也跑来指点我到底该怎么写了!"

"冷静一点,安东尼奥。没必要反应这样激烈。别理会他,你可别给一个毛头小子冒犯你的权利。他说的话,你就权当没听见。你说得很对,这些都是忌妒带来的恶果。那些人总是喜欢攻击自己没有的东西,而对于他们自己的富足之物又喜欢自吹自擂。难道你以为,那个小毛孩当真清楚自己说出的是怎样的狂言吗?"

"我不知道他此时跟谁待在一起。但那人的仇视却可以说是昭然若揭。"路易莎同我轻声耳语,"难道他是一位宗教人士?或许,是一位祭司?"

"我不知道,路易莎。不过你千万要当心——万一这门突然开了,那你可就要摔在地上,然后被拉到宗教裁判所去吃上一番苦头了。"

在那些日子里,听到类似的言论也不足为奇。那时,我们都活在宗教法庭的罩袍之下。

可让我担心的事还是发生了。只见那扇门猝然打开,我的姐姐不由得顺势往前一扑,一下摔在了地上。一个男人从大厅里走了出来——他身上所穿戴的,乃是彰显最高宗教权威的服饰。他过来瞥了路易莎一眼,眼里满是不屑。

"您行事应该更当心一些的,女士。躲在门后偷听,这可是会给您带来大麻烦的。"

我立即起身,想拉她一把,顺便再帮她整理一下仪容。可路易莎已经自己站了起来,也拍掉了裙摆上的尘土。此时,她正义愤难平地盯着刚才教训自己的那人。

于是我不得不用双臂护住她,迫使她转过身来,让她生生咽下马上就要脱口而出的话。

"随他去吧,路易莎。拜托了,别这样。你要控制住你自己。"

这一回,她总算听了我的劝,只是发出了一声长叹。这让我如释重负。这时,那个男人的身影也渐行渐远,直到被走廊的幽暗所吞没。

只差那么一点点,她就要与西斯内罗斯枢机主教本尊发生正面冲突了。

5

"此时此刻,假若我还能在某所大学继续授课,那么相信我,我一定会选择巴伦西亚大学,因为我要让那个狂妄自大的学生收回那些话。然而,实际上我却不能,因为我现在分身乏术。到了我这把年纪,最该做的恐怕就是控制好自己的工作量。我必须集中精力做好一件事才行。"

"所以,下学年您不打算再回到萨拉曼卡了?"

教授左眉一扬,疑惑地看着路易莎。我姐姐开门见山。我不得不用手捂住嘴,以稍稍掩饰自己看到她这坚决的态度时的喜出望外。有些时候,我都不禁扪心自问:我们两人怎么会如此迥然不同?但无论如何,这般不同的两个人偏偏又是一对姐弟。

"依我看,恐怕是不行了。校方应当组织一场录用考试,并将这个空缺席位的消息尽快公之于众。"

听完此言,我姐姐不禁莞尔,随即便转过头来寻我。此时,我正倚靠在厅堂的一个架子上,耐心等她确认这绝佳的消息。自那以后,我便知道,不会再有任何事能阻挡她的脚步了。她要回到萨拉曼卡,去静候通知的正式发布。

"我和我弟弟路易斯今天下午就要回萨拉曼卡去了。新学期已经开始。尽管如此,您看,我还是出现在您面前,来咨询这新鲜出炉的消息。"我似乎看见她说话间竟还向那位教授挤眉弄眼,"您实在是太好了,我真是感激不尽。"

"那么,我便祝你们旅途愉快,愿命运女神向你展露笑颜。"说完,内夫里哈又转向我——这让我很不自在,"请照顾好你姐姐,堂路易斯。她可是一位出类拔萃的学者。所以对许多人来说,她都是一个真正的威胁。你可别忘了这一点。"

不知为何,他说话时的语气与弦外之音都让我不寒而栗。这番话听来犹如一段艰难岁月的先声。路易莎已先行离开了房间,此时只剩我与那位老师单独相处。他已上了年纪,时光让他的容貌憔悴苍老。几绺灰白的头发无精打采地垂在他的太阳穴上。他看起来仿若一位巫师。这让我觉得,对他所说的话,我都应当抱一种将信将疑的态度。他的语气是那样严肃深沉,又是那样阴森可怖……

"我对此始终坚信不疑,先生。我姐姐一向才智超群。而且,她非常清楚自己在大学中的命运应何去何从。"

内夫里哈听后不禁失笑,眼睛都眯成了一条线,挤出的皱纹仿佛要将他的整张脸都一口吞噬。他表示赞同,同时又一次看向我。

"那么你呢?你对于自己心中的渴求,以及应当如何实现这样的渴求,也都如她那般坚定吗?"

我的确并非如此。我不由得朝门口瞥了一眼。只见路易莎正冲我打着手势,示意我赶紧跟她一起回去,越快越好。

但此刻我却已被这个男人问得怔住，甚至可以说，我浑身都起了鸡皮疙瘩。我是不是真的太过关心姐姐的事，以至于把应当如何实现自己的抱负都给忘记了？

"这么说吧，我的确想谋求一个与学术相关的职位，但我并不觉得我姐姐对我的规划会造成任何影响。我不知道自己是不是理解对了您的意思，先生。"路易莎看起来有些不耐烦了，只见她已进来寻我了，"但现在不得不请您原谅，因为我们确实得告辞了。我们梅德拉诺家的人，脾气实在是不太好。"在路易莎冲进来抓起我胳膊的那一瞬，这一点再次得到了证实。

"抱歉，老师，我要把路易斯带走了。因为我们必须动身了。"

于是，我们离开了那个房间。路易莎不停地向我重复内夫里哈跟她说过的那些话。而且，在描绘那宏伟蓝图时，她只顾着自言自语。她正在筹划该采取什么最佳行动方式，因此整个人都显得有些过度亢奋。那个教席，非她莫属。

我转过身去，远远地看到安东尼奥·德·内夫里哈。但此时，他已变为一个小小的黑点，在那幽暗的走廊尽头难分难辨。我隐隐感到，他的脸上，并未带着笑容。

我们又回到了家里，母亲为我们接风洗尘。将这个好消息告诉母亲时，路易莎简直喜不自胜。

"可你才刚回来呢，亲爱的！"母亲走过来拥抱了她。可以说，对我们的母亲而言，与孩子的每一次重聚都转瞬即逝——虽然实际上，从我们来到这里直至现在，已经过去将近一个月了。"我不知道，在那所大学你究竟寻得了什么，那竟是连家庭的温暖都无法给予你的东西。"

我觉察到了母亲这番责备中所暗含的心酸。我知道,她对路易莎的所作所为心有不满,对路易莎那勃勃野心也难以认同。但是,对于在一个家庭中究竟应以何为重,她自己又有什么资格来说教呢?

"因为我必须回去准备一场考试,母亲。而这场考试,将会是我有生以来最重要的一场。"

母亲将目光转向别处。她无可奈何地叹了口气,黯然道:"既然你已下定决心,那就回去吧。在这场新的挑战面前,祝你好运,我亲爱的女儿。这几天,能有你在这里,我非常高兴。"

6

内夫里哈的身影始终在我脑海中挥之不去。我总会回想起他那狡黠的笑，还有他那细长的眼睛。他那时似乎是想提醒我什么，但最终还是未发一言。我姐姐依然没有放弃将大把大把的时光都奉献给学习。可我却已无法集中起注意力，因为那位教授的"幽灵"一直在我身后步步紧逼。

此时我正躺在家中客厅的沙发上。一天之中，某些时刻你若感觉无所事事，便会清楚地感知到时间是如何无情地流逝的，并为自己虚度了光阴而悔恨不已。我在沙发上看见厨娘正一边切肉、腌肉，一边哼着小曲。在某种程度上，我非常羡慕她轻易就能做到在干活时心无旁骛。而我的注意力却总是会分散在思虑与犹疑之中。一些突如其来的念头总是会从我的脑袋里冒出来，而我又不愿轻易将它们放走。所以，我做任何琐事时，都会受到这样的束缚。我想，我可能永远也当不了一名厨师，永远都不知该如何将一块猪肉切成大小一致的肉块。但愿我也永远不必做这样的事。

假如通过了录用考试，那么路易莎将会填补那个空缺的席位，任期最长是四年。那样她又要在大学里待上将近五年的时间……这会影响到我吗？我自己究竟又该如何才能往上爬，让校务委员会信服我才是担任校长职位[1]的最佳人选呢？若想成为校长，需要投入大量的时间与精力——我已下定决心全力以赴，只是还有许多东西尚未来得及展现。除此之外，我的家族声名卓著，这也足以让我在大学中站稳脚跟。然而，让我感到不安的是：校长的职责之一，便是在教席分配的事宜上与校务委员会进行商议，并最终拍板决定。我只怕，到那时要成为教授的那个人，会是我的姐姐。

"你怎么还在这里？路易斯，整个上午你都在偷懒。你为何不来帮我一把呢？"路易莎走进大厅，身上满是刚刚采来的鲜花散发的柔和芳香。她带来了一束花，轻轻将它放在自己的胯边。她看见我，便将花束放在桌上。"来吧！今天是周六，但这并不意味着你就应该中止学习。你看，多么美妙啊！你不觉得鲜花是这世上最美丽的事物吗？这是大自然的馈赠呀，你闻闻！"她将一两片花瓣凑到我的鼻子跟前，我立即打了个喷嚏。

"啊——齐！没错，路易莎，它们的确非常漂亮。可我一碰到它们全身就会发痒。而且，我简直无法相信，你今天竟然不像平常那般用功学习。"

"我当然和平常一样用功学习了！我从早晨六点就开始专心看书了。我刚才只是去花园里放松了一下，呼吸呼吸新鲜

---

[1] 古时萨拉曼卡大学的行政权实际上主要落在校长身上。自萨拉曼卡大学建立之初，校长便是由学生团体推选出来的领导者，到16世纪仍是如此。当时，这个重要的职位往往由那些出身名门、出类拔萃的学生来担任，有时校长本人还是在校学生。

空气而已。这样我之后才能更加全情地投入到功课中。也正因如此,我才再三喊你过来帮我的忙!你说,我们把这些美丽的小花摆在哪里好呢?"

说着路易莎便抓住了我的手。这时我才感觉到她的手其实一片冰凉。我很想知道,她内心那永不止息的勃勃生气与无畏热情,究竟都来自何处?

我们走进厨房,取了两个罐子。

"你准备做菜呢!我们真是太幸运了,能有你这么一位好厨娘。"她走到那个女人身边,亲了亲她那胖嘟嘟的脸蛋,"你介意我们把这两个罐子拿去插花吗?"

这位"灶台美人"不由扬扬自得,二话没说便答应了,接着又继续认真忙手中的活了,不过这时口中所哼的小曲已经停下。我注意到了她的手:只见这双手上沾满油污,还有一种暗红色的香料,以及她刚刚切好准备用来烹饪的那头猪的血水。

在走回客厅的路上,我们将鲜花分为两束,并把其间枯败的茎叶都摘掉。我姐姐说得对,这项工作确实有助于安抚我那发昏的头脑。但我还是沉浸在自己的思绪与担忧中难以自拔。于是,我决定向我的姐姐袒露心声。

"路易莎,你后来知道那个侮辱安东尼奥老师的巴伦西亚学生叫什么名字吗?"

"我不知道。后来我就没再想那件事了。你为什么这么问呢?"

她嘴上虽回应着我,却并未抬头看我一眼,因为她正全神贯注地将那些花摆插在罐子中。

"我也不知道。可他要是连对那位老师都那样不留情面……如果此人当真这样吹毛求疵,那么那些不比内布里哈德高望重的人,也都很有可能会沦为他批判的对象。"

"那是自然。他并不是唯一的靶子。"路易莎一语中的。她要是接那位教授的班,想必也会成为那些心怀妒忌之人嘲弄与羞辱的靶子。"现在我知道了:凡是有人胆敢觊觎大学教席,对他们那样的人来说便是一种挑衅,哪怕对方其实并未指名道姓地公开叫板,甚至彼此连面也未曾见过。但像他这样的人无处不在,包括在萨拉曼卡。你不必为我担心,路易斯。我自会当心。"

然而实际上,我并未为她担心。我真正担心的那个人,其实是我自己。

7

答辩之前的那段日子，在从校长设定的三个主题中挑选其一来做准备的那个特定之日到来前，路易莎始终没法睡个好觉。

"你还醒着吗？"她把一只手搭在我肩上，轻声问道，"路易斯，我睡不着……"

我不情不愿地睁开眼睛，坐起身来确认她是否就在我面前。只见她那对碧绿的眸子炯炯有神，宛若一对猫头鹰的眼睛。她正举着一盏油灯，坐在小板凳上。

"你要是不好好休息，路易莎，那你的大脑便没法灵活运转。你再努力一下。你睡前喝过草药汤了吗？"她此前请厨娘为她煎制了一副用圣约翰草[1]和缬草配成的镇静汤剂。但显而易见，它并未起到预期的功效。"或许，你应该再喝上一大碗，或者干脆一整天都连着喝……唉，我也不知道！"

"可要是我在答辩中睡着了怎么办？又或者是在答辩委员会向我提问时睡着了呢？你能想象吗？！"

---

[1] 即贯叶连翘，欧洲的常用草药，据称有调经、宁神、镇静之功用。

我不由得失笑。

"这又是什么傻想法,路易莎?拜托,你都在说些什么呢……你一连好几周都像着了魔似的想着你的报告,又怎么能睡着呢?请你冷静下来,然后好好休息。"

她最终选择了讲解西塞罗的一篇文章。因为自她上学起,这一直是她的弱项。但这位罗马作家的思想与理念,却又可以说是指引她走向大学之路的明灯。

我试图转移话题。可她坐在我面前向我坦言:每当她努力想要睡着时,那些关于费尔南多·德·罗哈斯的回忆便会涌上心头。

"而这个时候,我心中唯有惋惜。因为在那样一个重要的日子里,他竟然不能陪在我身边。"

"别再折磨你自己了,路易莎。那个男人已经属于过去时,而且他也应当永远被留在过去。"

"那是自然。但若要我忘了他,却也并不是那么容易。每当我闭上双眼,他就会出现在我面前。这会让我觉得自己非常可怜,因为我无能为力。"

我不愿眼睁睁地看着她这样自我折磨下去。她不可以成为自己的敌人!路易莎需要得到肯定,需要得到支持,她需要有人来为她即将开始的学术生涯注入力量。于是,我有了这样一个念头:"好吧,亲爱的,那我们来做这样一件事:我们不妨向那个能给你提供绝佳建议的人寻求帮助——我们可以写信给佩德罗·德·拉·鲁亚,请他过来给你一些帮助和指导。我敢保证,等他来了,你心里肯定就有底了。你觉得呢?"

我听说，自他母亲离世以后，佩德罗便只对给阿蒂恩萨的邻居们写个把小故事以换取几个铜钱提得起兴趣。邀请他来我们家住上一段时间，这也许不是个坏主意。何况，在这样的关键时期，他还能给路易莎起到一些鼓舞作用。

"噢！你觉得他真能来吗？那真是太好了。那我们尽快写信给他吧。我这就去找纸笔来！"

"路易莎，眼下夜已过半。你不觉得，我们可以明日再做这件事吗？"

但她已从我的房间出去，一路跑过甬道径直冲向楼上，快得就像只羚羊。

通过中间人的消息，我获知：在申请者们为争取教席之位进行答辩之际，全城各个学院的成员会因自己所支持的候选人不同而被划分为不同的群组，也即所谓不同的"小国"。如此一来，我便很为我姐姐担心，我担心她很难获得人们的支持。

两天以后，佩德罗便来到了我们身边。他时刻都准备着，准备着在必要的时候为路易莎挺身而出。

我们的信被准确无误地送至他手中，而且到得也非常及时。因为我知道，这封信应该往烟花巷里寄，而不是寄往他曾经居住的那座旧宅——我们的启蒙恩师显然已不住在那里了。

或许是那位老鸨，又或许是某位年轻的姑娘，听见送信人的喊声，于是我们的消息也就不难被送至收信人手中。我并非想对他做任何评判，只是很高兴自己考虑到了他这耽于堕落的倾向。因为事实证明，我并没有想错，我的信也才能顺利到达他手中。

但这一次,他给我和我姐姐留下的最深刻的印象,是他那日渐憔悴的面容。尽管她因为紧张焦虑,其实也并未过多关注佩德罗这般显著的变化。生活并没有善待他。而他似乎也未用多少心力来回报生活。可即便如此,他还是接受了我们寻求帮助的请求,立即赶来支持他的得意门生,也好让自己过去几年积累的跟饱学之士打交道的经验能有用武之地。

"这么说吧,路易莎……在这方面我并不是最权威的专家,而且你也清楚,这么多年过去了,我与大学事务都已有些脱离。但对我而言,能在一户人家家里找到工作,然后稳定下来,这会比我继续在索里亚过得浑浑噩噩、举步维艰来得更有价值。而眼下的情况正是:我来到了这里,并且会尽我所能助你一臂之力。"

"都已有些脱离"……他这样委婉的说辞简直让我忍俊不禁。但为了不让路易莎难堪,我还是忍住了没让自己做出这个可能会让他感到冒犯的反应。毫无疑问,这个倒霉的可怜人,一定已在城里的街头游荡了数月。也不知他究竟是如何挣来那几个钱的,更不知他之后又是如何挥霍一空的。但现在,她必须得到她所信赖之人的坚定支持。所以,在她上台讲课这样的关键时刻即将来临之际,她的这位老师必须在场。

"可是,佩德罗,你只要出现在这里,对我来说就已经是一种振奋和鼓励了,尤其是在这样的时刻……曾有很长一段时间,你与瓜达拉哈拉和索里亚那些赫赫有名的思想家都私交甚好,所以你对大学里的环境也一定再了解不过。那么请你告诉我——因为我一定要知道,这几天我们难道就无法让一个'小国'来支持我吗?"

事实上,的确没有办法。我用余光瞥了佩德罗一眼,难掩自己满脸的沮丧。我必须好好跟他说明一下情况。

"是这样的:这几年来,路易莎所收获的敌人远比朋友多。而且,就算她自己系里有某位同学同情她,并钦佩她渊博的学识,你也会看到,他在其他人面前依然会掩饰自己的真情实感,因为他不愿失去团体中其他成员的尊重。"

所以,我们觉得眼下最明智的做法是让我姐姐全身心投入到演讲的准备中去,管他到时候坐在那里听的人会是谁呢。反正,到时陪在她身边的,会有我,也会有她的老师。她将为迈出这巨大的一步做好最充分的准备。

"切记:一场好的演讲一定会对听众的情绪产生影响,亲爱的路易莎。当你站在那上面,也就是站在那个演讲台上时,你会看到那些老师与学生热切期待的脸庞。你若是对演说术有所把握,就该让自己的话语产生力量。我知道,你向来深谙演说之道。"

佩德罗还鼓励他从前的这位学生穿上最能发挥自己表达优势的服装。没有什么比曾经的记忆更能让他们彼此贴近了。那时候路易莎还只是个小姑娘,他便给她讲解了在公共场合发言的重要性:唯有通过雄辩的口才,一个人才能俘获听众的心。

与此同时,她也在一遍遍地温习着西塞罗的文章。她不断调整自己语调的抑扬顿挫,以使之恰如其分地契合作者欲传达的每一个想法。但显而易见的是,她浑身都感到不适:腹部,头部……

"要是你觉得不舒服,就喝点水休息一下吧,路易莎。你别再硬撑着了。你必须有健康的身体,答辩时才能有最好的表现。"

"我觉得自己身上好痛。我只要一想到那个逃不过去的重要日子,就会感到头晕目眩。"

而在恶心呕吐与胃痉挛中,太阳又升起来了。她只能硬着头皮去为那最后的考试做准备。除此之外,她别无选择。

8

我在焦虑难安中醒了过来。我感觉自己的心脏仿佛快要跳出胸口——它正通过肋骨紧紧地压迫着我,让我感到筋疲力尽。我听见有人在敲门,那动静仿佛是不把门给敲下来便绝不罢休似的。

我一坐起身来,便摸寻着能披在肩上的东西——早晨实在是太冷了。我一度担心自己会陷入昏睡之中。可当我走到过道里时,却发现仍是漆黑一片。所以,我确定此刻仍是夜里。曙光尚未照拂厅堂。

那人还在继续用力敲门。我在楼梯的平台处碰到了多罗特娅。

"我听见有人敲门,就赶紧从床上跳了下来。我可不想让路易莎被吵醒,先生。她好不容易才睡下没几个小时。她需要休息。"她的女管家力求恪尽职守。但我也注意到,这样一大清早让她给别人开门,她也感到十分恐惧。"现在恐怕连凌晨四点都还没到吧,先生。"

"我知道,多罗特娅。所以我也有些不知所措。不过你别怕,我去看看是谁在敲门。"

这时，下人们都已从各自的房间出来了。所有人都在家里来回游荡，犹如一个个晕头转向的幽灵。我突然想到，也许只是个醉鬼。但让我奇怪的是，他并未发出任何叫喊，而只是一味使劲地敲着我们的门。

"辛苦各位起来了，不过大家还是回去继续休息吧。"我命令他们都回到床上去。

虽然我的膝关节已不太使得上劲，可我依然尽力掩饰自己的极度紧张，还故作一副笃定之态，大步流星地往门口走去。而在我把门打开的一瞬，却不禁惊诧至极。

"真没想到啊，先生，这样一大早，竟是堂路易斯·梅德拉诺亲自为我开的门。愿我们能有非常美好的一天。请问我可以进去吗？"只见佝偻着身子的安东尼奥·德·内夫里哈从头到脚都裹在一条酒红色的披风里。他神色威严地注视着我："我必须跟您谈谈，事不宜迟。"

于是我赶紧让到一边，好让教授进来。他径直走入客厅。而昏昏欲睡的下人们则穿着睡衣出来接待他，脸上满是困惑的神情。而且此时人人手中都提着灯，这又为这幅场景增添了一抹神秘的色彩。在场之人无不身着白衣，加上那影影绰绰的烛光，看起来，我们仿佛正在举行一个仪式，正是为了等候他的大驾光临。

"诸位，我必须跟你们所有人都说一声抱歉。我知道，我来得很不是时候。但我的确有要事要与路易斯·梅德拉诺相商，实在来不及等到天亮。"接着，安东尼奥·德·内夫里哈又转向我说道："但愿我没打扰你姐姐的清梦。我也很怕会吵醒她。不过我想，她应该才入梦乡没多久……比起白天，她更喜欢在晚上专心学习。我说得没错吧?"

屋里的人都困惑极了。我只好将他们一拨一拨地引回各自的房间里去,让他们那被打断的休息能够继续。最后,客厅里终于只剩下我和教授两人。而我的好奇心也已愈发强烈了。

我请他在一张沙发椅上坐下之后,便连忙去生起壁炉里的火。然而,我们的园丁早已抢先一步。他在留我们二人独处之前,便已迅捷无比地俯身将柴火都备好。我对此心怀感激。此外,我也请厨娘为我们准备了一些热汤,让我与内夫里哈都可以垫垫肚子。我的直觉告诉我:这场谈话,将涉及非常棘手的事……

"好了……那就请您告诉我吧,先生,是什么事如此紧急?听您的开场白,您此番来访,是要与我谈谈路易莎。您究竟为何这般忧心忡忡?是因为教席竞选一事吗?"

"你没有说错,我亲爱的朋友。我此番贸然叨扰,正是因为我决定要在事情发展到不可收拾的地步之前,来提醒你们一声,免得你姐姐事后要为自己的天真悔恨不已。不过,问题在于,我也许应该在你们去圣伊尔德丰索找我时便直言不讳,而不是一直拖到此刻才开口——因为现在,离那场典礼已不剩下几日。"内夫里哈清了清嗓子,喝了一口多罗特娅刚刚为我们端来的热气腾腾的汤水,"这汤十分鲜美,夫人。我要向您表示祝贺。"

"多罗特娅是我姐姐的女管家,先生。她会将您的赞许转达给厨娘的。"这时,这位女士躬身请我准许她回房去,"那能不能请你就寝前去确认一下路易莎有没有被我们吵醒?"

"当然可以,先生。晚安。"

当这里只剩下我们二人时,教授便不再拐弯抹角,而是开门见山:"您应该知道,在路易莎决心成为女教授的这条道路上,我无条件地支持着她。她的这份恒心与毅力,是许多人都应当学习的典范。而且据我所知,女性成为教授的例子,至今还未曾有过。"

"我了解我姐姐,先生……可您此刻如此担忧又是因为什么呢?"他那激昂与焦虑的情绪让我也不安起来。

"我是在担心,她会重蹈前人的覆辙啊,路易斯。"

"您指的是,被拒绝授予教席?"他很能理解这样的处境,因为他自己就曾亲身经历过。"路易莎等这一刻等了一辈子。我觉得,无论是怎样的结果,支持也好,反对也罢,都不会出乎她的意料。"

"你以后就会明白的,路易斯。今天我来这里,就是要告诉你:大约在三年前,我就已经被革除自己的教席了。"

当内夫里哈说明来意时,房中有一种令人窒息的寂静朝我席卷而来。我的直觉没错——这个男人想让我警惕一些非常糟糕的事,因为他自己便是前车之鉴。是的,我姐姐正暴露于众人面前。正因如此,她也置身于危险之中。

"可这怎么可能呢?在路易莎的大学时代,大部分时间您都是她的老师啊。难道早在三年前,您就不再担任教职了吗?"我不禁惊愕不已。

他说的这些让我感到难以置信。这番话有些让我摸不着头脑,但我还是继续听他解释下去。

"不,不,当时我当然还在担任教职,只不过那个教席早已非我所属。"内夫里哈喝下了最后一口热汤,懒洋洋地靠坐在座椅中,"也就是从西斯内罗斯叫我同去编纂《合参本》[1]的时候起……"

"您指的是那本《圣经》?"

"正是。就是那本《康普顿斯合参本圣经》。所以,在那段时间里,我获得了两头跑的特权,这样便能将两边的工作都照顾周全。然而,我的这份特权并没有持续太久。"

"可这怎么可能呢?早在许久之前,您在这所大学便已大名鼎鼎了,怎么还会在一个不属于自己的教席上讲课呢?"这一连串的问题,蜂拥而至我脑中——前一个还没解决,后一个立刻又冒了出来。

"我想,这应该是为了避免同枢机主教发生冲突吧。你想必也知道他对于王室的重要性。"他摊开双手,想用这个手势说明这一点是多么显而易见且毋庸置疑,"事实上,他们1505年便发起了一场新的教席竞选活动。而在那次的竞选中,我落败了。"

"您就是那时失去了自己已任多年的教席的?"

"是的。而且,最终的任职者是一个没比你年长多少的小伙子。所以,他们想方设法搅得他一刻都不得安宁,直到他最

---

[1] 即《康普顿斯合参本圣经》(*Biblia poliglota complutense*)。1502年,为弥补现有《圣经》版本所存在的诸多弊端与疏漏,枢机主教西斯内罗斯决定出版一部多种语言对照版《圣经》,将希伯来语、希腊语、拉丁语和部分亚兰语文本同时罗列其中,以供有需之士参照。为使这项艰巨浩大的工程得以顺利开展,他广罗天下才俊,招募了一批有识之士到其所创建的埃纳雷斯堡大学(后来的马德里康普顿斯大学的前身)来共同完成编纂工作,其名称也由此而来。

终选择放弃那个教席。而个中缘由,至今仍未完全探明。"

这位老师看着我,左眉一扬。我认出,这也是我们在圣伊尔德丰索最后一次见面时他做过的动作——他所有可能想给我们的提醒,都已融进这个不经意的表情中。

所以,安东尼奥·德·内夫里哈难道是在暗示我什么?难道我应当阻止路易莎去参加那场答辩吗?

9

与那位老师的那次谈话,让我明了了姐姐在通过答辩后将不得不面临的诸多难题,也给我自己既有的焦虑火上浇了油。倘若她得偿所愿,那根据内夫里哈的警示,她的任期也不会持续太久,因为很快她就要被迫辞职。这于我而言倒不无益处,因为这将为我登上校长之位铺平道路。可万一路易莎站稳了脚跟,不必再受任何人的胁迫,那我很可能便会沦为那只替罪的羔羊。

幸运的是,在本科生涯的第一年,我在学校还没碰上过对手。但我也确实没交上几个知心好友。至少,到目前为止,确是如此。尽管此时下任何结论都还为时尚早,但我也没法做到让自己的大脑有片刻停歇。

尤其是在今天——今天11月16日,此刻学院的时钟已羞答答地将指针拨向了下午一点。今天,学校已全面停课,因为那场答辩即将举行。我姐姐就要站上讲台,发表关于西塞罗的演讲了。

我终究没能说服她放手。

当我半夜获得内夫里哈老师那"不合时宜的信任"时,

他切切叮嘱我,一定要小心行事——无论是"吓唬"她,还是进一步谈论此事,都务必做到"分外谨慎"。

"你姐姐聪慧过人。路易斯,在这样的节骨眼上,你若表现出丝毫与她所期待的无条件支持相悖的迹象,都会引起她的怀疑。所以你千万要当心。在答辩之前的这段时间,你与她说话,最好循序渐进且条理清晰,不要模棱两可,也别一语双关。"

他同我说这话时,笃信路易莎一定会愿意听取我的意见。然而,事实并非如此。最近这一周以来,我姐姐日日从早到晚都将自己锁在房中,只在需要时才允许佩德罗·德·拉·鲁亚进去。她不想听到任何人的意见。

她几乎粒米未进。即便勉强吃进去几口,也是因为多罗特娅劝她:不吃饱饭,哪有身体去应对答辩呢。

"小姐,我把这炖汤给您放在这儿了,您可别等到凉了才喝。"她的女管家将托盘放在了房门口的地板上,那上面所盛的是她不想下来跟佩德罗与我一同享用的食物。"您听见我说话了吗,小姐?您是不是病了?我之前就发觉您紧张得连胃都不舒服了。您可得注意自己的消化问题。"

我姐姐不愿让任何人妨碍她的学习和演讲练习。她想必觉得跟我待在一起是件有风险的事,因为她认为她弟弟会打扰到自己。但事实绝不仅是如此。因为,我的动机其实比这还要可怕。我想做的,是阻止她去参加答辩。而别无选择的我,此刻却只能待在这里,在这个即将举行答辩的大厅门口静静等候。但此时,我并非孤身一人。

除了新学年的开学典礼,我此前还从未在学校的走廊里见过如此人满为患的场面。一场教席答辩竟也引得众人如此兴致盎然,这实在令人百思不解。毋庸置疑,今天将会是一个不同寻常的日子。眼下,已无回头路可走。

我一直忐忑不安地盯着地板。今日之后将要发生的事,无论是对路易莎还是对我而言,都将具有里程碑式的意义。而对这所大学来说,谁知道是否也具有同样的意义呢?! 一位女教授啊,这能想象吗?无论如何,从今往后,萨拉曼卡都将大不一样。

教室的门开了。连续敲响的鼓点也引起了所有在场者的高度注意。人群开始走进大厅,并纷纷在这偌大的礼堂中找到位子坐了下来。年纪最小的那些,纷纷跑去占据前面那几排的位子,仿佛他们只是来看一场热闹,或是观赏街头表演的滑稽戏。他们也许把我姐姐当成了牵线木偶或惹人捧腹的小丑——想到有这样的可能性,我心里就很不舒服……"那位女学生""那位女教授",他们就是这么称呼她的。我都听到了,但并不想理会。我尝试着舒缓自己的紧张情绪,也去找一个位子坐了下来,准备好好欣赏她的演讲。

只见司仪神色庄严地走向主席台,全场立时掌声雷动。然而,这个"全场"却并不包含我,因为此时我已恐惧到了神情呆滞的地步。司仪的金色手杖反射着从墙壁上方的窗户透进来的光,那银质把手也同样熠熠生辉,上面还有一枚大学徽章。这一切,都是如此庄严,如此严谨,如此让我感到恐惧。

现场的喧闹愈发震耳欲聋了——学生们大喊、跺脚、吹着口哨,行为举止毫无自重得体可言,把我吵得耳朵都痛。幸好这时差役终于站了出来,命令大家保持安静。

"嘘——会议马上就要开始了,先生们。请诸位都待在自己的座位上,不要打断竞选者的发言。"

人声终于渐渐平息下来,教室在一片宁静中迎来了我们的各位竞选者。然而,这时依旧有人在用脚踩踏着地板,一下又一下,踩得很轻,但又连续不断。这是一种很有节奏的运动,跟那人的呼吸保持着一致。但不知怎的,我觉得似乎只有我听到了这种反复的敲击声,可我又听不出那人是谁。于是我站起身来,目光四扫。此时大家都正坐着,所以他们一见我站了起来,便理所当然地以为我也要参加这场答辩。大谬不然。

我想,我已经知道那是谁了。在教室的倒数第二排,有个上了年纪、一身横肉的男人。他似乎正在用靴子踩踏着地板。

"不好意思,"我悄悄指了指那个男人,低声询问坐在我右边的学生那人是谁,"你认识那位摇晃得仿佛灯芯草一般的先生吗?他怎么如此烦人。"

年轻人转头看向我所指的方向,回答道:"您是说那位老者吗?抱歉,先生,我并不认识。我从未见过他。"

而就在这时,在我座位的另一侧,有人拽了拽我。我发现这边坐着的这位好像是学校的一位老师。

"我认识他,先生。因为在很久以前,他给我上过课。这是一位在西班牙工作的西西里历史学家,也是天主教双王宫廷的常客。他名叫马里内奥……卢西奥·马里内奥·西库罗[1]。

---

[1] 前文中已有所提及。他虽是西西里人,但大半生都在西班牙度过,尤其是在萨拉曼卡。他曾在这所大学执教长达十二年。

但我已经很久没在萨拉曼卡见过他了。他现在不在这里教书了。"

"噢！宫廷里的常客，您是说？"

"是的。十多年前，他便去宫廷授课了。所以我刚刚才跟您说，从那时起，我们就再也没在学校见过他。"跟我说话的这个人向我伸出手来，并将我的手紧紧握住，"冒昧打扰，在下马丁·格雷罗斯，是学校的老师。我觉得您看起来非常面熟。"

啊，我这个座位，实在是一个天选之位。

"我是法律系的学生，先生。"我冲他微笑了一下，以示对他提供信息的感激，"我来这里还不到一年，所以也还没什么机会认识人。"

接着，我们自顾自地聊了下去。差役只好嘘了一声以让我们闭嘴。我生怕他们会把我们从大厅里赶出去，这样我可就要错过姐姐的答辩了。于是，我竖起食指放在唇上，向马丁·格雷罗斯示意：我们还是保持安静吧。

10

"礼成。"[1]

校工在册子上完成了对大厅里所发生之事的记录工作，司仪也结束了他的最后发言。

都结束了。一切尘埃落定。这场演讲足足持续了近三个小时。三位教席竞选人都已尽己所能讲解了自己的材料，现在只待听候委员会的评定结果。学生们将会根据自己的横向判断来行使匿名投票权。虽说人手一票，但我并不参与——我也不被允许参与，因为我是竞选者的弟弟。

我感觉空气有些稀薄。那紧张的三个小时的重量，现在全落在了我的肩上，仿佛一座沙丘，让我的身体终于镇静下来。我要见路易莎。我要去祝贺她，因为她刚才的表现实在出色得让人觉得不可思议。我感觉面对数百名满腹质疑的观众的人好像是我，好像我才是那个证明了自己多么有价值、恒心和毅力的人。但事实上，那个人并不是我，而是我姐

---

[1] 原文为拉丁文"Satis est"，字面意思为"好了、行了、可以了、足够了"，为古时典礼仪式惯常用语，用于宣告仪式结束。

姐,是那个跟我在圣格雷戈里奥的庭院里嬉戏、打闹和追逐的玩伴。那个阿蒂恩萨最出类拔萃的小姑娘,刚刚勇敢地给了今天所有聚集在这里就为了看她如何崩溃的人一记狠狠的耳光。这丝毫没有夸张。不过,他们同样是一群随波逐流之辈:"我就跟你说了吧,对一个姑娘来说,这样一场演讲简直令人难以置信。而且她还这么年轻!你瞧见她有多么勇敢无畏了吗?"

"没错,那是当然。无论是用于辩护哪方面的内容,拉丁文文章一直以来都是一个非常冒险的选择。因为比起卡斯蒂利亚语,用它更容易出错。然而,我们这里却有这样一位不惧一切的女性。我非常佩服!"

这此起彼伏的议论声从教室的四面八方一直传到我的耳朵里。男士们纷纷对一位想证明自己与他们一样能够授课的女士评头论足起来。我试图用披风微微遮住自己的脸庞,因为我不想让他们这么快就认出我是她弟弟。我现在必须先见到她。

于是我朝出口走了过去。教室里又一次响起那恼人的骚动声,经久不息。众人正高声分享着自己的观点与意见。虽然刚才那位讨人厌的跛脚历史学家已从我的视线里消失,但此时我忽又再次看到他。他正站在主席台旁位于教室一角的扶手椅边上。而我的新同伴,那位马丁·格雷罗斯老师,正在与他交谈。眼下也许是个我过去同他打声招呼的好机会。但首先,我还是要先去祝贺我的姐姐。

我离门口越近,便越能感受到从利夫雷罗斯街传来的喧闹声。他们正在提前庆祝尚不知花落谁家的竞选结果。学生们已经三五成群地开始饮酒狂欢。虽然到目前为止，我在楼道里听见的都是欢声笑语，但我对即将发生的事仍然充满担忧。学生群体往往很快就会失控，而且这个发展速度会越来越快：一开始，可能只是某位竞选人的支持者跟其他竞选人的拥趸开开玩笑，随后便会转为激烈的争吵，甚至还会上升至短兵相接的地步。虽说在这片区域内严禁使用各式刀剑，但欢庆活动却是在外面举行的，是在大街上，所以对整个局面的控制就显得格外艰难。

但出乎我意料的是，这其中有一大群人竟都是"梅德拉诺"的支持者。他们都因路易莎关于西塞罗的答辩而热血沸腾——因为她讲得实在是太精彩了。不止两三个人声称："那个女学生"用"一个男人的沉稳与从容"讲演了一篇难度极高的拉丁文文本。有数十个人都这样说。我听见人们在呼喊我姐姐的名字，也听见他们在为我们的姓氏而欢呼鼓掌，紧接着其他人也都附和着一同高声呼喊。路易莎知道这外面正在发生什么吗？

我往西侧的走廊走过去，因为竞选者们正是从那里进来做各自的学术演讲的，之后又从那里出去回到各自的房间。

"不好意思，先生，请问您知道竞选者们是否都已经离开学校了？我正在找路易莎·梅德拉诺。她就是最后做报告的那一位……"

校工神色愕然地看着我。他原本正心满意足地看着自己所做的答辩记录，似乎对典礼各方面有条不紊的进展都颇为满意。

"我想，她现在应该已经在为自己的胜利而庆祝了吧，先生。我已经有好一会儿都没见任何人从这条走廊经过了。"

但我并不觉得路易莎现在会在外面。我无法想象我的姐姐会任由自己被一群喝得烂醉的支持者抛到空中,哪怕她自己可能也正沉浸在喜悦之中。

"您若是不介意,我想在此处再找一找。我姐姐想必还待在这边的某间教室里。"

"那您请便吧。不过,今天所有的课都停了,这栋楼也只会开放到校务委员会宣布评判结果为止。"

说完,那位校工便转身离去。他离开的样子,仿若一只矮小的乌鸦——披风在他两条骨瘦如柴的腿边打开,那本红色封皮的会议纪要册从右边羞答答地露了些出来。他觉得自己至关重要。他也感觉自己受到了尊敬。

我沿着那条连接着中间庭院与西边走廊的狭窄小径走了下去。也正是在这时,我终于发现了路易莎。她正坐在地上,面前是一个据人们说未来会成为楼梯间的地方。这项工程已暂停了好几周,而这次的教席竞选典礼无疑也成为今天无人在此干活的一个重要理由。

我悄悄走了过去。路易莎是个十分享受独处的人。但在这样的情况下,她也该将自己从思绪中抽离出来了。当我走到距离她还有五步远的地方时,她忽地回过头来看我。她察觉到了我的到来,并调整了一下自己蜷缩的姿势——看起来,她像是正从裙子下面环抱住自己的双膝。

"你还在这儿赖着不走是做什么呢,路易莎?你这样坐在冰凉的石头上,可是会生病的。来,起来跟我一起坐在凳子上吧。"说着我便向她伸出手,想把她拉起来。但路易莎又将头转向那个石洞。她看起来精疲力竭,脸色十分苍白。在她那双泛红的大眼睛边上,细小的血管几乎要从她的脸颊上透出来。

"他们说,现在这里彼此孤立的两个区域以后就会被连接起来了,就是中间的庭院和上面的这块区域……这样一来,居于各个教室中间的这片公共区域,以后很容易就能跟新图书馆连通了……"

她说这话时,眼神已在自己面前那块石头的纹理上涣散开来。

"路易莎,你还好吗?你在说什么呢?"我向她靠了过去。但当我将双臂绕过她的背部时,我感受到她浑身一阵颤抖,仿佛胃痉挛了似的。"路易莎,你刚刚为观众们——无论他们是你的支持者,还是反对者——奉献的那一堂课,是我有生以来欣赏过的最震撼的一场演讲。我相信,在此之前,没有任何人见过这样的演说。你该听听他们都是怎么评价你的……你相信吗,我刚才听到了多少赞扬你的话!我真是太震撼了,姐姐。我为你感到无比骄傲。"

可路易莎几乎没有回应我的拥抱。她仍然面朝着墙壁,只是将她的手放在我的肩上作为回应。我感觉到了她的冰冷,冰冷得就像那流淌在胆小鬼血液中的恐惧。我无法理解,她这到底是怎么了。

"路易斯。"

"你说。"

"你不觉得,这里太过安静了吗?"

索里亚,阿尔马萨

(卡斯蒂利亚王国)
1527 年

有车马正朝房子这边驶来。嘈杂声打断了路易莎平静的呼吸声,也将她母亲从浅浅的睡梦中惊醒。

有人在黎明时分抵达了圣格雷戈里奥。

多年以来,玛格达莱娜只与几位仆从一同住在自家的旧宅中。此时,大家都还在各自的卧室中休息。不过,有一位女仆似乎也已注意到这位不速之客。

"您需要我去把克里斯托瓦尔叫起来去开门吗,夫人?"那位年轻的姑娘从房间的门框里探出脑袋来问道。而房间里的玛格达莱娜,此刻正在她那痛苦不堪的女儿身旁休息。她仍散乱着头发,身上只披着一条薄薄的毛毯——毯子上的破洞,比上面起的毛球还要多。"可能会有危险。"

"不慌,孩子。我觉得没有哪个头脑正常的人会在这个时候跑来打搅我们的——现在天都还没亮呢。若真有人来敲门,那我就亲自去查看究竟来者何人。你就放心好了。回床上睡觉去吧。"

"那就听您的吩咐,夫人。不过,要是让克里斯托瓦尔去开门,我们大家都会更放心些的。万一是个强盗呢,恐怕您……"那女仆忽地住口不语,因为她不想让人误以为:昔日女王陛下的掌事侍女,如今已不过是一位垂垂老矣的妇人。"路易莎夫人怎么样了?她好些了吗?"

玛格达莱娜并未作答。对于一些事情,人最好还是保持沉默。

而路易莎此时却睁开了眼睛,切切地呼唤着她的母亲。

"您应当给他开个门,母亲。是他——是他来送我了。"

萨拉曼卡

(卡斯蒂利亚王国)
1511 年

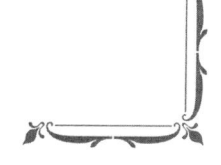

1

"'Vulgus sunt, quicunque... inanes rerum imagines pro verissimis rebus admiratur'[1],换言之:'重虚浮不实而轻真要义者,凡夫俗子尔。'伊拉斯谟诚不我欺。这一方区域乃大学之内最为熙攘之处,您绝不能只用三两毫无意义的星辰和花卉稍事装点便草草了事。此外,那些要被精雕细琢成扶手与窗沿的石块,也需您再费一番功夫多加钻研。我们所在之处,乃高等学院[2],而非市集广场啊,先生!"

堂安东·鲁伊斯·德·塞戈维亚——大学里行使督查职能的学监,对工程师的这番话深以为然。但他们两人平常日复一日的激烈争吵,却让我们苦不堪言。如今我们每日辗转于

---

1 此处保留原文中的拉丁文,其意已在后文中译出。
2 古时西班牙的大学下设两种不同的学院:一类为基础学院,为学生提供基础教育或中等教育,这个阶段的学习结束后,学生可以获得学士学位,能从事相关专业的基本工作;另一类则是高等学院,为学生提供接受高等教育的深造机会,这里往往也会为学生提供住宿,是一种寄宿制学舍,这个阶段的学习结束后,学生可以获得硕士甚至是博士学位。在16世纪的西班牙,并非所有大学都有资格开设高等学院,只有受到君主庇护与扶持的重点大学才能拥有这类学院。而这样的大学,当时在卡斯蒂利亚只有三所:萨拉曼卡大学、埃纳雷斯堡大学和巴利亚多利德大学。至于基础学院,在重点和普通大学中都可开设,在萨拉曼卡和埃纳雷斯堡尤为众多。

不同教室间的过程已变得日益艰难。他们二位倒还不如干脆到大街上去大吵一架,把所有的分歧都交给棍棒和拳头来解决,总好过一直这样连累我们,让我们这些一心求学的人被迫卷入他们的纷争之中。

"他们俩都已经吵了两个多月了,我觉得。"迭戈伏靠在我右肩上低语道,免得叫别人听见我们的对话,"事实上,就算这个楼梯最后真能完工,日后他们二人每次在这里上下,都还是会觉得这是个天大的错误。他们一样地固执己见,两个人永远也达不成共识。"

"这样的事总会发生的,迭戈。但在这所学校,我们不是连更糟糕的事都已习惯了吗!难道,你还能否认不成?"

我们不由得失笑,继续往教室走了过去。我的侍从已经为我们在第三排留好了两个座位,将书本也都在桌上摆好,眼下只等我们过去。

"米格尔,我都跟你说过不下一千遍:最好让我们坐在最后一排!你根本就没把我的话听进去!"我的朋友揪住那个可怜的捣蛋鬼的耳朵,连拖带拽地把他拎出了过道。

"对不起,先生。因为今天没有别的位子了。我向您保证:我在上一堂课结束之前就到这儿来了,但这里的座位情况几乎没什么变动,剩下的空位就这么几个。请您不要责罚我!"

"算了吧,迭戈,够了。我不喜欢你总是这样欺负伺候我的这些小厮。你怎样对待你自己的下人都没关系,但请别来管我的人。我要是有什么想说的,或有什么想抱怨的,都会亲自做的。在这些问题上,我不需要别人的任何帮助。"

我同情地看着米格尔，让他赶紧退下，并叮嘱他不要去学校门口玩抓子儿游戏，免得烦扰到别人——要玩，就去更远一些的地方玩。于是到最后，差役若是想命令他们在外头闭上嘴，就要比他只是在过道里履行职责花费更多的功夫。对于该如何让此间保持安静一事，上帝了如指掌。

文法课即将开始。我检查了一下自己的笔记本和迭戈递给我的那捆夹杂了笔记的纸页。可是，我还差了一本书。

"你确定米格尔把它们都从图书馆带下来了吗？"

我的朋友耸了耸肩。他好像什么也没缺的样子。

"我的侍童可从来不会落了我的任何东西。也许，你该考虑一下另寻助手的事了，马塞洛……这可不是那个懒鬼第一次落下东西了。"

我没有应声。我从座位上起身，急匆匆地跑回了图书馆。有些时候，迭戈说得确实有道理，但这一次却不是。我很欣赏米格尔。他是个好心肠的小伙子，人也非常聪明。除此之外，自他为我干活以来，他所取得的进步有目共睹。至少，这好过他任自己耽溺于学生们在小酒馆和旅店中喝剩的杯中酒而虚度光阴。

其他学生已经开始用脚摩擦地面——这是他们表示抗议的方式，因为老师还在拖堂。但也正因如此，我此时若是趁机在图书馆和教室之间跑上一趟，问题应该也不大。这为我留出了充裕的时间。我需要那本书，因为它对今天的晚课至关重要。

通过楼梯时，我非常小心，免得自己被某个凸出来的钉子或用以支撑结构的交叉木头给绊倒。

"喂，小伙子！想去图书馆的话，要走原来那条过道……你没看见我们正在干活吗？"

一个石匠恼火地冲我大喊，不让我从这里通过。可这条路偏偏又是最短的捷径。他们选择这里作为建造那条备受争议的楼梯的最佳位置，不愧是一个明智之举。

"对不起，先生。我现在有点赶时间……"

自从前隔在阅览室与礼拜堂之间的那堵墙被拆毁后，这所大学显然迫切需要一座新的图书馆。我们眼下所使用的，是一间非常适合用作临时图书馆的教室。虽然这里可能还缺少一些书籍，但自然多的是可以用来学习的桌子。我与迭戈常来这里。而此时，我正是在其中一张桌子上找到我那本西塞罗的。我迅速将之拿起，并确认它是否一页未缺。万幸，它还在那里。因为这是原稿，不是抄本，所以任何人都有可能将它偷走，然后利用它做起买卖来——把它借出去，再按小时收费。

折回教室时，我选择了他们刚才建议我走的那条路。这一回，我又一次听见了佩雷斯·德·奥利瓦[1]和学监之间的激烈争吵。

"佩雷斯先生，拆除这部分建筑原先的结构一事，并不是我决定的，也不是上一任学监拍的板。您若是觉得，这条楼梯在具有翻新空间和让高等学院的空气得以流通这些纯粹的实用性功能之外，还应当向学生提供一些对其'有所裨益'

---

[1] 即费尔南·佩雷斯·德·奥利瓦（Fernán Pérez de Oliva，1494—1531），西班牙文艺复兴时期杰出的工程师、作家与人文主义者，为萨拉曼卡大学留下了宝贵的建筑遗产。

的内容……那我认为,您所言甚是。在石头和凿子这些活计上,您比我更有经验。那我就听您的。不过,您可别让我来决定您说的那个扶手上应该囊括哪些训言。反正,只要这是一段楼梯,还能供人通行,我就没意见。"

这位工程师确实总有一些出人意料的奇思异想,但他觉得这对学生大有裨益。他想修建一段修道院式的阶梯——它既能将学校中央庭院中的两条回廊连起来,又不应仅仅只是几级台阶,还应该充当一种"知识的源泉"。听到这里,我已忍俊不禁。这位费尔南·佩雷斯·德·奥利瓦也因其人文主义者的身份和对神学的精通(据说他在萨拉曼卡修习神学长达三年)而声名在外。此外,如他所说,他刚从巴黎回来,那里琳琅满目的建筑风格与设计让他叹为观止。对他而言,将哲学与神学结合,是一项"为使所有值得存留的信息在萨拉曼卡大学这样的象牙塔中千古长存而必须履行的职责"。

"您切勿只将之视为一段楼梯,先生。您要将它看作一份遗产,一份我们可以留传给子孙后代的财富。简单的一朵花或一柄剑,或许也能作为艺术浮雕或某种令人赏心悦目的形式而被永远存留。然而,这段阶梯的重要意义在于:我们将实用性与装饰性完美地结合,从而赠予后代学子拓宽眼界的宝贵一课。"

我真想继续待在那里,听这两个无事生非者继续交谈下去。老实说,看到有人竟然为如此鸡毛蒜皮的小事争执起来,真是非常有趣。然而,此时还有一堂课等着我去上,而且我都已经迟到了。

我发现,教室的门已经关上。一时间,我竟不知所措。

一阵寒战爬上了我的后颈。我不应打断老师讲课。何况,老师也有权不允许任何迟到的学生进入教室。这一切毋庸置疑,这些因素我也都考虑到了。但我还是轻轻地推开了门——虽然我知道,我并不能神不知鬼不觉地溜进去。

"抱歉,请问我能进来吗?我刚才把书落在图书馆了。"

在任何其他情况下,我都不会有勇气这样做。但这是一堂路易莎·梅德拉诺的课,因而我相信自己绝不会错过。只见这位女老师转过身来,略带责备地摇了摇头。

"进来吧,马塞洛。但下不为例……下一次,我可就让你待在外头了,你就自己在院子里掷飞镖玩吧。"说着她做了个手势示意我进去。而当我与她擦身而过时,我非常清楚地感觉到,她冲我眨了眨眼睛。

2

"在我眼里,她就是个疯子,一个不正常的人……你一定不会否认我的看法吧。一个这样的女人,"迭戈学着女人的样子做了个手势,"一个始终不嫁人的老姑娘,你觉得可以接受吗?她肯定有点什么问题。"

"你这么说未免也太恶毒了些,迭戈。事实上,有时候我都在想,我到底是什么时候愿意跟你成为朋友的——那一刻,我一定是遭雷劈了……你说的这一切,究竟真是你真心所想,还是只是在无事生非?"

我面上看似谈笑风生,内心深处却因他这样的态度而备感不适。迭戈出身名门望族,成长于锦衣玉食之间。我的家庭同样如此。只不过,我们之间的区别在于:他的三个姐妹在严格意义上都已嫁给了在巴利亚多利德和萨莫拉[1]拥有田产的三位大户人家的公子;而我,却是家中独子。

"为什么你会觉得我的看法有失明智呢?路易莎·梅德拉

---

[1] 两者均为位于卡斯蒂利亚-莱昂自治大区的省份,也分别是该省的同名首府。

诺的确是一位非常优秀的教授。她在学校也已任教三年——或许稍短一些,因为她还花了几个月'谋取'这个职位。"迭戈无疑是影射紧随答辩之后的那段时间。坊间流传:在那几个月里,关于是否决定让她留下来,一时间众说纷纭,争议不断。"确实从未有人对她的表现有过任何微词。但作为女人……作为一个女人,马塞洛,你无法否认,她终究还是缺了点什么。"

"或许,应该说她身上多了点什么才对。她身上所多出来的那些东西,也许就是才华。一个像她那样的人,是永远不会浪费时间去跟一个像你这样的笨蛋结婚的。这下,一切都能得到合理的解释了!哈哈哈哈哈!"

下课后,我们一起去了迭戈家。他家跟学校仅隔着两条街。我的这位朋友,在学生中算为数不多的几个幸运儿之一,因为他每年都能从父母那里获得一千五百杜卡多[1]。而据我的推算,这其中的很大一部分,应该都落入了塞拉诺斯街上那些妓女的囊中。总体而言,我可以这样说:他对女性毫不尊重,也几乎不怎么尊重自己家中的那些女人;除此之外,唯有对那些在他看来有利可图的女人,他才会稍微高看几眼。而一位像梅德拉诺老师这般才华横溢又学识渊博的女士,此前从未在他的视野中出现过。我猜,这一定极大地颠覆了他的认知。

"今天,我们的晚餐将会是无花果和烤鸭,马塞洛。我保

---

[1] 一种曾在西班牙及其他一些欧洲国家流通过的古代金币。16世纪至17世纪初,流通于西班牙的一枚杜卡金金币,相当于现今27欧元的价值。

证，你在那个寄宿学舍肯定从未品尝过这样的美味佳肴。"

"得了吧，迭戈。你就别再馋我了！圣巴多罗买学舍非常好，我每天都会在那里吃饭，要不是因为……主要是因为，要不是……"

"要不是因为你最好的朋友邀请你去享用他家厨娘做的美味烩菜！我知道的！我觉得你做了一个最正确的决定。"

大厅里，餐桌已被布置妥当。我们一到，便先脱去长袍。我将自己的饰带往门口的椅子上随手一挥。而在壁炉边上，我的朋友正准备从橱柜上的果盘里偷拿几颗葡萄吃。这是一栋四四方方的房子。如果只是一个人居住，那它未免过于空了，虽说若再加上此人所"需要"的全体仆役，那这样的大小又确实很有必要。他的仆从半数以上都是从巴利亚多利德陪他过来的，而其余的则是他父母在这里——萨拉曼卡——雇的。说实话，我一点也不羡慕他。因为住在一个像圣巴多罗买那样的寄宿学舍里，我可以获悉许多小道消息和新鲜资讯。而这些，都是我在这里——哪怕是在像这样一座奢华贵气的宅邸里——所得不到的。

"朋友，无论是你的这些天鹅绒靠垫，还是你那张铺着浆洗过的白色被单的床榻，要我拿寄宿学舍的那些好玩之事来交换，我可不愿意。不过，至于这只烤鸭嘛……如果是为了它，那就算是要我把自己的灵魂出卖给魔鬼，我也愿意！这吃得可真叫一个痛快啊！"

"那些风言风语都传到学校去了，马塞洛！你没见最近几周学监和工程师之间的争吵愈演愈烈了吗？"

"没错，这一点只要你往门里边走两步就很容易察觉。因为他们俩总是在大喊大叫，你只要待在那里面，就会觉得好像自己也被卷入了这场争端。但我更想说的是另外一些麻烦事。比如，我们那位优秀的女教授的弟弟，马上就要成为担任校长一职的候选人了。难道你还没听说？"

迭戈惊得瞪大了双眼，同时嘴角勾勒出一抹狡黠的微笑。他往我杯中斟满了美酒，而我几乎是一口豪饮下肚。但我又怕自己会喝得醉醺醺地回到寄宿学舍。所以，酒过三巡之后，我不得不请他停下。

"我可不会给你水喝！你知道，水都被污染了。那你告诉我，路易斯·梅德拉诺还有可能会当上校长吗？难不成这件事已在圣巴多罗买传遍了？"

"我见那边有一些橙子和葡萄。既然你的厨娘这么勤快，那我敢保证，她一定也能用它们给我做出琼浆玉液来。"我指了指摆在橱柜上的那个诱人的果盘，他对此再熟悉不过，"我也只是这么听说的。反正大家都在传，如果真是这样，那她很有可能不得不放弃教席了——可这件事我实在无法接受。路易莎·梅德拉诺仿佛就是为传道授业和修辞学而生的，我无法想象她去从事其他任何工作。这是我的肺腑之言。"

听到主人口中提及自己，那位厨娘便走过来，撤走了那盘水果。我的这位朋友永远都是这样，随时随地都能应有尽有、衣食无忧。我竟不知自己对他究竟是羡慕，还是怜悯。

"我们那位伟大的女教授，是一个多么勇敢卓绝的女子！我真不明白，为什么你会这么欣赏她。因为我注意到，马塞洛，你本是个理解能力那么强的人，但你几乎天天下课都要去找她问问题。你根本不需要别人不停地给你答疑解惑，好吗?你就别狡辩了——你之所以这么做,不就是为了能跟她单独聊上几分钟吗?"

我的酒杯送来了,里面盛满一种橙黄色的饮料,还附带了一只罐子。我冲这位送水来的女仆笑了笑,因为她的到来让我终于缓了一口气,可以转移一下话题,将目光移向别处,好让招待我的这位主人停下他的连环追问。迭戈想从我的嘴里套出一些我永远都不会向他承认的事。

"这果汁可真是美味啊,朋友。也许以后我要常来跟你一起吃饭了。你说得没错。"

3

的确，我几乎每天都会在路易莎·梅德拉诺下课后跑去请教她。我很喜欢她的讲解，这一点我不否认。但是，至于我对这位女老师所产生的在某种意义上更私密的情感，我自然绝不会与迭戈分享。

我不希望她被迫停止授课。然而，他们却似乎言之凿凿：她的弟弟将被推选为下一学年担任校长职务的人选。如果他们两个之中必须有一个人要做出牺牲，恐怕那个人，不会是他。

要是堂路易斯·梅德拉诺被任命为校长，那他姐姐的处境会变得非常艰难，尤其是在现在这样的节骨眼上。因为各位教授向来都是由校长任命，而近几年来，在教席竞争中发生的诸如行贿、受贿之类的不公现象又有所抬头。若有人来询问我的意见，我会说：这个教席，梅德拉诺夫人当之无愧——甚至，她比许多从事教学工作多年、比她资深得多的人都更配得上它。但是，没有人会来问我的意见。我希望她能留下来。因为我很仰慕她——既是对她的学识，也是对她的态度。

而从另一方面来看，假如这个高位由路易斯·梅德拉诺来坐,那么有不少人都将从中受益。因为这样一来,他们便能将路易莎当作出头鸟来打,趁机整顿行贿之风。此事全然不公,却很有可能发生。自一开始,便有一批学者反对在学校出现女性的身影。据说,三年前,路易莎的那场答辩是这所大学有史以来最精彩的答辩之一。但即便如此,最终还是不得不需要国王陛下亲自介入,她才顺利获得了这个教席。看来,学生们是支持她的,可校务委员会却不买她的账。虽然我一直没法求证这个说法,但有人声称:卢西奥·马里内奥·西库罗为她那美妙的演讲而深深着迷,甚至不惜去恳求国王陛下费尔南多的支持。

然而,还是发生了一些事,发生了一些我至今依旧无法全然理解的事。而这也是路易莎迟迟不能入职的原因。据说,那是一场在学监、校长和理事会之间展开的长达三个多月的激烈论战……

但无论如何,这些都早已是陈年往事。在萨拉曼卡,人们不太可能还会把这些陈芝麻烂谷子的事再翻出来议论。眼下,最有可能发生的是:她不得不放弃教席。而这,将会是个巨大的损失。

就在今天下午,路易莎还提及一个我们此前从未想到过的关于文本出处的小趣事。她在课堂上,尤其强调这种寓教于乐的态度和即兴发挥的精神。它始终贯穿于这一个半小时的讲课过程。所以,她的讲解永远都不会让人觉得乏味,保证能让你集中注意力。哪怕人们对梅德拉诺夫人有再大的意见,至少在她这种诲人不倦的治学态度上,无人能够提出异议。

Nemo enim ipsam voluptatem quia voluptas sit aspernatur aut odit aut fugit, sed quia consequuntur magni dolores eos qui ratione voluptatem sequi nesciunt. Neque porro quisquam est, qui dolorem ipsum quia dolor sit amet, consectetur, adipisci velit, sed quia non numquam eius modi tempora incidunt ut labore et dolore magnam aliquam quaerat voluptatem.[1]

女教授将书本捧在胸前,诵读着这一段。此时,教室里鸦雀无声。"在正式开始讲课之前,我们先来思考一下这位罗马先哲这番话的真正含义。有谁自告奋勇来翻译这一段吗?"

一位老师在自己的课堂上用卡斯蒂利亚语授课,这并不是一件寻常之事(据我所知,这甚至还被明令禁止)[2]。但路易莎·梅德拉诺并不会在乎这种事。她与她的学生之间,可以说存在着一种不言自明的默契,这能帮助他们深刻理解她的教学内容。而且,到目前为止,还没有任何人出卖过她。她的尊重与严谨让我们所有人都感到非常舒服。我们都很喜欢她这样的教学方式。她往往会先将原文诵读一遍,再让我们将它翻译成卡斯蒂利亚语,然后再带我们回到拉丁语中,好让我们在对照中细细体味个中差别。而最妙的,永远是她的甄选工作——凡是她所选的文段,从来都不是空洞无物。所

---

[1] 出自西塞罗《论善与恶的边界》(也译作《论至善和至恶》)(*De Finibus Bonorum et malorum*),此处保留原文的拉丁形式。
[2] 在16世纪的萨拉曼卡大学,一律用拉丁文进行授课,甚至有校规明确规定:如果出现教师用卡斯蒂利亚语进行授课的情况,那么这位老师将需要缴纳一定的罚金。

以，每回下课后，大家都心满意足，有一种超越了文本本身的感觉，仿佛自己已与选文作者本人进行了一场切磋交流，激起了思想碰撞的火花。而今天这个选段，则将我们全然带回到了公元前45年。

"大家都别把自己的想法藏着掖着。来吧，各位有何高见？我知道，你们其实都已经读懂这段话了，因为它并没有多复杂。而且，课程上到这个阶段，西塞罗也已是我们的老朋友了。"

这时，在教室的最后排，一只手颤颤巍巍地举了起来："没有人会心甘情愿地拒绝愉悦本身……"

"非常好！是你吗，达米安？但你的声音未免太轻了些，你又坐得那么远，我都不确定到底是我幻听了，还是你的语声真的从教室那边传过来了。请站起来吧！请你继续翻译下去……或者，还有其他同学也想来试一试吗？"

"……以理性的方式来寻求愉悦，那种状况是极为痛苦的。"

"究竟是'状况'，还是'后果'呢，弗朗西斯科？Sed quia consequuntur magni dolores eos."

路易莎朝第二排走了过来。因为我那位机敏的同桌帕科·马德里加尔又一次想都没想便脱口而出。我不由得拿胳膊肘捅了捅他。而他也懊悔莫及，赶紧用手捂住了嘴，可还是没能掩饰住自己那丝没来由的笑意。

"是'后果'，是'后果'！我没好好读这一部分。"

听到我这位同桌竟给自己找了个如此不高明的借口，全班十排学生立时哄堂大笑起来。而这时，女教授则转而继续讲解西塞罗这封书信的剩余部分。

"你能自我纠正,这非常好,弗朗西斯科。但在这样一篇文章面前,犯错并没有什么可笑的。西塞罗向我们分别论述了善与恶的边界。这也不是我们第一次探讨这个问题了。请告诉我,你们当中有人曾有机会观摩过印刷坊是怎么工作的吗?"

她这句话让我们所有人都困惑不已。但这也是梅德拉诺夫人独具特色的一种做法:如果大家的注意力有些分散,那她的"反击"方式便是讲一个应景的故事,不过这个故事并不一定与这堂课的主题相关。

"当然有了!我父亲每年都要在洛格罗尼奥[1]向纪廉·德·布罗卡尔[2]订购书册呢。"迭戈脱口而出——在炫耀家族财富这方面他总是一马当先,他也总能找到这样的机会,"有一回,我还去他的印刷间里参观了呢……里面闻起来有一股药膏的味道。"说着他不禁皱起鼻子、吐出舌头,向我们证明那次的经历给他带去了多么不愉快的回忆。

"很好。你当时要是在闻闻气味之外,还环顾了一下四周,想必也注意到了他们将字稿排成活字与字模时所参照的那些样稿吧。它们每回用的是否都是相同的文本呢,迭戈?"

我的朋友这回在思索了几秒之后才做出回答。

"那些字母都是随机的。我记得自己看到过一篇奇怪的文

---

[1] 西班牙北部城市,现为拉里奥哈自治区首府。圣地亚哥朝圣之路经过此地,中世纪时地处诸王国的边界地带,且又有埃布罗河流经,因此该城古时为至关重要的交通枢纽。
[2] 活跃于15世纪末、16世纪初的一位法国出版商,但他几乎所有为人所知的出版印刷工作都是在西班牙展开与完成。

章，它反复出现在每一个样稿中。不过，它每回出现，文字的颜色、大小和间隔都不尽相同。这么说来，那确实很有可能一直用的是同一个文本。"

路易莎已将那本西塞罗放在了桌上。这时，讲台上的她正在一个巨大的袋子里仔细摸寻着，里面装满了纸张和讲义。她终于从中掏出一张对折的羊皮纸。当她将之铺展在我们面前时，我们可以看出：那上面写着一篇文章——那并不是拉丁文，却又很像是拉丁文。

"用的都是这个文本，迭戈。而且，要是谁什么时候能有难得的机会见证一本书是如何从印刷坊的印刷机上制作出来的，那他也会看到这个东西。"她将那张巨大的羊皮纸放在了讲稿架上，"坐在最后几排的那几位同学，你们能不能两个两个地上来，来确认一下这篇文章到底是用哪种语言写的？"

她邀请他们到讲台上去读那篇文章。然而，出乎我们意料的是，竟没有一个人能读懂。

"请大家将刚刚读过的这篇文章跟我们手里的另一个文本对比一下，你们便会发现：其实它们是同一篇。只不过，这一篇缺漏了一些词，语意也不甚通顺。如此一来，便不会有人试图去阅读它，而是会更加关注这些字母在这个页面所构成的整体。你们想想，忽略内容，而只关注'容器'本身——这不正是同那些总是思前想后、犹疑不决的作者与顾客打交道的绝佳办法吗？"

Lorem ipsum dolor sit amet, consectetur adipiscing elit, sed do eiusmod tempor incididunt ut labore et dolore magna aliqua. Ut enim ad minim veniam, quis nostrud exercitation ullamco laboris nisi ut aliquip ex ea commodo consequat. Duis aute irure dolor in reprehenderit in voluptate velit esse cillum dolore eu fugiat nulla pariatur. Excepteur sint occaecat cupidatat non proident, sunt in culpa qui officia deserunt mollit anim id est laborum.[1]

我并不关心那些印刷师傅会不会一直采用这个办法。但这是我在路易莎·梅德拉诺的课堂上学到的一节选段。所以，我一定永远不会忘记它。

出于诸如此类的原因，我依旧认为学校不应将她辞退。但现在，我们也只能走一步看一步了。

---

[1] 此处保留作者引用的原文。该文段在欧洲印刷业兴起之初便被用于排版测试，作为样稿来展示文本以不同的字形、版型所印刷出来的不同效果。其内容实际上出自西塞罗《论善和恶的边界》，但为了弱化文章内容的影响而凸显印刷排版的效果，故删去了一些词句与音节，使得整个文本语意不通。因此文以"Lorem ipsum"开头，故也以此名流传至今。

4

终于到了萨拉曼卡大学选举新校长的日子。但对我们这些学生而言,这件事让我们有多兴奋,那它也让我们有多厌烦。

"让我们拭目以待,看看路易斯·梅德拉诺上台以后能不能删繁就简,让我们从各种报告和讨论会中稍微喘一口气。"无论在什么情况下,学校的官方活动对迭戈来说都是一种折磨,"教席访问也好,官方政策也罢……这么多没完没了的典礼仪式,反正我是受够了。"

"恐怕就算是新校长上台,他在这方面也不会多做文章的,朋友。典礼仪式这种事,它始终会存在。"

"不过反正出席典礼能换来一个好处,那就是我们又可以停课了!这样看来,我倒也不觉得这件事有那么糟糕了。"弗朗西斯科·马德里加雷斯倒是对这个问题提出了不同的看法,听上去也颇有道理。

校长一职向来至关重要,与所有人都息息相关。大家对校长都抱有这样的期待:希望他能作为学监的一个"可靠""正面"[1],即便他始终要听命于后者。后者,是无可辩驳的命令;而前者,则是我们一丝尚存的希望。

今天早上,我们都起了个大早,为的是去参加路易斯·梅德拉诺的就职仪式。大家对此都满怀期待。在去的路上,能听见那些拖拖拉拉地落在最后面的人议论:"这么冷的天,我们非要那样聚集在里面吗?这个时候,我还是更愿意待在小酒馆里喝上几杯,边喝边等结果出来。这是一个多么欢乐的日子啊!我们可得好好庆祝庆祝。"

这是圣马丁节[2]的清晨。好几天前,圣哲罗姆小礼拜堂中便挤满好奇围观的人群,因为新任校长的名字在那里被正式公布了。虽然我和朋友们打了个赌,但总体而言,我们其实都认为路易斯·梅德拉诺无可争议会成为最后的赢家。

"可尽管如此,我依然为他的处境感到担忧。我知道,还差一年他就能获得博士学位了。可是,清算账目和费用、保管学校金库的钥匙、监管图书馆的服务……你们能想象吗?所有这些活都得他来干,可付给他的工资却少得可怜。"

迭戈此言甚是。这个职位的声名远比它的酬劳要更具价值。但他本身就是位贵族公子,因此绝不会遇上这样的窘境。只有那些家境最殷实的学生,才会动一动行使校长权力的念

---

[1] 在古时的萨拉曼卡大学,学校的两位最高权威分别为校长与学监。二者犹如一枚硬币的正反两面,相辅相成。他们在职责上有所分工,但意见相左的情况也时有发生。前文中译者已作注说明,前者主要代表学生的利益,一年一选;而后者则一般终身任职,在大学中代表教皇或国王的权威,这个职位最初由教皇任命,以此来维护教皇赐予大学的特权并进行相应的控制,到16世纪以后一般由教师代表推举产生。
[2] 每年的11月11日,天主教的圣人庆日。

头。而由教授和学生组成的校务委员会，在决策时刻和相关的管辖权上会为其出谋划策（至于所有其他事宜，都是学监说了算，而且实际上，最后拍板的也永远是他）。

"要是他分不清图书馆里那些书的首尾，但愿他的姐姐还能帮帮他！"马德里加雷斯一如既往地固守着己见，"好吧，怎么回事？难道只有我一个人这样认为吗？再说了，新的大厅将会更加宽敞。但不管怎么说，他都得把每一本书重新放回书架上……"

"除此之外，还得好好整理一下呢，帕科。但你放心吧，这件事轮不到路易斯来做，也轮不到他姐姐来干。"这时我终于不得不插上一嘴来为路易莎说句话——只要有人提起这个话题，最后我们都会吵得不可开交，"不管怎样，现在无论是你，还是其他任何人，都不知道此后她还会不会继续留在学校。所以，我们还是谨慎为妙。"

路易斯·梅德拉诺凤愿得偿。他终于当上了校长。11月10日上午，路易莎的弟弟，就在老大教堂[1]的回廊里，在圣芭芭拉小礼拜堂前，"庄严而合法"[2]地宣誓接受萨拉曼卡大学校长一职。

可我不禁在想：她对此事会怎么看？在好奇心的驱使下，

---

1 萨拉曼卡古城拥有两座大教堂，人们习惯按照建立的先后顺序分别称之为"老大教堂"和"新大教堂"。但实际上，二者毗邻而立，几近融为一体。在1513年至1733年修建新大教堂期间，并未拆除原有的老教堂；而在新教堂建成之后，老教堂的拆毁计划也未能实行。故此，直至今日，二者依然共存共用。
2 原文为拉丁文"in licitis et honestis"。该表达常见于西班牙古时法律文书，其字面含义可理解为"按照规定且真心诚意地"。

整场仪式中,我一直在小礼拜堂拥挤的人群中不停地找寻着她。然而,无果。她并不在那里。

这时,有人提议:我们不如一起乘船到德哈雷斯[1]去,这想必是个不错的主意。与小伙子们共度这样没有课业的一天,大家一起在郊外野餐,日落时分玩一局纸牌……谁知道这些事会不会在不知不觉间,将从那一刻起便已向我袭来的孤独驱散呢。

"但我想说,大家介意我晚些再来跟你们会合吗?我想我得先回家吃个饭,然后再稍微躺一会儿。"

"你是累了吗,马塞洛?难道你昨晚为了庆祝梅德拉诺就职彻夜未眠?"马德里加雷斯想用这样阴阳怪气的玩笑让气氛变得轻松欢快起来,"你要是想晚点来,那就晚点来好了。不过,我可不敢跟你保证,在接下来的这几个小时里,我和这群疯家伙会有多守规矩,哈哈哈哈!"

我对我的这帮伙伴也并不抱任何期待。因为从见到酒的那一刻起,他们便都好像变了个人似的——个个变得风趣幽默,能言善道,还带着到了次日清晨便会让他们羞愧不已的滑稽可笑。简直毫无理智可言,叫我根本认不出来。

"那就按你说的办,帕科。我现在就先回去一趟。要是晚些时候我想去凑个热闹,那我就到萨莫拉街上去找你们。"

但他们其实一点也不关心我会去哪里,除非我跟上他们的脚步,从一个酒馆辗转到另一个酒馆,直到把今天过完。

---

[1] 在1963年以前,它是位于托尔梅斯河南岸的一个独立城镇,现为萨拉曼卡城的一个街区。

因此,我决定到梅德拉诺家去一趟。我猜想,路易莎若不在参加典礼的人群中,那我最有可能找到她的地方,便是她家。今天,就连图书馆也因这场就职仪式而关闭,所以她此时应该正待在家中以远避人群。于是,我朝她家的方向走去。

结实粗壮的攀缘植物覆满了这栋大宅外面栅栏上的铁条。他们姐弟二人的日常生活,也因而能免受外界目光的侵扰。每当有人路过他们门前,最多也只能隔着那繁花密叶织就的绿色帘幔来想象一下其间会发生一些什么事情。很有可能,直到她弟弟被宣布为新任校长的那一刻,路易莎都一直在等待着接受审查。我驻足在她家门前,隐约望见下人们正在里面忙碌不歇。

"万岁!英名长存!"

这时一声骇人的呼声忽地从阿纳亚广场[1]那边响起,中间远远隔着好几条街,一直传到我的耳朵里来。新校长正被好几个人合力扛在肩上,他们要在城内展开一场或许可以称为"即兴游行"的活动。但事实上,这是每次有新官上任都会上演的一个传统节目。所以,这并不是什么临时起意,更没有任何新鲜可言。

"不凭自己的本事弄出点动静来,那他就不是我的弟弟了。他总是这样渴望引起别人的关注……我还不知道他吗?"

路易莎忽地打开家门,定睛往街上望去,想确认这是不

---

[1] 指前文提及的阿纳亚宫前面的广场,也即现今萨拉曼卡大学语文学院与新老大教堂之间的那片空地。

是人们为她弟弟成功任职而发出的欢呼。随即她便发现我竟也在那里,正倚靠在栅栏上,鼻子埋在叶丛中,仿若一只充满好奇的、想要逃离羊圈的山羊——或者,更确切地说,是一只想向这位女老师的羊圈冲过来的山羊。

"你在这儿做什么呢,马塞洛?我还以为你正和其他同学一块庆祝呢。你难道既不为美酒所动,也不想好好享受这难得的闲暇吗?"女教授笑着问道。显然,她已经察觉到:我所喜爱的,正是跟她待在一起。她走近几步,将我的书本拿了过去。"像今天这样的日子,你还想找个地方看这些书吗?学校都关门了,马塞洛。不过,你要是想学习,我这儿倒还有足够宽敞的地方。你想进来吗?"

我很不好意思。羞怯之情涌遍全身,最后浮现在了我的脸颊上——我实在难掩这满面的绯红。

"我不想打乱您的安排,夫人。我刚才正往自己家去。我原本打算先吃个午饭,然后再睡上一小会儿。庆祝活动要一直持续到天黑才会结束,我还有的是时间来考虑要不要加入他们呢。"

路易莎继续翻阅着我的那几本册子。我所给出的回答,显然还不是她想听到的答案。

"你连出去庆祝也要带着这些书吗?"

她让我别无选择。我只好向她坦白交代。

"这些并不是书,夫人。它们是我的笔记本……或者说,是我的日记本。我会把自己一天的行程都记录在上面,有时候也会随手画上几笔,描绘一下自己都经历了什么事。"

"你还是个画家呢,马塞洛?"路易莎嫣然一笑,说着还给我鼓起掌来,仿佛被我刚才所说的吸引住了,"那现在我可真要恳请你赏光进来坐坐了。请你给我看看你所说的'随手画上'的几笔吧。"

我迟疑地接受了她的邀请。可要是被人看见我到女教授家中拜访,那该如何是好?不过,所幸在今天这样的日子,应该也不会被人发现任何蛛丝马迹。

她告诉我,这一整个上午她都坐在花园的凳子上,安安静静地幽居在此,绣绣花,读读书。她无须出现在任何人面前,也无须为自己缺席学校的那场典礼找任何说辞。她说,察觉有人在藤蔓间窥伺时,她正一面同园丁说着话,一面在给一块旧亚麻布上绣的花缝上一片玫瑰色花瓣,作为收尾。平日里她并不常摆弄这些针线活,因为这会让她回忆起在宫廷度过的童年时光——在那个地方,女红被视为姑娘们的必修课。但这天上午,她觉得自己的做法违了规,便干脆将时间都花在那用丝线织就的美丽花束上。

也就是在那时,她听见了我的声音,便出去看看发生了什么。

"现在人群差不多要走到丰塞卡街了……夫人,当他们经过这里时,您不想探出头去看看吗?"只见那位园丁身形高大却骨瘦如柴,两只手上都肮脏不堪。他见此时走进来的竟是我们二人,不禁诧然不已。

"我弟弟并不需要我去祝贺他所取得的胜利,尤其是像这次的胜利。因为几乎没有什么比这更让他笃定无疑的了……"说着她又坐回座椅上,继续缝着布料上那未完的针脚,"马塞洛,请坐到我的身边来,把你画的那些草图给我看看吧。"

在执行她的这项命令前，我稍微犹疑了片刻。但最终我还是选择了屈服。于是我俯下身，向她展示了自己在本子上随手画的东西。反正这里面，也没有什么见不得人的，我觉得。

5

无论是在新校长宣誓入职的次日清晨,还是之后几个月的每一个早上,都不曾有人怀疑过女教授对我有过"特殊对待"。在某种程度上,我们之间已铸就一种特殊的友谊。这种"特殊",既在于其真挚赤诚,也在于它所必须保持的缄默。

到目前为止,还只是有些风言风语而已。然而,这些谣言却似有即将成为事实的迹象。很有可能,路易莎·梅德拉诺将被开除。我绝不希望自己再为这样的不公起到一丝推波助澜的作用。万一有人因为我们之间的亲近而嚼起舌根来,后果将不堪设想。

大约在一周前,路易莎便向我透露过我们的课堂即将迎来一位视察员的消息。她这是在向我吐露心中的恐惧。在大家对后续课程的教学内容进行了"投票表决"[1]之后,按照学校的规定,我们以我要向她递交同学们的决议为由,在一间教师休息室碰了面。她就是那时候告诉我这些事的。

"这是因为有人发现投票的过程中出现了违规行为。对那

---

[1] 这是 16 世纪萨拉曼卡大学的传统决议方式。

些关于年鉴遭窃与任人唯亲的声音,女王陛下或已自有定夺。但她要派一位主教过来给我们吃定心丸。而这,也正是当下我最需要的。"

"所以,您觉得,这件事或多或少都会与您产生一些关联,对吗?可是,夫人,您担任这个教席已长达四年,谁还能对您的才能提出非议呢?"

我这样说,是想安抚一下她的情绪。但显而易见,作为唯一一位担任教职的女性,她势必会成为第一只中枪的出头鸟。可此时此刻,我无论如何都不愿显露出自己有丝毫的担忧。

"你听我说,马塞洛,我来到这所大学时,正逢内夫里哈老师离开。而这,并不是什么非常有利的巧合。"

"可他是自愿去往塞维利亚的呀。没有人要撤他的职,不是吗?"路易莎避开了我的视线。我不知道她是不是觉得,这并不是什么能带给她指望的消息。又或者,关于这件事,她还知道一些无法向我和盘托出的内情。"不管怎么说,无论这是不是巧合,内夫里哈的孤僻性情都是尽人皆知的。我不认为大家对您有什么非议,夫人。您别给自己太大的压力。"

自那以后,我对那次视察便格外警惕。因为我不想在那位主教到来时错过任何细节。

而今天,我已对这些事了如指掌。

我的课马上就要开始了。我利用这点时间在回廊里溜达了一圈。就在我写下这几行字时,我又回想起两段当时被我及时捕捉的谈话。它们就那样飘浮在东面的甬道中,直往我的耳朵里钻。我也不知道,这究竟是我的幸运,还是不幸。

"我要将它打造得奇巧非凡。它要拥有一副女性的身体,蜿蜒在植被间,仿佛是从灌木丛中冒出来的。而其弯曲程度,则正如我此前跟您说过的那块挂毯……阁下,您能明白我期望这段楼梯能够达到何等效果吗?它将会是萨拉曼卡——甚至我敢说,是整个卡斯蒂利亚王国——最神秘玄奥的楼梯。"

这个声音是从会客厅那边传来的,学生家人来访时那里通常会被用作招待处。那个房间里备有几张包臀椅[1]和一个雕花立橱,后者常被用于归置学生们的笔记。火焰在壁炉中噼啪作响。会客厅中央摆着一张长腿桌——这样人们不必坐下便可以探讨放置在桌上的任何卷宗。正是在那里,我赫然看到了正俯身看向同一张羊皮纸的两个人。

只见工程师佩雷斯·德·奥利瓦手中握着一张设计图纸,上面画有一个挂毯的图例——那是伊斯拉埃尔·凡·麦肯纳姆[2]的作品。他正将其展示给马拉加主教迭戈·拉米雷斯·德·比利亚埃斯库萨看。而这位神职人员正是由堂娜胡安娜陛下钦定派至此处的官方视察员。那一刻,这位视察员并未流露出丝毫想参与任何有关这个建筑的设计、建造及其他诸多繁杂事项决策的意思。但那位工程师却显得十分执着。

费尔南想让这位视察员信服这项宏伟的计划,让对方相

---

[1] 一种流行于西班牙16、17世纪的椅子,来源于意大利。这种椅子的高度较低,通常由木制的支架、扶手、靠背和皮制的坐垫组合而成。坐垫柔软,形状可塑,其弯曲度能够很好地包裹住坐者的臀部,故此得名。同时,座椅的扶手和椅腿互为延伸,形成一个如同剪刀般的X形(形状类似马扎),因此有时也被称为"剪刀椅"。
[2] 德国15世纪至16世纪最为活跃的版画师。这位画家风格独特,自成一派,广泛尝试不同技法,为后世留下了大量优秀画作。

信校方已与自己统一战线：他们都认同他这套"有必要通过这些石块发挥间接教育作用"的理论。他渴望获得这份支持。因为他知道，如果他的决定能受到教会的庇护，那么他就能赢得所有人心，大家都会承认他在创造方面的卓绝天才。

几个月以来，我们"不得不"听到的无数次激烈的争论，都说明了学校这段楼梯上浮雕图案的重要性。我绝不能错过这个听到故事"大结局"的机会。我便在会客厅门边的一张长凳上坐了下来，小心翼翼地继续跟进这段对话。

"我觉得您这个想法没错。而且，我必须承认：您对这个楼梯扶手作用的重视让我十分感动。然而，我此番到萨拉曼卡来，却并非为了处理此事。所以，您若是不介意，我要回到校长身边去了，因为我需要与他一同处理其他一些事务。"

他的这一席话，一时间让我如鲠在喉。我当即感觉极其惊恐，惊恐于在接下来的几个小时内可能会发生的事，惊恐于他们二人会面后将会发生的事。

他想必会与学校的两位最高权威进行商谈。我霍然想到，学监此时可能正在家中等着与他共进一顿简便的午餐。他们也许会讨论一下最近发生的几件备受争议的事，比如路易莎此前向我提及的窃书一事。那件事的来龙去脉至今尚未被查明。学校依然在努力找出某个对处罚金心怀不满的学生——他或许正是受这样的怨恨所驱，才会悄悄接近那个重要的大木橱，拿走那些会让他声名扫地的文件。惩罚往往会落在一些罪不至此的人身上，而他们的人生履历从此也会染上污点。这种情况时有发生。但这一次的情况又有所不同：因为这回可不再是简单的小偷小摸，而是几本记录着大学活动的至关重要的登记册不翼而飞了。

但除此之外，还有一些关于所谓近来教席授予不合规定的争议与流言——这也正是让我最紧张的地方。主教若为了调查此事而想与现任校长路易斯·梅德拉诺私下商谈一番，这也完全合乎情理。校长或许会从他的视角，也即作为路易莎的弟弟，帮助主教厘清所发生的一切。

退一万步讲，路易莎·梅德拉诺领受教职已是十分久远的事；加之多年以来，她的教学工作已取得相当瞩目的成果。然而，时至今日，她仍会激起旧日的怨恨与不满。

接着，我便看到主教步履匆匆地离开了会客厅，从我面前走了过去。我想，也许他这是要去校长办公室找路易斯。于是我毫不迟疑地跟上了他的步伐。

可他却在半道上被学正[1]截住。学正想邀请校长共赴学监的那场饭局。此时他正倚靠在那环绕着中央庭院的围墙上，打量着正各自用工具在那个建造来日楼梯的角落里敲敲打打的石匠们。他一见主教，便小跑着迎了上去。而我则赶紧藏

---

[1] 古时萨拉曼卡大学管理体制中的一种特殊的行政职位，西文写作"primicerio"，最初意指"名字位于榜首的那个人"，后逐渐用来泛指"从事某种工作或领受某个职位的第一人""同行中出类拔萃者"，甚至具有"统领人、负责人、长"的意味。在基督教教会中，该词用于指教堂唱诗班的领唱者。后来这个职务也被挪用至大学的管理体制中。因为在欧洲大学建立之初，大量的教职人员从教士群体中来。这一职务名称的借用在西班牙萨拉曼卡大学尤为典型。15 世纪初，学校规定：在一年一度的校长换届选举时，教师们也要推选出一位代表来主持和组织教师团体的各项事宜——而这位负责人，便被称为"primicerio"。此处译者参照中国古代学官制度，取其"训导、协助教学、学人之长、主管人"之意，暂且将之移译为"学正"。在 16 世纪的萨拉曼卡大学，学校的最高行政集团原则上应由代表学生群体利益的校长、代表教师群体利益的学正和代表教皇权威的学监共同构成"三足鼎立"之势。不过，在实际操作上，主要是由校长享有实质性的行政权力，而学正则更多地只是扮演校长与学监之间的协调人。

身于一间教室的门后，正好此间还没开始上课。

"阁下！请您抓紧时间！因为学监不喜欢在午饭时间等任何人。"虽然离主教其实只有几步之遥，但他还是提高了嗓门，免得自己的声音被石匠们的敲击声给盖过去，"我已在此恭候良久，不知您是否已准备妥当？"

"事实上，此刻我正准备去找校长谈谈。我们需要尽快达成会面——我不希望这场会面被一拖再拖。"

"啊！可若是这样，那您为何不请他也一道去学监家用餐呢？如此一来，我们大家不就可以一同探讨那些待讨论的问题了吗？"

"非常感谢您的好心提议。但堂娜胡安娜陛下曾明确要求过我：要与路易斯·梅德拉诺进行单独的会谈。那些与他姐姐有关的事情，只能与他一人相商。显然，她虽然对自己身边的人心存疑虑，但对路易莎却深信不疑。而且这是一种特殊的信任。陛下想必对她非常了解。"

主教的这番解释让我突然燃起一丝希望！尽管我此时正蜷缩在一根不太高的柱子后面，这姿势让我越来越感到不适了，但我还是继续留心观察着这位视察员的一言一行。

只见学正失望地皱了皱眉头。他所期待的一定不是这种主教拒绝他提议的情形。由于他的职务及职责，他已经习惯了通常没有任何人对自己的意见提出异议。但无论如何，既然连女王陛下都开了这样的金口，那他便不该再有任何反对意见。

"与校长单独会谈？怪了，这样的事可还真从未有过。眼下这副情形，他一般不会接受太多的会见。不过，既然女王陛下已经下达了这样的旨意,那他应该只有接旨的份了。但无论如何,请您速去速回,不要耽搁太久。我们会恭候您的大驾。"

主教听完微微颔首,辞过别后便继续上路去寻路易斯·梅德拉诺了。

而我此时也任他远去,不再坚守自己追踪的步伐。因为我听到的信息已然足够,而且我也必须去上课了。不过,那幅情景里有一些东西让我陷入了深思。我感觉自己好像成了某片禁区的入侵者——又或许,比这还要糟糕:似乎,我是一个跑错了阵营的同盟军。

6

"终于肯露面了,你这个坏家伙!能跟我们说说你这一上午都跑到哪儿去了吗?你可错过了埃拉迪奥和希伯来文老师长达一个小时的激烈争论。这场讨论可真该被载入史册。"

迭戈在调侃某些同学的胆大妄为。他们为了引起老师的注意,竟敢对那些在其他王国的大学里也都毫无争议的观点加以辩驳。路易斯·比维斯[1]那副装腔作势的派头,似乎让萨拉曼卡人也受到了感染。

"难道,我们现在都需要通过否认一切才能在教室中拥有存在感了吗?"

"这么说吧,在那位来自巴伦西亚的人文主义者眼中,他确实因为自己在这方面的得心应手而春风得意。现在,所有人都在谈论他的论述是何等掷地有声。"

"可那位来自巴伦西亚的人文主义者此前曾旅居巴黎,他在那里可以畅所欲言。他的看法也不无道理,我并不否认这

---

[1] 即胡安·路易斯·比维斯(Juan Luis Vives,1492—1540),西班牙文艺复兴时期杰出的人文主义者、哲学家与教育家,出生在巴伦西亚。他积极投身于当时欧洲人文学界的激烈论战,并与伊拉斯谟私交甚密。

一点。但它离我们实在太遥远了。"

在这样一个即将吃午饭的时刻,我并不是很想让自己卷入这场争辩中。于是我转身离开了迭戈,也远离了他的滔滔不绝与责备之辞,还有他对我们那位埃拉迪奥同学及其对路易斯·比维斯的崇拜之情的揶揄讥讽。我只想在教室里找到一个空位。然而,无论我如何努力,都无法将那些关于远在课堂之外的路易莎的念头从脑海中驱逐出去。我在想着主教正在对她入职以来的资料与情况进行全面的审查,想着那些对她不利的事件都发生得如此巧合,想着她弟弟竞选校长职位一事,想着书籍遭窃事件……会不会是有人一直在针对她,才故意将所有可疑的矛头都引至她身上?可我不希望自己走火入魔。我现在必须保持冷静。因为无论发生什么事,都不在我所能够掌控的范围内。

我不愿继续待在这里。或许我错了,或许我能做些什么,或许凭我一己之力也可以让这些事件的进程发生一些改变。至少,我可以去搜集一些应当掌握的信息,好去告诉路易莎她将要面对的会是什么。

于是,我走出了教室。而这时老师也恰好从门边走过。

"你确定自己连这节课也要放弃了吗,马塞洛?我听说你已经逃掉希伯来文练习课了。我认为你不应当继续这样下去了。你这是把上课当成儿戏。"

"可我现在不得不先告辞了,先生。我事后会向同学借笔记赶上课程进度的。"说着我鞠了一躬,为自己的离开表示歉意,而老师只是摇了摇头。恐怕他根本无法理解我的所作所为,而我也不想把时间浪费在向他解释清楚这些事上。"无论如何,我都非常感谢您的建议,先生。"

我知道,对其他学生来说,缺课、旷课的后果都非常严重。因为每一年的注册费用都是一笔不小的数目。这时我想,有钱有势的好处之一,或许也正在于此了。而且,我还想尽可能地利用好自己的这个优势——因为它同样可以被用于当下的情形,以便为路易莎·梅德拉诺提供援手。

学监的府邸就坐落在这条利夫雷罗斯街上,离高等学院的大门口只有几步之远。要是我的推测没错,那学校的一干高层领导应该即将在那里会面。面对眼前那一大桌丰盛的美酒佳肴,他们推杯换盏,边吃边聊,而那些关键的话题也就从他们的嘴里纷纷冒出。

透过这栋房子朝外开着的窗户,我勉强能分辨出屋内下人们活动的身影。只见他们忙忙碌碌,正在为午餐做着准备。我借用一根细棍瞄准细看,竟在这人群中认出了米盖尔的身形。没错,是他!这时候居然能在这里看到这个干起活来总爱开小差的小伙计,我真是太高兴了!

"嘿!米盖尔!这里!我在窗户这里!"我发现,此刻要引起我这位侍从的注意,对我来说非常困难。况且,我还得非常小心地压低嗓门,免得叫其他任何人听见。"过来,小伙子,喂!我不会罚你的,朋友。你过来一点,因为我想请你帮我一个非常重要的忙。"

此时,米盖尔正托举着一位女仆刚刚交到他手中的一个家用酒囊。我断定,他对那位姑娘必定早已心生情愫,便趁我每回去上课的时候跑来这里追求她——这样一来,还不会耽误他玩躲掷棍和套圈游戏。他一瞧见我,便立即溜去躲了起来。但我跟他说明了来意之后，似乎终于赢得了他的信任。他朝我这边走了过来。此时，我感觉米盖尔犹如一只被困在笼中的小狗。

"您指的是什么忙，主人？我……我来这边，纯粹只是因为他们请我过来尝尝那个……"我把手放在他的唇上，示意他闭嘴。因为事不宜迟，我需要他听我说话。"好吧，主人。那请您告诉我，您需要我帮您做些什么。"

"我需要假扮成这户人家的一个下人，米盖尔。所以，你和你的那位心上人都需要帮我个忙。"我一提到那位姑娘，这个小伙子便立即红起脸来。而他的那位姑娘，则正事不关己地站在厨房尽头看着我们。"请你让她也过来吧，这样我就可以把事情同时跟你们两个都解释清楚。"

"可是，主人，他们今天有很多活要干呢！而且，这样安娜可能会遇上麻烦的，万一他们知道了您是……"

"那好吧。那么接下来，请听指令！你现在就去把门打开，然后我们两人把衣服互换一下。米盖尔，在这顿午餐期间，我就是你，你就是我。没有任何讨价还价的余地。"

7

一道酿肉[1]已经按照卡斯蒂利亚的习惯吃法以冷餐的形式被端上了餐桌。而加入了几杯刚刚调制好的希波克拉斯酒[2]的豆类杂烩,也同样让几位用餐者吃得心满意足。因为这种饮品既暖又甜,有很好的润口之效——口中食物虽鲜美,但未免还是有些干柴难咽。因此,在这样一个寒冬的正午,人们大快朵颐,觥筹交错,吃得一如预想般起劲。而在酒足饭饱之后,讨论即将开始——是时候来解决那些把整个学校都搅得天翻地覆的大难题了。

今天上午,学校的四位负责人都在为这项颇为棘手的任务奔波忙碌。而此时我则已经穿着自己仆人那身粗布衣服出

---

1 西班牙南部安达卢西亚地区的一种传统肉类烹调方式。其常见做法为:将肥肉及其他食材如腊肠、火腿、鸡蛋、胡萝卜等一同塞进瘦肉(一般选用猪的梅头肉)中,再辅以丝线等工具固定形状,然后将其煎制、烹煮或烘烤,最后切片即可食用。
2 欧洲自中世纪开始便十分流行的一种饮品,一直到18世纪仍常见于欧洲人的餐桌之上。其主要配制成分为红酒和蜂蜜,另有肉豆蔻、肉桂、丁香、姜、黑胡椒等诸多香料。据传,其发明者为古希腊"医学之父"希波克拉底(Hipócrates),这种饮品便由此得名。一般作为热饮享用,在冬天尤有暖身驱寒之功效。

现在了门口。

"请您不要离大厅太近,先生。我家主人知道米盖尔有时会过来看我,但他从来不会越过杂役区的那道门,更不会走到厨房那边去。"安娜低声向我哀求,我也对她很是同情,"先生,请您务必多加小心,千万别让我家主人认出你来。"

"你别担心,安娜。我只是想听听他们的谈话。我就待在这里,待在这窗帘边上,他们不会瞧见我的。"

于是,那姑娘便回去接着干她的活了。我在厨房向米盖尔打了个招呼,让他从窗户旁边走开,到市场附近的一个小酒馆等我——他要是拿着我给他的那几个钱,在里面继续喝上几杯粗酒[1],且可再消磨上一阵子。

我点数了一番,发现此时大厅内共有四人在用餐:学监、主教、学正,还有令我出乎意料的第四位。我并不认识他。那是一个瘦削的年轻人,神情中还有些羞怯。

"敬请享用吧,比维斯先生。我想,您在巴黎恐怕找不到如此上好的牛肉,更别说还烹制得如此鲜美可口……我们昨晚的骟鸡可还剩下一些?"大快朵颐后的学监嘬吮着手指上沾留的肥美油水,神色陶醉地回味着刚才送入口中的每一块肉。他用目光搜寻着安娜,因为备餐和主人的日常膳食都是由她负责。"对了,先生们,昨天晚上,我享用了一道人间美味。但此前我一直从未有过想尝尝它的兴趣。那是一种水灰色的黏稠面团,它在盘中时固定不动,但一入口便立即化开。诸位可一定得尝一尝,我跟你们说……哎呀!安娜!"

---

[1] 一种年份不长、香味不浓、口感不佳、质量较差的廉价葡萄酒。

我不敢相信自己听到的内容。他刚才说的,是"比维斯先生"?是路易斯·比维斯吗?也就是说,那个小伙子,正是此前猛烈抨击内夫里哈的那个人——此刻,他竟然就坐在萨拉曼卡大学学监家中的餐桌上享用午餐!

"不必麻烦了,先生。这趟旅途下来,我的胃口也不是很好了。何况,我也不想再劳烦您的侍女了。"

"什么叫劳烦我的侍女?瞧瞧他们那些外国人都教了你些什么!在卡斯蒂利亚的土地上,这样的谦逊可对你没什么好处。亲爱的路易斯,你若有什么需要他们做的,尽管开口,不必有所顾忌。我的仆人都会全心全意为你服务。因为你是我的客人。你真的不想试试我跟你说的那道美食吗?那你们呢,先生们?有人既有这个兴趣,又有这个胃口吗?"

面对品尝美食的邀请,学正和主教都欣然表示接受。似乎他们早已将今天上午聚集在学监餐桌上的主要目的抛诸脑后。于是,在欢声笑语中,在美味佳肴里,时间就这样悄然流逝。

可与此同时,我却不禁暗自咒骂自己的运气真背。我还没吃上午饭呢,此刻却得眼睁睁地看着这四个叫人如此垂涎欲滴的面团,看得我真是胃疼。我只好祈祷他们能歇上一会儿,好开始谈论我无比关心的那些事。

然而,路易斯·比维斯似乎对这般的吃喝无度有所疑虑。他几乎什么菜式都不品尝,还试图打断那三位无关痛痒的闲谈。只听他说道:"先生们,各位若是不介意,我想请各位尽量言简意赅地同我确认一件事,那就是:在接下来的学年中,路易莎·梅德拉诺是否还会继续留在这所大学的教师队伍里。"

一听这话,那三位男士都不由得立即停下吃喝,却又一言不发,仿佛有一位天使正驻足在他们的椅背上,致使他们不约而同地陷入全然的沉默。我只觉得自己此刻简直快要昏厥过去。比维斯说话时,一直低头看向自己那空无一物的盘子,好像正等着被上级斥责或接受祝福似的。看起来,他非常清楚自己想要的是什么。所以,他便试图让这场无关紧要、夸夸其谈的闹剧尽快收场。

"您说的是校长的姐姐吧,先生?可是,我很想知道,您为何如此执着于要将那位女教授取而代之呢?如果您允许我这样问的话。"学监一面用餐布擦拭着他那满是油光的手指,一面将他的问题抛向这位年轻的比维斯。他这话语中的坚定与力量让他此刻显得十分迷人。"在这里,在萨拉曼卡,我们并不习惯对学校的职位分配妄加评议,更何况是对外来的访客发表这样的评论。若我们还是被贸然要求像跟上级汇报那样发表评议,那可就更加让人为难了。"

"您姑且让他问下去吧,先别打断他嘛……难道,关于路易莎·梅德拉诺,您还掌握了一些我们尚不知道的消息吗,比维斯先生?难道,国外有什么关于她的言论还没有传到我们的耳朵里吗?"

在主教的推波助澜之下,比维斯深受鼓动,便继续将他那未竟之言说了下去。但他后面的那番话却再也没有透露更多关于那位女教授的详细信息。因为,现在还不到时候——在播种之前,还是应当先将土地好好松一松。

我不禁犹如芒刺在背。

"如您所知,我此番造访并非偶然。我很快就要去布鲁塞尔了,我得去那里继续我的学业,还要练习我的法语。但我不想在动身之前错过认识这位夫人的机会——她竟有那样大的恒心与毅力,能将这个最叫人艳羡的教职之一拿下。不过,我调查过她。在搜集了各方面的资料之后,我发现:她与这所学校之间,已经超越了她自身的教学能力所应当严格对应的那种关系。"

我不明白他的意思。我也无法被迫接受这样的指责。我必须努力控制住自己的情绪,才能不让自己冲出这个藏身之地,朝那个自大的家伙猛扑过去。

"我看出了你的谨慎,路易斯。不过,我想你也应该知道,我来这里的任务之一,便是对这所大学近几年的教席聘任机制进行审查。女王陛下亲自把这项任务交托于我,并让我来负责相关的审核与处罚事项。所以,你不必担心,也不该将路易莎·梅德拉诺的职位视为私物……又或者,难道真有其事?"主教凝视着比维斯的那双小眼睛,仿佛想看清楚这个让我越来越反感的矮小男人的真正意图,"您就直说吧。您是有什么消息想同我们分享吗?"

比维斯站起身来,绕着房间踱了几步。他边走边揉搓着自己的双手——这个动作说明他的每一步都在算计,也体现了他性情中的那份凉薄。最后,他在餐桌的前端停下脚步,终于开口问道:"先生,学校建造那段楼梯的设计方案,最终是由谁来拍板?"

8

在学监家中进行的这场谈话让我备感忧虑,以至于直到此刻,我都仍然无法做出判断:我究竟是应该尽早去知会路易莎她所要面临的危险,还是在获取更多的信息之前最好暂且按兵不动。我既不想让她受到惊吓,也不愿带给她过度的忧虑。但是,那位路易斯·比维斯实在是让我心惊胆战。他竟希望她为自己占据了他所心仪的教职而付出代价。另外,自此之后,我对他在真正掌握学校话语权的那帮人中所具有的影响力已绝无怀疑。

可那位路易斯·比维斯……他究竟是如何赢得学术界最高显要的信任的?此人是如此孤僻阴郁,而且现在还不过是个学生——可又是一个尽人皆知在巴黎求学的学生!出于某种原因,他希望自己此番西班牙之旅能在暗中进行。他看起来是那般沉默寡言,发问时尖锐无比,而自己回答的时候却又讳莫如深……

同米盖尔换回各自的衣服之后,我便与他作别,走的时候胳膊下面还夹了一块馅饼。

"我从炉子的另一边都能听见您的肚子在咕咕直叫,先生。您该吃点东西了。"

我对安娜的关心表示了感谢,随即便三步并作两步地赶回了学校。虽然我已经错过了一整天的课,但我还是打定主意要去见路易莎一面。我要把自己刚刚获知的消息统统告诉她。或者,也许只是告诉她其中的一部分。

我不知道这些人究竟在密谋些什么。但我知道,肯定是对路易莎不利的事情。

下课以后,学校的庭院里一如既往地充斥着嘈杂与喧哗。身披黑色罩袍并佩戴彩色飘带的学生们仿佛羊群一般纷纷从教室里拥了出来。而我只希望我的朋友们都别认出我来,因为我不希望这个时候还要设法给自己为那位女教授所做的一切编造理由。

几分钟后,拥挤在门口的人群终于散去。我便往回廊那边走,想去找路易莎。可就在我往她平日专注备课的房间去时,我感到自己脚下的铺石地面变得越发冰冷,越发湿滑,越发让我惶惶难安。令人不寒而栗的恐惧感从我的脖子后面涌了上来。而当我走到那里时,却发现房门紧闭。

"您现在不能过去,先生。里面正在开会呢。"

差役居高临下地投来睥睨,眼神中带着些许谴责之意。那是一个身材肥胖的男人。有时候,我都在想:他除了单凭自己的样貌来威吓学生,到底还有没有其他的工作。

"请问您知道这个会是否已经开了很长时间?"他投来的那种冷漠目光,或许可以算作对我的回答。他没有开口。但我仍在追问:"请问那位女教授也在里面吗?"

差役看了我一眼,命令我闭嘴。于是,我只好坐下来等,同时也在心里确定了两件事：其一，我面前的这扇门，一定会在某个时刻被打开；其二，要是我再这么频繁缺课下去，那我这个学期可能连一门课都通不过。

我还在想，今天是不是学校开什么重要会议的日子。然而，不知不觉间，我便已坐在扶手椅上睡着了，都来不及试图避免。等我醒来时，差役已然不见踪影。想必我睡了好几个钟头。因为现在照进庭院的光线已经暗淡了许多，而且我的半边身子也已被冻僵。但幸运的是，我的预测并没有错——那间屋子的门已经打开。于是，我借此机会探身进去观望一番。

"我可算是把您给找着了，夫人。"此时，路易莎·梅德拉诺正坐在桌子的另一头看书。被她用来当作座椅的，是一个小小的脚凳。它几乎快与壁炉里噼啪作响的火苗挨在一起了。而她看书的姿势还是一如平常：弓着背，仿佛想要回到她那看不见的甲壳中，好让自己从这个世界上消失不见。见我走进来，她几乎头也没抬。"您还好吗？我来是有一些重要的事想跟您说。但他们刚才跟我说这里面正在开会，所以最后我在门口等睡着了。"

"我挺好的，马塞洛，一切都还算过得去。我弟弟刚来看过我。"她合上了书本，然后从小凳上起身，邀请我与她一同坐到桌子下面配套的椅子上去，"我希望，你跑来这里可不是为了告诉我他已经跟我说过的那番话。"

我走过去，将椅子拖了出来。当我抓住它时，我感受到椅背上那柔软的皮革仍带着一丝温热。而当我坐下去的时候，这种感觉又一次得到了验证。路易斯·梅德拉诺应该才离开这把椅子没有多久。他的体温仍然留在这个房间的家具上。

然而，路易莎看起来却不太好。刚才的谈话应该不甚愉快。但无论如何，我想到自己都已为此事旷掉了几乎整整一天的课，便开门见山地问道："他是不是已经告知过您，主教打算对他展开一系列调查？"

路易莎笑了。那口洁白的牙齿让这间屋子重新焕发出光彩——此前，它似乎被埋藏在这沉闷的气氛中。然而，她此时向我传递出的情绪却并不是喜悦。

"不是的，马塞洛。不过，我还是很感谢你，让你耽误时间专门跑来这里告诉我这个。但恐怕你来晚了。因为主教已经跟我弟弟会过面了。我想，他已经掌握了他需要的材料，足以让我离开这所学校了。"

"可他都跟您说了些什么？他们之间都谈了些什么？他又凭什么要这样做？"但这就是结局。对于这个为了终结所有与路易莎·梅德拉诺和她的文法教席有关的流言蜚语而做出的最终决议，我已不再有任何怀疑。但我想知道，那个与此事真正相关的人，是不是就是那个让我感到不寒而栗的人。

路易莎解释道，我刚才进来的时候，她弟弟才从这里离开没有多久。

"正是他走时扬起的那阵风把你给吹醒的。他很是张皇。我很少见他这样紧张。他过来是为了告诉我：没有理由让他来做这个承受着视察员的指责还要努力'笑脸相迎'的人。在审查的过程中，想必发生了不少令人难堪的事。"

接着，路易莎便向我复述了今天上午在学监办家宴之前，她的弟弟，也就是校长，和那位马拉加主教之间的谈话。

"想来,他应该是这样对路易斯说的:'我并不是在指责您什么,校长。请您理解我的立场,我也在尽自己的最大努力去理解您的立场。这不是件容易的事,尤其是考虑到学校其实就像一个搬弄是非的小圈子。这段时间,由于一些关于职位分配不公的传言,其中也包括教席的聘任,我们大学在其他诸国的声誉已受损。'"路易莎学着她弟弟发出埋怨时的尖锐语调,犹如一个任性的孩子。不过,在这样的语境中,他更像个受到了冒犯的孩子。

"我明白,由于您是他的姐姐,所以要是由他来承担这些流言蜚语的后果,您会感到非常难过,对吗?"

"正是如此,马塞洛。无论如何,我弟弟都很怕失去他的职位。这才是他唯一担心的事!不然,你觉得他能有勇气跑来这里跟我说这件事吗?"

我感到困惑不已。因为现在,我已经不知道到底是谁在暗中策划这场针对路易莎的阴谋了。

"所以,您的弟弟过来就是为了告诉您,是您在阻碍他的仕途吗?"

"没错,差不多是这样吧。可以这么说。他问过主教阁下:是不是有人在质疑我才不配位——或者说,是在质疑他。他问得那样冷漠绝情。我觉得,路易斯已经失去了理智。他的抱负与野心已经让他全然忘记了我们之间的血肉亲情。"

我看着眼前的这位女教授,一股巨大的哀伤立时向我袭来。只见她用双手撑着额头,正为事态的走向已超出她的掌控而哀叹不已。

"您永远不要觉得自己是谁的阻碍,夫人。"

"可我已经是了啊,马塞洛!你应该也已经看到了。路易斯现在非常焦躁。这么冷的天,可他额头上的汗珠却在大颗大颗地往下掉!"

"请您冷静下来!请您不要迷失在这种本不应有的负面情绪中。"我鼓起勇气,抓住了她的手腕。我感觉到她的脉搏跳得很快。此时此刻,路易莎正处于极度的煎熬之中。她开始啜泣起来。而这时候我唯一能做的,便是将自己的肩膀借给她,作为一种安慰的依靠。

9

铃声穿透了我家石墙每一个隐秘的孔隙。听起来就像是一个不怀好意的声音正提醒着我：该起床了，该穿衣服了，该去做晨祷了。可我这几个晚上都过得非常糟糕。所以，每天清晨要钻出被窝去迎接新的一天这件事，便显得越发艰难。尤其是今天，这简直是一种非人的折磨。

"主人！时候不早了。您的衬衣我已经给您拿过来了。"米盖尔拿着我的衣服站在卧室门口，正笑意盈盈。他希望自己能把这份积极乐观的情绪带给他的主人。然而，他的努力终究还是以失败告终。"主人，山上的积雪差不多都化了。来吧，快起床吧，然后您就可以去花园亲自观赏这样的美景了！冬天已经离开我们了。"

是的，他说得没错。现在从棉被和毯子里钻出来，已经不再像寒冷时节那样如经受酷刑般难以忍受——冬天已经走了，就像路易莎·梅德拉诺。

"你确定吗，米盖尔？可我觉得，它还会再回来的。大概在八个月之后吧，它还是会重新回到我们身边的。它总是这样。冬天就是这样一位烦人的客人，它永远不会真正离开我们。"

我的男仆服侍我将衣服穿上,并一如既往仔细地将每根绳子的结扣一一打好。又是需要鼓起很大的勇气才能去上学的一天。但我知道,我已经不会再碰见她了。

据说,他们在一个冬日的清晨把那位女教授赶出了学校。那天,她已经下了课,正在给那群最求知若渴的学生答疑解惑(那一次,我并不在他们之列)。接着,她收拾好自己的东西,正准备离开时,却看见还有一个学生仍留在门外。于是,她朝门口走了过去。

突然,她听见一阵急促的脚步声,隐约中似乎还看见了一个身影,像是一个跑回来拿落下的书本或遗忘在座位上的衣服的学生。

但她猜错了。出现在她面前的,是因为刚才走得太快而气喘吁吁的学正。只见此刻他已表情扭曲,面泛潮红。而他一走进教室,便反手将身后的门一把关上。

"梅德拉诺夫人,您请坐。我有一些重要的事情要跟您说。"

"重要到您都不能等我走出教室以后再说吗?我们还是去办公室谈吧,这样能更轻松自在些。我已经在这里待了一整个上午。"

"不,夫人。我很抱歉。因为我即将告诉您的这件事,需要以最大程度的谨慎来宣布。路易莎·梅德拉诺,按照国王陛下卡洛斯一世的旨意,从今日起,您将不再担任这所大学的文法教席。任何女性都不得出现在课堂中——无论是作为授课的教师,还是作为听课的学生,否则学校将承担一笔罚金。这将会作为不可动摇的法律与规定来执行。"

"我要和学监谈谈。"

"恕难从命,夫人。因为学监已向我下达了非常明确且严格的指令,要求我来向您传达这一旨意。如果您不相信我所说的话,那么法令诏书在此。"说着学正便递给了她一张手稿,上面的最后几行还印有鲜红的大学徽标,"上面的字都还没干呢,请您当心,别弄到身上。"

路易莎将这张纸握在指间,从上面纤细颤抖的字迹可以看出这是一份仓促下发的文件。在学校教书的这些年里,她见过许多这样的文件。而这一次,却是她自己的名字赫然出现在上面,出现在那些荒谬无比的语句中。它们取消了她教授这门课程的资格,而在此之前,她教这门课已有五年之久。

据说,她看完之后不为所动,只是将那张纸还给了那位勤勉的信使,然后继续往外走,离开了那间教室。她的手指沾上了墨水。而那如鲜血般浓重的颜色,便被印在了走廊的石墙上。自那以后,她再也没有回过学校。我曾试图在那栋楼的每一个角落找寻她的手指所留下的印记,可最终却一无所获。

所以,对我来说,这个早晨,不过意味着迎来与前一天同样艰难的新的一天罢了。在它面前,我无可奈何。

"我会在那些座位当中找到你的,米盖尔。你尽管安心先走。因为在去上课之前,我书里还有一些地方需要再复习一下呢。"我吩咐自己的侍童先只身前去学校,帮我占一个好位置。因为我现在不愿与人交谈,也不希望有人陪同,我更愿意按照自己的节奏走,不急不慢的。

"那就听您的吩咐，主人。但您千万记得：万一迟到了，那您可就进不去了。"

我记得。因为，从前那位女教授在的时候，我每回迟到，她总会放我进去。只有她，只有她会让我进去。

自她走后，我生活中日复一日发生的一切，都会让我想起她来。包括现在，在我去上课的时候，当我站在这个新近建好的宏伟的楼梯前，我又想起她来了。

在那次路易斯·比维斯、主教及其他几位高层会面过去几个月后，高等学院的大楼便在施工的混乱中轰然倒塌。从砖块上掉落的白色粉尘覆满了墙壁、地面，甚至还有学生们的制服。我们许多人在这种陌生的情况面前，唯有不停地咳嗽和打喷嚏，直到我们回到自己家中、寓所或是宿舍里才能消停。

此时此刻，我比以往任何时候都更加清楚地知道：这个由三部分构成的石头建筑，它存在于此的真正理由，远远超越其纯粹的建筑意义。它的作用，不仅仅在于将楼上的图书馆与中央庭院连接起来。这段楼梯本身，以及它每一段的雕刻图案，都是在向学生们警示那来自女性诱惑的危险：无论是在怎样的情况下，无论是以何种纷繁危险的形式呈现，这种诱惑都会成为那条通往知识之路的阻碍。它会使人偏离正道，走向灭亡。

索里亚,阿尔马萨

(卡斯蒂利亚王国)
1527 年

因为女人是一种软弱的存在。她对自己的判断不是很坚定,也十分容易受到欺骗,正如人类的母亲夏娃那样,险些被魔鬼耍得团团转。所以,不宜让女性来传授知识,免得她自己反被谬论说服,也免得她借教师身份的威严蛊惑众人,轻易将他人也带入其谬误之中……女人所需要的,是诚实与审慎。对女人来说,沉默并不是一件坏事。

——路易斯·比维斯,《基督教女性的教育》,1523 年

"请进来吧。别在门口站着。大晚上的在凉棚底下待着可不舒服。请问,您来找谁?"

女仆微笑着询问这位陌生的访客。只见他身披一件深色披风,不愿被她手中那盏油灯的光亮照见。他伫立在花园的暗影中,似乎黑暗会让他更自在些,也能让他感觉更安全。

"您就说,我是这户人家的朋友。我知道,梅德拉诺夫人现在病得很重,所以我想去看看她。或者,更准确地说,是去送送她,如果城里关于她的传闻属实……"

女仆并不知道这个男人口中所说的"城里"指的是哪座城市。但她还是鼓励他进屋来,跟她走到那对母女休息的卧室里去。

"先生,您要是不介意,就请您在这儿稍等一会儿。夫人现在的情况十分凶险。所以我必须非常小心地引您进去,免得她见到您时产生太大的情绪波动。"

于是这个男人就此驻足在城堡入口的大厅中央。在等待女仆回来亲切地邀他去与那两位女士会面的过程中,他不住地仔细打量着这里的每一个角落,仿佛此前他在脑海中一直幻想的那个画面此时终于在现实中重现。

关于这个大厅，他已听说过太多次。以至于当他终于能够看到它、呼吸到它、触摸到它时，他竟感觉如此难以置信……

"请您跟我来吧。她们正在房间里等着您呢。"

听到女仆说出这句话来，他便立即迎了过去。与此同时，仿佛有什么东西堵在了他的喉头。他竟因太紧张而说不出话来。

他马上就要见到自己的母亲了。他得赶快。他的脚步，要比死神更快。

1

时间的脚步,也许就是这样惩罚着千家万户。在如今的圣格雷戈里奥,已不再有人在这些房间里嬉笑打闹。在这萧然四壁之内,已许久未见儿孙们出生、成长的身影。现在还会来拜访我的,唯有加尔西和他的妻子。或者,还有我某个路过的孙儿,若我们家正好与他那日要赶之路顺道的话。

我想,恐怕已经无人记得我这个垂垂老矣的妇人了。

对于像我们这样的家庭,时间所给予的惩罚,便是沉寂。所以,我觉得境况本该如此——此时的沉寂,本就是我应受的惩罚。

今天,我又一次在天亮前醒了过来。天色还暗时,我便已从床上起来。入睡对我来讲已非常困难,我的身体也不愿再在床上多停留一点时间。它不想这么做,因为它觉得自己还年轻,还可以去散散步,还可以光彩照人地出现在别人面前。但当我刚将双脚支撑在地面,我的骨头就开始隐隐作痛的时候,这个念头便猝然消失。

我往厨房走去,身上披了一条薄薄的披肩。我用它裹住自己的肩膀,这样我就会有一种被保护着的错觉,尽管现在其实已经不怎么冷了。春天已至。

"早上好呀，夫人。我刚才都没听见您的声音。您真是每天都会在第一时间拥抱清晨呢。"我惊讶不已。这个服侍我的小姑娘，都还没来得及梳洗，竟已在忙着把家里一楼所有的百叶窗打开了。"您需要我为您做些什么吗？我这是想在天亮前给家里通通风，我们家附近好像有个马蜂窝。每回太阳一出来，它们就会烦得叫人受不了，很难不让它们飞到屋里来。"

"有一群马蜂？它们也许都窝在离厨房门口不远的地方吧。是那边的热气把它们招来的。你得当心。千万别吓到它们。它们感觉自己受到攻击时，就会进行自卫。要是被它们叮上一口，可是相当危险的。"

"我也想到这一点了，夫人！"说着那个姑娘便探出身去，在窗框上方仔细搜寻起来，但似乎并未找到任何一只马蜂的踪影，"我母亲的一个表兄弟就是被马蜂给蜇死的，所以我可害怕它们了！自从他们跟我说了这件事以后，我只要一想到自己身边有马蜂在嗡嗡作响，就安不下心来。"

我默默走开，不再打扰这位埋头干活的女仆。何况我也帮不上她的忙，因为如今我的肢体再也没有做这些工作所需要的灵活敏捷了。而她今年才二十岁——或许，连二十岁都还不到。她是跟着我从我女儿卡塔利娜家中一起过来的。自那以后，她便是最了解我的人了。在那个家中，她跟着罗哈思家族那个庞大的仆役团队一同为那家人服务。可我却请她过来陪我。我为她提供庇护与吃食，以换取现如今我孤身一人时无法再给予自己的照料。当我确定要回到自己家中时，便希望她能跟我一起走。我至今也不为这个决定后悔。我无法否认,我被她照顾得非常好。我所需要的,并不是找二十个人来打扫这座城堡和照料我。毕竟这里有一半的房间都房门紧闭,因为现在已无人居住,而且如今我也几乎不怎么在家里走动。这里毕竟不比宫廷。而实际上,我也已离开那里许久。

我想,我也已今时不同往日。时光如梭。

这个姑娘,以及其他几个为数不多的仆人,还在尽职尽责地支撑着这圣格雷戈里奥高墙之内的最后意义。这里早已不是那座供那个庞大的贵族家庭栖身的城堡,尽管昔日那个家族曾使之声名远扬。梅德拉诺·布拉沃·德·拉古纳斯-西恩富戈斯家族,一个受人尊敬的家族,如今只剩下城堡大门上的盾徽。只剩下那块石头,还有我自己。

阅读室里摆满了我丈夫从前收藏的书册。它们往日熠熠生辉,如今却尘封在此。家具上也覆满一层厚厚的尘埃。早已无人来翻阅这些书册。我想,在此之后,或许就是消失的结局。自从那年我离家进宫去服侍双王陛下以后,我对这里所发生的一切便一无所知。有一些午后,我会在这个房间里度过。我凝望着写字台和那些书架。我望着它们,就仿佛它们能够向我诉说:在我缺席的那些日子里,这里曾发生了什么。然而,那些可能发生的事情,最终也只是我的想象罢了——那是一种对一段缺席生命的主观臆想。

我咬了几口安东尼娅给我送来的油饼。

"这里还有些牛奶,您可以配着一块吃。吃这些饼有时候会口渴,夫人,嗓子还会发干。"

我听了她的劝，试着吃了一点。我的胃口越来越差。我的胃仿佛缩小了。

太阳已从我们庄园高墙之外的树冠中升了起来。透过图书室的窗户，我看见园丁正忙着除去杂草，为换季的新草做着准备。看起来，快要下雨了。我能看出来，是因为此时的风要比平常更猛烈些，甚至还刮起了不寻常的阵风。我抬眼望去，发现天空一片湛蓝，上面还缀着星星点点的白色斑点，犹如铺满了石子的路面。从前，我父亲常说，这是"地面要湿"的征兆。于是，我不禁为我的女仆感到高兴——因为，马蜂讨厌下雨。

2

她是临近正午的时候来到这里的。在她往正门走过去的路上,狂风已吹乱了她的裙摆。我透过门厅的窗栏看见她,却并不认得这个身影。而且,从我这个角度,由于光线的缘故,我也看不清楚她的容貌。我不知这个人是谁。但她却在不停地敲我们的门。

"安东尼娅,有人在敲门!你可以去开一下吗?"我知道,她会去接待那位访客的。但经我这么一喊,她必定会尽快跑过去。我在那个人身上感受到了一丝危险的气息,因此不敢去做那个给她开门的人。

安东尼娅一溜烟小跑着下了楼,就像是一只在草坪上撒腿狂奔的活力小马驹。我很羡慕她这样的生命力。这是一种纯粹而桀骜不驯的年轻。她握住门把手准备请客人进来的时候,都还在忙着往自己头上绑一块头巾。

"上午好。我想找一下你家女主人。"

女仆便邀她进来,请她先待在门厅,等自己前去通报。

"您可以在这里等着。天气这么糟糕,您要是继续待在外头,狂风可要把您的耳朵给吹掉了。这种大风实在是太讨厌了,您说呢?而紧随其后的,肯定是一场大雨……要是您愿意,可以离壁炉近一点。我这就去通报夫人……不过,我该怎么称呼您呢?"

从我所在的角落,我隐约看出这是一个四十岁上下的女人。只见她脱下披风,将它交给我的女仆。她的一头银发,挽成了一个低低的发髻。她腼腆地微笑着,并仔细打量着这周遭的一切。

"我叫伊莎贝尔·德·洪达。我有一些要紧的事,要同你家夫人谈谈。"

"好的,那我这就去找她。请您在这儿稍等片刻。"

说完,女仆转身朝我卧室的方向奔来。她再次像只小动物似的小跑起来,消失在走廊的黑暗中。随后,我拄着拐杖发出的富有节奏的敲击声打断了这位伊莎贝尔·德·洪达的遐思。我走得很慢。尽管这时我已看得一清二楚,却依然无法辨认出这究竟是谁。我不认得她。难道,我本应与她相识吗?我需要一些解释。

"我想,我并不认识一位名叫伊莎贝尔·德·洪达的女士。不过,既然您看起来像是十分紧迫地赶来这里的,那就请允许我问一声您有何事相告。"

她无比平静地看着我,认真凝注着我的每一寸面容。我并不喜欢自己被她这样看着。在我尚年轻的时候,我非常习惯于自己在人群中总是会引起轰动。年轻貌美总会博人眼球。男人们都会拜倒在我的裙下,而女人们则都对我妒火中烧……然而,今非昔比。如今若再有人盯着我,我都会感到不甚自在,甚至还会恼羞成怒。

"我是那个德国人法德里克的女儿,夫人。"伊莎贝尔挤出一丝微笑,"也许您还记得我小时候的姓氏。那时,我叫伊莎贝尔·德·巴西雷阿……好吧,我后来结了两次婚。您知道这回事吗?至于我父亲的姓氏,很久之前就永远地销声匿迹了。"说着她清了清嗓子。看来,这段谈话也让她感到不适。"我和您的女儿路易莎共同度过了我们童年时代的大部分时光。那时候,我们常常会一起待在伊莎贝尔女王的藏书馆里,还有宫殿里那些用作书房的地方。您不记得我了吗?"

"法德里克……就是那个印刷商法德里克?"这个名字敲打着我的记忆。我努力尝试将这个姓氏与某副面孔对应起来,却怎么也找不到……然而,我知道他是谁,我记得从前他会时不时地带着他的女儿到皇宫来。那时候……这时,一些不太好的回忆意欲涌上来,但我及时将它们拦下了。我可以控制住自己的记忆。"我当然记得你和你父亲了。不过,你可真是大变样了呢!"

事实再次向我证明,我并未忘记。"我就在这里,"它对我说,"我就是那稍纵即逝的青春,是那恣意无常的美丽。我是那摧残活人精气的沧桑岁月。我是隐藏在你记忆中的曾经过往,是那日益逼近的最后的死亡。"多么残酷的现实啊。当年那个伊莎贝尔·德·巴西雷阿,一根辫子夺目油亮;而如今眼前这位伊莎贝尔·德·洪达,却已婚嫁两度,两鬓微霜。

伊莎贝尔朝我走近了一步。她握住我的手腕,吻了吻我的脸颊。

"我来是为了告诉您:您的女儿病了,而且病得很重。眼下她住在学校的医院[1]里,但我已经申请将她带到圣格雷戈里奥来。不过,这需要得到您的授权才行。"

我默默听她说下去。我明白了她的来意,却无法相信她这番话的真实性。我的女儿路易莎,她病了?

"可她的事,你是怎么知道的?是谁将她的情况告诉你的?"我得找到一些自己能够抓住的东西,因为我预感到自己很可能会在房间里晕厥过去。多年以来,路易莎始终音讯全无。所以,这么多年,我一直想当然地以为她不想见我。可现在,突然间,她竟有可能快要死了?

"路易莎好像是在上课时开始感觉自己出现了发热症状,当时她毫不迟疑,主动住进了校医院。但她并未将此事告诉任何人。于是,那些负责照顾她的修女只能通过唯一的联系人信息找到我。"

"她出现了发热症状?我竟然连自己的女儿生病了都不知道。"

"不光是您,所有人都不知道,夫人。路易莎远离了我们所有人。她只是全身心地投入到课堂中。除此之外,她别无所求。"说到这里,伊莎贝尔忽然住口不语。因为她不愿在我面前承认:当路易莎感觉自己已到弥留之际时,她唯一想见到的人,竟然是她——是她,而不是我。"后来,我收到一

---

1 指古时萨拉曼卡大学的校医院。它建于1413年,至1810年才停止使用。该建筑位于利夫雷罗斯街,现为萨拉曼卡大学校长办公室所在地。虽然这栋建筑被冠以"医院"之名,但实际上自建立至16世纪初,在医疗救治的功用以外,它更多地还是作为学校中一个带有救济性质的留宿地或招待所而存在,有些类似于济贫院。一直到1529年,这家"医院"的规章制度中才首次明确其作为医疗场所的功用。

张便条……那是医院寄来的通知,上面明确写着,病人想见我。我想,她可能是烧得都有些神志不清了。"

"你不必为自己做解释,伊莎贝尔。我知道,你对一切都一清二楚:你清楚我的家人彼此之间是如何渐行渐远的,也清楚在这其中发生了许多事。"在这个时候,我宁愿选择沉默,"所以,你觉得她病得很重吗?你去看过她吗?"我都无法相信自己现在竟然在问这些。

"恐怕是这样的,夫人。我也正是因此才来到这里的。我想,到了临终时刻,您在她的身边,才是她最好的良药。"

"既然如此,那你得帮我把她带回索里亚来。这里才应是她离开人世的地方。也只有在这里,她才最有可能获得她想在疗养院寻得的那份安宁。"

伊莎贝尔答应了。她走过来,给了我一个拥抱。我几乎快要哭出声来。她向我允诺,在我女儿仅剩的这些日子里,她一定会尽其所能,让我们母女团聚。

3

我想象得到,萨拉曼卡大学的校医院十分清楚照顾一个时疫病人会给自己带来多大的麻烦。距离上次疫情大暴发,才过去不到二十年的时间。那场席卷了整个半岛数十万居民的大灾难,所有人一定都还历历在目。我想,在看到人们送来一位表现出这种时疫症状的病人时,那些医生、牧师和护理人员恐怕都早已见怪不怪了。可那是我的女儿……我的女儿?

伊莎贝尔向我详细说明了她知道的关于路易莎如何入住医院的全部情况。但她能了解到的信息也不是很多,而且也不是十分确切。

路易莎是突然发起烧来的。她的腹股沟和腋下部位经受着持续的疼痛,还伴有痉挛和出汗的症状。因此,她不得不中断每日都要给大学生们上的文法课程,凭着坚强的意志力去了校医院。

"可早在多年以前,他们不是已经把我女儿从高等学院辞退了吗?我记得有这回事……那她现在又是在给谁上课?"

伊莎贝尔摇了摇头,将目光转向地面。她这是在告诉我:

关于路易莎的人生，我已错过太多太多。

"她后来在自己家中讲课，给那些需要额外辅导的学生或者要去修道院当修女、与大学无缘的人上课。她对教书育人充满热忱。这些年来，她将所有时间都倾注在这项事业上。既然学校已不允许她继续上课，那她便在学校之外另辟天下。"

这就是我的女儿。她与我记忆中的形象一模一样，一样地顽强，一样地昂扬。

"路易莎今年已经四十三岁了。后来，她再也没有收到过任何关于她兄弟姐妹的消息。她也不愿再去寻觅关于你们的任何音讯——无论是您，还是任何其他家庭成员。我并不了解其中的原因。但不管怎么说，这一次，都是您与她告别的最后机会。"

"那你们一直都保持着联系吗？"那位印刷商的女儿避开了我的视线。我看得出来，她对我也并非全然坦诚。"伊莎贝尔，请你告诉我，难道你还知道一些别的事吗？"

"夫人，除了路易莎向我明确交代过的那些事，我绝不会干涉你们的任何家事。我相信，您一定也会觉得我们把路易莎带回来是个好主意吧。"

"我自然是求之不得！请将我的女儿带回给我吧，伊莎贝尔。求求你了。"

可她得的若真是那种病，是瘟疫，那将会是何等的折磨啊！但如何才能缓解呢？我想，恐怕已经来不及了，恐怕等她回来的时候，她都快不行了。据说，腐烂的物质会侵蚀那些时疫病人的身体，包括心脏、大脑和肺。他们身上会显出深色的脓肿，还会流出散发着强烈腐臭味的血水。那种失调的紊乱，那种难以忍受的痛苦，会日夜不停地折磨着病人。而且，随着机体状况的恶化，这种痛苦还会变得日益强烈。我曾听说一些时疫病例：他们因为脑部发热，后来竟无法辨认周遭的环境，最后便从窗户里跳出去，以寻求死亡的解脱。他们被人称为疯子。那路易莎也会变成疯子吗？这些人被视为一场用于惩罚罪人的瘟疫的受难者。而这种惩罚甚至会让他们在巨大的折磨和苦楚中失去理智。

显然，在走出家门时，路易莎并未向任何人透露分毫。

"难道没人跟她住在一起吗？难道她身边就连一个照顾她的人也没有吗？"问出这句话时，我立即能对女儿的处境感同身受，同时猝然被恐惧击中。路易莎孤身一人活着，她甚至比我还要孤独。

"收到通知后，我直接去了一趟萨拉曼卡，并跟医院的负责人交涉了一番。"伊莎贝尔试图用她的解释来安抚我的情绪，但这也只是徒劳，"在那之前的两天里，他们给她喂了一些水和一点点吃食，此外还给她放了几次血。她的身体已经非常虚弱了，这一点毋庸置疑。他们也不知她还能再支撑多久。如果我要把她带回您身边，他们都担心她那虚弱的身子会承受不了这样的长途跋涉，很可能在路上就熬不过去。"

"你必须把她带回来。要么，我就亲自去一趟萨拉曼卡！"

我相信伊莎贝尔的坚决态度会让那位负责管理医院的修女惊诧万分，当下便同意备好车马将病人送回索里亚。

"这并不是个十分明智的选择，夫人。但在她所剩不多的日子里，我也不愿看到你们母女二人分隔两地。"

我对她，发自内心地深表感谢。这个女人的仗义出乎了我的意料。于是，我便让她动身去接路易莎回来。

两天以后，我的女儿便来到了这里，来到了我的身边。

担架被放在马车轿厢最里面的位置。两块木板加上好几层棉布，搭建起一个能够支撑病人身体的结构。路易莎这一路上都被绑在上面，下半身膝盖以上的部位都被两条皮绳固定着。

"这一路的行车颠簸实在是太危险了。有一刻，也许是因为当时车轮要避开一个障碍物，车子突然拐了个急弯，她的身体差一点就被颠了下去。万幸的是，最后总算没有发生任何糟糕的事。"

跟我说这番话时，伊莎贝尔上气不接下气。她看起来已精疲力竭，但这并不只是因为旅途的辛劳。她是个足够坚强的女人。她的痛苦，还来自别处。而路易莎的病，让她痛上加痛。

车内狭小的空间容不下担架边上再坐一位乘客。但伊莎贝尔还是想坐在车厢里面。因为她不能丢下朋友，让她一个人待在那里。

赶车的小伙子见她也钻进了病人所在的狭小车厢，便径直朝她走了过去。伊莎贝尔是这样向我复述的："那个小伙子对我说：'在这儿，您都没地方把一条腿放到另一条腿上，夫人。您确定这一路都要坐这辆车吗？我们可以用两辆车的……也多不了多少钱，但这样您会舒服许多。'但我请他别再耽搁了，还是赶紧出发吧。我还跟他说，我想在路上看顾病人，根本不在乎什么舒服不舒服的。我所需要的，就是他们抓紧时间尽快赶马。于是，我干脆冲他们大吼了一声：'这个女人快要死了！她必须活着到达目的地！'"

见他的这位乘客心意竟如此坚决，车夫便也不再犹疑，缰绳一挥，直奔索里亚。

时间一分一秒地流逝，而伊莎贝尔却连一个盹儿也没法打。她一直凝视着自己这位朋友孱弱而安详的病体，不时还要凑过去检查一下她的气息是否还在。只要一息尚存，这便是一根还有希望的生命之线。虽同样是身患时疫，但路易莎却已几乎完全失去意识，而不像其他得了这种致命疾病的病人那般只有因高烧不退而浑身打战的症状。只见她双目紧闭，让她的朋友都以为她已在梦乡。伊莎贝尔多么希望事实真是如此，这样她便也能松一口气，还可能得到片刻的歇息。路易莎应该是感觉到了某种安宁的气息。如果真是这样，那她们还是有望能够顺利到达目的地的。

夜半时分，当她试图蜷缩起身子以调整一下自己自上车起便一直被迫保持的那个不舒服的姿势时，路易莎的手穿过层层包裹的毯子抓住了她的臂弯。

伊莎贝尔感觉如同有一只锋利的小爪子想抓进她的皮肤以引起她的注意。因为那人没有力气。她也几乎发不出声音。

"我这是在哪儿？难道我已经死了吗？这就是通往地狱之路吗？"

虽然伊莎贝尔始终没有合眼，但病人突然发出的声音还是吓了她一跳。所以，她不得不缓上几秒才能作答，并且确认刚才发问的那个人是路易莎。

"当然不是了，亲爱的。你这是在去往圣格雷戈里奥城堡的路上呢,也就是你出生的地方。一切安好,你尽管睡吧。"

路易莎并没有认出她来。但她知道,在这样的情况下,这再正常不过。

至少,她还能清楚地问出两句话来。而且,此时她们距离目的地已只有一步之遥。

4

"请小心一点,我求求你们了。尤其是那些不平坦的地方,可千万要当心。病人的身体非常虚弱,请尽量不要挪动她。有人去向老夫人通报过了吗?"

园丁和车夫合力将担架抬进屋中。那上面躺着的,是路易莎那毫无知觉的身体。此时,天刚破晓,晨露为这条通往城堡大门的小路覆上了一层薄薄的水雾。伊莎贝尔刚从车上下来。此时的她举步维艰,因为维持了一路的扭曲姿势早已令她的胳膊和双腿完全麻痹。她走在后面指挥着他们,以免他们使自己的朋友置身于更加凶险的境地。她万分庆幸自己能将朋友安然带回圣格雷戈里奥。这是唯一要紧的事。

"已经通报过了,夫人。"园丁答道,"堂娜玛格达莱娜将会在二楼接见二位。我们已经为她的女儿准备好了休息的房间。"

我在楼上看着他们忙忙碌碌地搬运病人——我的女儿,如今已变成那一层层白色被单下面鼓起的一个人形。我都快认不出她来了。我很紧张,也很害怕。我到底该如何面对此情此景?

他们将病人抬到了那个备好的房间。那是一间主卧，一间宽敞但没有窗户的卧室。这里平常一般都不住人。

行至床边，那两个男人小心翼翼地把路易莎轻放在床单上，其下铺着细密而厚实的麦秸床垫。她的脑袋下面垫了好几条毛毯，这样能让她把头稍微抬高一些。他们解开了她身上的皮绳，把她从担架上抬了下来。盖布落在了她的脚上。

"非常感谢你们能来到这里。"说者我便从门框里探出身来。我拄着拐杖，走上前去跟这两位把我的女儿送来的男人一一握手。"我不知该如何感谢你们所做的这一切。现在，请让我看看她吧。"

伊莎贝尔一直倚靠在墙边，就在卧室左侧离门不远的衣柜边上。路易莎躺在床上，几乎一动不动。我走过去抚摸她的脸庞，并小心拨开她额前已被汗水浸湿的碎发。

"可以让我们母女二人单独待一会儿吗？"

我从未想过，有一天我要眼睁睁地看着自己的孩子死在我的面前。我从小在父母膝下长大，到了出嫁的年纪，便被交到丈夫手中。但后来，我却又不得不早早与他分离。我已经跟死神展开了数场悄无声息的较量。而最后获胜的，始终是它。它带走了我的父亲，也带走了迭戈——我孩子们的父亲。我知道，我的母亲也跟着它一起走了。那时，我正在一个离她很远的地方。我正在宫廷中，服侍着双王陛下……现在，它那双无情的手又要来拖拽我女儿路易莎的身体。而如今的我，却已连阻拦它的力气也没有了。

所以，在这个房间里，共同呼吸着的，是我们三个。空气变得越发冰冷，也越发凝重了。死神已然变成了一位客人，可谁也不愿请它来做座上宾。我盼着它离开这里,盼着它能让我和路易莎单独待在一起,因为我的女儿有话要对我说。然而,它并不愿意。它就在暗地里窥伺着我们。死神说,它不会孤身离开这里。它说,在床上躺着的那个人,要陪它一起走。我好想知道,它究竟为何要这样气急败坏地惩罚我。

我凝注着她。我清楚地知道,生命会一点一点地离开这张憔悴的脸庞。就在刚才,凌晨的钟声敲了四下。我听见了,却并没有理会。

"您该去躺一会儿了,夫人。您去休息吧,让我来照顾您的女儿。万一有什么情况,我会立即向您禀报……"

我们家年纪最小的一个女仆不放心地来到了这间卧室。她用托盘给我端来了一碗肉汤,并恳请我去休息。但我并不想休息。我现在不该休息。我也不能休息。

"我这样挺好的。我还想在这里再待一会儿,等我有些困意了再说吧。现在我还是更想继续在她身边守着。或许,一个小时之后,我会喊你过来轮班的。多谢你了。"

事实上,我并不愿意让我的女仆来轮换我,替我守在女儿的床边。因为,这里是我的位置。一直以来,这里都是我的位置,但我却始终未陪在她的身边。不过,我依然非常感谢她愿意做我的后盾,并帮助我度过这个失去亲人的难关。我请所有人都离开这里——所有的人,但除了伊莎贝尔。在经历了这次帮我把女儿带回来的长途跋涉以后,她正在隔壁的房间里休息。我喝了几口女仆为我准备的热汤,这份温热让我的胃里舒服了许多。伴随着路易莎呼吸的节奏,回忆也纷纷向我涌来。

我静听着她的气息已有两个多小时了。她的一呼一吸，都汇聚成了她试图向我诉说人生这最后二十年故事的话语。而我，在沉默中等待着，也在沉默中聆听着她的声音。

"我渴，母亲。我好渴。"

我不愿让她自己起身，不愿让她使出那份需要她自己起来的力气。于是，我将放在椅子旁边地上的那个水壶端了起来，送至她嘴边。

"喝吧，慢慢地喝，别呛着了。"

只见她执意要跟我说些什么，而我却一直觉得她这是因为发烧而说起了胡话。眼见她的生命正随着那些滴落在床单上的汗珠一点一点地流逝，我不觉得此刻还有什么真正要紧的话要说。

她向我倾诉了她的人生故事。她只是想让我也参与到我错过的那一切当中。因为，毕竟我们还有仅剩的一些时间能够共同度过。

5

路易莎醒了。她的神志也随之清醒过来。她惊恐万状地望着我,胸膛因大口喘着气而剧烈地上下起伏。我不知道她是不是已经认出我来了。我也不知道她想不想认出我来。

"说吧,女儿,那些你执意要告诉我的事,究竟是什么?"

她的语气竟是如此严肃,不禁让我惊惶不安起来。路易莎看着我。在她的眼睛里,我看见了我们彼此缺席的那二十年时光。我再也没有别的机会可以跟她敞开心扉了。但是怒火,却随时都可能要了她的命。

"母亲……她……她应该也在这里的。不过,我不想让她待在我身边。其实,我从来……我从来都没有喜欢过她。"我看到我的女儿努力想举起她的右手,最终却仍是白费力气。那只手,终究还是落了下去。我的女儿饱受苦楚,无法动弹。她此刻瘫痪在床,身体已做不出任何反应,却还要忍受病痛的折磨。

"可是,女儿,你这是在说谁?她是谁呀?不……我求求你了,你别再说了,也别再使任何力气。你现在必须休息,必须保持平静。"

虽然，也许说话确实可以解决问题。我知道，她口中所指的，是伊莎贝尔。这就是她口中要找的那个"她"。她这一生的恐惧都只向那一位吐露。但她并不知道，她的这位朋友其实就在这里。而我也不会去将她喊醒，让她过来向路易莎证明这一点。因为，现在是属于我的时刻。我已经无数次错失了它。

我不知道，我跟她说话的时候，她是否听得见。但无论如何，我都不会因此而停下。

"被带至宫中的那一年，你才八岁。那时的你，对要如何开始这段崭新的生活根本毫无头绪。是佩德罗坚持认为你应当接受更好的教育。而无论是你的外祖母、我，还是双王陛下，都不想拒绝为你提供这样的教育机会。因为你是个与众不同的小姑娘，路易莎。你一直都是。"

我说出这番话来，也是在帮自己梳理头绪。我的女儿当时就那样去到我曾受引诱的地方接受教育。而这件事，得到了我的许可。

"我便也将你置身于那种我一直在忍受的危险之中。可你知道后来发生了什么吗？当然，你是知道的。但那危险并没有危及你。虽然当时你还只是个孩子，但你绝不允许任何人用你不相信的虚情假意来诓骗你。他们教会了你要把信任交给书本和那些更为卓越的思想，路易莎。而这一点，我却没有学会。"

路易莎睁大眼睛看着我。我在她的双眸中，看到了那种属于孩子的天真无邪的好奇。我刚才说的这些话，想必让她骇然不已。可我还有许多话要说。

我得跟她聊一聊女王陛下。那是她真正的庇护人，那个想为她提供知识养分的女人——因为她能在路易莎的身上看见一个闪光的灵魂，一个也许能被打磨得如蓝宝石一般的灵魂。

"那时候，我负责伺候她，而她却对你很感兴趣——或者说，是对你最感兴趣。她每回来到女红房总是要问：'梅德拉诺的作业写完了吗？'而她每次这样问，总会有一个人抢在我前面回答：'是的，路易莎正跟公主们在院子里玩呢'，或者'路易莎正在小礼拜堂边上的房间里休息呢，因为她下课后想去做一下祷告'。这让我百思不得其解，我的女儿，我简直看不出你竟是从我腹中生出的孩子。卡塔利娜兢兢业业地做着那些作为侍奉女王陛下的婢女分内的工作。而你呢，却在图书馆的万卷藏书中埋头苦寻。我当时简直无法理解你的这种行为！"

"母亲，您还记得伊莎贝尔第一次来上文法课时的情形吗？"

她这一问把我给问醒了。因为刚才我差一点就败给了筋疲力尽。这一连串的絮叨让我自己也昏昏欲睡。但也许，她只是因为发烧而开始胡言乱语；又或许，是因为恢复了理智才问出这样一句。

"你应该好好休息才是，路易莎。你别累着了。不管怎么说，我甚至都不知道你说的这位是谁。"

"您说得对，母亲。那可能是我想象出来的一个人吧。"

我很想告诉她，我很想喊她的那位朋友过来。我其实只需要敲一敲墙面，就足以让她到这里来，让她们二人重聚。

可我难道不是已经付出太多年的代价了吗？现在，她的心，也该轮到放在我这里了。

"正是如此，亲爱的。你还是再睡一会儿吧。"

6

我一醒来，便被路易莎的姿势吓了一跳。只见此时她已稍微坐起身来，正睁大双眼盯着天花板瞧。她的嘴巴微微张着，嘴唇干裂，唇色也毫无生气。她看起来简直不像个活人，反倒更像一尊大理石雕像。她看上去非常糟糕。我几乎都认不出，这竟是一天之前尚有一丝生机的那个年轻人。

"路易莎，我的女儿啊，我要不要吩咐下人给你带点什么东西过来？你有什么需要吗？"

"一切都变了，母亲。一切都会变的。我爱过他……我曾经深深地爱过他，您知道吗？我的爱，深到他都无法承受。"

可她对我说的这个人又是谁？

"你曾经爱过的那人是谁，女儿？难道这就是你不敢告诉我的那件事吗？"

我的女儿想跟我聊聊爱情。可我觉得自己还未做好听她诉说的准备。我不知道那个竟然能成为对她如此重要的人是谁，也不知道他最后为何会选择离开她……难道我是那个最适合来安慰她的人吗？就当下而言，恐怕是的。此时此刻，我自然就是那个最合适的人。身处这四方之间,我也别无选择。

"他叫费尔南多,母亲。"路易莎沉默片刻,深吸了一口气,这对她来说要使出很大的力气,"我敢肯定,您是知道他的。"

"难道这个人,我本应认识的吗?"

她又一次眯上了眼睛,让身子落回那卷我们垫在她脑袋下的毛毯上。那段记忆,对她来说,也许太过沉重。

隔壁房间突然传来窗户被用力打开的声音。我想起了伊莎贝尔。我小心翼翼地站起身来,想去告诉她:也许现在是她加入我们的好时机,这样她还能听得上路易莎这个才开始讲的故事。我借助椅背的支撑,拖着自己的脚步。眼看就要挪至门口时,我看见了她。

"您感觉怎么样?后来您睡着了吗?我几乎都没怎么休息好。刚才我老做噩梦,弄得我根本没法从旅途的颠簸中恢复过来。要是您现在想去躺一会儿,我觉得我可以替换您。"

"没有这个必要。我还是想守在她身边。要不你也坐过来吧。她希望你也能待在这里。"说着我给她端来了一把椅子。但伊莎贝尔却将它搬到了床头板后面。如果她坐在那里,路易莎便不会发觉她的存在。"可是,你确定你想坐在那个地方吗?"

"我还是更愿意坐在这里。最好还是让她跟您谈谈吧。"

也许伊莎贝尔说得不无道理。我在圣格雷戈里奥度过的这些年,离群索居,远离了家庭,也远离了宫廷生活的繁华喧嚣。这促使我思索了一些与别人一同生活时从未想过的问题。孤独会使人认清自己。它会使人直面犹疑与恐惧,并迫使他去解决这些难题。

而我的女儿,她马上就要告别这个世界了。也许,我的这份孤独,我的这种与自我相遇的感悟,是最能帮助到她的,能帮她把自己的那些心里话都说出来。

"您跟我说说那时候的事吧,母亲。就是您把我们留在圣格雷戈里奥,自己去了宫廷之后的事。请跟我说说,那些与自己的孩子分隔两地的漫长年月,您究竟都是如何度过的。那时候,我还太小,根本什么都不记得。"

她一说出这话,我与伊莎贝尔不禁面面相觑。接着伊莎贝尔打了个手势,示意我尽量自然地回答这个问题。难道,我该知无不言吗?这个时候,想来很有必要让她抛出一些问题。

"可你为什么想聊这些呢,路易莎?这些事都过去这么多年了,而且情况也早已今非昔比。那时的我,别无选择。你们在一个下午同时失去了父亲和外祖父,所以双王陛下便向我提供庇护。因此,我当时不得不那样做。"

"所以有些时候,人就是别无选择的,对吗,母亲?"

她说这话时,眼睛并没有看向我。她又一次仰起脖子望向屋顶,目光在她头顶上方的一块壁带之中涣散开来。

难道我有办法在被国王强奸和堕入不幸之间做出选择吗?我的女儿说得很对,比以往任何时候说得都对。现在,我就把这些都告诉她。

"是的。有些时候,人就是别无选择。宫墙之内,没有自由。"我咳嗽了两声,清了清嗓子。这时,我注意到坐在椅子上的伊莎贝尔已经再次进入梦乡。那么,我接下来所不得不说的这番话,她便不会再听到了。这一点,也让我宽慰许多。"你还记得你小时候受过一次严厉的惩罚吗,路易莎?那天,你推开了一扇你本不应该推开的门,接着便撞见我和堂费尔南多在……于是,他们便想封住你的口,因为那时你年纪还很小。但我知道,你对所发生的一切都一清二楚。可那件事,并不是由我说了算的,而是由他啊!"

"我知道,母亲。那时候,您别无选择。您只能屈服于他的命令。而他们惩罚我,以免我说出一些不该说的话来,也是奉了他的旨意。这难道也是您后来离开皇宫的原因吗?也正因如此,您才会在堂娜伊莎贝尔宾天以后回到这里吗?"

其实她全都知道。一直以来,我始终以为我的女儿会因为那次迫不得已的分离而怨恨我。但现在,我终于知道了:事实并非如此,她没有怪我。

"我的女儿,自我不再侍奉双王陛下以后,实在发生了太多的事。后来,我去伺候那位夫人了。那是一段非常美好的日子。从她身上,我学到了许多。自你姐姐嫁给费尔南多·德·罗哈思以后……好吧,显然,一切都变了。但过去与他们同住时,我仍是满心欢喜。"

"您不喜欢接任堂娜伊莎贝尔的那位夫人,对吗?是因为这个?"

"与堂娜伊莎贝尔·德·卡斯蒂利亚陛下相比,赫尔曼娜·德·富瓦的确相形见绌。对于这一点,相信很多人都会赞同我。但作为伺候她的掌事侍女,我又必须尊敬自己的主子,将自己的日日夜夜都奉献于她。可你若是实在无法尊重她,那最稳妥的做法便是选择离开。"

确实,我这是执意在说服自己:我并没有欺骗自己的女儿,当年我逃离宫廷,的确是因为我自一开始就不喜欢赫尔曼娜·德·富瓦。但我知道,她绝不会相信我说的这些话。尽管此刻她并没有看我。尽管她仍然只是一直在盯着屋顶瞧。

7

我和伊莎贝尔下楼去厨房热了一点牛奶。在彻夜未眠后的清晨,身体会突如其来地感觉到一阵痒,就像是在极寒之时所感觉到的那种瘙痒,尽管其实春天已至,气温并不是特别低。

"温热的牛奶很快便会让我们的身体回暖。你已经好几个小时都没休息了。"说着我便给伊莎贝尔递去一杯,杯中的乳白色液体还冒着热气。她挑开浮在表面的奶皮,将这杯热饮送至嘴边。"小心,别烫着了!"

可我这声提醒恐怕还是迟了一步。只见这个女人猛地把杯子拿开。她的舌头一定是被烫到了。我实在没忍住,便笑出来了声。

"我都已经是有四个孩子的人了,却依然是我们中最不知该如何估量何时喝东西才不会太烫的那个人。我真应该感到惭愧啊。"说着伊莎贝尔自己也笑了。

"你有四个孩子?我觉得你说得很有道理。一个母亲再三向自己的孩子叮嘱的那些教训,她自己实际上却很少做到。你想想我吧,我有九个孩子……"

说完这话我就后悔了，但并不是因为我不认同母亲其实跟上帝的其他任何造物一样，都是会犯错的生物，而是因为我承认：我对自己那九个孩子的教育，与我面前这位女士所给予她孩子们的教育，实在无法相提并论。对于这一点，我心知肚明。

她点了点头，又喝了一口手中的牛奶来暖暖身子。她看起来似乎不太自在。我记得，她刚来到城堡时就提到过让她被迫永远失去父姓的"两段婚姻"。她也许是死了丈夫，也许是被辜负，又或者是二者兼而有之。但关于这个问题，我不想再细问下去。

"我想，我们该回房间去了。我不敢让路易莎一个人待太久。"

我们把各自杯中的最后几口奶喝完，便准备回到那间卧室去。但对我而言，上楼梯是一项真正的挑战。我察觉到，她此时特地放慢了步子来等我。

"你别担心，伊莎贝尔。我们这些老太太就是走得慢了些，但还不需要别人帮忙。所以，你尽管往前走吧。路易莎还在等着你呢。"

但事实上，我回到房间时，发现路易莎仍在睡梦中。但她的神情已更安详了些，仿佛刚才与我的谈话已经驱散了她所有的不安。这也让我更加期待我们能再次进行交谈。不过这一次，她的朋友伊莎贝尔耳聪目明，我们的谈话都要在她的眼皮底下进行。而她此时也已重新坐回床头，仿佛我们之间的一个隐身的见证人。

"你认识费尔南多吗？"

我的发问并非毫无来由。因为我想知道,我女儿在自己生命的最后关头还能想起的那个男人,究竟是谁。他必定是她最好的朋友不得不认识的一个人,而且想必与他还非常熟悉。即便不是这样,至少她也能告诉我,为什么这个人会如此重要。

"费尔南多?"

"是的。路易莎提到过一个名叫费尔南多的男人。她说她曾经爱过他,还说她的爱意强烈到了他都无法承受的地步。所以,我很想知道这个人究竟是谁。"

面对这样棘手的难题,伊莎贝尔想来并不会感到舒服。我明白,这是她跟我女儿之间的一个秘密。可这是她们之间唯一的秘密吗?她并不想回答我这个问题。她不愿做那个揭露好友人生故事中错综复杂的隐痛的人。

"母亲,您别再问她了。她不是那个该回答您这个问题的人。我才是。"

她说这话时甚至连眼睛都还没有睁开。她也没有力气再睁开了。但路易莎已经意识到了伊莎贝尔也在这个房间里。她依然在保护着她。

"那你告诉我,那人究竟是谁,他又对你做了些什么,如果你觉得自己还能回答的话。"

我的话音刚落,伊莎贝尔便从椅子上站了起来。只见她快步走向床尾。那里放着她从萨拉曼卡带回来的路易莎的行李:无非就是两个袋子,里面放着一些衣服和书本——那些是她每回出门都必会带在身上的书,无论是从家里到皇宫,还是从皇宫到大学。可我见她仍在里面翻找着什么,还把它们一本挨着一本地摆在地上。

"你在找什么?"我希望自己能帮上她的忙。我只是想弯下腰去把它们抱起来,可我的肌肉却又一次僵硬了。实在是太重了。"需要我找个人过来给你搭把手吗?"

可伊莎贝尔并未作答。随即,她停了下来。看样子她已经找到了想找的东西。只见她用双手捧起一本书,将其打开后又轻抚着封皮。她定睛细看此书封面上的各处细节。

"这是初版。里面缺了序言。但你看,这里面的印章清晰可见,而且这个章并不是波洛尼奥的。"伊莎贝尔走到路易莎身边,把书递给了她,好让她也能够触摸到它。

路易莎伸出双手接过书,将它捧在胸前。她顿时红了眼眶,并转过头来看我。她一面啜泣不止,一面咳嗽起来。

"母亲,您读过《卡利斯托和梅利贝娅的悲喜剧》吗?"

8

那部作品，我当然读过。若想对这本轰动一时的大作一无所知，那几乎绝无可能！它一传入宫廷，便引起热议，经久不衰。那时人人都想知道：这本书到底有什么值得大家如此大惊小怪的地方。

"我看见的第一个手捧此书细细品读的人，正是女王陛下。"

"您的意思是，那时候初版已经问世了吗？"伊莎贝尔那双写满好奇的眼睛当即将我的思绪带回过去，"那时候，我和路易莎只有十四五岁。对那时的我们来说，那可真是一件惊天动地的大事，是一场几乎在地下秘密进行的体验。因为我趁父亲没注意，偷偷拿走了一部分手稿，然后将它们带给了路易莎。那可真是激动人心的几个月啊，分享是要冒风险的！"

我完全相信她说的话。因为我完全能明白，一个尚未经历过成人世界的悲惨与不幸的年轻姑娘，在面对禁忌时，会怀有怎样一种澎湃的激情。于是，阅读费尔南多·德·罗哈斯的作品，也成了对礼义廉耻发起的一场挑战。

"是的,那是初版。堂娜伊莎贝尔一直密切关注着你父亲制作的出版物。自内夫里哈的《语法》问世以后,凡是法德里克选择出版的作品,她都觉得尤为亲切。所以,有关《悲喜剧》的消息,很快也传到了她的耳朵里。她希望能尽快拿到一本来读,你父亲便向她呈递了一本。"

那种好奇而期盼的眼神,每一次有新消息——那些消息与她的政治职责并无关系——传来,我都会在女王陛下的眼中看到。伊莎贝尔女王求知若渴,对于知识有着持久的饥渴。而对于会被陈列在大学庭院中的那些书籍,她自然也是兴趣盎然。

"好吧,我没想到女王陛下竟也会喜欢这样的读物。路易莎的确曾经跟我提及女王陛下给她读骑士小说和传奇故事的那些漫长的下午。可卡利斯托和梅利贝娅之间的激情故事,未免太庸俗与沉重了些……您不觉得吗?您是否还知道女王陛下对那部作品有怎样的评价呢?"

没有人能像我这样,看到过女王那么多不同的侧面。而我也为自己能够保守这个秘密而深感自豪。在长达十五年的时间里,我见证过那个真正的她。而现在,在她离世以后,面对这第一个睁大好奇的眼睛向我追问不停的女人,我自然也不会辜负那份信任。

"她从头到尾读完了那本书。至于其他,我就不能再透露更多了,亲爱的。"

伊莎贝尔往后靠了靠,倒在了椅背上。面对我的三缄其口,她或许感到沮丧。可我又能怎么做呢?那是女王陛下的隐私,是我永远都最尊重的东西。我的心意,不会改变。

"母亲,您要知道,我跟您说过的那个人,就是费尔南多·德·罗哈斯。"

路易莎说这话时的语气十分坚定。她的坚决,犹如一把锋利的刀,生生将我和伊莎贝尔之间的对话切断。它伤到我了。我感受到了自己的慌乱——而这种慌乱,此刻正在滴血。

"他就是这本书的作者吗,我的女儿?可你又是何时与他相识的?难道你也认识他吗,伊莎贝尔?"

现在,我成了那个刨根问底之人。因为我刚刚得知,自己的女儿竟然爱过那部猛烈冲击基督教道德伦理以致引起轩然大波之书的作者。我的心中,充满了困惑。

"夫人,费尔南多和路易莎彼此一直都非常熟悉,因为他们都与萨拉曼卡大学有着千丝万缕的联系,这一点您是知道的。"伊莎贝尔似乎想为好友说话时的严肃语气做一番解释,同时缓和一下突然闯入这房中的紧张气氛,"但事实上,正是我在我父亲的印刷间里介绍他们二人相识的。至于后面发生的事,要是您想听,最好还是她自己告诉您吧。"

我从椅子上站了起来,因为我开始感觉到它与我的身体贴合得太过紧密了。我在上面坐得很不舒服,对自己所处的这个环境感到很不舒服,对自己在路易莎临终之时获悉的这些消息也感到很不舒服。我朝她走了过去,小心翼翼地在床沿坐下。她也转过头来看向我。她的面容十分憔悴,脸上汗水淋漓,嘴唇干燥皲裂……她看着我,将自己的手伸了过来。这是我女儿的手,是我数十年来都不曾触碰过的一只手。而这只手,此刻抓住了我。它在祈求被爱,或是理解——或者，两者兼有。

她曾经是个有着一双碧绿色眼睛的小姑娘，会躲在柱子后面偷听，会试图理解大人之间的谈话。她曾是个鼻梁始终高挺的妙龄少女，追求知识的志向十分高远。她也曾是个孤独寡言的女人，是手不释卷的读者，是她的坚持不懈让他们彻底认输，最终破格允许她也加入那条原本只为男人敞开的求学之路。那些都曾经是她。而现在，那个正一点点离我而去的她却依然握着我的手，跟我说着话。

"他若是在我身边，或许一切都会不一样，母亲。但生活总是不尽如人意。我已经做了自己该做的事。那时的你别无选择，离开了我们。而我，也曾有过一个孩子。"

说着，她便被自己的咳嗽呛住。伊莎贝尔连忙将盛水的陶杯递给了她。但水却几乎全顺着她的嘴角流了下来。

她的话，再次化身为一柄利刃插在了我身上。此刻，我知道自己正在流血，可我已不再认识路易莎·梅德拉诺。

9

曾几何时,在伊莎贝尔看来,赶去应援好友是这世上再自然不过的事。在那之前不到一个月,她的好友刚刚结束了为争取教席而进行的答辩,但学校方面还在考虑是否将这个教职授予她。

"因为您也知道,要是让一个女人来教课,这对他们的观念将会是一个巨大的冲击。尽管如此,路易莎还是得到了校长和个别教授的支持,这个进程也因此才得以顺利推进。然而,当她意识到自己身处怎样的艰难境地时,一时间竟茫然无措,便只好来寻我。"

路易莎半眯着眼睛,再度陷入了沉默。她的衬衣随着她急促的呼吸而上下起伏。她仍在倾听我们的交谈,让她的朋友来做这个说出她秘密的人。我想到了最坏的情况:那个孩子恐怕一出生便因为母亲遭受的惊惧而立即夭折了。但伊莎贝尔让我放宽心。她告诉我,那个孩子不仅生下来了,也活了下来。

"所以,你是要告诉我,我的女儿从此便独自抚养着这个费尔南多·德·罗哈斯的骨肉吗?"

我简直难以想象。面对学校里那样如履薄冰的处境,又无法得到任何人的帮助,她究竟是如何挺过那样的难关的。

不过,现在我知道了。这一切都多亏了伊莎贝尔。要知道,刚才我全身的血液都快冻结到何等地步。

"不是这样的,夫人。路易莎是在被授予教席之后的三个月才生产的。但后来她入职时,并没有人怀疑她此前竟是个孕妇。"

"那个孩子后来怎么样了?"

"她的孩子,后来便由我照顾了,夫人。我像对待自己的亲生儿子一样照顾着费尔南多,一直到他逐渐成长到能自谋生路的年纪为止。"

"那他知道事情的真相吗?另外,你丈夫对此也没有任何意见吗?"我不安地问道。我极力想象着,这两个女人之间有着怎样坚不可摧的强大信任。

我在想,当路易莎处在那个或许是她一生中最需要向人求助的重要关头,我是否也能有足够的勇气给予这样的帮助?

"我想,假使她的孩子没能顺利出生,那从此她就不得不为这段遭到背叛的爱情承担起罪责。而这,才是让她感到恐惧的事。她那时恳求我:'我想把我的儿子交给你。我希望那个人是你,我希望由你来代替我抚养他长大。'我没有办法拒绝帮她。她的所有请求,我都一一做到了。我保守着我们之间的这个秘密,对我们之间的那份信任报以绝对的忠诚。所以,我的丈夫也不得不接受这件事。阿隆索·德·梅尔加早在大学时代便与路易莎相识。"说到这里,伊莎贝尔停顿了一会儿。我觉得,她停下来,是因为提到了自己的第一任丈夫,可能有些不自在吧。"他去世后,我改嫁给了胡安·德·洪达。而他把托马斯和费尔南多当作亲兄弟,所以也就没多问我什么。"

这两个女人的巨大勇气,不禁让我敬佩。

沉默又一次击中了房中的三个人。除此之外,同时袭来的还有困意——它让我们在与我女儿的这场告别中能有力气再强撑一会儿。看来,死神似乎决定先暂时离开片刻,好让我们能够休息休息。

有车马的声音从离我们家越来越近的地方传过来。它打断了路易莎那微弱而平稳的呼吸声,也将我们从浅浅的睡梦中惊醒。

在这破晓时分,有人来到了圣格雷戈里奥。

这时,我正躺在路易莎身边。她因为发着高烧而浑身湿透。伊莎贝尔则蜷缩在椅子上,睡得正沉。我不会把她叫醒。但我很想知道,谁竟会在这个时候来到我们的城堡。这让我有些惴惴不安。

我的小女仆突然走进了房间,右手提着一盏油灯。她的脸因为没有休息好显得有些浮肿。对我们每一个人而言,这都将是一个难眠之夜。

"您需要我去把克里斯托瓦尔叫起来去开门吗,夫人?可能会有危险。"

"不慌,孩子。我觉得没有哪个头脑正常的人会在这个时候跑来打搅我们的——现在连天都还没亮呢。若真有人来敲门,那我就亲自去查看究竟来者何人。你就放心好了。回床上睡觉去吧。"

"那就听您的吩咐,夫人。不过,要是让克里斯托瓦尔去开,我们大家都会更放心些的。万一是个强盗呢,恐怕您……路易莎夫人怎么样了?她好些了吗?"

我不太想回答这个问题。而就在这时,路易莎睁开了眼睛。她在切切唤我。

"您应当给他开个门,母亲。是他——是他来送我了。"

跋

路易莎·梅德拉诺死因不明。

或许,她死于一种高烧不退的可怕疾病。或许,是某个心怀妒意的敌人给她下了毒。又或许,是那个时代糟糕的分娩条件要了她的命。我们都不得而知。

然而,我们可以确定的一件事是:这个世界上第一位站上讲台的女教授,死于沉寂。那沉寂的源头,是这数个世纪以来,人们对她究竟付出了怎样巨大的努力才能够走到那样的位置始终毫不知情。一如1527年的那个夜晚,寂静就那样穿过圣格雷戈里奥的堡垒,永远地夺走了她的生命。

直到今天,这一份沉寂,仍未发出声响。

作者按

这部小说故事情节中的事件与环境均属虚构。其中所涉及的人物,均据经过考证的历史资料构建而成。但他们最终都是为了服务于这个虚构的意图。

有鉴于此,读者必须认识到:天主教女王伊莎贝尔,是西班牙女性接受教育与文化训练最有力的推动者之一。她本人对于学习的浓厚兴趣,从她与萨拉曼卡大学两位成员的关系中可见一斑:其中一位是安东尼奥·德·内夫里哈,另一位则是比阿特丽斯·加林多。她将编纂第一本卡斯蒂利亚语语法书的重任托付给了前者,并将后者请至宫中担任拉丁文教师。

费尔南多·德·罗哈斯,也即那位法学学士,曾在塔拉韦拉·德·拉·雷纳[1]担任过市长,他也在那里同自己的妻儿共度余生。历史上认为,他是《卡利斯托和梅利贝娅的悲喜剧》,也即我们今天所说的《塞莱斯蒂娜》一书的作者。这是一部难以定类的作品,在被戏剧化呈现时始终备受争议。

---

1 卡斯蒂利亚-拉曼查自治大区托莱多省的一座城市。

法德里克·德·巴西雷阿，或称之为那个"德国佬"，是15世纪定居在西班牙的第一批印刷商中的一员。初版《塞莱斯蒂娜》便问世于他家位于布尔戈斯的印刷间里。而他的女儿伊莎贝尔，则继承了他的出版生意。她结过两次婚：第一任丈夫是印刷工人阿隆索·德·梅尔加，二人育有二子，分别名为托马斯和费尔南多；1525年，在她的第一任丈夫去世后，她再嫁给了胡安·德·洪达，一个家境殷实的意大利印刷商家族的后裔。

在伊莎贝尔·德·巴西雷阿的新印刷间中，诞生了第一批《托尔梅斯河上的小拉撒路》[1]。这是一部匿名小说，但其作者多被认为是一个名叫佩德罗·德·拉·鲁亚的人，他常常在索里亚城周边担任贵族子弟的家庭教师。

路易斯·比维斯则是教育体系的伟大革新者，也是所谓历史批判法的创建者。他远居在西班牙以外。因为他的父亲希望以此来保全他，使他免受其家族的犹太改宗血统在那个宗教裁判所时代所可能招致的牵连，故而他也从未重返故土。在国外，他的学说倾涌在大量的拉丁文论著中，这让他一举成为文艺复兴时期最重要的人文主义者之一。当西斯内罗斯枢机主教邀请他前往埃纳雷斯堡大学授课时，他毅然拒绝了这一邀约，并援引了一句"non placet Hispania"[2]（西班牙不讨

---

[1] 中译本也译作《小癞子》，是西班牙16世纪文艺复兴时期的重要文学作品，开启了流浪汉小说之先河。
[2] 文艺复兴时期大名鼎鼎的尼德兰人文主义者伊拉斯谟也曾收到过西斯内罗斯枢机主教请他前去埃纳雷斯堡大学任教的邀请，但他用这句著名的"Non placet Hispania"一口回绝。这其中涉及伊拉斯谟对于西班牙在宗教上的某些刻板印象，以及当时在欧洲盛传的关于西班牙的一些"黑色传说"。

我喜欢)。他曾受命担任过阿拉贡的凯瑟琳和英格兰的亨利八世的妹妹玛丽·都铎的老师。但他反对让女性培养学识这一观点，则见于他纷繁的作品中。

在萨拉曼卡大学高等学院的建筑内，有一条三段式的楼梯。它将中央庭院与楼上的建筑连接在一起——那上面至今还保留着最初的那座图书馆，或称之为"第二图书馆"（因为它不向公众开放）。这条楼梯扶手外侧与内侧的石块上均雕刻有一些图案。它们以寓言的形式呈现了每个学生在通往神圣知识的道路上所必须经历的各个阶段。而女人的形象，则出现在每一阶段的图像中。与之紧密相连的，是学生们所要面临的来自肉欲的威胁与诱惑，这将会使他们偏离求学的正道。

此外，也正是在那些年里，那篇经改动的西塞罗的文章开始被用作书籍印刷排版时的样稿，也就是著名的"Lorem ipsum"。时至今日，我们在网页制作和设计工作中依然会用到它。五百年过去了，它依然在发挥着作用。

而这，便是路易莎·梅德拉诺在萨拉曼卡大学担任教席的时代。

致　谢

如果没有以下这些人的帮助，那么这个关于路易莎的故事，便永远无法成为我想要讲述的那个故事。所以，首先，我要感谢将这个人物介绍给我的何塞·路易斯·洛佩斯-利纳雷斯，以及恰逢其时地出现在我生命中的阿兰扎·阿吉雷——是你让一切都步入了正轨。感谢我在洛佩斯-利影视公司（López-Li Films）的同事们，你们目睹了我如何从与路易莎·梅德拉诺打得不可开交，直至最终与之成为亲密的朋友。感谢我的朋友们：感谢那些从一开始便与我同行的人，也感谢那些在中途加入的伙伴；感谢那些比我更能让这本书变得更好的人——他们不是在做一本书，而是在培育一个孩子；感谢那些后来移居至别国的朋友，因为你们虽然走了，但在新科技的帮助下从未中断过对我这个故事的跟进——无论你们是否使用社交网络；但与此同时，也要感谢那些在我的写作过程中从未离开过这里的人。感谢我在阿根廷和以色列旅行途中结识的伙伴——我从他们每一位的身上都学到了一些东西，而它们又都或多或少地体现在了这本书中某些人物身上。感谢那些以啤酒作筹码与我共享观点的人，也感谢那些自告奋勇来一睹为快的人——在翻开这部作品之前，他们甚至都不知道自己会不会喜欢这个路易莎。感谢那些包容我的停滞，又一直鼓励我继续前行的人。

感谢劳拉。在大学城的玛利亚·桑布拉诺图书馆里，她在我身边也同样码着她自己的作品。数月时光，她让我每一天都感受到陪伴的温暖。谢谢你的支持，谢谢你所做的一切。

感谢我的家人，你们是我作品的第一批读者、评论者、销售者和购买者。

感谢米尔亚姆和薇薇安娜，我的编辑和我的顾问——感谢你们给予我那么多的书册，那么多的记事簿，还有那么多次的开怀畅谈。

感谢你，我的读者——毕竟，终究还是等来了你。

感激不尽。

译后记

他教我：

收余恨，免娇嗔，且自新，改性情，

休恋逝水，苦海回身，早悟兰因。

——翁偶虹《锁麟囊》

在这每一个明日都已成为未知的日子里，长久相伴的路易莎的故事，终究还是走到了尾声。

在着手开始翻译之初，我从未想过它会陪伴我走过一些生命中值得铭记的特殊节点。[1] 有一些互相缠绕的记忆，发生得如同科塔萨尔的"偶然"般奇异而精准，叫人始料未及。所以，在此时与它作别的怅然里，竟也不自知地糅进了诸多复杂的情愫。

这本书是加利西亚女作家玛利亚·洛佩斯·比利亚尔基德

---

[1] 事实上，这个故事从翻译到最终出版，不知不觉间已贯穿了我的整个读博生涯。这段意义非凡的求学时光，其间无数千回百转与孤灯独坐，似都与这个故事产生了丝缕幽暗的联结。

的小说处女作。故事背景设置在15世纪末至16世纪初的西班牙。我们对这个时期并不陌生,甚至可以说,那是一个为人熟知,以至于在文人学者的研究中已不乏陈词滥调的年代。然而,作者眼光独到,直面隐秘。她深深潜入历史静默之处,让这个沉寂已久的、关于世界上第一个站上大学讲席的女人的故事,终于发出了合宜的声响。

今天的我们,或许很难再想象出这样一个"黄金时代":在这个时代里,对于未知的热忱和学问的渴求形成了一股巨大的风潮,它甚至都已席卷到了被逐出知识殿堂的女人身上。小说的主人公路易莎,便是绝佳的例证。不过,在这个围绕着路易莎·梅德拉诺展开的故事里,作者并未全然采用女性视角,也并非单一地使用其中任何一个人物的口吻来叙述;而是别出心裁地选用了POV手法,在镜头自如的转换之间,让那个时代异彩纷呈,立体多面。科班出身的作者深谙电影之道,这部小说也犹如一部关于西班牙文艺复兴早期的纪录片。字里行间,那个时代的各个方面无不鲜活周全地跃然纸上:历史、社会、经济、政治、宗教、教育、文学、服饰、饮食……翻阅书页之间,让人恍若穿越时空,身置其中,欣欣然奔赴这场来自作者"沉浸式观影"的热切邀请。

与此同时,通过多视角的叙述,我们也能清楚地看到,作者笔下这位女主人公的形象也同样多面而立体:她是伶牙俐齿的女童,是聪慧好学的学生,是坠入爱河的少女,是爱而不得的情人,是不拘一格的贵族小姐,是方法独到的大学教授,是隐匿专注的学人,是无奈成全的姐姐,是不善言辞的女儿,是隐忍失落的母亲,是顽强昂扬的独行者……

诚然，在五个世纪以前，在那个人文荟萃的璀璨年代，路易莎绝非一盏独明的孤灯。但在那个性别偏见根深蒂固的年月，她却注定无法逃脱在浪潮中逆流而上的宿命。毋庸置疑，她是特立独行的，是不合时宜的，是一腔孤勇的，是单枪匹马的，是以寡敌众的，是理想主义的，是堂吉诃德的……那个聪慧卓绝的路易莎，哪怕冲撞了律法、打破了传统，最终还是在历史的角逐中做出了自己迫不得已的牺牲，黯然归于沉默与隐暗。这一份沉寂，太静，太久，以至于在这些以不同人物的口吻叙述的诸多章节里，作者刻意"隐去"了路易莎自己的声音——在这本书里，没有任何一个章节，独属于她。

在那个时代，身为女性的路易莎不得不噤口不言。这个声音（且不论其他那些一同失落的声音）迟到了五个世纪，但它值得发出应有的声响。幸好，今天，我们终于听到了她，我们还能在她身上看到那个时代对于求知的纯粹渴望和新知所带来的单纯欢愉。这一点，即便拨开五个世纪的尘埃，同样不减光彩，甚至更是熠熠生辉。也幸好，今天，路易莎的故事不再是一个人的故事——在今日的大学校园环目四顾，我们会欣喜地发现："路易莎们"无处不在，来自那个时代的回响无处不在。

时光如飞，所幸，路易莎的精魂并未走远。

* * *

独在异国求学的日子里，路易莎可能算得上我在这座古城中最熟识的朋友——熟悉到她那一生的点点滴滴，仿佛在我每日的生活中历历在目；熟悉到仿佛我带着她的记忆，在她曾经活过的地方又重新活了一次。哪怕，这只是我存在于虚构中的一个朋友。

她最初感到陌生惊奇，但后来了如指掌的那些街头巷尾，我如今每日上下学也都会走过。她自上学之初便屡屡发怵的那位西塞罗，也让我在做拉丁文翻译练习的时候苦恼不已。她常去的那座建筑，那条楼梯和它所连接的那座图书馆，我每每因研究需要而前去查阅古籍的时候，总会不自觉地想起她来。还有她在求学路上遭逢的那些突如其来的少女心事，那些关于爱情与学业的艰难抉择，那些在亲密关系中所经受的蹉跎折磨与疲惫辛苦……这些细碎而庸常的砂砾，几个世纪之后，日复一日与她隔着时空打交道的我，也在这座她曾倾注过生命的城市里，几乎全都一一体味过。也许可以说，她的生命，我感同身受，心有戚戚。

翻译这部小说的工作，陪伴我度过了一段最为艰难也最为忙碌（或许没有"最"，只有"更"）的时光。在那段险些失去生命力的日子里，我或多或少也汲取了她的力量——在某种意义上，感谢她将她那昂扬的生命力也分给了我。对学术保有求知若渴的热情，在繁杂犹疑中忠于己心、脚步坚定，与所有的孤独、执念和无能为力的伤痛和平共处……路易莎始终在鞭策着我。在这短暂而又漫长的相互缠绕中，感谢这个故事曾经陪伴它的译者经历了一段颓丧、软弱与心伤，而后也许也见证了她逐渐的释怀、自洽与成长。

在来到这座城市以前，我对萨拉曼卡的想象大多来源于我的研究对象——路易斯·德·莱昂。在那位16世纪的修士、诗人与学者的笔下,这座城市和它所引以为傲的这所大学,金碧辉煌、人文荟萃,但同时也教派相争、暗流涌动。在可见的平静之下,是不计其数的不可见的喧嚣与风暴。这些通过年代久远的文学作品和与其相关的学术研究所传递给我的信息,如今竟机缘巧合地借由这位女教授的故事,向我更为清晰地呈现出那个风云变幻的世纪在时光的褶层中所存留下来的更为细腻鳞集的纹理。这部纪录片式的小说,使得这座与我朝夕相伴的金色古城之于我的意义也逐渐变得丰厚立体起来。它让我离这座古城更近了几分,也让我离那个时代更近了几分。

一百多年前,一位萨拉曼卡主教在布道时曾说过这样一句话:在这座城市里,就连石头也会说话。何其有幸,偶然间竟似也得以捉住这暗藏在石缝之间的"静默的声响"。

* * *

以上种种,是 2020 年初我在粗译完小说初稿时的寥寥随想。但那时的我还不知道,之后不到一个月,在近万公里以外,祖国暴发疫情,而这竟又让这个故事与我的生命产生了另外一种相互联结的隐秘脉络。

在行至末尾的译稿里,五个世纪前的萨拉曼卡,曾因一场时疫而一度沦为空城;而五个世纪后,当我客居于此,当我身处此地翻译此书,自己的家乡竟也因疫情而传来封城的消息。然而,当时的欧洲尚风平浪静。那时,我并不知道,又一次在不到一个月的时间里,世界各地风暴四起,欧洲疫情反倒成为人们关注的焦点,确诊人数每日呈指数级飙升。那时,我也并不知道,一个月之前是留学生们纷纷想方设法购置医疗物资邮寄回国;而就在短短一个月之后,局面竟会变成国内亲友绞尽脑汁想着如何才能将口罩与药品顺利寄至我们手中。在国外即便暴发疫情,学习、工作、集会、游行也仍一切照旧的环境里,独在异国的学子突然成了无助的孤岛,惶惶难安,进退两难。一个月之前,那曾令人心焦如焚、爱莫能助的"不曾落在我们身上的棍棒",此刻竟也终于狠狠地落了下来。

时空流转,百感交集。而就在这些莫名织就的隐秘脉络里,似乎忽然间,所有的"在场"和"缺席"都在我的身上交汇成了"见证"——故事本身便是对历史的一种见证;这个故事之于我的经历,又是另一重见证。而我的那些"缺席",在某种意义上,竟也都以另一种"在场"的方式得以弥补。

在这个与我日日相伴的故事里,那个首位登上欧洲大学讲台的女人,最后(可能)也因染上时疫而英年早逝。如今我在面对每日不断增长的死亡病例时,能够格外深切地明白:在那些抽象的数字背后,也许是一个又一个如路易莎般波澜壮阔、光辉而平凡的一生。星辰陨灭或只在一瞬,但比起永久的沉默,它值得更多。

无论如何,幸而故事里的萨城在数月以后重复生机。今日的它,也依旧是一座被阳光和生命力眷顾的金城,完美地融汇着古老与现代、宁静与活力、传承与革新。或迟或早,春天终将来临。"Post tenebras spero lucem"(黑暗过后,终得光明）。

感谢与这本小说的相遇,感谢与路易莎的相遇。对译者而言,这种"偶然"本身,便已是一种莫大的慰藉,亦是一种莫大的荣幸。感谢为让沉寂的故事发出声响而辛苦劳作的每一个人。

也感谢我的家人与师友,感谢一如既往的关心、陪伴和鼓励。感谢你们让一个人的生命变得丰富而厚重,让她的焦躁惶惑曾被温柔接住,让她独自远行的脚步笃定有声而又知归处。

最后的最后(尽管向来赧于言表),在这每一个明日都已成为未知的日子里,万里遥遥,最是想家。

是为记。

包尉歆

2020 年春,萨拉曼卡城北

图书在版编目（CIP）数据

女教授 /（西）玛利亚·洛佩斯·比利亚尔基德著；
包尉歆译. --福州：海峡文艺出版社，2022.5
ISBN 978-7-5550-2950-2

Ⅰ.①女… Ⅱ.①玛…②包… Ⅲ.①传记文学—西班牙—现代 Ⅳ.①I551.55

中国版本图书馆CIP数据核字（2022）第076435号

© María López Villarquide, 2018
© Espasa Libros, S.L.U., 2018

本书中文简体版权归属于银杏树下（北京）图书有限责任公司
著作权合同登记号：图字13-2022-030

女教授

[西]玛利亚·洛佩斯·比利亚尔基德 著；包尉歆 译

出　　版：海峡文艺出版社
出 版 人：林　滨
责任编辑：陈　瑾
编辑助理：卢丽平
地　　址：福州市东水路76号14层 邮编350001
电　　话：（0591）87536797（发行部）
发　　行：后浪出版咨询（北京）有限责任公司

选题策划：后浪出版公司
出版统筹：吴兴元
编辑统筹：梅天明　朱岳　刘君
特约编辑：刘　君
营销推广：ONEBOOK
装帧制造：墨白空间·黄怡祯

印　　刷：河北中科印刷科技发展有限公司
经　　销：新华书店
开　　本：787毫米×1092毫米 1/32
印　　张：15.5
字　　数：320千字
版次印次：2022年5月第1版　2022年5月第1次印刷
书　　号：ISBN 978-7-5550-2950-2
定　　价：78.00元

后浪出版咨询(北京)有限责任公司　版权所有，侵权必究
投诉信箱：copyright@hinabook.com　fawu@hinabook.com
未经许可，不得以任何方式复制或者抄袭本书部分或全部内容
本书若有印、装质量问题，请与本公司联系调换，电话010-64072833